人 文 社 科
高校学术研究论著丛刊

百花盛开，争奇斗艳：
明清小说创作研究

王娟娟　邵江婷　著

中国书籍出版社
China Book Press

图书在版编目 (CIP) 数据

百花盛开，争奇斗艳：明清小说创作研究 / 王娟娟，邵江婷著 . -- 北京：中国书籍出版社，2021.6

ISBN 978-7-5068-8538-6

Ⅰ. ①百… Ⅱ. ①王… ②邵… Ⅲ. ①古典小说－小说创作－文学创作研究－中国－明清时代 Ⅳ. ① I207.41

中国版本图书馆 CIP 数据核字（2021）第 125137 号

百花盛开，争奇斗艳：明清小说创作研究

王娟娟　邵江婷　著

丛书策划	谭　鹏　武　斌
责任编辑	李　新
责任印制	孙马飞　马　芝
封面设计	东方美迪
出版发行	中国书籍出版社
地　　址	北京市丰台区三路居路 97 号（邮编：100073）
电　　话	（010）52257143（总编室）　　（010）52257140（发行部）
电子邮箱	eo@chinabp.com.cn
经　　销	全国新华书店
印　　厂	三河市德贤弘印务有限公司
开　　本	710 毫米 × 1000 毫米　1/16
字　　数	269 千字
印　　张	15
版　　次	2023 年 3 月第 1 版
印　　次	2023 年 3 月第 1 次印刷
书　　号	ISBN 978-7-5068-8538-6
定　　价	82.00 元

目 录

第一章　明清历史演义小说创作研究

历史演义小说是中国长篇小说的一种体裁。"演义"一词始见于《后汉书》，《小雅》中说："演，广、远也。"演义就是指推演、详述道理。通常人们把历史演义小说称为"演义"，后来，也有人广义地理解"演义"，将它作为小说的代名词。本章主要对明清历史演义小说的创作进行叙述。

第一节　历史演义小说概述

一、历史演义小说的定义

历史演义小说是指根据史实，敷演成完整的故事，在叙事的过程中融和作者的生活体验、思想感情和价值判断，同时作者会对历史事件和历史人物进行政治的和道德评判的小说，这类小说被称为历史演义小说。它的特点是：既有一定的史实作为依据，又对历史进行艺术的再加工和创造；既有对历史事件、历史人物纪实的成分，又有作者的艺术想象和虚构的成分。

中国古代史学是非常发达的，因此出现此类小说也是一种历史的必然。在中国文学史上，有很多艺术现象都和历史有着千丝万缕的关系，比如唐代的咏史诗以及元代的杂剧等等。"演义"者，据"史实敷衍成义"之义也。但并不是所有题为"演义"的小说都是与历史有关联的历史演义小说，比如我们非常熟悉的《封神演义》，我们将这部小说归为神话小说，这部小说只不过是作者把神话故事发生的时间和地点放在了商周这一历史背景下进行讲述而已。另外，历史演义小说与当时评书关联很大。

首先，它多以重大的历史事件为题材，在广阔的历史背景和复杂的社会矛盾冲突中，揭示人物之间的复杂关系和人物性格的发展变化。其次，在援引史实的同时，必须进行艺术的再加工，即敷陈其义而加以引申，这就是所谓的"演义"，其特点是在真实的历史人物和历史事件的基础上，进行必要的艺术概括和适当的想象虚构(但不能杜撰历史)，再现一定历史时期的社会风貌，揭示历史发展的趋势和规律。再次，历史演义小说因容量大、篇幅长、人物头绪众多，一般都以章回体小说形式出现。其特点是将全书分为若干章节，称为"回"。历史演义小说少则十几回，多则百余回，每回前用两句对偶的文字标目，称为"回目"。回目主要用来概括本回的故事内容，如三国演义全书共分为一百二十回，第一回的回目是"宴桃园豪杰三结义，斩黄巾英雄首立功"，主要写东汉灵帝时，十常侍专权误国，张角领导的黄巾军乘势而起。刘备与关羽、张飞在桃园结义，应召讨贼，屡建奇功等。回目便概括了这一回的主要故事情节。章回体小说的一回就是一个较为完整的故事段落，具有相对的独立性，但又承上启下，是全书的一个有机组成部分。章回小说分回标目，首尾完整、故事连贯、段落整齐，便于间断阅读，非常符合人们的阅读欣赏习惯，所以它是我国古代长篇小说主要的、甚至是唯一的体裁形式。

二、历史演义小说的形态与程式

历史演义小说直接由宋元讲史话本发展而来，是章回小说中最早出现的一类。《三国志通俗演义》是这类作品的领头羊。从宋元流传下来的讲史作品并不多，但是演变为长篇章回小说之后都有相当的影响，对演义历史的风气的形成有推波助澜的作用。历史演义几乎是以《三国志通俗演义》为标识，向上写到《开辟演义》，往下写到《清官演义》，或一朝一代之兴衰，或几个王朝的更迭，或藩镇割据，或互相残杀，总是以特定历史时期所发生的重大事件为线索，以在历史上起过独特作用的著名人物为对象，用小说笔法展开叙写、创作成书的。这类作品流传下来常见的有：《三国志通俗演义》《残唐五代史演义》《西汉演义》《东汉演义》《东西晋演义》《北史演义》《南史演义》《开辟衍绎通俗志传》《有夏志传》《有商志传》《乐田演义》《东周列国志》《痛史》等，其余的说来数量还多，但影响却难望项背。

这类作品之所以被归为一个流派，也是因为他们有共同的创作原则，或者说在形态上有共同的特点。用八个字概括就是：以事为主，七实三虚。

以《三国志通俗演义》为例，现在见到的《三国志通俗演义》最早刊本是明嘉靖壬午(1522年)刊刻的。全书二十四卷，二百四十则，题"晋平阳侯陈寿史传，后学罗本贯中编次"。有弘治甲寅(1494年)庸愚子"序"，嘉靖壬午关中修髯子"引"。继嘉靖本出现之后，新刊本虽然大量涌现，至明末已不下二十种，但它们大多以嘉靖本为底本，只做些插图、音释、考证、评点和文字增删、卷数和回目的整理工作。清康熙年间，毛纶、毛宗岗父子对全书的回目、情节和文字进行了较大的增删润色，同时更名为《三国演义》，共 120 回。从此，这个修改本成为流行的本子。

《三国志通俗演义》溯源上去，要追踪到陈寿的《三国志》和裴松之为《三国志》所做的注。民间艺人——也许先从文人开始，从史料中发现了可资利用的资料，形成了第一批的三国故事。而在唐代三国故事已喧腾众口，李商隐《骄儿诗》描写儿童"或谑张飞胡，或笑邓艾吃"；宋代，民间说书中已有专说"三分"的专门科目和专业艺人。苏轼《志林》记载："王彭尝云：涂巷中小儿薄劣，其家厌苦，辄与钱，令聚坐听说古话。至说三国事，闻刘玄德败，颦蹙，有出涕者；闻曹操败，即喜，唱快。"①说明当时说三国故事艺术效果已很明显。在戏曲舞台上，金元时期出现了大量的三国戏。陶宗仪《南村辍耕录》记载的金院本中有《赤壁鏖兵》等剧目。据《录鬼簿》《太和正音谱》等记载，可知元杂剧中大约有六十种三国戏。

各种各样的三国故事对于史实当然会有各种各样的利用安排，问题是罗贯中以《三国志平话》为框架整理时，充分利用陈寿《三国志》和裴松之注提供的史料，也广泛吸收民间传说中生动的故事情节，还删汰民间故事中的荒诞不经部分，这就是他的高明之处。

《三国志通俗演义》基本上依据史实，时间上从汉灵帝建宁二年（169）四月开始，至晋太康四年（283）灭吴为止，中间黄巾起义发生在哪一年，曹操当魏王在哪一年，还有曹操之死、曹丕取消汉献帝名号自称魏皇帝等等，都符合史实；书中所写几百个人物——不仅刘备、曹操、孙权，绝大部分历史上都实有其人，很多都可以在《三国志》里找到传记；主要故事情节都是历史上曾经发生过的历史事件，如官渡之战、赤壁之战、彝陵之战等；甚至所引诏令、书表、诗词、言语，历史上都有记载，可查到出处，如隆中对、《出师表》等。用这些，罗贯中构成了《三国志通俗演义》的框架。②

但是罗贯中又没有拘泥于真实的历史，对于小说中的历史事件和人物形象，作者已或多或少融进了新的血肉，有的甚至换了灵魂。如小说里的曹操就已非历史人物，而是作者依据历史原型虚构创造的艺术典型，用"奸雄"二字形容，再恰当不过，既不违史实又褒贬自见。再如赤壁之战，历史上抗曹力量主要是东吴，但《三国志通俗演义》却改写成孔明是这次大战的主要策划者，赤壁之战的胜利变成孔明所制定的刘备联吴抗曹战

①　蔡铁鹰. 中国古代小说的演变与形态 [M]. 北京：中国文史出版社,2003：208.
②　蔡铁鹰. 中国古代小说的演变与形态 [M]. 北京：中国文史出版社, 2003：209.

略的胜利,以政治的斗争带动军事的战斗,整个事件顿时熠熠生辉。

这就是《三国志通俗演义》的"以事为主,七实三虚"。在学术界认可的历史演义小说里,这是主要的形态特征和程式。

第二节　历史演义小说的典范:《三国演义》

一、《三国演义》的写作特点

（一）历史的理想和迷茫

《三国志通俗演义》是一部历史演义小说,罗贯中是以三国时期的历史人物和事件作为基本素材创作这部小说的。因此,《三国志通俗演义》就与一般的小说有所不同,它具有"历史"和"文学"的两种特征和功能。这部小说用"依史以演义"的独特文学样式,描写了起自黄巾起义、终于西晋统一的近百年历史。"依史",就是"事纪其实,亦庶几乎史",对历史的事实有所认同,也有所选择、有所加工;"演义",则渗透着作者主观的价值判断,用一种自认为理想的"义",泾渭分明地褒贬人物,重塑历史、评价是非。[①]统观全书,作者显然是以儒家的政治道德观念为核心,同时也糅合着千百年来广大民众的心理,表现了对于导致天下大乱的昏君贼臣的痛恨,对于创造清平世界的明君良臣的渴慕。这就是《三国演义》的主旨。因为它广泛而深入地反映了当时的社会生活,在作品中表现出极其丰富而复杂的思想,其思想内容主要有以下几个方面:一是作品通过对三国时期各个政治集团之间军事、政治、外交事件的描述,生动形象地反映了当时各种斗争中所体现出来的经验和智慧。这些经验和智慧有些是可供我们去借鉴的。斗争的丰富多彩性不仅仅让人感觉紧张和好看,我们更能够从中看到人性的美与丑,看到人类的聪明才智,看到作者伟大的创造性。

二是作品真实地揭示了当时重重的社会矛盾和动乱不安的现实局面。在镇压黄巾起义的过程中,无数封建政治集团,发展了自己的政治军事力量,他们彼此征战,形成了军阀混战的局面,给人民带来了难以言说的深重灾难。我们不难从作品中看到作者对军阀罪恶的痛恨、对人民苦

---

① 徐潜,马克,崔博华.中国古代小说变迁[M].长春:吉林文史出版社,2014:99.

难的同情。修髯子在《三国志通俗演义·引》中所说的"欲知三国苍生苦，请听通俗演义篇"，就道出了全书的这一倾向。这部小说能帮助我们认识当时社会的黑暗和封建统治阶级的反动本性。

三是作品在一定程度上反映了动乱年代里人民群众的苦难生活与拥护统一的愿望。小说中虽然存在着"分久必合，合久必分"的历史循环论思想，但是，反对分裂、拥护统一的思想倾向，也是显而易见的。但是究竟应该由什么样的人或政治集团来统一天下，却是全书思想内容的关键。作者给我们广大的读者再现了当时封建军阀屠戮人民，劫掠百姓，从而使田园荒芜、生产凋敝、白骨如山、饿殍遍野的历史事实。作者对那些坚持分裂割据的军阀进行了无情的鞭挞和嘲讽。

作者在叙述和描绘历史人物时尽管有自己的感情倾向，但是他基本上能够如实地再现某些历史人物，比如曹操，作者虽然不赞成由他来统一天下，但在描写他同北方各个军阀进行斗争的过程中，却如实地展现了他的雄才大略。当然作者赋予曹操的主要还是奸诈、残忍、骄横、多疑的性格，罗贯中不仅写他"托名汉相，实为汉贼"的政治品格，而且还通过其残杀吕伯奢一家等情节体现了他的道德品格，从而为我们塑造了一个典型的以"宁使我负天下人，休使天下人负我"为信条的奸雄形象，使他成为封建统治者种种恶劣的品格的代表。而与曹操相对立的另一个军阀刘备，在作者的笔下，却具备了一个优秀的统治者所应该具有的一切美好的品质，成为一个"宁死不为负义之事"的理想中的贤明君主，与曹操形成了鲜明的对比。很明显，刘备及以其为首的蜀汉集团，正是作者及广大人民群众的政治理想和希望，他们希望能有像刘备那样的明君，像孔明那样的贤相，并由他们来实现统一天下的理想。当然，这样的理想和愿望并没有实现，刘备、诸葛亮以及他们的后继者都没有能够完成这一统一大业，因此，在小说中又具有了某种悲剧性色彩。作者生于元明易代的动乱之际，他在作品中表达这样的理想和愿望，也是一种深沉的寄托。作者本来寄希望于蜀汉，希望刘备和诸葛亮能够君臣际会，做出一番惊天动地的伟业，使自己和其他百姓能够安居乐业。这种反对分裂、主张统一的思想，不仅反映了广大人民的深切愿望，同时也符合历史发展的趋势，具有进步意义。

作者"尊刘贬曹"的感情倾向十分鲜明。拥刘反曹的思想是三国故事在长期流传过程中逐步形成的，小说的最后写定者罗贯中承认并吸收了这一思想，将它熔铸到作品结构、情节和人物描写中去，而毛纶、毛宗岗父子的修改加工又加强这一思想倾向，使它表现得更加鲜明突出。陈寿的《三国志》是以魏为正统，称颂曹操是"非常之人，超世之杰"；而罗贯中的《三国演义》则以蜀汉为正统,贬曹操为"治世之能臣,乱世之奸雄"。尊曹或尊刘,是史学家们长期争论的话题之一,但这只不过是封建正统观念在不同历史条件下的不同表现。《三国演义》中"尊刘贬曹"的思想倾向有其历史根源,也有作者的情感和主观因素,如何看待这一思想倾向,需要我们辩证地去看问题,需要我们能够从一个比较客观的角度站在一个历史的高度去评价这些历史人物和历史事件。

四是作者热情地歌颂了忠义、勇敢等人类优秀的品质。作品成功地塑造了一些杰出人物。关羽,作为蜀汉名将,不仅勇武,更重要的还是他的忠义。他在身陷曹营之后,不为金钱美色所动。为了寻找刘备,关云长千里走单骑,过五关斩六将,这里表现的是关羽对刘备的义重如山。为了进一步表现关羽的义,作者甚至写他华容道义释曹操,当然,这种"义"从一定意义上来说是以个人恩怨为前提的,并非是值得我们去推崇的国家民族之大义。还有能体现出这种勇敢和忠义的人物在作品中是很多的,如冒死救自己主公妻儿的常山赵子龙;如赤膊上阵拼死救曹操的许褚等等。

当然作品中也存在着明显的封建糟粕,这是不容置疑的事实。如在毛本中得到强化的历史循环观和正统的观念等等,这些都是有一定局限性、落后的封建主义历史观。另外,作品中也多处出现带有封建迷信色彩的描写,这些也是应予以否定和批判的。当然,这和作者所生活的时代和其认识自然、社会的能力有关,我们不应对作者有太苛刻的要求,我们还是应以其作品的整体价值为主,不能因点而否面。

(二)气势非凡、波澜壮阔的历史画卷

罗贯中的《三国志通俗演义》取材于历史,同时在小说中将历史之实与艺术之虚巧妙结合依存,做到了虚实的有机结合,小说以非凡的叙事才能、全景式的战争描写、特征化性格的艺术典型塑造等突出的特色,取得了令人瞩目的艺术成就,成为中国古代历史小说创作中不可企及的高峰。

首先,《三国演义》在民间传说和宋元"讲史"的基础上,吸取和发展了说书人讲故事的艺术传统,善于组织故事情节、故事性强,且惊心动魄、引人入胜。小说的结构,不仅宏伟壮阔而且严密精巧。《三国志通俗演义》的战争描写,继承了从《左传》到《史记》中的战争描写传统,并加以发扬光大、创新提高。全书写了大小几十个战争场面,其中有两军对阵的厮杀,也有战略战术的运用;有以少胜多的范例,也有出奇制胜的妙计;有水战,也有火攻。每一个战争场面都写得具体而生动,形式多样而不呆板,

表现出战争的复杂多变。比如诸葛亮七擒孟获，七放七擒，每次擒拿孟获的形式都不一样，而他的六出祁山，也各自不同。再如用火攻的战例，诸葛亮火烧新野用的是火攻，周瑜在赤壁之战中火烧战船用的是火攻，陆逊大破刘备同样也是用的火攻，可每次战争的形势不同，敌我双方的力量不同，所用的火攻也就有所差异。

其次，在创作历史小说中，首先要解决的问题，就是"虚"与"实"的构思安排。《三国演义》是在依据史实、博采民间各种传说的基础上加以创造而成的。它虚实结合、构思巧妙。可以说《三国演义》是七分实写三分虚写，也就是说整部作品的主干、框架基本上是史实，而具体的情节与人物性格往往是虚构的。[①] 这部小说所描述的时间长达近百年，人物更是多至千人，事件也是错综复杂、头绪纷繁。而描述的历史事件和人物不仅仅要做到虚实结合，同时还要注意增强故事和人物的文学性和艺术性。我们可以看到，作者在结构的安排上是有很大困难的。但是作者却能写得井井有条、脉络分明，从各个章回看，基本上都能独立成篇，而从全书来看，又是一个非常完整的艺术整体。这都得力于作者的宏伟而巧妙的构思。罗贯中以蜀汉政权为中心，以魏、蜀、吴之间的矛盾纷争为主线，来展开全书的故事情节，情节既曲折多变，又前后连贯；线索既有主有从，而又主从密切配合。

再次，小说成功地塑造了一大批栩栩如生的人物形象。《三国演义》浓墨重彩，成功塑造了上百个栩栩如生、血肉丰满的艺术形象，如刘备、关羽、张飞、诸葛亮、赵云、曹操、司马懿、周瑜等。这些人物或雄才大略，智谋超群，叱咤风云；或武艺高强，有万夫不当之勇；或肝胆照人，义薄云天。总之，群星灿烂，异彩纷呈，个性鲜明，千载之下，依然熠熠生辉，魅力无穷。

作者善于以特征化描画人物，人物一出场即以高度概括的语言介绍人物性格，直接确立人物的主要性格特征，给读者直观鲜明的第一印象，这就是有人所说的"出场定型"。

第一回，几个主要人物刘备、张飞、关羽、曹操先后亮相。对刘备的介绍，"性宽和，寡言语，喜怒不形于色；素有大志，专好结交天下豪杰"。确立了刘备基本的性格特征，一个慈爱明君形象跃然纸上。张飞和关羽的出场都是通过刘备的眼睛。对张飞的描写为："玄德回视其人，身长八尺，豹头环眼，燕颔虎须，声若巨雷，势如奔马。"短短二十个字就把一个粗豪

---

① 金开诚.历史演义小说[M].长春：吉林出版集团有限责任公司吉林文史出版社，2009：70.

直爽、暴烈勇猛的英雄形象惟妙惟肖地呈现在读者面前。对关羽的描写是："身长九尺，髯长二尺；面如重枣，唇若涂脂，丹凤眼，卧蚕眉，相貌堂堂，威风凛凛。"一个高大魁梧、一身正气、大义凛然的英雄形象呼之欲出。而对曹操的交代则更加详细，先是作者客观描述："操幼时，好游猎，喜歌舞，有权谋，多机变。"这是一个定性，然后用一个故事具体表现曹操的权谋与诡计多端：操有叔父，见操游荡无度，尝怒之，言于曹嵩。嵩责操。操忽心生一计，见叔父来，诈倒于地，作中风之状。叔父惊告嵩，嵩急视之。操故无恙。嵩曰："叔言汝中风，今已愈乎？"操曰："儿自来无此病；因失爱于叔父，故见罔耳。"嵩信其言。后叔父但言操过，嵩并不听。因此，操得恣意放荡。（第一回）

再借当时三个人的评语强化曹操的性格特点，桥玄谓操："天下将乱，非命世之才不能济。能安之者，其在君乎？"南阳何颙见操，言："汉室将亡，安天下者，必此人也。"最有名的是汝南许劭，有知人之名，给曹操的评语是"治世之能臣，乱世之奸雄也"，操闻言大喜。曹操又奸又能的特点就这样确立起来了。

诸葛亮则又不同于他人，书中写他"身长八尺，面如冠玉，头戴纶巾，身披鹤氅，飘飘然有神仙之概"，形神兼备，传神写照，如在目前。

这种出场即定型的人物塑造方法跟"说书体"有关。说书的特点就是诉诸听觉，为了给听众留下深刻印象，说书人往往在主要人物出场时，就抓住其外形的某些突出特征加以描述，借以强调其性格的一两个方面，并对其善恶美丑进行褒贬，所谓"公忠者雕以正貌，奸邪者与之丑貌"，目的就是要让听众一下子就能分清好坏善恶，以利于听众在听的过程中理解人物和故事。所以"说书体"中的人物性格往往线条明快，特点突出，性格单纯，一目了然。这才有毛宗岗《读三国志法》。

论《三国演义》的所谓"三绝"："诸葛孔明一绝也，关云长一绝也，曹操亦一绝也。"并判定诸葛亮"是古今来贤相中第一奇人"，关羽"是古今来名将中第一奇人"，而曹操则是"古今来奸雄中第一奇人"。在人物基本定型以后，作者用一系列的故事和情节对人物"反复皴染"，进一步强化、突出人物的性格特征，使人物形象更加丰满，给人以强烈的艺术感受。[①]为了刻画曹操奸诈伪善、凶残狠毒的性格特征，连续使用一连串事例，如杀吕伯奢全家：曹操行刺董卓失败，与陈宫逃至成皋，得到其父旧交吕伯奢好意接待，曹操因误听杀猪者的话语，竟杀了吕伯奢全家，明白真相之

---

① 张文珍，马瑞芳.中国古代通俗小说发展研究[M].济南：山东教育出版社，2016：60.

后，仍杀死吕伯奢，还说："宁教我负天下人，休教天下人负我。"暴露了他凶残狠毒的性格特征和极端利己的处世哲学。借管粮官之首安抚军心：曹操南征袁术，军粮短缺，便命管粮官用小斛发放军粮，而听到众军卒埋怨不满时，又以盗窃官粮罪把管粮官处死，并借其头以息众怒。梦中杀人：为防范行刺，曹操故意装作梦中杀人，杀死替他盖被的卫士，后又厚葬死者，以示仁义之心。还有马犯麦田而割发代首，借黄祖之手杀死祢衡，假扰乱军心罪名杀死杨修，不杀陈琳而爱其才，不追关羽以全其志，得部下通敌文书却焚而不究，青梅煮酒论英雄等等，把一个专横残暴、阴险狡诈，又豪爽多智、目光远大的"古今来奸雄中第一奇人"写得血肉饱满。

作者写诸葛亮，主要是在赤壁之战、三气周瑜、七擒孟获等事件中，着力刻画他的运筹帷幄，决胜千里，而且神机妙算，未卜先知。他的"锦囊妙计"，战无不胜，攻无不克，只一个"神"字可以称之。写刘备的仁结民心，关羽的忠肝义胆，张飞的粗豪爽直也都是通过一个个故事情节反复皴染而得以强化，使之更加鲜明突出，成为独一无二、无可取代的"这一个"。

《三国演义》有时运用夸张的手法，鲜明地表现人物的特点，烘托气氛，增强感染力，引发读者丰富的想象和强烈共鸣，给人的印象特别深刻，大大增强了作品的艺术感染力。如张飞形象的刻画大量地使用了夸张手法，第四十二回"张翼德大闹长坂桥"：却说文聘引军追赵云至长坂桥，只见张飞倒竖虎须，圆睁环眼，手绰蛇矛，立马桥上；又见桥东树林之后，尘头大起，疑有伏兵，便勒住马，不敢近前。俄而，曹仁、李典、夏侯惇、夏侯渊、乐进、张辽、张郃、许褚等都至。见飞怒目横矛，立马于桥上，又恐是诸葛孔明之计，都不敢近前。扎住阵脚，一字儿摆在桥西，使人飞报曹操。操闻知，急上马，从阵后来。张飞睁圆环眼，隐隐见后军青罗伞盖、旄钺旌旗来到，料得是曹操心疑，亲自来看。飞乃厉声大喝曰："我乃燕人张翼德也！谁敢与我决一死战？"声如巨雷。曹军闻之，尽皆股栗。曹操急令去其伞盖，回顾左右曰："我向曾闻云长言：翼德于百万军中，取上将之首，如探囊取物。今日相逢，不可轻敌。"言未已，张飞睁目又喝曰："燕人张翼德在此！谁敢来决死战？"曹操见张飞如此气概，颇有退心。飞望见曹操后军阵脚移动，乃挺矛又喝曰："战又不战，退又不退，却是何故！"喊声未绝，曹操身边夏侯杰惊得肝胆碎裂，倒撞于马下。操便回马而走。于是诸军众将一齐望西奔走。正是：黄口孺子，怎闻霹雳之声；病体樵夫，难听虎豹之吼。一时弃枪落盔者，不计其数，人如潮涌，马似山崩，自相践踏。后人有诗赞曰："长坂桥头杀气生，横枪立马眼圆睁。一声好似轰雷震，独退曹家百万兵。"

先是以夸张的言辞描画其形象，吓住曹兵；然后是响如巨雷的一声断喝，让曹军颤抖；紧接着又是两次有如轰雷震、虎豹吼的大喝，竟然吓得曹操身边的大将肝胆碎裂，掉下马来。有一些夸张，有一些渲染，有一些虚构，却将张飞勇猛豪放的性格展现得活灵活现，给读者留下深刻印象。

最后，作者以大量的篇幅描写了大大小小四十余场的战争，成为描写古代战争场面的典范作品。作者在作品中给我们展现了一幕幕惊心动魄的战争场面。在这些场面中尤以袁曹的官渡之战、魏蜀吴的赤壁之战、蜀吴的彝陵之战最为出色。对于决定三国兴亡的几次关键性的大战役，罗贯中总是着力描写，并以人物为中心，描绘出战争的各个方面，特别是对战前双方或多方准备情况的描写，敌对双方如何使用战略战术，如何排兵布阵，如何打探虚实，如何利用对方的弱点等，都描绘得十分生动逼真。因此，我们所读到的战争场面丰富多彩，千变万化，各具特色，充分地展现了战争的复杂性和多样性。

如赤壁之战，共有 9 回的篇幅，前三回集中写双方的战略决策，在曹魏近百万大军的威胁下，诸葛亮奔走于夏口、柴桑间，争取与东吴结盟；而孙吴政权内部也展开了激烈的辩论，主战和主和各执一端、互不相让，最终孙权由狐疑不定到誓死抗战；诸葛亮舌战斗智，激将等法齐用。整个决策过程跌宕起伏、变化莫测。在战争进程中，又出现了孙、刘之间又联合又斗争，东吴政权内部主战主和的矛盾；主战派内部周瑜、鲁肃对待同盟军不同策略的矛盾。作者把政治斗争与军事斗争结合起来，使战略决策的描写具有更深刻的内涵。

三国演义中，人物斗智斗勇相结合，并进一步突出孙刘联军战术运用的正确，进而揭示战争胜利的原因。作者紧紧抓住了北方人不习水战这一重要线索，描写蜀吴联军如何扬长避短、变劣势为优势；而魏军又如何想方设法摆脱不利因素，但终因种种失误而导致失败。在这场战争的整个过程中，可以说是妙计迭出，首先是周瑜利用蒋干进行反间计，除掉深谙水战的蔡瑁和张允；然后是庞统献连环计；之后是黄盖的苦肉计等等，这些战术谋略的运用，大大增强了作品的艺术可观性。

我们从作者的描绘中既能看到战争的激烈、紧张、惊险，而又不觉得战争的凄惨，往往具有昂扬的格调，有的还表现得从容不迫、动中有静、有张有弛。作者所追求的艺术效果，并不是给我们展现战场和战争的热闹，而是表现那些将帅们在战争中的智慧和思想。

除此之外，作品的语言、文风也颇有特点。《三国演义》的语言既不同于此前的唐代传奇、宋代话本，也不同于其后的《水浒传》《西游记》，更不同于再后的《金瓶梅》《红楼梦》。它把文言的"深雅"和白话的"浅俗"

融为一体,形成一种文白间半的语言风格。

当然,《三国演义》在艺术处理上也有一些比较明显的不足。这主要体现在人物塑造方面,作者为了突出人物的某一性格特点而写得太"过",也就是有些想象和夸张运用得不尽合理,产生了过犹不及的效果。鲁迅先生曾对此做过比较中肯的评价,他说:"至于写人,亦颇有失,以致欲显刘备之长厚而似伪,状诸葛之多智而近妖。"(《中国小说史略》)另外,就是一些宣扬宗教迷信方面的情节,显然也是艺术上的重大缺憾。

二、《三国演义》的艺术成就

尽管缺乏罗贯中的生平资料,但是,从他留给我们的作品中可以看出,罗贯中无愧于我国古代杰出的文学家的称号,他那渊博的学识、明晰的理智、深沉的政治道德眼光、驾驭鸿篇巨制的艺术气魄,都比他同时代人高出一个层次。

《三国》取材于历史。作家用全部的心血和满腔的激情,通过浓墨重彩,描画出一系列栩栩如生的英雄形象。小说总共写了一千多个人物,其中一些主要人物形象都很鲜明,一直活在人民心中,而关羽、张飞、曹操、诸葛亮等尤其写得出色。关羽的形象,主要表现为义与勇的化身,他出身微贱,与刘备、张飞在桃园结义后,始终坚持义气,尤其是不顾曹操的拉拢,封金挂印,单骑独行千里而与刘备会合,而华容道上义释曹操,更是"义勇之气可掬,如见其人"。而温酒斩华雄、破五关斩六将、单刀赴会、水淹七军等情节,更使关羽英气逼人、智勇过人。尽管他最后失荆州败走麦城,但仍写得十分悲壮。凡是读过或听过《三国》的人,都非常喜爱张飞。他是一个嫉恶如仇、勇猛善战、力大无比、粗豪爽直的人物。罗贯中一方面通过虎牢关勇斗吕布、长坂坡喝退曹操等情节来刻画他的勇猛,一方面又在古城聚义、三顾草庐等情节中描写他的莽撞,同时,还在怒鞭督邮时写他的嫉恶如仇,在视察耒阳时写他知过必改,在擒释严颜时写他的粗中有细和善于收拾人心。但粗暴是张飞性格中的致命弱点,他脾气暴躁,爱喝酒,常常喝醉打人,对待部属粗暴等,最终酿成被杀的悲剧。历史上的曹操是一个极端利己主义者,一个乱世之奸雄。小说《三国》以史书为依据,对他进行了典型化处理,使其"奸"与"雄"得到了淋漓尽致的体现。当他行刺董卓失败,出逃至故人吕伯奢家,听到吕家准备饮食的磨刀声,以为是想害他,便杀了吕伯奢一家,宣称:"宁使我负天下人,休教天下人负我。"当他逐渐拥有了一些兵力以后,借口为父报仇,尽屠徐州百姓。他对关羽虚伪笼络,对汉献帝"挟天子以令诸侯",他设计杀戮效忠汉室的臣僚，连董妃、伏后也不免一死。他颇有文才，能横槊赋诗，也因此对文人特别忌妒，需要时"求贤如渴"，小不如意时就直接或间接加以诛杀。如孔融、祢衡、崔琰、许攸、荀彧、杨修，都是由于曹操的"忌才"或小有不如己意而被杀的。其他如自己下令用小斗发军粮而杀仓官以平众怒；为防范行刺，宣称习惯梦中杀人，杀了卫士而佯装不知，都活活勾画出了极端利己主义者的丑恶面貌。

《三国志通俗演义》中对曹操形象的成功刻画已使曹操成为奸雄的代名词。

《三国》的背景是群雄并起的乱世，是可以有所作为的乱世。乱世只是一个历史的框架、一种特定的情境，而激发罗贯中创作灵感和创造热情的是那些叱咤风云的英雄豪杰。

一方面是乱世出英雄，另一方面也只有乱世才能显出英雄本色。罗贯中所处的正是一个动荡不安的时代，而他的作品也隐隐透露出作者本人的英雄意念。可以说，罗贯中之所以塑造三国群英谱，既是时代使然，也出于他那怀才不遇并渴望自我实现的英雄意识。

《三国志通俗演义》是一幅气象恢宏的历史巨画，它充分显示了作者艺术家的胆识和气魄。三国故事在三国鼎立的同时或稍后就开始流传，其间经过1000余年的口耳相传，加工创造，许多历史故事得到了丰富和提炼。至宋代出现了说"三分"的专家，至迟在元初出现了长篇平话《三分事略》。生活在元代后期的罗贯中，在这个题材上面临着多渠道的丰富遗产。但是，面对过于丰厚的遗产，罗贯中没有守成不足、怯于进取；丰厚的遗产也没有使罗贯中头晕目眩、手足无措。他对陈寿的《三国志》和裴松之注，花了很大的研究功夫；对于口头流传的和见于书画的三国故事，作了广泛的搜集、删汰和改造。作为一部历史小说，罗贯中如此完美地处理了历史真实与艺术真实的关系，充分体现了他那无人能及的学识和功力，和那种耐得寂寞、深入严谨的创作风度。

《三国》的结构是宏伟的。在此之前，中国文学史上还没有如此篇幅巨大的作品。前此史书的叙事体例，有编年体、纪传体、纪事本末体。《三国》这部艺术性的史诗大致上属于编年纪事，而在大的战争和政治事件的描写上，又多以纪事本末之体。它演述的是三国史事，题材本身决定了三线并行的纵式结构，而作者又从主题表现的需要出发来安排结构的轻重详略。《三国》中以刘备与蜀国政权为主线，兼顾曹操与魏国和孙权与吴国这两条辅线。刘蜀政权中又以诸葛亮为重心。对诸葛亮从出山至逝世的二十七年间记叙最详。也是全书最精彩的部分，以后的四十六年则是粗线条的勾勒。同时，小说以战争作为高潮来组织情节。官渡之战、赤壁之战、彝陵之战,构成了全书大的起伏态势,决定了全书的叙事节奏,而每一场战争中又包含着若干具有相对独立性的故事情节。如赤壁之战一共写了十六则之多;其中又包括舌战群儒、蒋干中计、草船借箭、借东风、三江纵火、关云长义释曹操等一系列连贯性的故事,各成波澜,环环相扣。结构的连贯性、向心性、整一性,充分显示了作者驾驭鸿篇巨制构思的气魄,而其中又有许多精致的充满诗意的细节描写,更见得作者贯注笔端的充沛的生气。①

《三国》的主题是宏大且深厚的。关于《三国》的主题,众说纷纭。其实,对于这部"陈叙百年,该括万事"的长篇巨著来说,试图用一个单纯的主题来概括它是不可能的。② 由于三国故事在罗贯中之前已流传了千年之久,历代人的情感理智即使这个题材更加丰满动人,也赋予它很多主观成分。那群雄并起的历史画面,个性鲜明的历史人物,引人入胜的故事情节,以及题材本身具有的历史内涵,对罗贯中来说,都有很大的诱惑力。他在选择这个题材的同时,也就承认和接受了历代人观念和情感的积淀。比如拥刘反曹或说蜀汉正统的观念,最迟在北宋时就已形成了,罗贯中在书中继承了这一观念。在具体的写作过程中,罗贯中不仅对历史和传说中所表述的历史内涵做了协调统一的工作,更有意识地突出强调了某些方面。其中最基本的是作者的人格理想与道德观念。刘备的宽厚,关羽、张飞的忠义,诸葛亮的智慧和他那只手补天、死而后已的精神,是罗贯中人格理想的基本构成要素。而他的道德观念,可以说主要是通过曹操的形象从反面表现出来的。人格理想与道德观念是罗贯中考察和批评社会的支点,也是他的社会理想的奠基石。

如果说罗贯中在描写人物方面取得了成功,那么他在解释历史方面迷失了方向。本来应是"得道者多助,失道者寡助",可是历史事实是刘蜀政权首先灭亡,曹魏政权统一了天下,这对罗贯中的蜀汉正统观以及他的人格理想、道德观念,都无异于一种潜在的嘲讽。但罗贯中无权更动历史。罗贯中在历史的沧桑变化面前的困惑与迷惘,使《三国》后面部分染上了晦暗色调和浓郁的悲剧氛围。

《三国志通俗演义》是我国文学史上长篇小说的开山之作,也是历史小说的奠基之作。洋洋 70 余万字的《三国志通俗演义》,标志着我国长篇小说的成熟。从历史小说发展的角度来看,它的影响更是巨大的。它为历史小说创作提供了经验和范本,并且开创了历史小说的繁盛局面。

① 顾一平. 文学古韵园 [M]. 北京: 中国少年儿童出版社, 2000: 72-73.
② 何满子. 十大小说家 [M]. 上海: 上海古籍出版社, 1989: 42.

逮至近代,从《开辟演义》到《清宫演义》,构成了一个与二十四史平行的小说系列,这是中外小说史上的奇观。在如此众多的历史小说面前,《三国志通俗演义》始终保持着它的地位和光辉。罗贯中对于历史真实与艺术真实的把握,以及《三国》一书结构、语言方面的民族特色,至今仍是可供借鉴的典范。

第三节 《隋史遗文》等其他历史演义小说

一、《隋史遗文》

《隋史遗文》明末袁于令根据归本改编的《隋史遗文》刊行于崇祯六年(1633),是明朝说唐故事中较好的一部。袁于令字令昭,号籜庵,吴县人,约卒于 1674 年。

说唐故事由来已久。《梦粱录》记载,唐代开国故事,在宋代的勾栏瓦舍里就有艺人在讲述了。元明杂剧剧目则有《徐茂公智降秦叔宝》《长安城四马投唐》《程咬金斧劈老君堂》《尉迟公鞭打单雄信》《尉迟公单鞭夺槊》《尉迟公三本槊》《介休县敬德降唐》《尉迟恭为救秦王》《功臣宴敬德不服老》等。明代罗贯中也曾在前人的基础上编写了《隋唐两朝志传》。熊大木也写过《唐书志传通俗演义》,此外,还有无名氏的《隋炀帝艳史》等。

《隋史遗文》就是在继承前代说唐故事成果的基础上写成,但它还不是说唐故事的终极。清褚人获的《隋唐演义》和《说唐全传》更在它的基础上,加工创作而成。但是,《隋史遗文》在说唐故事的演变中还是起了极为重要的作用的,它不再以隋炀帝、唐太宗等帝王为中心人物,而是以秦琼、程咬金、单雄信、罗士信等“乱世英雄”为中心人物。这标志着说唐故事演变到英雄传奇的新阶段。

本书共 12 卷 60 回,其所写重点不在全面演述历史,而在叙写传奇英雄的奇情侠气、遗韵英风,故而书中所写“十之七皆史所未备者”。构成作品主旨的是所谓“义”,具体讲也就是侠义与信义。尤其是知恩必报的朋友义气,更是全书叙述的重点。其中贯穿全书的主要是英雄秦琼的一生功业,作者将勇将、义士、侠客、清官与孝子诸要素集于其一身,并围绕着重义如山此一性格核心而展开。他路见不平即拔刀相助,在潞州公干途中救助唐公,不留姓名而去;他疾恶如仇,容不得宇文公子抢掠民间女子、妄杀无辜；他是非分明，看不惯麻叔谋残暴贪婪行为，毅然辞职回家等等，颇有水浒好汉的豪侠气质。尤其是在劫银杠一事中，充分表现出他为朋友两肋插刀的过人义气。秦琼奉命去缉捕劫银杠的盗贼，可这盗贼恰恰就有他自幼的患难兄弟程咬金。当程咬金闻知秦琼因缉捕不力而受罚时，便主动承认是自己劫了银杠，并让秦琼把自己交给官府。面对此种情形，许多豪杰，个个如痴，并无一言。此刻，只见秦琼将捕批"豁的一声，双手扯得粉碎"。至此，一个顶天立地的大丈夫形象便站立在读者面前。

　　除秦琼外，其他英雄的形象也颇为动人，如单雄信的任侠好义，尉迟恭的粗鲁直率，程咬金的见义勇为而又颇具喜剧色彩，罗成的武艺超群而又充满孩童稚气等等，都能给读者留下较深的印象，并能从他们身上发现水浒好汉的种种特征。尽管本书艺术上还略显粗糙，文学成就远不能与《水浒传》相比，但在民间依然甚为流行。

二、《隋炀帝艳史》

　　明朝末年，署"齐东野人著"的《隋炀帝艳史》，就是侧重于描写隋炀帝时期宫闱艳事的作品。如《凡例》所言："隋朝事迹甚多，今单录隋炀帝奇艳之事。"小说共四十回，有二十六回专写这个风流天子淫欲无度的生活。其他章节中，穿插写炀帝风流韵事亦复不少。名义上，作者写此书是为了总结隋朝灭亡的教训，"使读者一览，知酒色所以丧身，土木所以亡国"，实际上，作者对炀帝荒淫风流的生活，流露出艳羡之情。而帝王后妃的艳情故事，更是符合市民读者的口味。恰如鲁迅所云："帝王纵恣，世人所不欲遭而所乐道，唐人喜言明皇，宋则益以隋炀。"

　　《隋炀帝艳史》浓墨重彩地描写隋炀帝和他成群的后妃们之间的风流韵事。在小说中，与其他帝王不同，炀帝爱他的皇后，也爱每一位嫔妃。他对她们温柔体贴，关怀备至。在温柔乡里，他找到了人生最大的乐趣。皇后和所有的嫔妃都美貌多才，娇憨可爱。她们之间从不争风吃醋，都极尽所能地让她们所爱的君王生活得开心。华丽的宫殿，精美的舞榭亭台，幽静秀丽的宫苑风景，更是把这种风流蕴藉的生活烘托得极富诗情画意。由此，有人把它比作《金瓶梅》，有人把它比作戏剧《长生殿》，还有人把它比作《红楼梦》。多数研究者认为，这部小说是历史演义小说与世情小说的交叉。

　　然而，世情小说一个重要的特点，是描摹世情。《隋炀帝艳史》却没有反映出人之常情。爱情是排他的，一夫多妻不可能不产生矛盾。《金瓶梅》写了因为妻妾们的争风吃醋，致使西门庆痛失爱子，自己也很快死亡。

《长生殿》不仅写了杨妃与梅妃的争宠，还写了后宫"三千佳丽"的被冷落："把良夜欢情细讲，莫问他别院离宫玉漏长。"《红楼梦》也写了"木石前缘"与"金玉良缘"之争。《隋炀帝艳史》所描写的那种超然世外的爱情，只能出自一些市民的空想。再有，世情小说侧重于刻画人物个性。《隋炀帝艳史》中众多的女性，只有才艺的不同，却没有鲜明的个性特征。故此，笔者以为，《隋炀帝艳史》所描写的"奇艳之事"，与世情小说所描写的普通男女饮食生活，有质的不同。

因为《隋炀帝艳史》的内容、风格，迎合了市民读者的审美趣味，也就使得这部小说在下层社会产生了一定的影响。清褚人获的《隋唐演义》中，有二十七回袭用《隋炀帝艳史》的内容。这部小说描写隋炀帝花天酒地的生活，打的也是警世的旗号："从来极富、极贵、极畅适田地，说来也使人心快，听来也使人耳快，看来也使人眼快；只是一场冷落败坏的根基，都藏在里面。"看来，作者清楚地看到了小说题材的矛盾之处：从理性上，人人都知道隋炀帝荒淫腐败的生活是"冷落败坏的根基"，而从感性上，又觉得这种极富、极贵、极畅适的生活，令人心快、耳快、眼快。民国时期张恂子的《隋宫春色》，也袭用了《隋炀帝艳史》的大量内容。作者明确地表示了对隋炀帝"人生观"的赞许，认为他"为享乐主义而死，死得自然有意义"《隋宫春色·自序》）。尽管这种观点值得批判，但是道出了这类小说真正的创作倾向。①

传统的历史演义小说，侧重于描写征战兴废、朝代更替等重大历史事件，普遍表现了一种阳刚之气。而此类小说，专写帝王美人的生活琐事，字里行间充满脂粉气，显得有些不伦不类。

三、《痛史》

《痛史》二十七回，最初在 1903 年至 1906 年的《新小说》上连载，1911 年上海广智书局出版单行本。作者吴趼人，是晚清著名的谴责小说家。他忧时爱国，对国家与民族的危难有清醒的认识，提出了道德救国论。他的身世，我们将在谴责小说的论述中介绍。

《痛史》写南宋亡国的历史。小说开篇说："鸿钧既判，两仪遂分。大地之上，列为五洲；每洲之中，万国并立。五洲之说，古时虽未曾发明，然国度是一向有的。既有了国度，就有争竞。优胜劣败，取乱侮亡，自不必说。

---

① 武润婷.中国古代长篇白话小说发展研究[M].济南：山东教育出版社，2016：50.

但是各国之人，苟能各认定其祖国，生为某国之人，即死为某国之鬼，任凭敌人如何强暴，如何笼络，我总不肯昧了良心，忘了根本，去媚外人。如此，则虽敌人十二分强盛，总不能灭我之国。"显然，作者已经不再着眼于一姓朝廷的兴替，而是将中国置于竞争开放的世界格局之中，指出国家和民族所面临的严重危机，号召人们以南宋亡国为戒，发扬爱国主义和民族主义精神，抗击强敌，存国保种。《痛史》从宋度宗失政，一直写到陆秀夫负幼帝蹈海，南宋灭亡，举凡贾似道荒淫误国，吕师夔降元，宋恭宗被俘，张世杰抗元，及文天祥、谢枋得殉国等等，作品中都有详细的描述。

在具体描写南宋灭亡的时候，小说首先抨击了封建统治当局的昏庸。元兵南下之际，南宋小皇帝度宗还是沉湎于酒色，"只看得一座吴山，一个西湖，便是洞天福地"。外边的军务吃紧，今日失一州，明日失一州，一概不闻不同"。他把国家的权柄都交给了他宠妃的兄弟贾似道，自己过着花天酒地、穷奢极欲的生活。外面郡县失守，告急文书像雪片一样飞来，因贾似道的欺瞒，他竟然一点不知。张婉妃冒死将实情告诉了他，使他受到惊吓，谢太后不分青红皂白，竟将婉妃处斩。

此后，更没有人敢对他说真话了。然而，事实不会因为人们不敢正视它而不存在，鄂州、襄阳、樊城相继失守，常州也异常危急的消息终于传到他的耳中，这个已经被酒色掏虚了身子的昏君，竟吓得一命呜呼。年方四岁的小皇子即位，更难以应付这种大厦将倾的局面。元军攻至平江时，太皇太后"欲图旦夕之安"，不顾前方的将士还在拼命保国，竟奉降表称臣。然而，投降的结果，并未给他们带来片时的安宁，太皇太后、太后、小皇帝都被元人囚禁起来，百般凌辱，令他们求生不得，求死不能。小说在描写太后和小皇帝时，既愤恨，又同情：愤恨他们的昏庸误国，同情他们亡国破家之后的遭遇。

小说抨击得最厉害的，还是那般贪生怕死、毫无气节的大臣。大敌当前，江山破碎，宰相贾似道却为了把宫中一个美丽的宫女弄到手而大费周折。对于那些告急文书，他自己不处理，也不给皇帝知道：

"在外头将官们自有道理，我们其实不必多管，由得他去。这也是兵法所言'置之死地而后生'呢！不然，凭了他一纸文书，今日遣兵、明日调将，我们是要忙得饭也不能吃的了。只是不要叫皇上得知，我们只管乐我们的。"他也知道，南宋小朝廷的局势不容乐观。但他的打算却是："如今是得一日过一日，一朝蒙古兵到了，我只要拜上一张降表。他新得天下，正在待人而治，怕用我不着么？那时我倒变了大朝廷的大臣了呢！"（第一回）度宗死后，在谢太后的逼迫下，他不得已挂帅出征。到了芜湖之后，他先是备了金珠礼物，谋图降元。元朝的元帅伯颜瞧不起这种毫无气节的人，不肯受降。结果只打了一仗，战争尚未结束他就带着金银美女，逃到"风月最好"的扬州去了，闹出了芜湖丢帅的笑话。而他的继任者留梦炎，在前方吃紧的情况下，竟然带了家小细软溜之乎也，致使朝中又丢了宰相。其他大臣，也大都碌碌无为。确如文天祥所说："忠义之士，每每屈于下僚；倒是一班高爵厚禄的反的反了，逃的逃了，降的降了，反叫胡人说我们中国人没志气，真是可恨可叹。"（第七回）

小说对卖国求荣的汉奸，更是切齿痛恨。他们"把自己祖国的江山，甘心双手去奉与敌人。还要带了敌人去杀戮自己同国的人，非但绝无一点恻隐羞恶之心，而且还自以为荣耀。这种人的心肝，我实在不懂他是用什么材料造成的。"（第一回）刘秉忠原是"大中华国瑞州人氏"，不但奏请忽必烈称帝，还为忽必烈建立典章制度、修盖宫殿立下了汗马功劳。张弘范原是"大中华易州定兴人"，但南征北战，帮助元统治者杀戮汉族同胞。最为无耻的是，他逼得陆秀夫负幼帝蹈海后，居然在崖山立碑："张弘范灭宋于此。"后来陈献章在前面添了一个"宋"字，成了"宋张弘范灭宋于此"，形成了绝大的嘲讽。小说还借抗元英雄张贵之口骂道："你祖宗付给你的肢体，没有一毛一发不是中国种，你却穿戴了一身的胡冠胡服，你死了之后，不讲见别人，你还有面目见你自家的祖宗么？这话不是我骂你，我只代中国的天地神圣祖宗骂你，还代你自家的祖宗骂你。"（第四回）最后，张弘范也没有好的下场：他自以为帮助元统治者灭了宋朝，想在元朝的"紫光阁"上图形表功。宰相博罗说："从前打仗时用中国人，就如放狗打猎。此刻太平无事了，要把你们中国人提防着，怕你们造反呢！你想还可望得图形的异数么。"（第十八回）他又惊又怒，即刻吐血而死。小说中卖国求荣的人，不是立遭报应，就是遗臭万年，表明了作者对他们的愤恨。小说还批评了那些浑浑噩噩、苟且偷生的百姓。开牛肉铺子的周老三，家乡沦陷后，对遭受的欺凌逆来顺受，口口声声称元朝为"天朝"，自己称自己为"蛮子"，还对别人说："我从前本来也是中国人，此刻可入了天朝籍了，我劝你也将就点吧，做蛮子也是人，做天朝人也是人，何必一定争什么中国不中国呢！此刻你就是骂尽天朝人，帮尽中国蛮子，难道那蛮子皇帝，就有饭给你吃，有钱给你用么？"（第十一回）

一副冥顽不化的样子。当然，老百姓的不觉悟，不能只怪他们。他们是受千余年来封建专制的毒害。封建专制者总是害怕百姓过问国事，一贯推行奴化政治，宣扬什么"不在其位，不谋其政"，致使国家危亡之际，百姓们不能把保卫国家视为自己的职责。

此外，小说还揭示了封建理学的虚泛无用。当州郡相继沦陷，国家大势已去时，忠于朝廷的宰臣陆秀夫辅佐八岁的小皇帝，"犹如庙里的泥塑木雕的神像一般。把一个八岁的孩子,也拘束得端端正正地坐在上面"。他一不给幼帝分析国家的局势,二不研究退敌恢复之计,每天只空讲《大学》,小皇帝根本就听不懂。有的大臣劝他给皇帝讲述元兵入侵、三宫北狩的耻辱,好让小皇帝存个国耻之心,以图恢复。他振振有词地说,恢复疆土,是武臣之事;他是文臣,所要做的是"启沃圣德,致君尧舜"。当元兵杀来时,他先是监督着妻子投海,然后自己负幼帝蹈海而死。应该承认,陆秀夫在强敌面前绝不投降,正气凛然地赴死,这种气节是值得赞扬的。但是他受封建理学的毒害太深,只会空谈心性,缺少经邦治国的才干,是"平时袖手谈心性,临危一死报君王"的典型。小说通过护卫程九畴的口说:"负了天下的盛名,受了皇帝的知遇,自命是继孔、孟道统的人,开出口来是正心、诚意,闭下口去是天理、人欲。然而当那强邻逼处,土地沦亡,偏安一隅的时候,试问做皇帝的,还是图恢复要紧呢,还是讲学问要紧呢? 做大臣的,还是雪国耻要紧呢,还是正心、诚意要紧呢? 倘使敌兵到了,他能把正心、诚意、天理、人欲,说得那敌兵退去,或者靠着他那正心、诚意、天理、人欲,可以胜得敌兵,我就佩服了。"(第十五回)这番话很有见地。在强敌入侵之时,空谈心性无异于自取灭亡。

总之,小说通过对朝廷昏庸、权奸误国、败类降敌,以及传统文化虚泛而无实用等方面的描写,揭示了南宋灭亡的原因,也为当时的救亡图存提供了借鉴。对于那些拼死保卫祖国的英雄,小说则进行了热情的赞颂。文天祥、张世杰、范天顺、谢枋得等,都置自己的生命于不顾,捍卫国家的利益和尊严。范天顺是樊城的守将。当樊城被困、援兵不至时,张弘范一再对他劝降,他痛骂张弘范卖国求荣,他的副将牛富还把张弘范射伤。城被攻破后,他和副将牛富、王福英勇就义。镇守鄂州的张世杰英勇善战,本来屡屡取胜,但贾似道胡乱调遣,命他退援江州,他两处不能兼顾,致使鄂州失陷。鄂州失陷时,他的儿子张国威,部将张顺、张贵都英勇战死;他手下的将士无一人肯降,全部被杀;他自己征战厮杀,却孤忠无助,后来也投海殉国。文天祥、谢枋得也都用自己的生命捍卫国家尊严。这些英雄、志士虽然没能保住国家,他们的这种爱国精神和凛然正气却可以感天地,泣鬼神。

小说还虚构了一批低层爱国英雄的形象,如胡仇、史华、岳忠、宗仁等,他们武艺高超,有胆有识。宋王朝灭亡前,他们组织"攘夷会",自发地起来抗击元朝的侵略,暗杀暴虐的元军官吏,解救受难的同胞。南宋灭亡后,他们以仙霞岭为据点,串连有志之士,举行起义,以图恢复。小说是以仙霞岭的义军大破元兵结束的。这些人的身上,寄托了作者救亡图存的理想。

艺术风格上，《痛史》感情真挚，脉络清晰，语言平易、酣畅。但是，作为历史小说，作品没有设置引人入胜的故事情节。由于小说围绕着一个大是大非问题来写，对人物的褒贬过于鲜明，也使得人物形象有脸谱化的倾向。此外，说教气太重，也影响了作品的审美价值。

四、《英烈传》

《英烈传》和《续英烈传》是家喻户晓、流传甚广的优秀的历史演义小说。

《英烈传》的作者过去曾有郭勋、徐渭和空谷道人等多种说法，但据很多学者考证，这些说法难以令人信服，目前尚无资料证明。很有可能因为此书在屡遭禁毁中多有改动，先后有多人参与编次梳序。所以此书的真正作者始终是个谜，今人大多认为是明代无名氏。

《英烈传》是由当时民间流传的故事改编而成的，又名《皇明英烈传》《洪武全传》《皇明开运英武传》等，属章回体小说。其中，《英烈传》中描写的是元顺帝荒淫失政，各地起义兴兵反元。青年朱元璋结交天下英雄，加入义军后在众豪杰的辅佐下，推翻元朝，建立大明，自称洪武皇帝。小说围绕朱元璋的人生经历，用大量夸张虚构的描写，生动地塑造了一批英雄贤士的形象，如常遇春、胡大海、花云、徐达、沐英、刘伯温、郭英、汤和、邓愈、朱亮祖等人物。

作者文采斐然，将人物形象刻画得惟妙惟肖、活灵活现、深入人心。至今许多广为流行的鼓书、评话等曲艺作品，以及在舞台上屡演不衰的系列戏剧都是根据《英烈传》加工改编而成的。

《英烈传》的情节架构来自演义小说，细节描写来自民间传说和野史。书中为吸引读者夹杂了不少迷信和神怪的内容，但全书的主要情节还是依据历史事实架构而成的。这部书在清代因被视为异端邪说、含有反清复明内容而遭禁，当时凡写明代的史书无论正野稗奇通通严加禁止，一经发现即被销毁。《英烈传》能在这一背景下流传至今实属不易。

同时这部小说宣扬了一种天人感应的宿命论思想，诸多神话传说的铺垫，使全书充满了神秘主义色彩。虽然《英烈传》在中国文学史上地位不高，但在民间因迎合了市井平民的口味却颇为流行，尤其是对后世的戏曲、曲艺影响颇大。

除以上几个系列外，尚有演义于谦忠心报国事迹的《于少保萃忠演义》，以及与神魔题材相结合的《禅真逸史》，就其主导倾向而言，也均可归之于英雄传奇的范畴。自《水浒传》开始，这类作品形成了一些共同的特征,如在内容上均以颂美忠义勇武为核心,在艺术上注重对豪侠英雄形象的刻画,其中许多人物性格还有一定程度的继承沿袭性,如程咬金、焦赞、牛皋等,都具有粗豪蛮勇且不乏喜剧色彩的性格特征,成为普通百姓十分喜爱的形象。

五、《洪秀全演义》

《洪秀全演义》,五十四回(未完),黄世仲作。黄世仲(1872—1912),字小配,号棣荪,别署黄帝嫡裔、禹山世次郎,广东番人,早年曾到吉隆坡、新加坡等地谋生,后又到香港办报。黄世仲是早期的同盟会会员,曾为宣传资产阶级革命辛苦奔波。辛亥革命期间,广东率先宣布独立,各路民军云集广州,以示响应。黄世仲当时也在广州,与各民军首领意气相投,遂被委派任民团局长,后被广东都督陈炯明及其继任者胡汉民以“侵吞军饷”的罪名下狱,未经法庭审判而遭枪杀。其小说作品除《洪秀全演义》外,尚有《廿载繁华梦》《宦海潮》《大马扁》。《洪秀全演义》于光绪三十二年(1906年)出版,章太炎为之作序。

《洪秀全演义》是描写太平天国起义的小说。作品从钱江、洪秀全等领袖人物酝酿、发动金田起义写起,写到天京内讧,李秀成、陈玉成抗击清军,太平军由战略进攻转为战略防御。小说抨击了清王朝的腐败、残暴,歌颂了太平军将士的反清斗争。值得指出的是,太平天国失败后,受封建正统思想的影响,社会上对它是一片斥骂之声。无论是封建顽固派,还是资产阶级改良派,都对它大肆攻击。最早描写太平天国起义的《扫荡粤逆演义》,就把洪秀全写成谋为不轨的叛逆。应该看到,尽管太平天国起义的某些领袖人物,后来滋生了腐朽的帝王思想,荒淫腐化,但广大义军将士反对腐败的清王朝的正义性,仍是不容否认的。正是从这个意义上,资产阶级革命家孙中山赞扬洪秀全为“反清第一英雄”,自称“洪秀全第二”,表示要完成洪秀全未能完成的历史使命。黄世仲的《洪秀全演义》,是为了配合辛亥革命而作的。《洪秀全演义》的创作,有着明确的政治宣传的目的,作者明显地将自己的政治主张附会在太平天国起义的行动上。比如,在作者的笔下,太平天国起义不仅是为了反清,也为了争取政治平等。“当其定鼎金陵,宣布新国,雅得文明风气之先。君臣则以兄弟平等,男女则以官位平权;凡举国政戎机,去专制独权,必集君臣会议。复除锢闭陋习,首与欧美大国遣使通商,文物灿然,规模大备,视泰西文明政体,又宁多让乎?”在小说的《例言》中,作者再一次称赞太平天国:“君臣以兄弟相称,则举国皆同胞,而上下皆平等也;奉教传道,有崇拜宗教之感情；开录女科，有男女平权之体段；遣使通商，有中外交通之思想；行政必行会议，有立宪议院之体裁。此等眼光，固非清国诸臣所及，亦不在欧美诸政治家及外交家之下。"总之，在他看来，太平天国政权的性质，和西方民主共和制度是息息相通的。这样一来，太平天国的政治理想，就变得和资产阶级革命目标一致。他歌颂太平天国，便是鼓吹革命。故此书一出，章太炎亲自为之作序，在社会上产生了较大的影响。

然而，《洪秀全演义》并不像有些政治小说那样，将小说作为宣传政治观点的图解。小说所写的内容，大体符合太平天国的实际。由于作者的家乡是太平天国的起事地，他自幼又搜集了关于太平军的一些轶闻，深为太平军将士的民族主义精神所感动，所以他的这部小说，"扫成王败寇之腐说，为英雄生色"（《例言》）。小说以赞颂的笔触，刻画了太平天国的英雄群像。

小说中第一个出现的，不是洪秀全，而是太平天国发起人之一，又是天国早期足智多谋的文臣——钱江。钱江是浙江归安人，他通晓天文地理、诸子百家、六韬三略，更有鲜明的民主精神和高尚的气节。他不屑于走"光宗耀祖"的人生道路，而有志于做非常的事业："成则定国安民，败则灭门绝户。"（第一回）他先是辅助林则徐禁烟，后参与发起太平天国起义，并很快成为太平军的核心人物。他神奇的战略战术，非凡的军事指挥能力，使得太平军节节取胜，军威大振。他卓越的政治见解和组织能力，也保障了太平天国初期的迅速勃起。例如，他给洪秀全上的"兴王策十二条"中，就包括以下内容：第一，起义不能只限于广西，应夺取湖南、湖北，然后据南京为基业，进而北伐，夺取全国政权。第二，制定官制，各有专司。又主张"凡事论才不论贵"，限制高位者的权限，让下层英才"免抑制而能施展"。第三，开科取士，增选文才。还特别强调开女学，设女科、女官，尽去缠足之风。第四，鉴于"商务盛，即为富国之本；能富即能强"，他还建议保护商业，并与外国立约通商。此外，他还重视海权，主张盛备舟师，屯田垦荒，开矿筑路等等。

总之，太平军前期的开明政治，大都和他的谋划有关。他和洪秀全也有明显的分歧。他反对洪秀全在永安大肆封王，对洪秀全倚重杨秀清尤感忧虑："钱江不欲东王执掌重权，每欲除之；奈当时东王羽党日盛，一旦除之，诚恐有变。"（第二十五回）应该说，钱江的主张，基本上代表了太平天国正确的政治主张。起初，洪秀全对他颇为器重，说："某自物色英雄以来，师事者钱江；兄事者便是云山。恐天下英才，应无出此两人之右。"（第十二回）永安封王时，他被封为"靖国王领丞相事"。但金陵封王后，洪秀全再也听不进他的忠告，杨秀清更是嫉恨他，他不得不归隐林下，后不知所终。

《洪秀全演义》重点歌颂的,还有被列为"古往今来第一流人物"的李秀成。李秀成是太平天国的后起之秀,英勇善战,用兵如神,豁达大度而又深明大义。洪秀全在永安大肆封王的时候,他只得了个副丞相之职,与他的功劳、才干俱不相称。但他不像杨秀清等人那样斤斤计较个人的名位,一直以大局为重。尤其是在洪、杨内讧,天国局势日渐衰败的情况下,他独立支撑着天国的安危,置生死于度外,驰骋疆场,力挽狂澜。尽管他尽了全力,也未能改变太平天国的命运,但是他那种不屈不挠的斗争精神感人至深。小说中把他比作姜维、王彦章,认为"合清国曾(国藩)、左(宗棠)、胡(林翼)、李(鸿章)、僧(格林沁)、胜(保)诸人,而不能望其肩背者也"(《例言》)。此外,小说对石达开、陈玉成、林凤翔、冯云山等人的刻画,也都比较成功。

《洪秀全演义》也探讨了太平天国失败的原因。在作者看来,杨秀清是导致失败的罪魁祸首。小说把他写成一个具有野心的地主豪绅。洪秀全之所以联络他共举义旗,主要是要利用他的家产作为起义的经费。后来,正是他的"觊觎大位,遂开互杀之媒,致能员渐散"(《例言》),导致了太平天国的失败。应该说,尽管小说写杨秀清是富户与史不符,但杨秀清争权夺利的野心,确实是太平天国内讧的导火线。

因此,小说对杨秀清的批判有一定的道理。但是,完全把太平天国的失败归罪于个别人的看法,又是肤浅的。太平天国起义失败的根本原因,是其领军人物的思想局限。这种起义的性质,从根本上来说,仍未超出改朝换代的范畴。对此,作者或是缺乏认识,或是为了把洪秀全作为反清革命的榜样来宣传而故意隐去。作为历史演义小说,对重要人物的描写不能忠于史实,这不能不说是一个明显的不足。

对于清朝将领,《洪秀全演义》进行了无情的揭露和抨击。例如,他把曾国藩写成是假道学,自己做了清朝的官,却以"双亲年迈"和"勿离父母膝下"为理由,阻止弟弟们去做官,原因是怕弟弟们的功名在他之上。他道貌岸然,又和妓女有染;得了癫癣之病,反而对人说身上的癫癣是"蟒鳞",乃富贵之兆。死后被清廷大加封赠的江忠源,在这部小说中是个不懂军事、嗜杀成性的独夫。由于他一味虐待将士,激起众怒,属下的将士群起而枪杀了他。理学出身,号为儒将的罗泽南,则是个颇具野心的腐儒,和太平军作战败逃时,死于一个猎户人家的童子之手。小说有诗嘲讽道:"湘中有儒将,名遍江汉间。理学宗濂洛,风流仰载山。未曾娴虎略,偏欲附龙颜。何如终绛帐，犹胜裹尸还。"①（第四十回）这体现了作者鲜明的爱憎之情。

在艺术技巧上，《洪秀全演义》的人物形象比较鲜明，故事情节也生动曲折，结构严谨，脉络清晰，语言流利酣畅，颇具可读性。

五、《吴三桂演义》

《吴三桂演义》，又名《明清两周志演义》，四十回，作者不详，有清宣统辛亥（1911 年）上海书局石印本，标为"历史小说"。

《吴三桂演义》以吴三桂与陈圆圆的感情纠葛为主线，反映明清鼎革时期的一段历史。小说中涉及的重大历史事件与史实相符。作品写吴三桂在董其昌的提携下，出任宁远总镇，后来又为了争夺陈圆圆，引清兵入关，杀了永历帝后，当上了清朝的平西王，最后又反清自立，直至败亡。小说中间又穿插了他和陈圆圆的离合，以及与其爱妾莲儿的感情纠葛。

《吴三桂演义》的思想倾向非常鲜明：既反对封建君主制度，更反对投敌求荣。小说的开篇说："中国学者，视得君权太重，故把民权视得太轻。任是说什么吊民伐罪，定国安民，什么顺天应人，逆取顺守，只是稀罕这个大位；道是身居九五，玉食万方，也不计涂炭生灵，以博一人之侥幸；故争城争地，杀人盈城，流血成海，也没一些儿计国民幸福。究竟为着什么来？你看一部廿一史，不过是替历朝君主争长争雄，弄成一部脓血的历史。"小说一反以往历史小说"君权天授"的观念，把争王霸业的举动，说成是为了一己之私利涂炭天下生灵的罪恶。紧接着，作品又说："俗语说得好，家中无鬼万年安。一家如此，何况一国！若不是那一些汉奸贪荣忘国，任是外人有百万雄兵，千员勇将，那里便能割裂我们的国家？"认为吴三桂起初为一美人，不惜降清，引狼入室；后来又打着反清复明的旗号图谋称帝，显然是个卖国、争帝位的双料坏蛋。

《吴三桂演义》不像当时其他作品，慷慨激昂地讲道理，发议论，而是通过塑造鲜明的人物形象表现其思想倾向。

吴三桂的形象，是这部小说中塑造得颇为鲜明的艺术形象。毫无疑问，这是一个恶的形象。但是，作品没有把这个人物简单化，而是结合他的出身、性情，写了他投敌求荣直至败亡的全过程。

小说中的吴三桂原是高邮人氏，祖上以贩马为业，往来于辽东海盖间，故寄籍为辽东人。他的父亲吴襄，以善相马为镇东将军李成梁赏识。

---

① 武润婷.中国近代小说演变史［M］.济南：山东人民出版社，2000：470.

李成梁令其专司购马,因功升千总。在那个社会里,人们看重的是文武举业。吴襄以相马取得些微功名,大受同僚揶揄。这种环境,给吴三桂的一生带来很大影响:一方面,商人家庭使他很少接受传统道德观念的熏陶;另一方面,地位的卑微,他人的白眼,又激励他奋发向上。终于,他成为一个勇武超群的人,同时也是一个见利忘义、有勇无谋的人。先是董其昌开武科时他一举夺魁,后来又成为平辽总兵毛文龙"四大骁将"之首。毛文龙被袁崇焕所杀,吴三桂害怕受到株连,投降了建州(清朝前身),建州不愿为他得罪明朝,在保护他安全的前提下将他放回;毛文龙被杀案又很快被翻过来,朝廷不仅轻易地原谅了他,还招他进京,以示恩宠。这一次,吴三桂尽管没有当汉奸,却已经显露了腆颜事敌的端倪。

最能揭示吴三桂本性的,还是"冲冠一怒为红颜"的事件。吴三桂进京时,田妃之父田畹因处乱世,想结识他以自保。当田畹热情地设宴款待他时,他横刀夺爱,一再要求田畹把自己的爱妾陈圆圆让给他。为时势所迫,田畹成全了他。后来,吴三桂到山海关赴任,吴襄把陈圆圆留在北京的家中。李自成攻进北京时,吴三桂开始是准备投降李自成的:"李自成虽非吾主,然犹是中国人也。今明室既危,敌国窥伺,将来若为敌国所灭,恐虽欲为中国臣子而不可得矣。"(第六回)显然,他还有那么一点国家观念。然而,当他听说李自成抢走了陈圆圆后,完全丧失了理智:他向建州借兵,南下讨伐李自成,一点也不考虑这样做的后果。为了取得多尔衮的信任,他又主动剃发胡服。李自成以崇祯的两个儿子和他的全家为人质,逼他就范。但在吴三桂的心目中,二王加上他一家十三口,均抵不上一个陈圆圆。就连吴襄大哭着在城头对他喊话,他也毫不动情。他眼睁睁地看着李自成杀了他全家,也总算是如愿夺回了陈圆圆。确如吴伟业诗中所讽刺的:"全家白骨成灰土,一代红妆照汗青。"

最初,吴三桂并没有想引狼入室,向建州借兵时,讲好的条件是平李自成后,割燕、蓟二州相谢。但是,他竟没有意识到,他这样做把国都北京也划入了建州的版图;更没有想到,多尔衮会乘机挥兵南下,定鼎中原。然而,后来他所作的选择,则是经他深思熟虑的:福临在北京称帝,福王也在南京即位,两方面都在争取他的力量。福王遣使责以大义,原先降清的将领洪承畴、祖大寿,也想和他联合;多尔衮为进一步笼络他,封他为平西王,赠给他许多金帛。他稍作犹豫,即选定了后者,一则惧多尔衮之势,二则图平西王的王位,唯独没有想过国家与百姓,也不顾惜自己的声誉。此后,他的所作所为都为了一个目的:立功固宠。他灭李自成余部,镇压、屠杀其他反清的同胞。他俘获了逃亡缅甸的永历帝和王太后,清廷将这个难题推给了他,下旨由他做主处置。按惯例,对这样的人是不应该杀害的；连一些满族将领都为永历帝和太后求情。但为了在多尔衮面前表示自己和明朝彻底决裂，他残酷地杀害了他们。显然，他只醉心于富贵与美人，其他则均所不顾。

吴三桂为清王朝立下了汗马功劳，但清帝并不信任他。顺治驾崩，他进京奔丧，康熙不许他进城，只让他在城外哭奠，他感到自己的地位不稳，举兵反清。起初，他打的旗号是悔过，是复明。他改穿明朝的服饰，去哭奠永历皇帝。他给尚之信的手谕还说："孤自念有生数十年，既负明室，又负国民，意欲图抵罪，死里求生，乃履霜坚冰，首倡大义。幸天尚爱明，人方思汉，义师一起，四方向附，指日大好河山，复归故主。"①（第十九回）这一番假惺惺的表演，居然迷惑了很多人。兴兵之初，形势对他颇为有利。但是，以他的为人，绝不会真的出生入死地为明朝夺回江山。很快，他便建号改元，自立为帝。很多原来支持他的人，原本是想借他的力量抗清复明，而不会拥戴一个汉奸做皇帝。他完全失去了人心，最后败亡。小说成功地塑造了一个灵魂自私、卑污，又有勇无谋的亡国罪人的形象。

小说对陈圆圆的刻画，也很有特点。陈圆圆历来是人们心目中的"祸水"的形象，《吴三桂演义》却将她写成一个深明大义的女性。

陈圆圆是京城的名妓，不仅美丽，还多才多艺。吴三桂武举夺魁时，和她见过一面，并为她的美貌所倾倒。到辽东为守将时，吴三桂又给她寄过一函，并附了请人作的一首诗。圆圆以为诗为三桂所作，便把他看作能文能武的英雄，亦生爱慕。后来，她被国丈田畹购至府中，郁郁寡欢。吴三桂从田畹手中将她夺回，她终于和意中人团聚。圆圆虽为妓女，却颇有气节。吴三桂为明将的时候，她与他恩爱有加。但吴三桂降清封王以后，圆圆并未因为得到这位炙手可热的王爷的宠爱而对他感恩戴德，俯首听命，反而要离开他，束发修道。她反对吴三桂攻打南明小朝廷，也曾劝阻他不要加害永历帝，临死还写遗书指责他为清朝效力。小说通过圆圆的所作所为，进一步烘托了吴三桂灵魂的卑污。

《吴三桂演义》的故事情节生动、曲折，不仅主要情节写得有声有色，还比较注重细节描写。小说第十四回，写吴三桂想杀害永历皇帝，遭到一些汉族将领和满族将领的反对；不杀，又怕失去多尔衮的信任。于是他想出一个折中的办法：先谒见他，再杀掉他，以表示杀害他并不是自己的本意。但对于谒见时是着清装还是着明装，跪拜还是不跪拜，他总拿不定主意。心腹夏国相和爱妾陈圆圆对此意见不一，他更是感到不得要领：当三桂出时，以清装在外，本意至永历帝寓所时，即卸去外装，冀于无人之

---

① 黄霖.古代小说鉴赏辞典 下[M].上海：上海辞书出版社，2004：2807.

际以明服相见。不料到时,还见许多旧员环集,求谒永历帝。即三桂部将,亦多在其中,皆俟见永历帝。三桂见人心思明,心上不免愧怍。且见各人环列,若脱去外面清装,也不好看,急令从人把携带的明装帽子携回府去,却在人群中。那时各人都让三桂先行叩见,三桂那时觉跪又不好,不跪又不好,惟觉踟蹰不安。永历帝便问三桂是何人,三桂应名,即翻身跪在地上。(第十四回)将吴三桂有勇无谋、优柔寡断的性格,刻画得颇为鲜明,又使得故事情节生动有趣。①

《吴三桂演义》的语言简洁明快,颇有表现力,是历史演义小说中写得比较好的一部作品。

---

① 史青校.吴三桂演义 明清两国志 [M].济南:齐鲁书社,1988:138.

第二章　明清英雄传奇小说创作研究

英雄传奇小说在明代日益兴盛，明清两代，作品约有三四十部之多。大致可分为三类：一类是写官逼民反，人民反抗斗争，着重表现草莽英雄的；另一类是写保卫边疆、抗击侵略，着重表现民族英雄的；还有一类是写帝王发迹变泰故事，着重歌颂出身寒微的帝王奋斗成功的事迹的。英雄传奇小说从总体上说，较历史演义成就高，更成功地体现了我国古代小说的民族风格和民族气派。

第一节　英雄传奇小说概述

英雄传奇小说以塑造传奇式的英雄人物为重点，"以一人一家事为主而近于外传、别传及家人传者"，力图通过英雄人物的性格发展史，反映特定历史时期的社会生活，寄托人民的理想和愿望。

英雄传奇小说多吸收民间传说故事，虚多实少，主要人物和事件多为虚构，例如《水浒传》《杨家将》除了宋江、杨业在历史上还有点影子外，其他人物和事件大都子虚乌有。英雄传奇小说多写草莽英雄，就是写帝王将相，也着重表现他们发迹变泰的故事；着重写英雄人物小传，因而较多表现人物性格的发展变化，除反映重大政治军事斗争外，也较多涉及市井小民的生活；语言的生活气息浓。

英雄传奇小说的源头是"说话"中的"小说"，它的源头大多是"小说"。鲁迅先生认为"小说"包括银字儿，如烟粉、灵怪、传奇；说公案，"皆是朴刀、杆棒及发迹变泰之事"；说铁骑儿，"谓士马金鼓之事"。《醉翁谈录》记载的小说名目，也把"小说"分为灵怪、烟粉、传奇、公案、朴刀、杆棒、神仙、妖术等类。其中与英雄传奇关系最密切的是公案、朴刀、杆棒、说铁骑儿等。当然，明代以后，英雄传奇小说已没有宋元"小说"话本的基础，都是文人的创作，是从历史演义中分化出来的。总而言之，一部分英雄传奇小说是由"小说"发展而来的；另一部分，即后期的英雄传奇则是从历史小说中分化出来的。[①]

英雄传奇从元末明初的《水浒传》产生以来，在明中叶到清中叶形成高潮，以后逐步衰落。它与才子佳人小说结合，产生了如《儿女英雄传》这样集儿女情和英雄气于一身的作品。它对公案侠义小说有着巨大的影响。正如鲁迅在评论《三侠五义》时所说："其中所叙的侠客，大半粗豪，很像《水浒》中底人物，故其事实虽然来自《龙图公案》，而源流则仍出于《水浒》，不过《水浒》中人物在反抗政府，而这一类书中底人物，则帮助政府，这是作者思想的大不同处，大概也因为社会背景不同之故罢。"

由于社会的变迁，作者思想的大不同，清中叶以来，英雄传奇小说中草莽英雄本色尽失，代之而兴的是辅佐清官的侠客和风流美貌的侠女，英雄传奇的生命也就终止了。但它的精神、艺术风格却影响深远，在现当代表现革命斗争的作品中，它的优良传统得到发扬光大。

第二节　英雄传奇小说的开山之作：《水浒传》

一、《水浒传》的成书

在宋元以来广泛流传的民间故事、话本、戏曲的基础上，经伟大作家的再创造，《水浒传》在元末明初诞生了。北宋徽宗宣和年间，以宋江等三十六人为首的农民起义是《水浒传》创作的历史依据。

水浒故事从流传到《水浒传》成书，到各种版本的出现，前后经历了四百多年的时间。在这漫长的岁月里，民间艺人、专业作家都参与了创造，各种社会思潮、文艺思潮都在《水浒传》成书过程中留下了印记。分析《水浒传》的成书过程，对我们正确理解和评价《水浒传》具有重要的意义。

第一，《水浒传》是民间文学与作家创作相结合的产物，它的思想与艺术水平是一个逐步提高的过程。

《水浒传》中的一些人物和故事有深厚的民间文学的基础，从《醉翁谈录》的说话名目、水浒戏、《大宋宣和遗事》等材料看，可以肯定宋江、李逵、鲁智深、武松、杨志、燕青等人物，"智取生辰纲""三打祝家庄"等故事都是早在民间流传，有着深厚民间文学基础的，恰恰是这些人物和故事是《水浒传》中最精彩、最成功的部分，这绝不是偶然的巧合。优秀元杂剧《李逵负荆》几乎原封不动地被吸收进《水浒传》就是令人信服的证据。

---

① 齐裕焜.中国古代小说演变史[M].北京：人民文学出版，2014：230.

第二，《水浒传》成书过程决定了它的复杂性和不平衡性。

首先是思想内容的复杂性。在它的漫长的成书过程中，既有说话艺人、戏曲作家的精心创造，又有封建文人染指其间；各种社会思潮和文艺思潮也给它打上不同的烙印，因而《水浒传》的思想倾向呈现多元、复杂的情况。

其次是思想艺术的不平衡性。《水浒传》大体上由两类话本组成的。一类是以写人物为主的英雄小传，一类是以事件为中心的公案故事或战争故事。这些大多是经过千锤百炼而高度成熟的短篇话本，是非常成功的，可是有的章节由于原先的基础不好，比较平庸，尤其是各个人物小传或各个故事之间的过渡性章节就更差。如在鲁智深传和林冲传之间的《火烧瓦罐寺》，就是为了把鲁智深送入东京，把鲁智深传和林冲传联缀起来，这种过渡性章节就有勉强凑合的毛病。

由于《水浒传》是由短篇话本联缀而成的，因而结构比较松散，一些情节安排不合理，如为了让宋江、李逵和一些独立的故事连在一起，就让宋江、李逵下山接父亲或母亲上山，情节很不合理，因为梁山泊其他头领的家眷都是小喽啰接上山的，为什么宋江、李逵非要自己去接不可？情节多有重复，如李逵每次下山都要约三件事，这在作家独立完成的作品中不会如此拙劣。另外结构比较松弛，为后来文人或书店老板大开方便之门，采取"插增"的办法，使《水浒传》内容不断增加。插增征田虎、王庆各十回，就是确切的证据。这些插增部分，大多比较低劣。

二、《水浒传》主题的辨析

《水浒传》的主题思想，众说纷纭，但不外三种观点：一是农民起义说，有的认为《水浒传》是农民革命的颂歌；有的则认为是宣扬投降主义的作品。两种意见虽针锋相对，但都是肯定了《水浒传》是写农民起义的作品。二是市民说，认为《水浒传》是写市民阶层的生活，反映市民阶层的情绪与利益，为"市井细民写心"。三是忠奸斗争说，认为《水浒传》是写忠臣与奸臣的斗争，歌颂忠义思想。这三种观点都包含着合理的成分，都从某个侧面反映了《水浒传》的思想内容。

作者一方面清醒地看到奸臣未除、忠臣义士仍然没有前途，写了悲剧结局；另一方面，又不违背忠君思想，宋江明知被毒害，却视死如归，忠心不改；而皇帝也不辜负忠臣，为宋江封侯建祠，"生当鼎食死封侯，男子平生志已酬"，留下了一条虚幻的光明的尾巴。

鲁迅曾指出："至于宋江服毒的一层，乃明初加入的，明太祖统一天下之后,疑忌功臣,横行杀戮,善终的不多,人民为对于被害之功臣表同情起见,就加上宋江服毒成神之事去——这也就是事实上的缺陷者,小说使他团圆的老例。"鲁迅认为《水浒传》的结局反映了作者同情功臣被害的思想,一语道破了《水浒传》表现忠奸斗争的实质。

小本水浒故事既有农民革命思想的闪光,又有市民阶层感情的渗透,最后加工者把它们联缀成长篇巨制时,又用忠奸斗争的思想对它进行了加工改造。因而,《水浒传》的主题思想呈现出多元融合的趋势。我们既要看到施耐庵们表现"忠奸斗争"的创作意图,又要看到作品实际展示了歌颂农民革命的客观意义;既要看到忠奸斗争的思想是把全书串连在一起的主线,又要看到串连在这一条主线上的英雄小传和相对独立的故事,是闪耀着农民革命思想和市民道德理想的珍珠。所以,我们在分析《水浒传》复杂的思想内容时,要把作者的主观意图与作品的客观意义区分开来,把《水浒传》的部分章节与贯串全书的主线、局部与整体区分开来,这样才能摆脱那种非此即彼的简单的逻辑判断,承认《水浒传》的思想内容是农民阶级、市民阶层和封建进步知识分子思想的多层次的融合,承认《水浒传》是既矛盾又统一的艺术整体,也许这样的认识更符合《水浒传》的实际。

三、传奇式英雄形象的塑造

《水浒传》是英雄传奇小说的典范作品,它成功地塑造了神态各异、光彩夺目的英雄群像。从中国小说发展史来考察,《水浒传》在人物塑造方面和《三国演义》相比,有很大发展和提高,标志着中国古代小说人物塑造从类型化典型向个性化典型的过渡。

《水浒传》以"众虎同心归水泊"为轴线,描写英雄人物经历各自不同的人生道路,百川入海,汇集到梁山泊,展现了封建社会中"官逼民反""逼上梁山"的历史潮流。一百零八条好汉,他们上梁山的道路,大致可分为三种类型,即奔上梁山、逼上梁山和拖上梁山。

《水浒传》里的英雄人物是古代英雄人物与农民、市民阶层理想人物相结合的产物。在原始社会,人们主要是图腾崇拜,进入奴隶制社会以后,由图腾崇拜进入了英雄崇拜的时代。歌颂的英雄人物是勇和力的象征,是人类征服自然的理想化英雄。《水浒传》里的英雄人物,特别是草莽英雄,一方面继承了古代英雄勇和力的象征,但他们征服的对象主要不是自然界,而是人类社会的蟊贼。他们具有蔑视统治阶级的权威,蔑视敌人的武力,具有战胜一切敌人的豪迈气概。另一方面,又体现下层劳动人民的道德理想,性格直率、真诚,总是把自己的内心世界、自己的个性赤裸裸地和盘托出,不受敌人的威胁、利诱,不计较个人的利害得失;对统治阶级无所畏惧,甚至对皇帝也说些大不敬的言论;对自己的领袖也不曲意逢迎而敢于直率批评;从不隐瞒自己的观点,从不掩饰做作;性格豪爽,不为礼节所拘。他们是"透明"的人,他们"任天而行,率性而动",体现了与封建理学相对立的"童心",是下层人民特别是市民阶层道德思想的产物,与反对封建理学的时代思潮一致。因此,这些草莽英雄受到广大人民群众的热烈欢迎,也受到进步文人的赞赏。

《水浒传》里的英雄人物,具有古代英雄勇和力的特征,充满了传奇性,同时,又具有深刻的现实性。作品精细地描写他们性格与周围环境的关系,他们性格的形成与出身、经历有着密切的关系;他们并非天生的英雄而有自身的弱点;他们的性格并非生来如此,而有一个发展变化的过程,他们是逐步战胜自身性格的弱点、缺点才逐步成长起来的。这正是《水浒传》由类型化典型向个性化典型过渡的主要特征。

《水浒传》一方面主要写传奇式的英雄,着重在火与血的拼搏中展现他们粗豪的性格,而对他们的日常生活、家庭关系等较少涉及,反映出塑造人物的类型化倾向;另一方面,《水浒传》对英雄人物的周围环境,对陪衬人物,对市井生活和风俗习惯也有了较为精细的描写。除了英雄人物的主色调外,还展现了市井小民生活的斑斓的色彩。[1]如围绕武松这一传奇人物的经历,通过潘金莲勾引武松,王婆说风情,郓哥闹茶坊,武松告状、杀嫂等情节,展现当时的市井生活和王婆、何九叔、郓哥等"卑微人物"的精神面貌。围绕着林冲、鲁智深、杨志的遭际,描写了东京大相国寺的众泼皮,沧州开小饭馆的李小二,东京流氓无赖牛二等人物,展示了当时的风俗人情和"市井细民"的心态。与《三国演义》相比,应该说《水浒传》对人情世态、对社会众生相的描写有了长足的进展。这也是《水浒传》人物塑造由类型化典型向个性化典型过渡的重要标志。

第三节 《说岳全传》等具有爱国主义情感的英雄传奇小说

《说岳全传》是明清时期英雄传奇类小说极具代表性的一部。所谓英雄传奇是指这类小说中的主人公,或因武艺超群绝伦,或具非同常人的胆

---

[1]　齐裕焜.明清小说[M].上海:上海古籍出版社,1998:39.

略，或经历过神奇怪异的遭遇，或事迹悲壮感人，从而深得人们的敬仰和崇拜。岳飞的故事早在南宋末年就成为民间说话艺人的题材。元明以来，有关岳飞的说唱、戏曲、小说大量流传，明代就有《大宋中兴通俗演义》和《按鉴通俗演义精忠传》两部讲述岳飞故事的小说。《说岳全传》一方面汲取了过去岳飞传说中的精华，另一方面又加进许多民间传说，表现了强烈的民族意识和爱国精神，其成就和影响都超过了前两部小说，是"说岳"系列小说中艺术成就最高的一部，堪称岳飞故事中集大成之作，深受人们的喜爱。

《说岳全传》全称《精忠演义说本岳王全传》。它是在明朝的《大宋中兴通俗演义》等描写岳飞抗金的故事小说的基础上，加工创作而成的。

此书原题"仁和钱采锦文氏编次""永福金丰大有氏增订"。钱采和金丰，两人生平都不详，从上面的题署可知，钱采字锦文，仁和（今浙江杭州）人；金丰字大有，永福（今福建永泰）人。他们大约生活在清朝康熙、雍正、乾隆年间。据清《禁书总目》记载，此书在乾隆年间曾被查禁。书首的金丰的序言写于"甲子孟春"，可知此书的写作不迟于甲子年，即乾隆九年。

《说岳全传》共八十回，第一到第六十一回写岳飞出生、成长、为国战斗到被冤害，详细地描绘了他壮烈的一生；后十九回写岳飞死后后代继续抗金，奸贼终于得到惩罚。

全书着力塑造了宋朝著名的抗战派领袖岳飞，表现了他英勇、悲壮、精忠报国的一生。他出生三天，黄河决口，母亲怀抱他坐在缸里飘流到外乡。少年时期家境贫寒，但他却十分勤奋好学，从名师周侗那里学得了满腹韬略、一身武艺。曾去京城考武状元，不想反惹下了大祸。以后金人入侵，民族、国家危亡。岳飞应征为张所元帅的先锋，在八盘山迎战金兵，消灭金兵一万，首建奇功。第二仗则在青龙山杀败金兵十万，终于当上了抗金的统帅，还收编了太行山的义军。以后又与金兵大战爱华山、牛头山，都取得了胜利。宋高宗贪图安乐，偏安江南，先把岳飞解职还乡，接着又起用他去平定九龙山、洞庭湖的农民起义军。①战事还未结束，金兀术又卷土重来。岳飞立即领兵迎敌，在朱仙镇进行了决战。最后大败金兀术，金人六十万只剩五六千，金兀术几次要自杀。正当金人败局已定，收复中原在望之时，宋高宗听信秦桧的谗言，诏令岳飞班师，接着又连下十二道金牌，限令他只身回京。岳飞明知皇上昏庸，奸臣当朝，此去凶多吉少，却不愿违抗皇帝旨意。果然，岳飞在回京路上就被秦桧假传圣旨抓入狱中。

---

① 杨子坚.新编中国古代小说史［M］.南京：南京大学出版社，1990：381.

秦桧进一步指使爪牙诬陷岳飞，对岳飞严刑拷打。岳飞临死不屈，被害死在风波亭。①

《说岳全传》的作者不受史传所限制，大胆地进行虚构，写出了岳飞的动人心魄的故事，目的在于表现"岳武穆之忠，秦桧之奸，兀术之横"（金丰《序》）。也就是说，作者着意表现的是岳飞精忠报国的业绩，鞭挞的是秦桧等的残害忠良、奸佞卖国的行径，谴责的是金兀术野蛮侵略的暴行。②

岳飞则是中心人物，他在与金兀术、秦桧等的斗争中愈益焕发出耀眼的光彩。岳飞的精忠报国，在下列两方面表现得特别突出：一是对于侵略者英勇战斗，表现出强烈的民族精神和爱国主义思想。岳飞怀着对于侵略者的深仇大恨，以身许国，勇敢坚定，而且智勇双全，善于用兵，屡战屡胜。他善于团结部下，治军严明。岳家军成了英勇抗金的中坚，成了恢复中华民族的希望，岳飞所写的《满江红》正表现出了这种义愤填胸的壮烈情怀和与入侵者拼死战斗、光复河山、再造社稷的壮志。二是强调岳飞所谓的赤胆忠心，唯君命是听，达到了愚忠地步。岳飞没有完成抗金事业，到头来自身被害而死，除主和派秦桧等陷害以外，主要的还是他自己完全匍匐在皇帝面前，任皇帝宰割的愚忠思想所造成的。作者宣扬了岳飞的这种愚忠行为，并大唱高耸入云的赞歌。今天看来这是封建思想观念和唯心史观，不仅不值得赞扬，而且要进行批判。但是，我们也要历史主义地看待这一问题，在封建时代，特别在封建社会初、中期皇帝被看作是"至圣至明"的，是国家和民族的象征，忠君就是忠于国家和民族。所以，在当时的历史条件下，岳飞的行动也是可以理解的。

环绕岳飞这个中心人物，作者还塑造了宗泽、韩世忠、牛皋、施全、杨再兴等抗金英雄，其中以牛皋最为突出。牛皋的形或在明代说岳书中没有，是作者的创造。牛皋爽直、鲁莽、善良、勇敢，具有强烈的反抗精神。他曾在太行山称孤道寡，为"公道大王"。归附岳飞后，作战非常勇敢，独闯番营，投递战书，连金兀术都表示钦佩。他骂宋高宗："那个瘟皇帝，太平无事，不用我们；动起刀兵来，就来寻我们去替他厮杀，他却在宫里快活。"岳飞遇害后，他起兵复仇未成，重上太行山落草。宋高宗死后，朝廷派人去招安，他说："我牛皋不受皇帝的骗，不受招安。""待我前去杀退了兀术，再回太行山便了。"他和李逵、程金咬等草泽英雄一样，有吹牛爱逗、滑稽诙谐的脾性，是个喜剧人物。最后众小英雄直捣黄龙府，牛皋活

① 鲁迅. 新编中国古代小说史 [M]. 北京：人民文学出版社，1990：380-381.
② 杨子坚. 新编中国古代小说史 [M]. 南京：南京大学出版社，1990：382.

捉兀术,气死兀术,笑死牛皋,表现出人民群众的强烈的抗战决胜的愿望,和对这个人物喜剧结局的畅想。[①]

书中还描绘了秦桧、张邦昌、刘豫、曹荣等一伙奸佞人物。作者把他们放在民族斗争的中心来刻画,他们不仅专权枉法,残害异己,更恶劣的是,与金力勾结,破坏抗战,卖国求荣。秦桧就是他们的代表。他以极其卑鄙恶毒的手段,残害岳飞等抗金人士,处心积虑地破坏抗战事业,丧心病狂地与金兀术勾结,出卖国家、民族。他是一个典型的奸贼、卖国贼的形象,这个形象既符合历史真实,又具有深刻的教育意义。

《说岳全传》是我国古代的一部比较优秀的英雄传奇小说,成功地塑造了民族英雄、爱国将领岳飞的形象,宣扬了爱国主义思想和民族斗争精神,其主要思想倾向是积极、健康的。但在思想上也有缺陷,主要的一点就是,把宋与金,岳飞和秦桧的斗争又以迷信来解释,说他们是前世有因,后世有果,冤冤相报。这样,就给严肃的民族斗争蒙上了一层宿命的迷信色彩,大大削弱了作品的积极意义。

《说岳全传》克服了明代《大宋中兴演义》等说岳题材的作品照搬历史事实、创造很少的毛病,本着"不宜尽出于虚,而亦不必尽由于实"(金丰《说岳全传序》)的态度,大量吸收了戏曲、民间说唱、传说中的故事情节,进行了再创造,形成了一部生动形象的长篇小说。

总的来说,《说岳全传》在清代英雄传奇小说中是艺术上最为成熟的一部,它结构完整、人物形象鲜明生动、语言准确流畅、传奇色彩强烈。书中的陆登死难、岳母刺字、王佐断臂、泥马渡康王、高宠挑滑车、岳飞枪挑小梁王、梁红玉击鼓战金山、东窗下秦桧夫妇设计、风波亭岳飞父子死难等精彩片段已经成为家喻户晓的了,可见其艺术描写的吸引人,书中描写战场拼斗细致而有神采。

《说岳全传》以叙述为主,是粗线条的描写。小说明显地保留着民间话本的痕迹,每回结尾都是在情节紧要处戛然而止,体现着说话人吸引听众的技巧。小说还留存着说话人的许多插话,或者解释、评论情节,或者打诨逗笑。因此,从故事性、趣味性的角度来说《说岳全传》受到人们的格外欢迎是很自然的。

---

① 鲁迅.新编中国古代小说史[M].北京:人民文学出版社,1990:382-383.

第四节 《飞龙全传》等其他英雄传奇小说

一、《飞龙全传》

《飞龙全传》以赵匡胤为中心人物，描述他开创北宋基业的故事。宋太祖赵匡胤出身官僚家庭，青年时代浪迹江湖走南闯北，经历种种磨难，终于夺取天下。他的这种经历本来就富有传奇性，在民间流传中更增加了神异的色彩。在宋代时，赵匡胤的故事已经广泛流传。宋人叶梦得《石林燕语》记载："太祖皇帝微时，尝被酒入南京高辛庙，香案有竹杯签，因取以占己之名位。俗以一俯一仰为圣筊。自小校而上至节度使，一一掷之，皆不应。忽曰：'过是，则为天子乎？'一掷而得圣筊。天命岂不素定矣哉！"与此同时，由于赵匡胤的故事具有很大的传奇性，因此很快成为说书艺人的热门话题。比如，长篇讲史话本《新编五代史平话》简要叙述了赵匡胤从降生到陈桥兵变的故事。在元明时期，赵匡胤的故事进入小说、戏曲和说唱艺术的领域。在小说方面，流传下来的作品有《赵太祖千里送京娘》（见《警世通言》）和长篇历史演义小说《南北宋志传》。其中，《南宋志传》的主要人物和基本情节大多为《飞龙传》所吸收，可以说是《飞龙全传》的蓝本。

今本《飞龙全传》，系乾隆二十三年（1768）吴璿的修订本，共六十回。吴璿（生卒年不详），字衡章，别署东隅逸士。他在《飞龙全传》序中说，自己早年热衷于"举子业"，然而"屡困场屋，终不得志"，所以到了中年，"不得已，弃名就利，时或与贾竖辈逐锱铢之利"。到了晚年，弃商闲居，改写《飞龙传》，"借稗官野史"，抒发"郁结之思"。

《飞龙全传》从赵匡胤的青年时代写起，到陈桥兵变、黄袍加身，当了皇帝为止。作品描写了这样一个从"潜龙"到"飞龙"的过程。作品以赵匡胤为英雄传奇故事的中心，以郑恩和柴荣为陪衬，交织进众多的历史人物和故事。全书"七虚三实"，主要人物、重大史迹大体上有史实依据，但具体的故事情节又多虚构。它是一本赵匡胤发迹变泰的记传小说，是典型的英雄传奇小说。

就主人公赵匡胤来说，小说中表现了他既慷慨爽快，又粗鲁莽撞；既性急暴躁，又工于心计；既千里送京娘，坐怀不乱，有柳下惠之风，又留恋女色，宿妓嫖娼。这充分展示了这位草莽英雄的二重性格，令人可信。此外,小说中在塑造赵匡胤这个人物时,在其头上加上了"天授神权"的灵圣光圈,把他神圣化了。小说反复强调赵匡胤是"真命天子",是天上赤须龙降世。每当他遇到危难时,不是"真龙出窍"加以保护,就是城隍、土地赶来"护驾",使他"逢凶化吉"。这表明作者及其同时代人民的脆弱性,反映了他们不能完全掌握自己命运的心理状态,反映了他们要掌握统治权的欲望还停留在幻想的阶段,还不能变为实际的行动。

虽然说小说中给赵匡胤套上了"真命天子"的神圣光圈,但它主要的是展示了一个市井豪侠的有血有肉的形象。赵匡胤和其他市井豪侠一样,对黑暗势力具有大胆的反抗精神。当他因骑泥马被诬陷,发配充军时,"只气得三尸暴跳,七窍烟腾",骂道:"无道昏君!我又不谋反叛逆,又不作歹为非,怎么把我充军起来?我断断不去,怕他怎的?"当他听到其父赵弘殷因进谏而受责时,就想:"如今想将起来,一不做二不休,等待夜静更深,再到勾栏院走一遭,天幸撞着昏君,一齐了命。撞不着时,先把这班女乐结果了他,且与我父亲出气。"后来果然潜入御花园,奔上玩花楼,杀了女乐后逃走。同时,赵匡胤重信义,好打抱不平。这也是市井豪侠的重要特点。作品着重描写了赵匡胤与郑恩、柴荣、张光远、罗彦威等人患难与共、生死相依的友情。同时,作品虚构出"三打韩通"的故事,突出地体现了赵匡胤诛强扶弱、抱打不平的性格,展现了市井豪侠的本色。

此外,作品中在塑造具有"真命天子"神圣光圈的赵匡胤这一人物形象时,并没有将其写得高大无比,而是在描写他的豪侠行为的同时,写出了他的"劣迹"。他上妓院,下赌场,输钱赖账,一副无赖相。这样的描写,使赵匡胤这个人物形象更为可信。

除了赵匡胤,小说中也塑造了一些独特的人物形象。比如,作者笔下的陶家庄陶员外的女儿陶三春,一反"从来的小姐都生得如花似玉,性格温柔,绣口锦心,甲于远近,即或容颜不能美丽,而举止之间,自有一段兰质飘香之趣",生得"貌,怪。形容,丑态。青丝发,金绒盖。黑肉半颐,横生孤拐。膂力举千斤,铁汉都惊骇。金莲掷地成声,错听舟秋船过海。家中稍有不如心,打得零星飞一派"。同时,陶三春更兼身粗力大,"两条膀臂犹如兵器一般,凭他勇猛的人,也不敢近他身"。她把力拔枣树的黑脸大汉郑子明打得"痛苦难忍,叫号连天",并由此相识,结为恩爱夫妻。这完全打破了当时盛行的男才女貌,反映了下层市民的审美观和爱情婚姻观的转变。

《飞龙全传》从总体上说写得通俗生动,较有可读性,当然艺术上比较粗糙,如全书前后部分不够统一、神灵怪异描写过多等。因此,在中国古代英雄传奇小说中,并不能称为上乘之作。不过,《飞龙全传》在问世后,对后代的小说、戏曲都产生了较大的影响。

二、《水浒后传》

《水浒后传》，四十回，题为"古宋遗民著，雁宕山樵评"，作者陈忱，字遐心，浙江乌程（今吴兴县）人。"古宋遗民""雁宕山樵"都是他的化名，他大约生活在明代末年至清康熙初年，是一个具有强烈民族意识的文学家。入清后，"以故国遗民，绝意仕进"，并与顾炎武、归庄等组织反清秘密社团"惊隐诗社"。晚年卖卜自给，穷饿以终。据《水浒后传》开篇诗句"千秋万世恨无极，白发孤灯续旧编"来推测，这部小说当写于晚年。此外，他还著有《雁宕诗集》二卷、《痴世界乐府》《廿一史弹词》等，今佚。

《水浒后传》是《水浒传》的一部续书，它描写梁山好汉在征方腊以后，死亡大半，剩下了李俊、阮小七、燕青等三十二人。他们流散四方，大都重操渔樵旧业，过隐居生活。但是，当政的蔡京、童贯等奸党继续迫害他们，务要将他们赶尽杀绝。英雄们忍无可忍，只得重新聚合，再度走上反抗道路。不久，金兵入侵，中原沦陷，南宋小朝廷偏安江南，主和派把持了朝政。他们眼见大势已去，报国无望，只得到海外的暹罗诸岛另开基业，李俊做了暹罗国主。

作者认为《水浒》是"愤书"，即感愤于北宋政治腐败以至灭亡，而《水浒后传》是"泄愤之书"，目的在于表彰英雄、抨击权奸。实际上，他怀着亡国孤臣的沉痛心情，反映明清易代时期人民群众强烈的民族情感。

全书积极的思想倾向表现在下列两个方面：一是歌颂了水浒英雄继续反抗黑暗的政治统治、反抗迫害的斗争。故事由阮小七凭吊梁山泊、杀死张干办和李俊隐居太湖捕鱼、反抗恶霸巴山蛇这两件事情开始。把持朝政的蔡京、童贯一伙，本来就要斩尽杀绝梁山"余党"，便以这两件事为由，行文各州县："凡系梁山泊招安的，不论居官罢职，尽要收管甘结。"这样散处于各地的梁山泊头领又聚集拢来，占山据水，反抗官府。参加到起义的行列中来的，除了幸存的梁山好汉外，还有好汉的后代花逢春、呼延钰以及《水浒》中出现过的王进、扈成、栾廷玉等。他们建立了了登云山、饮马川和太湖的反抗据点，惩贪官、诛恶霸、济佃户。进行了"比前番在梁山泊上更觉轰轰烈烈，做出惊天动地的事业来"。虽然末尾李俊等立国海外，仍尊南宋朝廷为正统，称臣纳贡，但毕竟比《水浒》中的宋江的投降行为前进了一步，反抗昏庸朝廷的决心也比以前坚决。《水浒后传》所反映的社会生活，虽然缺少深度和广度，但对起义军反抗的必然性和正义性却描写得相当充分，对贪官污吏、豪绅恶霸鱼肉人民的罪恶揭露得十分深刻。活跃在京剧舞台上的著名剧目《打渔杀家》就是根据第九、十两回李俊等杀巴山蛇的故事改编的。[①]

二是抒发了亡国的悲痛。正当李俊、阮小七、李应等重新聚义的时候金人入侵，中原沦陷。金兵到处杀人放火、奸淫掳掠，致使中原地区呈现出"四野萧条，万民涂炭"的景象。在这国家危亡的关头，统治者却一味朝欢暮乐、昏庸误国。高居九重的徽钦二帝只知宴乐、昏聩无能，当金兵临城的时候，竟罢主战派李纲、种师道的兵权，而让江湖骗子郭京演"六甲遁法"以退金兵，结果汴京陷落，双双被俘。朝廷重臣蔡京、童贯等，平日受了大俸大禄，却把持朝政，一味"排摈正人，剥削百姓"，使"忠臣良将俱已销亡"；一旦金兵来犯，却"畏敌如虎，不敢一矢相加"而临阵脱逃；有的干脆"一缀转身子变了心肠"，做了内奸。南宋开国皇帝宋高宗也无一点中兴之主的味道，他专任"和议之臣"，招致了金兵的长驱直入。这样一些窝囊孱弱的君臣，自然导致了社稷倾圮，万民涂炭。作者写出了这样一些惨痛的历史，自然就寄寓了他深沉的慨叹。作者还热烈赞颂了呼延灼、朱仝、关胜等义军和一些爱国抗敌的将领，他们往往孤军奋战，建立了卓越的功勋。[②]

全书虽然写的是宋代的水浒的故事，描绘的是金人的入侵，实际却是针对的清代的社会现实。作者在序言中说："嗟乎！我知古宋遗民之心矣。穷愁潦倒，满腹牢骚，胸中块垒，无酒可浇，故借此残局而著成之。"显然，作者是借宋朝的历史总结明朝亡国的教训，抒发国破家亡的悲痛的。关于李俊在古逻罗国称王，根据小说的描写，其地域应在福建、广东附近，它的方位和古暹罗国并不相应。所以，有些研究者认为，所谓李俊暹罗国称王，实际上反映了民族英雄郑成功收复台湾、坚持抗清的事迹。这种推测与全书的思想倾向是一致的。

《水浒后传》在艺术上也有一定的特色，特别是在人物刻画方面，大体与《水浒》一致，个别人物还有所深化、发展。老英雄李俊、李应在起义斗争中变得沉着老练了，不仅能征惯战，而且能团结兄弟，运筹帷幄，指挥若定，成为能孚众望的领袖；铁叫子乐和在《水浒传》里只显示出聪明伶俐的特点，在《水浒后传》里却更显示出足智多谋的特征，营救花蓬春母子姑侄和李俊、黄保等人时所施的计谋令人叹服。后来李俊创业海外，他一直是吴用式的智囊人物，浪子燕青在《水浒后传》里也有很大发展，他原本的"百伶百俐"，成熟到"忠肝义胆，妙计入神"，在起义军中成了另一

① 鲁迅．新编中国古代小说史 [M]．北京：人民文学出版社，1990：376-377．
② 杨子坚．新编中国古代小说史 [M]．南京：南京大学出版社，1990：377．

个重要的决策人物。

叙事缜密、描写细腻传神，这是它在艺术上的另一个特点。试看第一回老英雄阮小七"梁山感旧，除奸再起"的一段，阮小七祭奠梁山英雄与蔡太师的党羽张干办发生争执后：

> 阮小七性定一回，酒也醒了，叫伴当收拾回船。划到家里，已是黄昏时候。对母亲说知此事。那婆婆埋怨道，"两个哥哥通没了，你是个独撕腿，每事也要戒些性子。倘那厮明日来合嘴，怎处？"阮小七道："不妨。老娘放心，我自有对付，凭他怎地！"当夜无话，明早起来，依旧自去打鱼。

> 到第三夜二更时分，阮小七睡在床上，忽听得门外有人走动，抬起头来，只见火光射到屋里。连忙爬起，穿好衣服，且不开门，挎口腰刀，手里提根柳叶枪，蹍起脚来往墙头外一望，见一二百士兵，都执器械，点十来个火把，把草房围住。张干办戴着大帽，紧身衣服，挂了一副弓箭，骑在马上，叫道，"不要走了阮小七！"十来个士兵用力把篱门一推，倒在半边，一齐拥入，阮小七闪进后屋，从侧门跑出，大宽转到前门来。士兵在内搜寻。张干办还在门外马上，不提防阮小七却在背后。说时迟，那时快，阮小七轻轻挺着柳叶枪，从张干办左肋下用力一搠，那张干办大叫一声，早擞下马来，血流满地。际小七丢了枪，拔出腰刀，脖子上再加一刀，眼见得不活了。士兵听得门外喧闹，回身出来，不防张干办尸首在地？有两个绊着跌倒。阮小七抖擞精神，一连乱砍了几个，余多的各顾性命，霎时逃散。

> 阮小七走进屋里：连叫老娘，不见答应，地上拾起烧残的火把，四下里一照，只见婆婆一堆儿躲在床底下发抖，几个伴当通不见了，连忙扶出说道："老娘受吓了。此间安身不得，须收拾到别处去。"婆婆道："却往何处安身？"阮小七道："前日听得路上人传说，邹润在登州登云山脚下，甚是快活。如今且去投奔他，那里躲避几时，却再理会。"随把衣装细软拴做一包，煮起饭来，母子吃饱，扶老娘到门外；拖起张干办并士兵尸首到草房里，放起一把火来，焰腾腾燃着。已是五更天气，残月犹明，参横斗转，见张干办那匹马在绿杨树下嘶鸣不已。阮小七想道："母亲年高之人，怎生走得长路！何不牵过那匹马，骑坐了去！"就带住那马，扶婆婆坐好。自己背上包裹，跨了腰刀，提把朴刀，走

出村中,向北而走。^①

这节写得十分细密,阮小七、婆婆、张干办、士兵等人物的情态动作都交代得清清楚楚,各自如何登场,又如何下场的,笔笔不漏。就连并不相干的伴当,作者也还在紧急中交代一笔"几个伴当通不见了"。至于阮小七枪杀张干办的描写,也细致生动、合情入理,没有任意夸饰令人难以置信的地方。

另外,《水浒后传》抒情色彩浓烈也是它在艺术描写方面的一个特点。作者注意在描写故事情节中,抒发今昔感慨、宋江等无辜被害的伤痛和北宋沦亡的悲楚,因而书中时时可见深沉哀婉之笔。例如,徽钦二帝被掳后,燕青杨林混进金营去献黄柑、青子:

> 道君皇帝便取一枚青子纳在口中,说道:"连日朕心绪不宁,口内甚苦;得此佳品,可以解烦。"叹口气道:"朝内文武官僚世受国恩,拖金曳紫;一朝变起,尽皆保惜性命,眷恋妻子,谁肯来这里省视,不料卿等这般忠义!可见天下贤才杰士原不在近臣勋戚中!朕失于简用,以致于此。远来安慰,实感朕心。"
>
> ……
>
> 上皇又唤内监分一半青子黄柑:"你拿去赐与当今皇帝,说是一个草野忠臣燕青所献的。"

这是全书较感人的一段。正如胡适所评:"这一大段文章,真当得'哀艳'二字的评语!古来写皇帝末路的,无此好文章!"(《水浒续集、二种序》)

《水浒后传》也有明显的缺点,书中有些部分宣扬了封建迷信思想。后十回李俊在海外的活动现实性不强,还夹杂着迷信怪弃的成分。末尾以"金銮殿四美结良缘"、君臣们"赋诗演唱大团圆"结束,落入了才子佳人的俗套,艺术上,多数人物性格不甚鲜明,结构也较松散。

三、《后水浒传》

1981年春风文艺出版社重印的《后水浒传》是另一部较好的《水浒》续书。

《后水浒传》的作者不详,书中题"青莲室主人辑",书前有"彩虹桥上客题于天花藏"的序。彩虹桥上客、天花藏主人是不是青莲室主人,青莲室主人是谁?这些问题均属未知数。

---

① 陈忱.中国古典文学名著丛书水浒后传[M].北京:华夏出版社,2013:8-9.

全书四十五回。它写宋江等三十六人死后再度转生人世，成为杨幺等农民起义军的首领。杨幺雄踞君山岛做了寨主，立水寨，练水军，纵横八百里洞庭。后来杨幺提出"国家丧亡，实因主昏，主昏则奸佞生"。于是就上临安，想劝高宗除奸佞，用忠臣。高宗答应了杨幺的请求，并赐御酒三杯。不想众兄弟在秦桧府杀人放火，大闹了临安城，断了杨幺欲降高宗的梦想，招来秦桧的派兵进剿。后来岳飞进攻君山，杨幺大败，走入轩辕古井中，化作了黑气。

这是一部思想内容较好，而艺术上较为逊色的《水浒》续书。

四、《杨家将传》

唐朝以后，北方游牧民族日益强大起来，到了宋朝，已经与北方契丹、女真、党项等民族势均力敌。在这个时期，民族矛盾十分尖锐，北方势力逐渐强大，而地处中原的宋朝却腐败无能，国力日益减弱。因此便时常爆发外族进犯中原的战争。杨家将的故事就是在这个时期广泛流传开来，经过无数人的创作和完善，到了明朝末期终于形成了完整的杨家将长篇小说。《杨家将传》就是其中之一。

《杨家将传》的作者是熊大木（约 1506—1578），号钟谷、鳌峰后人，福建建阳人，是明朝嘉靖、万历年间历史演义小说的编著者与刊行者，也是英雄传奇较早的作者。

《杨家将传》一书虽然故事情节多为虚构，但杨业、杨延昭、杨文广等在历史上确有其人。《杨家将传》也正是在这些真实人物的基础上不断汲取话本、杂剧等文艺形式中的情节艺术加工形成的。作者在情节上经过大胆虚构和夸张，塑造了一大群有血有肉的爱国英雄形象，热情歌颂了维护国家神圣领土完整的英雄主义精神。千百年来杨家将的故事已深入人心，成为妇孺皆知的光辉典范，使无数人受到激励和鼓舞。

小说从宋太祖赵匡胤在陈桥黄袍加身写起，直至神宗赵顼为止，约有100 多年的历史。小说既写了杨业、余氏及其七子二女"俱善骑射，精通韬略"的英雄群像，又集中写了杨业、杨延昭、杨宗保、杨文广、杨怀玉五代将领的征战业绩。杨业的长子，及二郎、三郎在对辽作战中早亡。四郎延辉在其父的主使下，假装太宗赵炅出幽州城北门诈降，以掩护太宗出南门脱幽州之围。在拼杀中，四郎被辽兵绊倒坐骑，活捉而去。辽主萧太后"见其慷慨激烈，神采超群"，即为琼娥公主招赘。四郎在辽 18 年，多次充当宋朝内应，直至灭辽后，才偕妻回到汴京天波府。五郎延德出家五台山为僧。七郎延嗣为解其父狼牙谷之围，回求救兵，被潘仁美设计乱箭射死。

唯六郎寿数较长，从多元割据的五代十国末年即参加征战，直到宋真宗赵恒末年，五六十年当中，战功赫赫，被真宗称为"擎天之柱"。杨业死后，六郎因退辽有功，被真宗任命为高州节度使，他"辞尊居卑"，愿任与辽相近、便于立功的佳山寨巡检之职。就是这样一个不贪图高官厚禄、一心忠君报国的矫矫虎将，却屡遭奸人陷害。他曾谓其母曰："朝廷养我，譬如一马，出则乘我，以舒跋涉之劳；及至暇日，宰充庖厨。儿欲拜别母亲云游天下，付理乱予不闻也。"

杨宗保13岁随父出征，统率大军，"行兵如神，百战百胜"。14岁时，不到一个月破七十二天门阵，无人能敌。仁宗时宗保已告老在家。狄青征南，兵败告急。仁宗亲往天波府，见宗保须鬓皓然，意其不堪领兵出征。宗保不服老，即在殿前戴盔穿甲，挎枪跃马试演一番，请缨求用。由于他老当益壮，威猛不减当年，仁宗赞曰："矍铄哉，是翁也！"遂命他代狄青掌元帅印。宗保又荐其子文广挂先锋印。"虎父还生虎子"，文广武艺不亚于其父，也是自幼征战，至耄耋之年，自谓纵马革裹尸、肝脑涂地在所不辞。文广的儿子怀玉少年英武，有百步穿杨之能，使胡富甘拜下风，拱手出让征西先锋之印。杨家将每一代豪杰中都有足以与男将媲美甚至武艺超过男将的女英雄。佘太君勇谋双全，足以匹配杨老令公；儿辈中杨八妹、杨九妹与辽将比武，技压群敌，后来又驰骋疆场，屡建战功；孙辈中女将也层出不穷。

在《杨家将传》这部小说中，作者用较为通俗生动的语言叙述了北宋初年宋太祖、宋太宗、宋真宗时期征服分裂的北汉、辽及西夏等北部、西部边疆政权，最终统一中原等一系列故事。作者通过着重描写杨家三代男女老少英雄为国出征、为统一中国而忍辱负重、浴血奋战的可歌可泣的事迹，塑造了杨业、杨六郎、杨宗保、佘太君、穆桂英等英雄人物形象，鞭挞了潘仁美、王钦等奸臣、贪官仅为一己私利而妒贤嫉能、出卖民族和国家利益的丑恶行为。

此外，小说把杨门中的小将、女将塑造得光彩照人。其中，佘太君、柴郡主、穆桂英等女将突破封建社会中妇女谨守闺阁、忍耐柔弱的传统，勇敢地冲向反侵略的战场，成为叱咤风云、纵横驰骋的战将。就连百岁的老妇和烧火的丫头也都临时上战场，令敌人闻风丧胆、不寒而栗。这在我国历代的文艺作品中是独一无二的。由于受历史的局限，小说中不可避免地流露出忠君思想，但这部小说仍然不失为一部经典之作。

五、《隋唐演义》

清代初年还有几部比较流行的写隋唐历史和英雄人物的长篇小说，其中以《隋唐演义》《说唐演义全传》较有价值。

《隋唐演义》，康熙年间褚人获著。褚人获字稼轩，号石农，长洲（今江苏苏州）人。他未做过官，但在吴中颇有文名，诗文以外，尤为熟悉明朝稗史。著有《坚瓠集》《读史随笔》等书。

《隋唐演义》，一百回。它是在《隋唐志传》《隋史遗文》《隋炀帝艳史》等有关小说故事的基础上，参阅史料、吸取民间传说的精华写成的。它叙述隋、唐两朝的故事，起自隋文帝灭陈，止于安史之乱后唐太宗返回长安。全书着重写了三方面的故事：一是关于单雄信、秦琼、尉迟敬德、罗成等英雄的故事，二是关于隋炀帝和朱贵儿的故事；三是关于唐明皇和杨贵妃的故事。全书以隋炀帝和朱贵儿、唐明皇和杨贵妃两世姻缘为线索，写隋唐两朝历史、宫廷艳史逸事和草泽英雄的活动。书的积极意义在于：它暴露了封建帝王的荒淫无耻，谴责了统治阶级内部斗争的肮脏龌龊，歌颂了草泽英雄的侠义勇敢。草泽英雄传奇色彩强烈、个性鲜明是这部书吸引读者的地方，单雄信、秦琼、尉迟恭、罗成等都有独特的个性和坎坷的历史。作者善于通过典型情节和深刻的细节描写刻画人物，描写秦琼潞州落魄的片断就非常细致、生动，店小二那种"转面起炎凉"的势利小人心态，秦琼困窘、矛盾、不得已而委曲求全的神情都惟妙惟肖地表达出来了。试看其中的一段。

> 乌鸦归宿，喳喳的叫。叔宝正在踌躇，猛然想起家中有老母，只得又回来，脚步移徙艰难，一步一叹，直待上灯后，方才进门。
>
> 叔宝房内已点了灯。叔宝见了灯光，心下怪道，"为甚今夜这般殷勤起来，老早点火在内了？"驻步一看，只见有人在内，呼幺喝六，掷色饮酒。王小二在内，跑将出来，叫一卢："爷，不是我有心得罪。今日到了一起客人，他是贩什么金珠宝玩的，古怪得紧，独独里只要爷这间房，早知有这样事体，爷出去锁了房门，到也不见得这事出来。我打帐要与他争论，他又道：'主人家只管房钱，张客人住，李客人也是住得的，我多与些房钱就是了。'我们这样人，说了银子两字，只恐又冲断好主顾。口角略顿一顿，这些人竟走进去坐，倒不肯出来。我怕行李拌差了，就把爷的行李，搬在后边幽静些的去处。因秦爷在舍下日久，就是自家人一般。这一班人，我要多赚他些银子，只得从权了；爷不要见

怪,才是海量宽洪。"叔宝好几日不见王小二这等和颜悦色,只因倒出他的房来,故此说这些好话儿。秦叔宝英雄气概,那里忍得小人的气过;只因少了饭钱,自揣一揣,只得随机迁就道:"小二哥,屋随主便,但是有房与我安身就罢,我也不论好歹。"

王小二点灯引路,叔宝跟随,转弯抹角,到后面去。王小二一路做不安的光景,走到一个所在,指道就是这里。叔宝定睛一看,不是客房,却是靠厨房一间破屋:半边露了天,堆着一堆糯糯秸,叔宝的行李,都堆在上面。半边又把柴草打个地铺,四面风来,灯挂儿也没处施设,就地放下了;拿一片破缸片,挡着壁缝里风。又对叔宝道:"秦爷只好权住住儿,等他们去了,仍旧到内房里住。"叔宝也不答应他。小二带上门竟走去了。

明明是他将秦叔宝赶到柴房里去住,可是他的神情、话语却是那样的和缓委曲,谎话编得那么圆,活脱地表现出了店小二的势利嘴脸。从中还可以看出秦叔宝受困时的大度、宠辱无惊的英雄品行。

《隋唐演义》也存在宣传因果报应的迷信思想和结构松散等缺点。所谓两世姻缘就是宣扬轮回报应,是迷信。作者还把隋朝的衰败、政治的黑暗,归咎于女人,显然又是封建思想作祟。在艺术上,前半部,特别是秦琼等反隋大起义,写得虎虎有生气;后半部记事粗略,缺乏情致。

六、《说唐演义全传》

清代乾隆年间又出现了《说唐演义全传》的书,作者不详,书首有姑苏如莲居士的序文。

《说唐演义全传》又称《说唐全传》,它分前传和后传两种,前传叫《说唐前传》;后传则有《说唐小英雄传》(又名《罗通扫北》)、《说唐薛家府传》(又名《薛仁贵征东全传》)两个名目。后来,说唐系统还出现了两本续书:《说唐征西传》(又名《异说后唐传薛丁山征西樊梨花全传》)、《反唐演义全传》(又名《薛刚反唐》)。后传和续书大多描写唐王朝的武功和武将的所谓英雄业绩,反对奸佞,宣扬功名富贵和大汉族主义思想,艺术上雷同、格式化,缺乏创造性。

《说唐全传》中最有影响、最为著名的是《说唐前传》,简称《说唐》,现今通行本是陈汝衡修订的六十六回本。书从秦彝托孤、隋文帝平陈写起,直到唐太宗削平群雄登基为止。标题上看似为讲史,实际上是一部英雄传奇小说,它以瓦岗寨诸将为中心,吸取了大量的并非史实的民间传闻,敷演了隋末"十八路反王、六十四路烟尘"反隋大起义中的一批英雄的传奇故事，塑造了秦琼、程咬金、罗成、尉迟恭、伍云召等人物形象，还穿插了雄阔海、裴元庆、王伯当、单雄信、李元霸、徐茂功等人的故事。除秦琼外，其他许多英雄的故事，都是前此几部写隋唐历史的小说言之不详或没有的。这些人物组成了隋唐易代时期乱世英雄的画廊，表现出了声势壮阔的隋末大起义。与此同时，小说还揭露了统治者，特别是隋炀帝的荒淫腐朽和压迫人民的罪恶。

《说唐》艺术上的成功之处在于人物形象传奇色彩强烈，虎虎有生气，因而为群众所喜闻乐见。它所塑造的人物既闪耀着英雄的光彩，又有着民间粗野拙朴的气息，比如单雄信仗义疏财，肝胆服人，就是因为与唐王有杀兄之仇而誓死抗唐，结义兄弟秦琼等怎么劝也不回头，最后宁愿引颈受刑也不改变初衷。他的为人，使人崇敬；他的执拘，使人惋惜。程咬金则更是一个深受群众喜爱的形象，他直率、勇敢、天不怕、地不怕、劫王杠、反山东，当上了"混世魔王"。以后，他觉得做皇帝太辛苦、不自在，干脆除下金冠，脱下龙袍，叫道："哪个愿意做的上去，我让他吧！"表现出了下层人民憨直单纯的坦荡胸怀。他和兄弟们归顺唐王后，驰骋疆场，屡建奇功。遇有不平之事，敢于直言，不怕犯上。作者对这一形象的塑造是成功的，特别是他那天真纯朴并带有滑稽神采的性格，深得读者的喜爱。至今人们口头上还有"半路上杀出个程咬金""程咬金的三斧头"等俗语。

《说唐》写好汉们武艺的高下是按已排好的名次来区分的，如第一条好汉是李元霸，其他任何人在任何情况下都不是他的对手，这样，战场的拼斗就变成了毫无生气的过场，唯独程咬金出场常常有所谓福将的奇遇，令读者兴味盎然。例如：程咬金学斧、在单雄信临刑前的敬酒、与秦王探营、与尉迟恭拼斗等段落，都以生动的细节，表现他滑稽狡狯、带有孩子气的神情，令人发噱。第三十六回，程咬金在战场上吃了尚师徒的坐骑呼雷豹的亏。秦琼设计偷得了呼雷豹：

> 是晚，程咬金想这马为何这等厉害，遂走到后槽看看，只见众马皆远远立着，不敢近他。咬金就把呼雷豹带住，一发将他痒毛一拉，他就嘶叫一声，众马即时跌倒，尿屁直流。咬金摇头道："为什么生这几根毛，这般厉害？外面好月光，我自牵他出去，放过辔头看。"遂将马牵出营来，跳上马背，往前就走。走一步，扯一扯，那马一声吼叫。程咬金把毛乱扯，那马就乱叫不住，咬金大怒，一发将他这宗痒毛，尽行拔起来。那马性发，颠跳起来，前蹄一起，后蹄一竖，掀翻程咬金在地，遂跑到临阳关来，……单说程咬金当下被呼雷豹掀翻在地，及爬起来，不见了这马，就回营去睡了。次日叔宝升帐，军士报禀此事，叔宝大怒，喝令把咬

全绑去砍了。咬金叫道："秦大哥，你为何轻人重畜，为一匹马，就杀一员大将？而且你我是好朋友，亏你提得起！"叔宝听了，吩咐松了绑，说道："你这匹夫，不知法度，暂寄下你这颗头，日后将功赎罪。"

程咬金像顽皮的孩子一样玩弄呼雷豹，弄丢马以后便当没事人一般去睡了，秦琼要杀他，他并不求饶，而且直言顶撞，这些细节把程咬金的情态写得活灵活现。

《说唐》无论在思想内容还是艺术表现方面都有一些缺点。它宣扬了唯心主义思想，特别是神化了李世民。李世民因为是"真龙天子"，虽然遭际坎坷，多方遇难，但总能绝处逢生、化险为夷，并说这是天命所归的缘故。全书结构不严谨，套语较多，有的地方夸张过分。

七、《荡寇志》

清代长篇小说《荡寇志》系借元末明初行世的经典名著《水浒传》中故事"续貂"之作。小说接续金圣叹评本之70回《水浒传》而作，续作正篇70回，结子1回，故又名为《结子水浒传》，乃是所有水浒系列作品中唯一立场相对的一本著作。

《荡寇志》的作者俞万春（1794—1849），字仲华，号忽来道人，浙江山阴（今属浙江绍兴）人，出身于一个地方官吏家庭，一生并没有正式任官，科举功名也不过是个"诸生"（秀才）。他在青壮年时代，曾经长期追随其父在广东的任所亲身参与了对人民反抗武装的镇压行动。《荡寇志》的写作是作者站在维护封建统治的反动立场上，蓄意对人民群众进行思想上的镇压，来与封建统治者的暴力镇压相配合的。作者为此苦心孤诣，惨淡经营，不遗余力。据他的家人称，此书草创于道光六年（1826年），写成于道光二十七年（1847年），中间"三易其稿"，历时22年。

作者仇视以宋江为首的梁山泊农民起义的思想与金圣叹一致，所以他紧接金圣叹腰斩过的70回本《水浒传》，从71回写起，杜撰出一大篇宋江等如何"被张叔夜擒拿正法"的故事，自名其书为《荡寇志》。

封建统治阶级历来鄙视稗官小说，甚至将其称为"惑世诬民"的"异端"，千方百计地加以禁遏，而《荡寇志》这部纯属杜撰的稗官小说，却博得许多"当道诸公"的青睐，被视为维系"世道人心"，用来进行反动宣传，以抵制革命思想在群众中传播的宝物。

俞万春死后次年，清朝爆发了洪秀全领导的太平军农民大起义。与此同时，南京的清政府官员们就开始酝酿刻印《荡寇志》，以维系摇摇欲坠的"世道人心"。咸丰十年（I860年），太平军忠王李秀成攻下苏州，把《荡寇志》当作反革命的宣传品，予以毁版。太平天国起义失败后，同治十年（1871年），《荡寇志》又有了大字覆刻本。

小说主要讲东京告休的南营提辖陈希真与女儿陈丽卿武艺绝伦，遭到权奸高俅父子的百般凌辱和陷害，无奈落草于猿臂寨。虽然他们杀死了高俅的族弟高封及助纣为虐的阮其祥，并招聚了刘慧娘兄妹和众多武艺高强之人，降服了在朝为武官的祝永清，但是他们身居山寨而心向朝廷，专与梁山英雄为敌，把剿灭水泊梁山英雄当作献给朝廷的晋身之礼，在他们屡建"功绩"的基础上，朝廷终于录用了他们，陈希真官至都统制。最后他们又与云天彪、徐槐配合，在张叔夜的统领下，终将以宋江为首的水浒英雄全部斩尽杀绝。

在我国小说史上，《荡寇志》可算是反动文学的代表作之一。对后世的读者而言，它也不失为一种颇为难得的反面材料。通过《荡寇志》里的人物形象、故事情节，人们将具体地了解到顽固地坚持封建专制主义立场的地主豪绅们，在面对人民的武装斗争风暴时的心理状态以及他们的幻想和主观愿望。

《荡寇志》虽是一部思想反动之书，的确也堪作反面教材供后人批判，之所以至今仍保持其书原貌，多次出版，盖因其在艺术上尚有一二可取之处。例如，书中写陈希真父女受高太尉迫害，弃家出亡，路过风云庄等片段，反动的政治说教没有压倒患难相恤的真情实感，便觉文情交至，颇能动人。书中塑造的陈丽卿、刘慧娘这两个女性形象，一武一文，也颇有个性特征。同时作者熟知我国古代的科技知识和西方的工艺成果，除了采用传统的斗武艺、斗法术之外，又穿插进斗器械、斗技术，可谓别开生面。

《荡寇志》的行文布局、造语设景独具匠心，刻人状物，文字精练流畅，某些情节亦具真情实感，多有动人之处。确实有如鲁迅先生说的，"在纠缠旧作之同类小说中，盖差为佼佼者矣"。至于作品中对于贪官污吏的认识，乃是作者欲为封建王朝"正名""补天"的不甘之心，读者自然明了。

第三章　明清神怪奇幻小说创作研究

鲁迅在中国小说史上首次提出了"神魔小说"的概念。在鲁迅论述的启发下,根据这类小说所呈现的基本特征,我们将其命名为神怪奇幻小说,就是指明清时代在儒道释"三教同源"的思想影响下所产生的、以神怪奇幻为题材的白话章回小说。这类小说除了鲁迅在《中国小说史略》中提到的《平妖传》《西游记》《后西游记》《续西游记》《封神传》《三宝太监西洋记》《西游补》八种外,据孙楷第的《中国通俗小说书目》、谭正璧的《古本稀见小说汇考》等书所录,尚有三十种左右。

第一节　神怪奇幻小说概述

神怪奇幻小说在明代极为兴盛,这是有其社会文化原因的。首先是统治阶级对宗教的提倡,特别是大力宣扬"三教合一"的思想。尤其在嘉靖、万历年间,随意杂取三教的民间宗教兴起,与统治者的宗教狂热上下呼应,这为神怪奇幻小说的创作提供了观念的准备和丰富的素材。其次是明代思想解放运动的影响,特别是对神怪的广泛兴趣,对奇幻夸张、狂放不羁的创作方法的肯定,更是有力地冲击了封建王国"不语怪力乱神"的正统艺术思想。再次是明代商业出版机制的刺激。明中叶印刷技术突飞猛进,印刷业空前繁荣,全国几乎所有省区都有刻书行业。许多书商在利益的驱动下,除了刊刻经史子集、佛道经典和程朱墨卷外,开始把心思放在编撰、策划、出版小说方面,通俗小说开始从"手抄本"变为刊行本,从文化产品变成文化商品,这对章回小说,包括神怪奇幻小说发展的推动作用是很大的。据初步统计,现存在万历年间刊刻的神怪奇幻小说有十八种之多,使神怪奇幻小说在短时间内成为与历史演义小说分庭抗礼的一个小说种类。

不过这只能说是近因。其实讲神魔灵异题材的文学作品自古就没有中断过,可谓历史悠久,积累十分丰富。单唐传奇和宋元说话中的此类故事，就足以令人目眩。像《游仙窟》《周秦行纪》《柳毅传》等，都是叙书生的艳遇，但女主人公皆为神仙，而愿意与凡夫俗子结成夫妻。这些当然都是想象之词，易幻想的文人们在现实中不能得到如意的爱情，便虚构出美丽的幻影以自慰。而具深刻哲理性的《枕中记》《南柯太守传》虽非单讲艳遇，但也还是得高官、骑肥马、娶美妇，大大风光了一把才觉悟过来的，实质上还是一种自慰。为了增加"真实感"和可信性，神魔小说在流传过程中渐渐也会与历史上的真人真事挂起钩来，虚与实混杂在一起，令人真假莫辨。最明显的莫过于张文成的《游仙窟》，自称遇见五娘、十嫂是他亲自经历过的。在《醉翁谈录》中被列为"灵怪"的《杨元子》，其主人公杨元素就是历史真实人物，《宋史》有传。著名的姜子牙也本是历史上的真人。

普通民众对神异故事的喜爱并不亚于文人，这从宋元说话艺术的科目中可以看出来。《都城纪胜》《梦粱录》等几处记载都有"灵怪"；《醉翁谈录》记的八种科目中，多种与后来的神魔小说有关：灵怪、妖术、神仙、烟粉。这样看，可见神鬼妖异对下层社会的吸引力之大。这些在宋话本中属于"小说"一家，但是他们被整合到神魔小说中时，是依附于历史人物或历史事件的，或者说是作为历史事件的填充物出现的。

神怪奇幻小说虽然是时代的产物，然而，作为一种与宗教思想结合、用浪漫方法创作的幻奇型小说，并不是到明代一下子突兀在人们面前的，它也走过弯弯曲曲的道路，有着源远流长的历史。

我们可以对神魔小说主要构成因素做一些简要分析：

之一：神话与原始宗教。神话囊括着十分丰富的历史内涵。因为在那时，人们与其说是住在现实世界中，还不如说是住在虚构的世界里，于是，神话便折光地陈述这样一段历史。原始宗教的幻想作为人类幻想的一部分出现在神话之中，也大大地丰富了神话的幻想和想象，总是带着浓厚的主观幻想性。它可以神化自然现象，也可以把动物人格化；可以幻化人的灵魂，也可以用魔术沟通神人。

之二，仙话与道教思维。秦汉时在道教思想提供的温床上产生的神仙故事传说。尤其在汉代，神仙故事弥漫整个朝野，或记仙言，或写仙境，或写仙人，从而构成了奇幻多彩的神仙画廊，造成了一个空前富丽的神仙故事时代。仙话中的神仙绝大部分是理想化了的真实的人。他们有姓有名，有情有欲，并有一部得道成仙的生活史。教创造的神仙系统，等级森严，层次繁多，分工细密，实际上是典型化了的人世，而且永远不会以仙满为患，随时欢迎一切得道者飞升而来。因而人们就可以根据需要不断地创造神仙，源源不断地把活人输往天国。

之三,志怪与宋、元说话的多元综合。一般认为,神魔小说主要从历史小说分化而来,因此所有的神魔小说都借一点历史事件作原由。但神魔小说还有多元化的文学来源,有的继承了志怪小说的传统,有的吸收了"小说"话本的营养。

不管怎么说,神话、志怪以及各种神异灵怪成分,的确与历史走到了一起,并且融合为一体,成为一个新的流派。几部神魔小说《西游记》《封神演义》《平妖传》等,都是由历史人物引发出来的。最早这样做的《平妖传》,大约出现于明初。书中的主要人物是真实的宋代起义领袖,但在《平妖传》中整个环境都已变成神魔世界,人世间的生活已经退居次要地位。《封神演义》依托的是武王伐纣故事。历史上的商纣王功过俱有,他在平定东夷、传播中原文化方面的功劳是受到史家肯定的。[①]但由于民间把纣王当作一个无恶不作的暴君看待,所以故事逐渐变味,把妲己说成是九尾狐所变,来葬送殷商的天下。至《封神演义》则人间朝代的更替实际上成了各派宗教之间的较量。虽然同是神仙道人之流,都是三教祖师鸿钧老祖的门徒,但阐教顺天意而支持周,是为神;截教违背天意而助纣,便是魔。结果是周胜了,商灭亡了,也就等于阐教战胜了截教,正义战胜了邪恶。[②]

《西游记》的生成演变最典型地反映了历史衍生出神魔的历程。唐僧是历史上的真人,取经也是实有其事。《大唐西域记》和《大唐慈恩寺三藏法师传》记下了这次取经的经过和沿途的见闻。三藏法师在口述时自觉不自觉地运用了夸张手法,他的徒弟在记录时也免不了添枝加叶,这就使两部取经的"实录"本身已经存在非历史的因素。而且由于题材的特殊,也为后人进一步虚构和神化留下了缺口。取经的道路千难万险,所见所闻必有异于常者,西域途中又多信佛教,自然也会神话故事。唐代,俗讲又为取经故事推波助澜的,使取经故事离人世愈来愈远,离神魔愈来愈近。《大唐三藏取经诗话》里,已经充斥着大量的神话传说。

至于神怪奇幻小说的题材类型,则是近承宋元说话而来。特别是受"说经""小说"中的灵怪类以及"讲史"的影响。神怪奇幻小说虽然在题材类型方面呈现出多种表现形态,但在艺术方面则是以浪漫奇幻为共同特色的。我国古代浪漫主义文学以上古神话为源头,以先秦"庄""骚"为支流,共同哺育着我国浪漫主义文学的成长。明清神怪奇幻小说正是沿着它们的道路,从现实出发向古代人物、向神话世界、向幻想世界开拓,

① 蔡铁鹰,杨颖.分体中国小说史教程[M].北京:中国文史出版社,2014:125.
② 宁宗一.中国小说学通论[M].合肥:安徽教育出版社,1995:490.

从而在小说中展现出广阔的描写空间，具有非凡的形象体系，充满了丰富的象征意味。

首先，是丰富的幻想、极度的夸张。《庄子》《离骚》往往以丰富的想象、大胆的夸张去改造、融合神话传说，使作品具有一种奇诡变幻的特色，正如《庄子·天下篇》里所概括的那样："以谬悠之说，荒唐之言，无端崖之辞，时恣纵而不傥，不以觭见之也。"这种艺术传统流经志怪、传奇小说，到了神怪奇幻小说，则是以突破时空、突破生死、突破神人界限的手法去描写奇人奇事奇境：其形象多是神魔妖怪，他们都有奇特的外貌、奇特的武器，有着变幻莫测的神通、超越自然的生命。即使是人，也多是被神话仙话化的"神人""真人"；其事件，多是除妖灭怪、伐恶扬善、战天斗地、显扬忠烈；其环境，则多是幻域，其中有天庭、地府、龙宫，也有海市蜃楼般的仙庄、佛境、孤岛，把现实与幻想、天上与人间皆笼于笔底，从而向人们展现出广阔的描写空间、奇丽的幻想天地。

其次，是奇妙的变形、丰富的象征意味。屈原在《离骚》中通过"善鸟香草以配忠贞；恶禽臭物以比谗佞；灵修美人以媲于君；宓妃佚女以譬贤臣；虬龙鸾凤以托君子；飘风云霓以为小人"的象征体系，来表现他的理想愿望；庄子也往往用被他理性滤化的神话形象、被人格化的动、植物形象及被改造变形的历史人物形象，来说明他的哲学思想。像这样的象征形象也经常出入于神怪奇幻小说之中，作者设立这些象征形象是为了表达某一信念而采用的手段，具有假定性和象征性。具体说有两种表现方式：一是整体性的象征方式，像《西游记》的整体形象并不仅仅在于折射现实，同时也在象征着一种从追求到痛苦到实现的人生哲理；一是局部性的象征方式，就是镶嵌在整体性象征体系中的一些有哲理意味的故事或与整体象征无关的一些哲理性语言。当然，有的象征并不是作者的主观意图，但是客观上由于象征意象的启示，则激发了读者对人生哲理的思考，从而扩大了作品的内涵。

第二节　强化妖魔社会化特征的《西游记》

一、《西游记》的作者版本介绍

在中国的古代小说中，《西游记》最是老少咸宜，为各种层次的读者所喜爱。粗通文墨的儿童喜爱它奇异的情节，有见识的成人喜欢它对社会人生的嘲讽。它因此不仅在中国家喻户晓,而且已走向世界,是一部为各国人民共同喜爱的优秀的浪漫主义神话小说。

同《三国演义》《水浒传》一样,《西游记》亦属于那种集体累积型小说,它的史实支点是唐代玄奘法师西行求法的事迹。玄奘法师于贞观三年(629)私自西行去天竺求法,往返十七载,历经百余国,备尝艰辛,于贞观十九年(645)回到长安,带回天竺佛教大小乘经、律论657部,受到唐太宗的礼遇。玄奘法师求法过程中所表现的坚强信念、顽强意志令人景仰,经历的种种奇遇令人惊奇,见到的异国风情让人产生了极大的兴趣。于是奉诏口述沿途见闻,由门徒辨机辑录成《大唐西域记》。以后他的门徒慧立、彦悰又据其经历写了《大唐慈恩寺三藏法师传》。为了弘扬佛教,他们在描写玄奘法师西行的过程中增加了一些宗教传闻,安排了一些奇异情节,组成了玄奘法师故事的第一个版本。

在宗教迷信盛行的时代,玄奘法师自然成了僧人与俗人共同崇拜的偶像,他的故事越传越离奇、越神秘,尤其活跃在唐代寺院"俗讲"僧人的口头,《大唐三藏取经诗话》即当时俗讲之底本。

《取经诗话》是西天取经故事演化的第一阶段的代表作,它以通俗讲唱形式叙述三藏法师一行去西天求法的经历,已经出现了自称"花果山紫云洞八万四千铜头铁额猕猴王"的猴精,有了沙神,有了偷王母蟠桃的故事,有了粗具规模的西天路上遇妖逢魔的情节。

西天取经故事演化的第二阶段的代表作是元末人杨景贤改编的《西游记杂剧》,全剧六本二十四折,现存明万历时刻本。该剧在《取经诗话》的基础上进行加工,无论人物还是情节,都有了较大的改进。人物有"花果山紫云罗洞通天大圣"孙行者,有行妖作怪被收服才做了唐僧徒弟的猪精、沙和尚,有南海沙劫驼老龙的第三子变成的供唐僧乘坐的白马。唐僧已不再是历史上实有的洛阳籍人,改成了西方毗卢伽尊者转世的海州"江流和尚"。实际上已完成了西天取经全班人马的定型化。情节上出现了唐僧出世、过炎焰山、女儿国等通过《西游记》让当代人耳熟能详的故事。

较《西游记杂剧》稍晚出现了《西游记平话》。原书已佚,有"魏徵梦斩泾河龙"一段约1200字保存在《永乐大典》13139卷"送"韵"梦"字条。朝鲜古代汉语教科书《朴通事谚解》载有另一片断"车迟国斗圣",并且附有介绍《西游记平话》的八条注文,提到齐天大圣孙行者出身、闹天宫、皈依佛法以及保护唐僧在取经路上遇到的种种妖魔、种种险阻的情况。[①]其

---

① 陈松柏.中国古代小说史[M].长沙:湖南科学技术出版社,2004:249.

中有条注文这样写道："今按法师往西天时，初到师陀国界遇猛虎毒蛇之害；次遇黑熊精、黄风怪、地涌夫人、蜘蛛精、狮子怪、多目怪、红孩儿怪，几死仅免。又过棘沟洞、大炎山、薄屎洞、女人国，及诸恶山险水、怪害患苦，不知其几。此所谓刁蹶也。"可见《平话》的最大贡献是发展了西天取经的主体故事，后来的《西游记》中的许多重要情节都可以在《平话》中找到根据。①

唐代和尚玄奘去天竺求法的故事历经几个朝代、9个世纪的流传演变、改编创作，终于碰上了一个天才的作家，经过他的加工整理，以《西游记》的形式最后定型。然而，这个天才的作家到底是谁呢？至今没有一致的结论。

现存《西游记》的最早刻本是明万历二十年（1592）金陵唐氏世德堂《新刻出像官板大字西游记》，二十卷，一百回。未署作者，仅题"华阳洞天主人校"，卷首有陈元之撰写的《刊西游记序》。存世《西游记》明刊本除世德堂本外还有五六种，其中百回本均无作者署名，十卷本《唐三藏西游释厄传》署"朱鼎臣编辑"，四卷本《西游记传》署"阳致和"。但这是两个已被证明的删节本，故朱鼎臣、阳致和绝不是小说作者。清初道士汪象旭自称得大略堂古本，刻《古本西游证道书》一百回，卷首伪托元代虞集序，谓《西游记》系元代全真道士长春真人丘处机作。以后流行的清刊本《西游真诠》《新说西游记》《西游原旨》等皆以丘处机为作者，让一个人为的误会延续了多少年。《道藏》里确有一本《西游记》，那是丘处机的弟子李志常拟定的，记叙丘处机在公元1221至1224年应成吉思汗之邀往返山东莱阳到阿富汗兴都库什山北营的事，与唐僧取经故事毫不相干。时人多受蒙骗，被纪昀、钱大昕等博学之士发现破绽。又有淮安人吴玉搢、阮葵生、丁晏等根据天启《淮安府志·淮贤文目》吴承恩名下有《西游记》的记载，提出吴承恩是《西游记》作者。②此说在20世纪20年代为古代小说研究的权威学者鲁迅、胡适等人肯定，近几十年来刊行的《西游记》都署上"吴承恩著"。但是，此说并非无隙可击，至少天启《淮安府志·淮贤文目》并没有注明《西游记》是小说，当时的人对小说是很忌讳的，一般不会把小说记入时贤名下。因此就不能排除《府志》记在吴承恩名下的《西游记》属于游记类。清初黄虞稷《千顷堂书目》就曾将吴承恩《西游记》列入史部地理内，与沈名臣《四明山游记》等列在一起。自20世纪80年代以后，又有学者提出"华天洞主人"即为世德堂本作序的陈元之。但是，

---

① 齐裕焜．明代小说史［M］．杭州：浙江古籍出版社，1997：232-233．
② 陈松柏．中国古代小说史［M］．长沙：湖南科学技术出版社，2004：250．

时下驳难者、提出新说者都没有提供确切的资料,不能确定一个可以代替吴承恩的人,所以吴承恩对《西游记》的著作权仍为大多数人所承认。①

吴承恩(1514—1582),字汝忠,号射阳山人,淮安府山阳(今江苏淮安市)人,其曾祖吴铭做过浙江余姚的县学训导,祖父吴贞作过仁和的县学教谕。父亲吴锐则因为幼年失怙,家贫无依,只得入赘徐氏,成了一名经营绸布绒线的小商人。据说虽为商人,吴锐仍"诸子百家莫不流鉴",常为史传激动而又"好谭时政,意有所不平,辄抚几愤惋,意气郁郁"。家境的跌落与父亲的熏陶,使吴承恩从小就发愤求学,立志应试入仕,但他考取秀才后就一直困顿场屋,屡经乡试却未能中举。嘉靖二十三年(1544)才挨到一名岁贡,隆庆元年(1567)以六十多岁的老贡生资格出任浙江长兴县丞——"分管粮马巡捕之事",两年后失官。后来补了个荆王府纪善。吴承恩著作很多,由于"家贫无子",逝世后"遗稿多散失",后由其宦归的表外甥丘正纲"收拾残缺,分为四卷,刊布于世",即《射阳先生存稿》。吴承恩性格诙谐,谈笑风趣,喜欢搜集奇闻轶事,有深厚的文学修养,《禹鼎志》是他根据民间传闻写的一部演述怪异的文言短篇小说集,书已不存,诗文集中保存了该书序言,就其创作态度做了说明:"虽然吾书名为志怪,盖不专明鬼,时纪人间变异,亦微有鉴戒寓焉。"即使吴承恩不是小说《西游记》的作者,借这段话来说明小说《西游记》的宗旨与艺术风格,也是大致不错的。

二、勇往直前的取经者形象

脍炙人口的《西游记》前七回是"大闹天宫",可谓开卷不凡,这第一部分的情节是全书最生动最精彩的部分。它从石猴孕育出生写起,推出了一个百伶百俐的天生的造反者形象。他天不怕地不怕,接连三闹——闹地府、闹龙宫、闹天宫,把个清平世界搅得神鬼不安。他竖起"齐天大圣"旗,喊出"皇帝轮流做,明年到我家"的口号,把十万天兵天将打得落花流水,充分显示这个不列仙籍的小小猴王的神威。相形之下,被奉为具有无上权威的玉皇大帝和那些养尊处优的各路神仙,则显得那样色厉内荏,不堪一击。所谓"揶揄讽刺皆取当时世态",可知作品反映的正是明代中叶以后朝廷腐败不堪的现状,并对这腐败不堪的现状下依然道貌岸然的皇帝与臣僚极尽奚落嘲讽之能事。

---

① 何满子,李时人.明清小说鉴赏辞典[M].杭州:浙江古籍出版社,1992:289.

　　从第八回到第十二回向取经故事过渡。孙悟空在神佛联合势力的合击下失败了，在观音菩萨的劝说下，愿意献身"普济众生"的事业，等待着解救自己的唐僧。自然引出了取经人唐三藏，从他的身世写到他之所以到西天取经。这里引出了被世人誉为雄才大略的有道之君李世民，揭露他为当上皇帝而不惜杀死兄长和弟弟的血腥事实。"贪淫乐祸，多杀多争，正所谓口舌凶场，是非恶海"，人间皇帝亦属此类。好在李世民尚能向善，派唐僧到西天求取真经，以期"普济众生充分肯定了唐僧的取经事业。为此，在观音菩萨的帮助下，唐僧先后收到三个徒弟一匹马，即孙悟空、猪八戒、沙和尚和龙王三太子变化而成的白龙马。师徒五众齐心协力义无反顾地踏上了西天取经的艰难旅程。

　　以后的八十八回叙述的全是取经故事，通过取经人与危害取经人的各种妖魔的反复较量，体现了唐僧一行五众不同程度、不同形式的勇敢、智慧、乐观、奉献的高贵品质。

　　取经路上遇到的妖魔有三类：一类是满身毒性与邪性的不可训之魔，毒性如蜘蛛精、蝎子精、蜈蚣精、白骨精等；邪性如车迟国的虎力、鹿力、羊力等。他们都与高居九天之上的正宗的仙、佛无缘，因而属于必死之列。一类是修行有道的可训之魔，如黑风洞的熊精，火云洞的红孩儿，一经感化，终列仙籍。一类是天上的神到人间为魔，如黄袍老怪和佛陀、老君、菩萨、天尊的坐骑，月宫的玉兔等，他们不过蒙骗主人于一时，最终被捉拿归位。取经路上遇到的障碍亦有三类：一是险恶的自然环境和自然灾害幻化的妖。如黄风怪刮起的狂风黄沙、大蟒蛇吐出的毒云腥雾、火焰山、通天河等。一是世俗享受的考验。如第二十三回"四圣试禅心"，一个美丽的寡妇和她三个娇艳的女儿，刚好与唐僧师徒四个匹配；第五十回独角兕大王点化的富家宅院；第五十四回女儿国女王愿以一国之富招赘唐僧；还有蝎子精幻化为美貌少女引诱唐僧、朱紫国国王愿以一国江山让给孙悟空，等等。一是社会邪恶势力的代表。如红孩儿对山神土地的折腾，让他们"一个个衣不遮身，食不充口"；通天河灵感大王每年要吃一对童男童女；车迟国妖魔变化成大仙把持朝政，奴役僧人；比丘国国王被女妖所迷，"不分昼夜，贪欢不已"，要吃千余小儿心肝治病；还有些妖魔千方百计要吃唐僧肉，等等。唐僧一行五众正是在这些艰难困苦、挑战与考验中展示了不同的个性，不同的本领，在不断战胜外来的种种障碍的同时，不断战胜着自我，在取得真经的同时，完善了自己，让我们看到了几个血肉丰满的艺术典型。

　　唐僧是人而不是神，他活着的根本目的是成正果。因此，对于世俗的财利笼络、美色与权势的诱惑毫不动心。作为一个虔诚的佛教徒，他品性善良,有执著的信仰和高尚的情操,也有高度的同情心。然而,在性格方面,他几乎是孙悟空的对立面。他懦弱胆小,昏庸无能,爱听谗言,是非不分,是一个典型的凡夫俗子。面对高山恶水,他愁眉不展,束手无策;遇上妖魔鬼怪,他胆战心惊,哀求乞怜。然而,尽管这般无能,却还固执无情,一而再再而三地委屈了为他出生入死的孙悟空:他被草寇吊打,孙悟空赶来救他,打死两名草寇,孙悟空不但无功,反而有罪,"口中念起紧箍咒来,把个行者勒得面红耳赤,眼胀头昏,在地下打滚,只教:'莫念!莫念!'那长老念够有十余遍,还不住口,行者翻筋斗,竖蜻蜓,疼痛难忍。"①对敌人那样慈悲。白骨精被孙悟空"三打"之后原形毕露,他不反省自己的愚昧,却仍固执己见,驱逐孙悟空。他明明知道猪八戒好进谗言,仍对他的话信以为真,要念紧箍咒惩罚孙悟空。就是这样一个唐僧,作者没有把他写成法力高超的神仙,十全十美的圣人,而是一个有许多缺点的平庸之辈,让我们感到真实可信。②

孙悟空无疑是《西游记》中贯穿始终的第一人,从开始到结束,相伴着孙悟空的出生、成长、奋斗到功德圆满,成为"斗战胜佛"全部历史,所以有人说《西游记》是孙悟空的英雄史。人们喜欢孙悟空,首先是因为他本领高强,他拜须菩提为师,学会了七十二般变化,会驾筋斗云,一个筋斗可到十万八千里。他的"火眼金睛"不但能识破妖魔变成的各种东西,而且能看出菩萨设置的"富贵""美色"幻景。他大闹地府,阎王惊心;大闹龙宫,龙王胆战;大闹天宫,玉帝害怕。保护唐僧去西天取经的路上,打得沿途妖魔闻风胆丧。其次是他的机智聪明,须菩提打他三下,他独能领会这是师傅要他三更去传艺;他能钻进鼠精、铁扇公主的肚子里,让她们乖乖听话;他用智慧战胜车迟国的羊力大仙、虎力大仙和鹿力大仙;他用欺骗的办法战胜了金角大王和银角大王。再次是他的勇敢顽强,他第一个跳下瀑布找到水帘洞,当上了美猴王;他面对十万天兵天将和几乎所有有名望、有能力的神仙佛祖,英勇奋战,毫无半点怯懦之态;取经路上,他被红孩儿"三昧真火"烧得昏了过去,被金角大王、银角大王搬来三座大山压得喘不过气来,与黑熊精、牛魔大王展开殊死搏斗,从来没有畏惧与退缩,而是顽强战斗,取得了彻底的胜利。又次是他的不贪美色与富贵,见到七个美丽的女人(蜘蛛精)在水中嬉戏,只是想到如何将金箍棒往水中搅扰一番,让她们吃点苦头;乌鸡国国王请他做皇帝,他一口回绝。太完美的东西只能让人敬而远之,孙悟空的可爱,还体现在他不是完美的化

① 黄霖,杨红彬.明代小说[M].合肥:安徽教育出版社,2001:107.
② 陈松柏.中国古代小说史[M].长沙:湖南科学技术出版社,2004:252.

身。他也有不少缺点，如好胜心强，喜欢戴高帽子，爱听奉承话，经常戏弄猪八戒等。惟其如此，孙悟空形象才更有人情味，更富生活气息，更真实可爱。

猪八戒是一个本能欲望的放纵者，他贪财好色，嗜吃嗜睡。在天宫因戏弄嫦娥而被罚下尘世，错投猪胎，沦为畜类，成了福陵山云栈洞的妖怪，巧遇观世音寻找取经人，为了修成正果重回上天，才摩顶受戒，皈依佛门，与孙悟空、沙僧一起保护唐僧西天取经。然而，尽管皈依佛门，他贪财好色的劣根性并没有彻底改掉，看到年轻俊俏的妇女，"好便是雪狮子向火，不觉的都化了去也"。为此他确也丢人现眼，没少吃过苦头："四圣试禅心"，只有他被四位漂亮的女人所迷，哪位都想要，被"四圣"好好地玩弄了一阵，做了一夜"绷巴吊拷女婿"；盘丝洞被蜘蛛精用丝罩住，差点送命；女儿国对女王垂涎三尺；白骨精化成美女，被孙悟空打"死"，他挑拨唐僧对孙悟空进行惩罚；太阴星君领着嫦娥收服下凡作怪的玉兔，他忍不住跳到空中，把嫦娥抱住，死乞白赖地叫声"姐姐"，并说："我与你是旧相识，我和你要子去也。"取经一行五众，只有他攒了私房钱，且动不动要分行李回高老庄去。嗜吃嗜睡似乎与他投身猪胎相关，完全秉承了猪的本能，随处可见他贪吃、能吃、吃东西的馋相，贪睡、会睡、睡不够的描写。他又是最容易产生动摇情绪的，每当情况危急之时，他想到的不是排除困难、夺取胜利，而是闹着散伙、分行李、回高老庄。

猪八戒也有许多优点，诸如本质不坏，宁死不屈，干脏活累活，等等；他作战还算勇敢，对敌人从不妥协；遇上的妖精多了，也是他挥耙上阵，帮助孙悟空；被妖精捉住，他总是骂不绝口，从没低头屈服；开辟稀柿衕，他立下了一次"臭功"；八百里荆棘岭，他抖擞精神，充当了开山先锋。与孙悟空相比，他们是不同层次的典型，体现在孙悟空身上的是理想型人格，猪八戒则代表了世俗型人格。

沙僧原是玉皇大帝灵霄殿上的卷帘大将，蟠桃会上打碎琉璃盏，贬下凡间，成为流沙河一怪。虽受观世音指点跟唐僧到西天取经，但是他不认识这些取经人，被孙悟空、猪八戒降服后才归入取经队伍，在队伍中起着调和矛盾的作用。只是性格不够鲜明，个性不够突出。唐僧的坐骑是龙王三太子变成的，偶尔也参加与妖魔的战斗。

凭着唐僧的虔诚，孙悟空的本领，猪八戒的协助，沙僧的各方调和，白龙马甘为唐僧代步，这才有了西天取经的成功。取经诸位本领不一，各有所长，性格各异，相映成趣。唐僧的慈悲为怀、懦弱迂腐，孙悟空的勇敢机智、心高气傲，猪八戒的自私懒惰、亦劳亦怨，沙僧的忠厚老实、中庸平和，这些性格特征的摩擦、碰撞，迸发出夺目的喜剧火花，也才有了一个个矛盾的产生与解决,不断产生出喜剧效果,活跃了取经人的日常生活,使取经故事跌宕起伏,给读者带来了阅读的快感。

三、《西游记》的艺术成就及其明代中后期的神魔小说热

阅读《西游记》,我们觉得异常的轻松与欢快,因为我们在阅读一部成人的童话,作者以自己超乎寻常的想象力、奇幻诙谐的美学风格把我们带入了一个奇幻风趣的艺术境界,让我们看到了许多无法想象的新奇景象:天上、地下、海底世界,人间万象。天上是玉皇大帝统治的地方,潇洒的神仙脚踏祥云巡游各处,慈悲的佛祖宝相庄严关注众生;太上老君难离炼丹炉,王母娘娘盛设蟠桃宴;天兵天将威风凛凛,珍禽异兽五彩纷呈。随着"弼马温"的天堂之行,将这一切生动地展现在我们眼前。地下有野鬼冤魂、牛头马面、判官小鬼、十殿阎罗,各种残酷的刑罚在等待着人间的恶人。海底有龙宫、龙王、虾兵蟹将,巡海夜叉,稀世珍宝,豪光万道的定海神针是龙宫的镇宫之宝,无奈孙悟空武艺过于高强,海龙王吓得心惊胆战,镇宫之宝从此成了孙悟空手中的武器。人间是一个多彩多姿的万花筒,清平世界、朗朗乾坤不过是帝王将相粉饰现实的惯用语,作者向我们展示的却是一个步步艰难、处处险恶、善恶较量不休、妖魔鬼怪横行、充满悲欢离合的现实社会。

正是在这样一个充满奇幻、无限广阔的空间里,出现在我们眼前的还有神奇风趣的各种人物,脚踏风火轮、打起仗来能变出三头六臂的哪吒,兼有儿童式的莽撞;口吐三昧神火的红孩儿,永葆少年的天真;以神奇的变化骗过了唐僧、猪八戒的白骨尸魔,半天时间内连变少妇、老妇、老翁,编出母寻女、夫寻妻的故事;法力无边以五个指头化作五行山把孙悟空压住的如来佛也有家长式的私心;勇猛强悍的牛魔王,偏有纳妾的雅兴。然而,这些人还不过是书中取经人的陪衬,主人公孙悟空可说是最为神奇风趣的。他有七十二般变化,可以随心所欲地变成各种东西:飞鹰、游鱼、山石、庙宇、男女老少甚至妖魔鬼怪,等等。他曾经变成小虫钻进妖魔肚子里,翻跟头、竖蜻蜓,抓着心肝荡秋千,把妖魔折磨得痛不欲生,乖乖地接受了他提出的条件。[①] 他有火眼金睛,洞察幽微,能识破变成任何形状的妖魔鬼怪。他的如意金箍棒可大可小,大到戳穿九重天,小如一根绣花针放在耳朵根儿里。他拔下一撮毫毛,变出千千万万个孙悟空;取出一个瞌睡虫,让一屋子的人酣睡不醒。他一个筋斗十万八千里,快速无比,

---

① 　陈松柏.中国古代小说史[M].长沙:湖南科学技术出版社,2004:254-255.

上天入地，无处不到。他外形上是一只猴子，一身毫毛，长长的尾巴，尖尖的嘴，[①]戴上那顶绣花帽，真应了那句成语"沐猴而冠"。本事上尽管有七十二般变化，却怎么也不能安排好那根尾巴：与二郎神大战时变作庙宇，"只有尾巴不好收拾，竖在后面变作一根旗杆"。与金角大王、银角大王相斗时他变作妖精的母亲，因为藏不住尾巴和红屁股而被猪八戒看穿，只好在屁股上抹些锅灰遮掩。性情上没有片刻安宁，活泼好动，聪明机灵；性子急，吵起嘴来面红耳赤；喜欢人奉承，几句好话就有些飘飘然；有时也骄傲，不仅把大闹天宫的英雄壮举经常挂在嘴边，而且谁也不放在眼里，打了胜仗后就轻敌。种种刻画，让我们在欣赏神通广大的孙悟空形象的同时，感受到充斥全书的神奇而风趣的艺术韵味。

与作品的神奇而风趣的艺术韵味相应，《西游记》语言上的最大特点是通俗而幽默，具有很强的表现力，充满生活气息，且能依据每个人物的性格特征安排他们的个性化语言，使人物形象更加生动而丰满。

总之，《西游记》的作者是在历史记载、通俗小说、杂剧与民间传说的基础上，充分展示了高超的艺术才智、溶入了现实生活内容和他对现实生活的感受与见解的结果，它的艺术成就，它与现实生活的贴近，都是同一时期的其他作品所不可能相比的。尤其在开拓新题材的意义上而言，无愧于神魔小说的经典之作。

在《西游记》的直接影响下，神魔小说在明代万历后期迅速崛起。据今天仍能见到的资料，这类小说约有19种左右，它们是万历二十年刊行的作者尚有争议的《西游记》，万历二十五年刊行的罗懋登的《三宝太监西洋记通俗演义》，万历三十年刊行余象斗的《北方真武玄天上帝出身志传》，万历三十一年刊行邓志谟的《许仙铁树记》《萨真人咒枣记》，万历三十二年刊行的朱星祚的《二十四尊得道罗汉传》和邓志谟的《吕仙飞剑记》，约在万历三十七年之前刊行余象斗的《五显灵官大帝华光天王传》，泰昌元年冯梦龙辑补的《三遂平妖传》；具体年代已不可考的有吴元泰的《八仙出处东游记》，杨致和的《西游记传》，朱鼎臣的《唐三藏西游释厄传》《南海观音菩萨出身修行传》，朱名世的《牛郎织女传》，朱开泰的《达摩出身传灯传》，作者亦有争议的《封神演义》，潘镜若的《三教开迷归正演义》，作者尚不可考的《天妃济世出身传》《唐钟馗全传》。尽管这些小说共同组成了明代文坛的一道荒诞奇幻的文学风景线，但是它们的艺术成就却少有与《西游记》比肩的。

---

① 周思源，沈治钧.中国古代小说简史[M].北京：北京语言文化大学出版社，2001：175.

明代万历后期可说是神魔小说刊行的黄金时代,万历以后的天启、崇祯朝,通俗小说已大大超过万历朝,可归于神魔类的小说却只有三种,清代也很少有纯粹的神魔小说。这或者可以说,因为《西游记》新颖的题材、生动的故事、奇幻夸张的创作方法而产生的神魔小说热,随着人们所喜爱的神话故事的搜集殆尽,庞杂的神祇谱系也基本用完,作家在这块领地的用武之地已十分狭小,不要说著作一部《西游记》水准的神魔小说已不可能,即使编撰一部《东游记》(全称为《八仙出处东游记》)也还不易,与其如此,不如另辟蹊径,这是这类创作稀少的主观原因。天启、崇祯朝是明代政治、经济危机最为严重的时期,阶级矛盾、民族矛盾极为尖锐,人们对神话题材已不再有个性解放思潮在新兴市民阶层兴起时的热情,而把注意力转移到对现实生活的关注,这是客观原因。倘从小说发展史的角度去认识,那就是"各领风骚"几十年,另一个热取代了这个"热",改编型的作品已逐渐让位于独立创作型,直接反映社会现实被誉为市井社会风俗画的"奇书"《金瓶梅》已悄然问世。

第三节　人情与神怪相结合的《绿野仙踪》

一、《绿野仙踪》的作者与成书

《绿野仙踪》又名《百鬼图》。此书创作于清乾隆十八年至二十七年(1753—1762)间,曾有抄本一百回传世。另有八十回本,有道光十年、二十年、二十五年三种刻本及其他翻刻本。百回抄本与八十回刻本的故事内容大体相同,但在每回内容的繁简、情节的先后方面,刻本都作了部分压缩和调整。概括地说,抄本在前,刻本在后;抄本是"原本",刻本是"节本"。

作者李百川,生平事迹不详。有幸的是抄本存有他的自序,我们根据这篇自序及其友人陶家鹤、侯定超的书序,可以大致勾勒出作者的生平思想和小说的创作过程。

据自序可知,作者虽然生于康乾"盛世",过得却是"惨遭变故"、颠沛流离的生活。先是做了赔本生意,致使"漂泊陌路";继而为病所困,"百药罔救""就医扬州,旅邸萧瑟";后来"授直隶辽州牧,专役相迓","从此风尘南北,日与朱门做马牛"。这就是他穷愁残喘、浪迹他乡的艰辛生活经历。然而,他毕竟还是一个颇有才气的知识分子,因此,他的精神生活还是比较丰富的。家居时有"最爱谈鬼"的嗜好，后来虽然"生计日戚"，但也不失"广觅稗官野史"的兴趣，并对所读作品进行评价。文穷而后工，学积而成才，这些都为他的创作打下了坚实的基础。

至于创作经过，据自序可知，本书草创于清乾隆十八年（1753），接写于乾隆二十一年（1756）、二十六年（1761），于乾隆二十七年（1762）在河南完稿，历时九年。

另外，从自序中也可以看出作者不愿轻易下笔的创作态度。他认为，要写一部小说，需要有一个长期积累和构思的过程。虽然年轻时有独特的文学趣味、文学修养，以及丰富而又艰辛的生活经历，使他有较扎实的创作根基。然而，他还认为，要最后创作好一部"耐咀嚼"的小说，决不能"印板衣褶""千手雷同"，而要"破空捣虚""攒簇渲染"，加以艺术的创造。特别是对于人物形象的塑造，他认为要描写鬼，就要做到"描神画鬼""鬼鬼相异"，像施耐庵塑造许多不同的栩栩如生的人物形象一样。他创作《绿野仙踪》时，也正因为书中的人物经年累月地酝酿于心中，所以到后来，"书中若男若女已无时无刻不目有所见、不耳有所闻于饮食魂梦间矣"。

既有似神怪奇幻小说作家谈鬼搜神的文学爱好，又有如婚恋家庭小说作家善于写实的创作精神，这就是《绿野仙踪》在题材构成方面的两重性特征，即宗教神魔与人情世态相结合的主观条件。客观上，由于神怪奇幻小说发展到后来，逐渐从浪漫走向现实，于是就与明中叶以来盛行的婚恋家庭小说合流，《绿野仙踪》显然是这种结合的产物。作品虽然有大量人情世态的描写，比如描写封建家庭内部的倾轧，表现世家子弟的腐朽堕落，通过日常生活的描述，表现人与人之间的矛盾等等，但却是以主人公冷于冰的修道与收徒为主要线索而贯串作品的始终。因此，它的基本倾向还是在神怪奇幻小说的界说之内，只不过是由于婚恋家庭小说的影响，使得作品更具现实感，更真实地展现人情世态。

二、现实与理想

在元明清的戏曲小说作家中，多为怀才不遇、发愤著书的文人。这些文人从小浸润着儒家典籍，其后投向社会，又受三教九流的影响，他们的人生哲理虽说是以儒家思想为主的大杂烩，但由于受社会市民阶层的影响，且都有一点文学创作的灵性，因此，他们的思想是会超出当时社会的一般水平的。由于他们穷而在下，有所不敢言又不忍不言，于是，就借婉笃诡谪之文以寄其志、泄其愤。"或设为仙佛导引诸术，以鸿冥蝉蜕于尘埃之外，见浊世之不可一日居……或描写社会之污秽、浊乱、贪酷、淫媟诸现状,而以刻毒之笔出之……"在戏剧方面,有元代马致远的神仙道化剧,如《吕洞宾三醉岳阳楼》《马丹阳三度任风子》;明代有汤显祖的《南柯梦》《邯郸梦》等。在小说方面,一大批根据宗教故事加工的神怪奇幻小说,都鲜明地表现着这种倾向。而《绿野仙踪》的作者正是继承这种传统,把幻设仙佛导引与描写社会污秽结合起来,并使超现实的与现实的两条线索、极善的与极恶的两个极端统一在向往贤明政治这一理想上。

在《绿野仙踪》一书中,一方面表现为极恶的、现实的。在官场有荼毒百姓、杀害忠良、贪赃卖官、权倾中外的严嵩父子及其同党。他们可以随意使人科举落第、人头落地;他们还可以随意制造"叛案",从中勒索赃银;他们畏敌如虎、祸国殃民,居然"送银六十万两,买得倭寇退归海岛"等等。在社会有淫逸浪荡的纨绔子弟,如大财主周通之子周琏,玩世不恭,贪色成性,骗娶民女,逼死前妻,暴露了地主阶级骄奢淫逸的秽行;还有帮闲无赖的儒林群丑,像胡监生,虽然通过科举渠道当了官,却是一个"好奔走衙门,借此欺压善良"、一句文墨话都不晓得、满身散发着铜臭味的土豪劣绅;另外,还有许多欺诈奴媚的市井细民。正是这些上自朝廷、下及乡野的各种丑类,组成了一幅封建社会末期的腐朽、堕落、残酷、阴冷的"百鬼图"。

另一方面,此书又表现为极善的、超现实的。社会如此恶浊,现实如此残酷,人们在黑暗的现实中看不到微露的曙光,找不到真正的出路。于是,作者就借宗教幻想的形式,请出冷于冰这样无所不能的神仙来伐恶从善、来拯救吃人的人和被人吃的人,从而向人们提供了虚幻的希望和理想。冷于冰看破红尘弃家修道,火龙真人授其道法,嘱其"周行天下,广积阴功"。于是,冷于冰一方面凭借道术斩妖除魔,济困扶危:既斩自然界的妖魔鬼怪,如"伏仙剑柳社收厉鬼""斩妖鼋川江救客商"等;又惩人世间的"妖魔鬼怪",如"救难裔月夜杀解役,请仙女谈笑打权奸""冷于冰施法劫贪墨""借库银分散众饥民"等。另一方面,冷于冰更是致力于度人出家,其中有浪荡公子温如玉,有"大盗"连城璧,有农民金不换,还有兽类猿不邪等。鲁迅曾在《小说旧闻钞·杂说》"绿野仙踪"条中认为,作者"以大盗、市侩、浪子、猿狐为道器,其愤尤深"[1],这可以说是作者的知音。因为从作品的整体看来,作者这样设置有两层意思:一是企图从各个不同的生活侧面表现贪嗔爱欲的虚幻,而更深的一层是说恶浊的现实使这些人为恶,只有摆脱俗念、一心修道方能从善,最后,人世间的忠奸是非已清,善恶已各得其报。冷于冰广积阴骘,被上帝仙封为"靖魔太史

---

① 鲁迅.小说旧闻钞[M].上海:上海古籍出版社,1998:121.

兼修文院玉楼副史"，冷于冰的弟子们也均成仙身。

这里，作者通过现实与超现实两条线索或继或续的互相勾连、忽明忽暗的互相映衬，叠现出人世和仙境两个世界，以及在其中活动的人神、妖魔。虽然作品用了很大篇幅写了冷于冰等人腾云驾雾、呼风唤雨、画符念咒、土遁缩地等仙术和法力，构思了不少除妖灭怪的情节，使作品落入神魔小说的旧套之中。但是，正如我国近代第一部文学史的作者黄人所说的，《绿野仙踪》内容"最宏富，理想亦奇特"。确实的，作者鞭挞了那个社会该鞭挞的假、丑、恶，即奸、贪、淫、诈等，表现了那个社会所能表现的理想，即贤明的政治。于是，一个披着道袍、步履于云端、出入于仙境的神仙，却无时无刻不注视着人间社会；而他在人间的所作所为，正是作者向往贤明政治的理想的体现。可见，作者对假、丑、恶的揭露和抨击，并不是为了动摇其封建统治，而是为了出现贤明的政治；同样，作者对冷于冰的美化，主要也不是为了宣扬宗教教义，而是把他作为实现自己政治理想的工具。如果说作者清醒地揭露现实的思想是超出当时社会的一般水平的话，那么，在理想的表现上则没有跳出儒家传统思想的框框，虽然其表现形式很奇特，但却没能像曹雪芹、吴敬梓那样表现出代表现实生活发展的必然趋势的新的生活理想，而是把理想建立在一种虚无缥缈的幻想的基础上。这虽然与双重题材的构成有关，但也不能不说是作者世界观方面的一大局限。这是作品总的思想倾向。①

具体地说，《绿野仙踪》的思想意义还表现在对世态人情的描摹方面。通过精致的描摹，作品真切而多方面地表现了当时的社会生活。比如关于周琏婚姻纠葛的几回描写，作品围绕着周琏的喜新厌旧和妻室争宠，连带触及家庭上下内外诸关系，为我们提供了一幅封建社会的人情风俗图。然而作者对周琏、蕙娘是既有谴责又有同情的，而全面谴责的是他们幕后的纵容者。如八十三回庞氏捉奸教淫女，居然唆使女儿向奸夫索要财物、字据，并进一步教唆女儿："你只和他要金子。我再说与你：金子是黄的。"还有第八十七回何其仁丧心卖死女，为了钱，竟然在卖尸的凭据上将女儿描画得没有人味。在这些极有生活气息而又异常精致的描绘中，我们可以看到封建末世人们精神支柱的动摇和物质观念的变化：一方面随着封建制度本身的日益腐朽，人们传统的伦常观念日渐淡薄；另一方面，由于资本主义经济的萌芽所产生的新思想观念的冲击，人们对于金钱财产的崇拜的信念，已在市民阶层中普遍形成。既是风俗画，又是"百鬼图"；既是客观的写实，又是深刻的表现，因此具有一定的典型意义。

---

① 齐裕焜.中国古代小说演变史[M].北京：人民文学出版社，2015：329-330.

三、冷人与热人

宗教神魔与人情世态相结合的双重题材,不仅影响着作品内容既是描写现实、又是表现理想的双重性,同时也决定着作品主要人物形象的两重性,即仙与人、冷与热的结合体。张竹坡在批评《金瓶梅》时曾讲:"以冷热二字开讲,抑孰不知此二字为一部之金钥乎?"这里"冷热"二字,也可以借来作为我们理解冷于冰这个形象及其他形象的一把钥匙。

《绿野仙踪》的开篇,作者便在"冷"字上大做文章。冷于冰的父亲因古朴鲠直、不徇私情而被同寅讥为"冷冰",但是冷老先生却以此为荣,"甚是得意"。当他得一"颖慧绝伦"的儿子时便说:

> 此子将来不愁不是科甲中人。得一科甲,便是仕途中人。异日身涉宦海,能守正不阿,必为同寅上宪所忌,如我便是好结局了;若是趋时附势,不过有玷家声,其得祸更为速捷。我只愿他保守祖业,做一富而好礼之人,吾愿足矣!我当年在山东做知县时,人都叫我冷冰,这就是生前的好名誉,死后的好谥法。我今日就与儿子起个官名,叫做冷于冰。冷于冰三字,比冷冰更冷,他将来长大成人,自可顾名思义。且此三字刺目之至,断非仕途人所宜……

这里,冷老先生,也就是作者看透了仕途官场和功名富贵,因此对现实采取严峻而冷漠的态度,鞭挞攻伐毫不留情,当然不会令主人公涉足闹嚷嚷、热腾腾的官场,而希望其能成为不与世俗同流合污的"冷人"。于是,作品先是沿着这个主观意图,逐步地把冷于冰引上道途,送进仙列。然而,作者又时常把这位神仙拉到人间:归德平叛,他为了镇压师尚诏的农民起义,竟改换道装,充作幕僚,住进了怀德总兵府;平凉放赈,他用法术摄取赃银后,竟代替官府赈济灾民;他不屑于人间的功名利禄,却热衷于神仙的名位;他一边致力于度人成仙,一边又极力帮助林岱、朱文炜等人求取功名、建立不朽之功业。这些所作所为,既不同于《八仙出处东游记》中的八仙,也不同于《韩湘子全传》中的韩湘子,哪像一个超尘出世的神仙?实际上可以说是一个具有无边道术的、外冷内热的儒生形象。

然而,正是在这个仙与人、冷与热的结合体的深处,却体现着中国传统文化的儒道互补精神。在封建社会,那些具有抱负和才能之士,抱着儒家的政治信念,期望君臣遇合,得展其"济苍生""匡社稷"的怀抱,并且自己也能功名富贵兼得。可是,他们所奔走的仕途,并非是平坦的"长安大道",或眼见别人、或自己经历仕途的挫折、官场的失意,他们的理想便由"热"转"冷"。于是，就在他们尊奉儒学的同时，便自觉不自觉地接受了看破红尘、弃浊求清的道家思想的影响，从而使之成为儒家思想的某种对立的补充。这对中国人，特别是士大夫阶层的人生观及文化心理结构产生了复杂的影响，不但"兼济天下"与"独善其身"经常是后世士大夫的互补人生路途，而且也成为中国历代知识分子的常规心理以及其艺术意念。在《绿野仙踪》中，作者的主观意图就是想通过冷于冰这个形象来表现这种常规心理以及其艺术意念。正如作者的朋友侯定超在序中所言："今观其赈灾黎、荡妖氛、藉林岱、文炜以平巨寇，假应龙林润以诛权奸，脱董炜沈襄于桎梏，摄金珠米粟于海舶，设幻境醒同人之梦，分丹药玉弟子之成，彼其于家于国于天下何如也？故曰天下之大冷人，即天下之大热人也。"既是远离尘世的"大冷人"，又是关心社会的"大热人"，先热后冷、外冷内热，这就是冷于冰形象所体现的现实意义及文化精神。①

至于温如玉，则是一个本性善良而又恶习难改的纨绔子弟的形象。他不同于冷于冰，他没有仕途的坎坷，也没有生命的慨叹；他"花柳情深，利名念重"，只求眼前的享受，不想来日之成仙。然而，作者却千方百计地想把这个凡人度进仙列，把这个"热人"变为"冷人"：先让他经历了凌欺被骗、倾家荡产到沦为乞丐的残酷现实，然后又让他神游了出将入相、夫妻恩爱、子孙富贵的南柯梦境。梦醒后虽然表示永结道中缘，但还是凡心未灭，淫性未改，不仅在幻境中娶媚妇，还在仙境中淫狐精，终被冷于冰乱杖打死于岩华洞内。既不是能超脱的"冷人"，又不是能济世的"热人"，最后落得个可悲的下场。可以说，温如玉是作者有意设立的与冷于冰相对立的形象，从而鲜明地表现出作者的爱憎感情。②

可见，李百川已经有意无意地运用了人物形象塑造的辩证艺术，从而在性格的矛盾统一中揭示出人的灵魂的奥秘，表现出人的性格的复杂性。

四、勾勒与皴染

李百川与吴敬梓、曹雪芹同时生活于雍正、乾隆时期，虽然在他创作《绿野仙踪》的时候，还没有来得及看到《儒林外史》和《红楼梦》，但是，由于他那较深厚的生活根底和艺术造诣，以及他那对艺术严肃认真、精益求精的创作态度，使作品的形象描写既有《儒林外史》那漫画式的勾勒，又有《红楼梦》那圆雕式的皴染，虽然整体描写并未能达到二书的水平，

---

① 齐裕焜. 中国古代小说演变史 [M]. 兰州：敦煌文艺出版社，2002：360.
② 齐裕焜. 中国古代小说演变史 [M]. 兰州：敦煌文艺出版社，2002：360.

但其勾勒得鲜明生动、皴染的细致入微,却不能不说是《绿野仙踪》的一大特色。

首先,在漫画式的勾勒方面。作者往往用很有特征的动作与极为简练的语言来绘人状物,并使之带有讽刺意味。如第二十六回在"请仙女谈笑打权奸"中,作者对兵部侍郎陈大经是这样描写的:第一处,当他在严世蕃府看冷于冰耍戏法把小孩按入地内时,便问冷于冰道:"你是个秀才么?"于冰道:"是。"又问道:"你是北方人么?"于冰道:"是。"大经问罢,伸出两个指头,朝着于冰脸上乱圈,道:"你这秀才者,真古今来有一无二之秀才也!我们南方人再不敢藐视北方人矣!"第二处,当太常寺正卿鄢懋卿引经据典来取笑吏部尚书夏邦谟赐酒于冰时,陈大经又伸两个指头乱圈道:"斯言也先得我心之所同然耳!"第三处,当夏邦谟请于冰同坐吃酒说"行乐不必相拘"时,陈大经伸着指头又圈道:"诚哉,是言也!"第四处,当于冰所变的仙女在那里袅袅婷婷地歌舞时,众官啧啧赞美,唯陈大经两个指头和转轮一般,歌舞久停,他还在那里乱圈不已。这里,作者只用了一个动作描写和几句文理不通的废话,就把一个既不学无术又假装斯文、既迂腐无能又故作盛气的所谓兵部侍郎勾勒得栩栩如生,令人忍俊不禁。又如第八十九回在"骂妖妇庞氏遭毒打"中有一段关于不同人物、不同身份的"笑"的描写,既勾勒出他们笑的形态,又刻画出他们笑的心理,真可以与《红楼梦》中描写笑的笔法比美。

其次,在圆雕式的皴染方面,中国古典小说重视在人物的行动中表现性格、形象特征,而形象、性格不是一次完成,它是多层次的逐步显示、"出落"。这在《水浒传》等小说中都得到较成功的运用。到了清中叶,随着小说表现艺术的成熟和丰富,这种传统的技法也得到进一步的发展,使之雕刻得更为细腻,表现得更有层次。《绿野仙踪》在这方面的艺术成就,可以说是较为突出的。①

先看一个卖身投靠严府的走狗罗龙文,作者是怎样由弱到强、由远及近、有节奏有层次地让读者感受到他的性格特征的。首先,作者在人物一出场时就进入对形象和性格的描绘。初步显示出他那丑陋的外在形态及势利卑琐的内在性格:初见冷于冰这个穷书生,傲气十足,只收了晚生帖,回拜时也只问了几句话、吃了两口茶便走了。接着,作者在把握性格主调和描摹形象轮廓的基础上,通过一连串事件的渲染和充实,紧拉慢唱,逶迤写来:先是见冷于冰一挥而就的寿文,因不识货,也就淡然处之,遂以长者口吻应付几句就走了;过了两天,罗龙文满面笑容地入来,见了

---

① 齐裕焜.中国古代小说演变史[M].北京:人民文学出版社,2015:333.

冷于冰又是作揖，又是下跪，又是拍手大笑，又是挪椅并坐，并向冷于冰耳边低声表白自己极力保举之意。这时，晚生帖被硬换了兄弟帖，先前的傲气变成了奴气；而冷于冰被严嵩接见回来，他更是丑态毕露，一副市侩势利的小人相："只见罗龙文张着口，没命的从相府跑出来，问道：'事体有成无成？'冷于冰将严嵩吩咐的话细说一遍，龙文将手一拍：'如何？人生在世，全要活动。我是常向尊总们说你家这老爷气魄举动断非等闲人，今日果然就扒到天上去了……请先行一步，明早即去道喜。'"当他得知冷于冰与严嵩闹翻而忿然出府时，"只见龙文入来，也不作揖举手，满面怒容，拉过把椅子来坐下，手里拿着把扇子乱摇"，坐了一会，把冷于冰训了一通，冷于冰被惹急眼了，就冷笑道："有那没天良的太师，便有你这样丧天良的走狗！"这下罗龙文也跳了起来，气忿忿地要冷于冰他们滚出去，然后摇着扇子大踏步去了。从傲气到奴气、从晚生帖到兄弟帖、从"满面笑容"到"满面怒容"，从"将手一拍"到"扇子乱摇"，作者一层一层、入木三分地刻画出这个大官僚的帮闲和爪牙的奴才嘴脸和肮脏灵魂，犹如一个娴熟的圆雕艺术家，用一把犀利的雕刀，为我们刻削出一个完全立体的雕塑形象。

另外，像苗秃子和肖麻子这两个形象，作者同样也是用皴染的手法，先用几句话把两个赌棍及地头蛇的本质特征简练地勾勒出来，然后以生动的铺叙与描述，写他们怎么凑趣、怎么牵引、怎么打抽丰、怎么另帮衬、怎么激龟婆等，既夸饰了他们的外形，又深挖了他们那见钱眼开、随利而变的内心，从而使讽刺获得生动的效果，使形象获得深刻的意义。

陶家鹤在《绿野仙踪序》中指出此书在人物描写上能"因其事其人，斟酌身份下笔"；在行文结构上"百法俱备""如天际神龙"；"而立局命意，遣字措辞，无不曲尽情理，又非破空捣虚辈所能比拟万一"；并把此书与《水浒传》《金瓶梅》并列为说部中之"大山水大奇书"。这虽然有过誉之嫌，但应该承认《绿野仙踪》在明清小说中，其艺术水准是较高的。

第四节 《封神演义》等其他神怪奇幻小说

一、《三遂平妖传》

明代最早的神魔小说是罗贯中的《三遂平妖传》。吴承恩的《西游记》把神魔小说推到顶峰，并带动了一大批神魔小说的创作，到了明代后期，神魔小说的创作形成了一个重要的门类,取得了丰硕的实绩。

《三遂平妖传》的版本特别复杂。大体上分为二十回本和四十回本两大系统。二十回共四卷,前三卷正文前面题:"东原罗贯中编次,钱塘王慎修校梓。"第四卷正文前则题曰:"东原罗贯中编次,金陵世德堂校梓。"刊行时间为万历二十年左右。卷首有武胜童昌祚的序文。回目的语言不整齐,更不讲求对仗。正文的语言朴实粗俗;四十回本共八卷,刊行于万历四十八年(1620)。第十六回的情节与二十回本的第一回才重合,前十五回故事乃二十回本所没有。后面二十五回的情节也与二十回本有不少出入。语言也比二十回本要细腻生动。有人以为二十回本是罗贯中的原本,四十回本是冯梦龙改写的。也有人以为,四十回本是罗贯中的原本,二十回本是缩写本,很可能出自下层艺人之手。

二十回本的《三遂平妖传》带有明显的拼盘性质。前十回属妖异类,写的是圣姑姑和永儿的故事。胡员外得到了一幅仙人图,其妻张氏却烧掉了这幅图画,因此受孕生下了永儿。永儿得到圣姑姑传授的《如意图》,具备了纸人豆马的特异功能。她坐卜吉的车子到郑州去,进入一所空宅院不再出来,卜吉寻觅并向她索钱,永儿便跳入八角井之中。官府便命令卜吉下井探视,打捞永儿,在井下卜吉得到了圣姑姑所赠的金鼎。他把金鼎献给了知州,知州却将卜吉发配密州,并让押解卜吉的公人在半路上杀人灭口,被道士张鸾所救。左痛师把卖饼的任迁、卖肉的张屠、卖面的吴三郎用法术引到莫坡寺的大佛肚中,圣姑姑和永儿教会了他们法术。第十一、十二两回写的是弹子和尚的故事,他与杜七圣比赛法术,戏弄包龙图。从十三回起写三遂平妖的故事,属于历史。三遂即诸葛遂、马遂和李遂。永儿嫁给王则为妻,并助王则造反,弹子和尚、张鸾、卜吉、左痛师都来协助永儿,参加起义,将官军刘彦威打得大败。文彦博统兵镇压,三遂攻破贝州,王则等失败被杀。

王则起义史书上是有记载的。《宋史·明镐传》中说:王则是涿州人,岁饥,流寓恩州,自卖给牧羊人,后来成为宣毅军的一名小校。因其精通《五龙》《滴泪》等图谶,发动起义,以张峦为宰相,卜吉为枢密使,建立安阳国,仅六十六日即被镇压。

《三遂平妖传》揭露了现实的黑暗。贝州知州张德是个"绮罗裹定真禽兽,百味珍馐养畜生",想方设法剥削搜括人民的财富,使得民不聊生。王则就是利用这种条件,激变军心,发动起义的。作品对人情的冷暖、伦理的沦丧也有所批判。永儿作为胡员外的独生女儿,在他遭到火烧时挽救了他的生命,但胡员外后来却恩将仇报,企图杀死永儿,让她嫁给一个呆子。

四十回本的《平妖传》，详细交代了圣姑姑和弹子和尚的来历，把王则和永儿说成是张宗昌和武则天的后身，并极力丑化他们的淫荡无德，最后还让弹子和尚反戈一击，让张鸾和卜吉天台修行，把王则、永儿写成丧尽天良，没有人性、众叛亲离的形象，比二十回本采取了更加敌视、丑化的态度。

二、《济公传》

关于南宋济颠和尚(俗称济公)济世救人的故事，在民间流传很广，甚至一些佛寺也有济公的塑像。明代晁瑮《宝文堂书目》著录有《红情难济颠》平话，田汝成《西湖游览志余》提到过《济颠》平话，隆庆年间曾刊印过"仁和沈孟祥叙述"的《钱塘渔隐济颠禅师语录》。清代康熙年间又出现了王孟吉撰写的《济公全传》三十六则和无名氏的《济颠大师醉菩提全传》二十回。后来，大约在清代中叶出现了二百四十回的《济公全传》。著者何人，今已无从考证。

《济公全传》是一部群众喜闻乐见的、有一定积极意义的通俗小说。首先，它揭露了封建社会晚期，人民处于水深火热之中的生活图景。小说描写的虽是南宋的事，反映的却是清代中叶的社会现实。① 奸臣把持朝政，他们作威作福，残民以逞，成为社会最大的公害。秦桧为了建造楼宇，可以强征木料，甚至拆走灵隐寺大碑楼的大梁；他的儿子好色，可以任意抢掠民女，甚至私自扣押，严刑拷打。官吏们为升官发财，千方百计巴结秦府。镇山豹田国本与秦府结了亲，便"无所不为，结交长官，走动简门，包揽词讼"。一些衙内个个都是恶棍，秦丞相的儿子秦恒，绰号催命鬼，兄弟王胜仙，绰号花花太岁。莫丞相的儿子喜爱蟋蟀，弄跑了他的蟋蟀就逼得人家自杀，罗丞相儿子蟋蟀跑了，不恤拆毁八十余间民房。罗丞相的侄儿，只在外面作了一任太守，便"剥尽地皮，饱载而归"。社会黑暗、公道不彰也是人民难以存活的主要原因。流氓、恶霸横行无忌，恶霸吴坤看中了画工阎文华美丽的妻子，便弄得阎家破人亡、无路可走，寻死前他长叹道："苍天！苍天！不睁眼的神佛，无耳目的天地！"有的富人为富不仁，千方百计坑害穷人，有的高利贷者穷凶极恶逼债还钱。有的开黑店谋财害命，有的拦路抢劫不顾他人死活，有的装神弄鬼骗财骗色。李文芳企图独霸家产，在弟弟死后，大叫大嚷弟妇与人通奸，借此把弟妇赶出家门，弟妇蒙冤莫辩，寻死觅活。董士宏的母亲得了重病，他只好卖女买药，不料

---

① 杨子坚. 新编中国古代小说史 [M]. 南京：南京大学出版社，1990：401.

银子又被偷去,只得上吊自杀。如此等等,真是层出不穷的罪恶、形形色色的苦难。小说虽然是以分散的、一家一户、一事一人的方式演绎着,却从总体上反映出了当时社会的灾难、人民的痛苦。[①]

其次,它寄托了人民群众斩邪除恶、济困扶危、排难解纷的美好愿望。社会黑暗,人民处于水深火热之中,于是幻想出济公这样一个活佛来,他神通广大,法力无边,不怕任何权势,洞悉一切阴谋,哪里有不平不公之事,他就出现在哪里。任何灾害苦难,只要经他排解点化,便会逢凶化吉、遇难呈祥。济公就是这样一个寄托了人民美好愿望的亦神亦俗、亦僧亦侠的特定人物形象。

济公形象的特点之一就是他亦僧亦俗、亦神亦人。他不像救苦救难的观音菩萨那样一本正经,顶着神圣的光环。他出身于普通的家庭,和市井小民一块吃喝玩乐。他的行止,甚至还不如普通的出家人和尚不吃荤、不饮酒,他却吃肉喝酒,尤其爱吃狗肉。和尚清静无为、不打诳语,他却经常东游西荡、信口开河,甚至闯进妓院吟诗写字,进入人家内室喝酒谈笑。

济公形象的另一个特点则是疯疯癫癫、游戏人间。他有一副丐僧的肖像,"身高五尺来往,头上头发二尺余长,滋着一脸的泥,破僧衣,短袖缺领,腰系丝绦,疙里疙瘩,光着两只脚,拖着一双破草鞋"。他的言谈举止更是滑稽,有人暗中放火烧他,他却撒了一泡尿把火浇灭。他给人治病,丹药名称也古怪:"八宝瞪眼伸腿丸""要命丹",有时就搓身上的泥垢给人家。他吃喝时极不雅相,淋淋漓漓,邋里邋遢。与人打架,他拿着破扇东窜西跳,肆意逗弄玩耍。

当然,济公形象最为紧要的特点则是他济困扶危,有着侠义肝肠。他能妙手回春,医治百病。他能"警通劝善度群迷,专管人间不平气",官吏横行不法、衙门审错案件、贼子谋财骗色、小姐被卖为娼、儿子对亲不孝他都要管。他往往心血来潮,掐指一算,便知有人受难蒙冤,叹息一声:"这事我焉能不管!"于是施展奇力,平冤昭雪、济困扶危。

由于上述特点所决定,济公是一个喜剧性的形象,他的肖像滑稽、行为滑稽,济困扶危的方式也十分古怪滑稽。所以,这一形象赢得了广大群众的喜爱。

济公的形象在古代小说中具有独创性,在小说史里帝王将相、神仙鬼怪、才子佳人、侠客义士等形象层出不穷,唯独像济公这样的具有游民气质,侠义肝肠和神仙本领的形象还没有出现过。他的出现给人以耳目一新的印象。

---

① 　鲁迅．新编中国古代小说史 [M]．北京:人民文学出版社,1990:401-402.

济公的形象和全书也包含了不少糟粕,大谈因果报应、宣扬人生如梦和封建思想,自不待言。济公的流里流气,甚至有点无赖的习性也只能在小说里或者戏剧舞台上让人看着好玩,搬到现实生活中来就不行了。另外,济公宣扬"为度世而来",这种度世着实宽大无边,皂白不分,甚至在秦桧略示了悔意以后,济公也和他结成了朋友,并当了他的"替身"。

《济公全传》值艺术性不高,结构松散,情节拉杂冗长。描写琐细,很像未加工的说书人的记录稿。书中也有写得较有意趣的段落,试看济公比试做对子本领的一段:

> 秦相说:"幽斋。"和尚说:"对茅庐。"秦相点了点头说:"开窗。"和尚就对"闭户。"秦相说:"读书。"和尚说:"写字。"秦相说:"和尚你输了,我这六个字凑成一处,成一句话,是:幽斋开窗读书。"和尚说言:"我那六个字也是一句话,凑在一处,是:茅庐闭门写字。"秦相说:"我给你出个折字法的对子,你对上,我输你一万两银子。"和尚说:"也好。"秦相说:"酉卒是个醉,目垂是个睡,李太白怀抱酒坛在山坡睡。不晓得他是醉,不晓得他是睡。"和尚吃了一杯酒,哈哈大笑说:"这个对子好对! 月长是个胀,月半是个胖,秦夫人怀抱大肚在满院逛。不晓得他是胀,不晓得他是胖。"秦相一听连摇手,说道:"和尚不要诙谐。"

这是描写得较好的一小段,反映出了济公的聪明机智和诙谐幽默。

三、《济颠禅师语录》

《济颠禅师语录》,又名《钱塘渔隐济禅师语录》,共一卷,不分回,"仁和沈孟桦述",沈孟桦不可考,现存隆庆三年(1569)刻本,是神魔小说中一部较早的作品。

济公的故事早有所载,民间流传广泛。《宝文堂书目》已著录了《红倩难济颠》,《西湖游览志余》也载有济公故事。《济颠禅师语录》就是在此基础上成书的。

该书是济公的生平传记。济公本是罗汉转世,俗名李修元,才华横溢,才高八斗,十八岁出家为僧,道济是他的法名。他身为佛徒,却不拘小节,不遵佛戒,肆意饮酒吃荤,云游四方,虽然常常语含禅机,但往往却以癫狂的方式显现,因此有了"济癫"的称谓。书中记叙了济癫广行佛事,救黎民于水火,玩官宦于掌股的许多有趣故事,充满神秘和喜剧色彩。

《济颠禅师语录》对济公故事的广泛流传起到了推波助澜的作用,清朝康熙年间形成了三十六回本的《济公全传》,二十回本的《醉菩提全传》以及《西湖佳话·南屏醉迹》等书,到光绪年间,更集成二百八十回的《济公全传》,使济公故事家喻户晓,对现当代的影视创作也产生了重大影响。

四、《西游补》

《西游补》是明代神魔小说,共 16 回,是《西游记》的续书之一。小说的作者董说(1620—1686),字若雨,号西庵,又号鹧鸪生、漏霜,明末小说家。明亡后,董说隐居丰草庵,改姓林,名蹇,字远游,号南村,又名林胡子,并自称槁木林,时已有六子。中年出家苏州灵岩寺为僧,法名南潜,字月涵,一作月岩。浙江乌程(今属浙江湖州)人。世代显贵,至其父时已趋衰落。董说 5 岁能读《圆觉经》,始学四书五经;10 岁能作文;16 岁补廪;20 余岁善观天象,精通天文学,而无意功名。其诗清淡荒远,擅长草书,通晓经学。一生著述繁复,据《南泽志》载,共有 100 多种。著有《补樵书》《七国考》《西游补》等。

小说主要讲唐僧师徒四人离开火焰山以后,继续西行。一天,他们碰到一群美女携儿带女地站在牡丹花旁。这些美女看见唐僧,便掩嘴而笑,她们带的孩子也跑来团团围住唐僧吵嚷。唐僧无法前进,只得下马,坐在草地上闭目养神。孙悟空见此情景,心中焦躁,一顿乱棒,把这些美女和孩子统统都给打死了。事后悟空想到,唐僧一定会怪他伤害人命,免不得又要念紧箍咒,便赶紧写了一篇祭文祭奠他们。他边哭边念地向唐僧走去,近前一看,唐僧、八戒、沙僧竟都睡着了。悟空想:"奇怪呀!师父平时从来不打瞌睡,今天算我走运,不该受念咒之苦!何不趁他们瞌睡之时,我化斋去走走!"他纵身一跳,起在空中,忽见十里之外有座城池,城头上插着"大唐"旗号。他心中惊疑不定,想要问问山神土地,但无论他怎么念咒语,却一个也叫不出来。他又想上天去见玉帝,问个明白,可天门也紧闭不开。万般无奈,只得按落云头,变作个蝴蝶儿,自己去看个究竟。他来到皇宫中的绿玉殿里,从一个宫女的自言自语中得知秦始皇有一把可以赶走大山的驱山铎。他又在大唐新天子的金殿上听到了加封唐僧为将军的诏令。悟空暗想:"我若有这个铎子,逢着有妖精的高山,预先驱了它去,也落得省些气力。"又想:"师父平白地又要做什么将军了,倒要留心是怎么一回事!"从此,孙悟空为了寻找秦始皇借驱山铎,也为了打听唐僧的下落,经历了许多离奇古怪的事情:他一会儿见到科举考试后放榜的情景,一会儿听项羽演说平话,一会儿当阎罗天子审判秦桧,一会儿见唐僧与妻子抱头痛哭,一会儿随师出征杀敌,等等。秦始皇的驱山铎到底也没借到,而唐僧却被悟空的儿子波罗蜜王砍了头——原来,这一切都是孙悟空被鲭鱼精所迷,在其幻化的世界中做的一场梦! 悟空梦醒以后回到唐僧身边时,日头还挂在半天上,不过才过了一个时辰,而鲭鱼精变的小和尚却正在哄弄唐僧。孙悟空取出棒来,没头没脑地打将下去,鲭鱼精立刻现出原形。于是师徒们收拾行李,又准备上路西行。

《西游补》主要叙述孙悟空"三调芭蕉扇"之后,化斋时为鲭鱼精所迷,渐入梦境,所见所闻,变幻莫测,当了半日阎罗天子,曾用酷刑审问秦桧,后在虚空主人的呼唤下,脱离梦境,寻着师父,化斋而去。与《西游记》不同的是,《西游补》以唐僧师徒四人的种种不净根因和内心变幻虚造各类妖魔的生成起灭,以象征寓言的手法揭示人之心路历程中佛魔两性的斗争,以强调信仰意志的力量、去邪归正的道德感和追求完善人格的主体精神。从这一点来说,《西游补》可称为我国文学史上一部颇具特色的心界神话小说。小说情节曲折,磨难丛生,引人入胜,有一定的艺术价值。

《西游补》是一部具有现实主义精神的神话小说。作者托笔幻想,编造荒诞的情节,使用诙谐的文笔,对晚明社会的腐败政治和浮薄士风进行了猛烈的抨击,刻画了种种社会世相,对权奸的谴责尤烈。小说一开始写孙悟空进入"青青世界"的王宫时,就通过宫女之口,揭露皇帝的荒淫无耻、腐化堕落;在孙悟空担任阎罗王审判秦桧时,又通过判官之口,说:"如今天下有两样待宰相的:一样是吃饭穿衣娱妻弄子的臭人,他待宰相到身,以为华藻自身之地,以为惊耀乡里之地,以为奴仆诈人之地;一样是卖国倾朝,谨具平天冠,奉申白玉玺,他待宰相到身,以为揽政事之地,以为制天子之地,以为恣刑赏之地。秦桧是后边一样。"对于秦桧受刑,竟然叫屈道:"爷爷! 后边做秦桧的也多,现今做秦桧的也不少,只管叫秦桧独独受苦怎的?"

《西游补》是一种插续,在情节构思上与《西游记》有诸多类似之处,但通过作者精心而又高明的改造,《西游补》给读者以奇幻多姿、别开生面的感觉。鲁迅先生对《西游补》赞赏有加,称"其造事遣辞,则丰赡多姿,恍忽善幻,奇突之处,时足惊人,间以俳谐,亦常俊绝,殊非同时作手所敢也"。

五、《封神演义》

《封神演义》共二十卷,一百回,成书于隆庆、万历年间。因为它的序作于泰昌元年(1620),日本内阁文库收藏的舒载阳刻本是万历年间的,也许就是最早的刻本,别名《武王伐纣外史》。

《封神演义》的作者,尚无定论。第一种说法是许仲琳,舒载阳刻本题作"钟山逸叟许仲琳编辑"。许仲琳生平事迹不详。第二种说法是陆长庚,乾隆年间所编的《传奇汇考》的第七卷中《顺天时》的题解说:"《封神传》系元时道士陆长庚所作,未知的否。"元时的陆长庚不知何人,明时江苏兴化有陆长庚,名西星(1520—1601?)少年时即名噪一时,诗文书画俱佳,因九试不遇,遁入道门,编撰了数十种神仙道化的书籍。从条件上看,是具备创作《封神演义》的能力的。

《封神演义》是在民间集体创作的基础上由作家加工完成的,属于沉积型的小说。《诗·大雅·大明》《楚辞·天问》《淮南子·览冥训》,司马迁《史记》的《殷本纪》《周本纪》,贾谊《新书·连语》等就有商周易代的记载,到了晋朝,常璩的《华阳国志·巴志》、王嘉的《拾遗记》、李瀚的《蒙求集注》收集了武王伐纣的许多民间故事。元朝时的《武王伐纣平话》、明代余邵鱼的《列国志传》则以小说家的目光详细记述了武王伐纣的始末。

《封神演义》相距嘉靖、隆庆年间的《列国志传》非常接近。然而受其影响最深刻最直接的还是《武王伐纣平话》,前三十回中,除了第十二、十三、十四回哪吒的故事之外,几乎与《平话》完全一样,只是语言更详备而已。

就全书而言,最大的差别是,《武王伐纣平话》是历史演义,而《封神演义》是神魔小说。《平话》中虽有虚幻的故事,但其主体是人的历史,《封神》虽然演述了商周易代的历史,却充满了奇幻的斗法内容,是神之为神的历史。

《封神演义》总体的社会观是进步的。作者以"道"为标准,以"德"为理想,主张有道可以伐无道,"君失其道,便不可为民之父母,而残贼之人称为独夫。今天下叛乱,是纣王自绝于天"。"恃德者昌,恃力者亡。"这一见解虽然并没有超越中国古代传统的思想,却在认识上看到了仁政与暴政的根本差异,把人民放在了衡量一个政权有无存在必要的重要位置,打破了"君君臣臣"的僵硬的本本教条,更不理睬"君权神授"的政治谎言,对民本思想进行了形象的注解。作品大量地暴露了商纣王的暴政,他沉湎酒色,以妲己之是非为国家之是非,对持不同政见者进行惨无人道的镇压,不见人民如草芥,以江山为粪土,炮烙、肉林、剖心、挖肝等酷刑前所未有,剖孕妇,敲胫骨等暴行更是闻所未闻。相反,周文王、周武王统治下的西歧却物阜民康,老幼无欺,社会风气良好,人民安居乐业。因此武王伐纣并取得胜利就成为历史的必然,千万奴隶倒戈反纣更是民心所向。"天下者非一人之天下,乃天下人之天下也",姜子牙这种"吊民伐罪"的思想显然具有反封建的意义。

《封神》的伦理观也有一定的民主倾向。哪吒对李靖的态度是最有力的说明。由于李靖对哪吒采取高压政策，毁他的行宫，断他的香火，使哪吒无法忍受，于是父子反目，断绝关系，这表现了哪吒对人格尊严的维护，敢于同父亲论列是非曲直，而不是一味愚孝。哪吒也并非全无孝心，他想用小龙的筋为父亲束甲，面对龙王敖广的责难，剖腹、剜肠，一面承担，决不拖累双亲。他反对的是父为子纲，"父叫子死，子不得不亡"的封建愚孝。

《封神》还体现了"三教合一"的思想倾向。从作者的创作意图上看，是想整理出一个完整的神谱。其中，最高层为仙道。他们远离红尘，居高临下，没有顺序可言；中层为神道，也就是封神榜中的人物，他们遵天命而控人事，各司其职，等级森严；下层为人道，也就是红尘中从平民百姓到帝王将相的芸芸众生。人道受制于神道，仙道平衡着神道。站在纣王背后的是截教，支持武王的是阐教，因为阐教顺乎天命，合乎民意，所以为正，而截教逆乎天命，违背人情，所以为邪。然而，最终的处理结果都是，无论是吊民伐罪的，还是助纣为虐者，都一缕青烟，归入了封神榜中，坐到了早已排定的神位之中，凑成了三百六十五之数。于是，一切争斗都是命中注定，无论成败都不是真实的社会历史，而是神道中人物的游戏，这无疑大大减弱了作品的思想意义。"几度看来悲往事，从前思省为谁仇。可怜羽化封神日，俱做南柯梦里游。"宿命论和虚无论，成为作品的主要思想糟粕。

《封神演义》在神魔小说中是艺术价值较高的一部。它神奇的浪漫幻想令一代又一代读者折服。三头六臂的哪吒，展翅飞行的雷震子，眼中有手、手中有眼、天地宇宙尽在监控之中的杨任，土里藏、地下行、出入自由的土行孙等等，都是极具创造性的艺术形象。阅读《封神演义》，常常让读者联想起多功能武器装备，全天候卫星监测系统等现代科技及其在战争中的作用，还让人想起细菌战、化学战、导弹等现代战法。法宝成为制胜的主要武器，正类似于科技在战争中的作用。

人界中的人物形象也有一大批塑造得很成功，纣王、妲己、黄飞虎、申公豹、姜太公等都是个性相当鲜明的形象。

六、《达摩出身传灯传》

《达摩出身传灯传》，四卷，二十七回。其第三卷中有"逸士朱开泰修撰"的署名。朱开泰生平事迹不详。有万历刻本。

这部小说讲述了禅宗的祖师达摩的生平经历。禅宗是中国佛教中影响最大的教派之一，南方慧能的"顿悟说"和北方神秀的"渐悟说"对推动佛教平民化起了很大作用。达摩祖师原名刹菩提多那,本来是南印度香至国国王的三儿子。他聪颖良善,笃志佛门,拜般若多祖为师,改名达摩。他不远万里来到中国南朝梁的都城金陵,受到梁武帝的礼遇。然而梁武帝对佛教半信半疑,达摩便离开金陵,来到嵩山少林寺,面壁九年,圆寂时将般若多祖祖师所赠的衣钵传给了弃儒从佛的慧可,创立了用通俗简便的修行方式,直指人心,见性成佛的禅宗。

七、《西洋记》

《西洋记》,全名《三宝太监西洋记通俗演义》,共一百回。作者罗懋登,字登之,号"二南里人",主要生活在万历年间,有传奇《香山记》,注释过《西厢记》《拜月亭》《琵琶记》和《投笔记》。

《西洋记》讲述的是金碧峰和张天师协助郑和下西洋的传奇故事,属于累积型的小说。郑和下西洋,《明史》有载,随郑出洋的马欢、费信分别在《瀛涯胜览》《星槎胜览》中也有详述,民间传说更进一步传奇化。罗懋登在这些材料的基础上,大量杂入神仙宗教故事,创作了《西洋记》,再现了明朝前期的强大国力和雄伟气魄,颂扬了中国与西洋诸国的深厚友谊,张扬了冒险精神和斗争勇气。

《西洋记》广泛采用民间传说,离奇生动,又能以戏谑之中寄寓讽刺,艺术上是有特点的。惜其对《西游记》模仿太重,结构单调,创新性不足,难为后人所重。

八、《二十四尊得道罗汉传》

《二十四尊得道罗汉传》,共六卷,不分回,卷三有"抚临朱星祚编"的署名,可见作者是江西抚州府临川县人,书末题曰"万历甲辰冬书林杨氏梓",知其为1604年闽刻本。

这是一部弘扬佛道的纪传体小说,描述了二十三(非二十四)尊罗汉各自的平生事迹。故事之间没有必然联系,每一尊自成一传。就结构而言是短篇的连缀。作者刻画人物,能抓住每一尊罗汉的性格特征,选择典型情节,着力渲染,写出罗汉们的特异个性,例如振铎的癫狂,抱膝的质朴,捧经的妙算,杯渡的放荡,浣肠的神武,郤水的淡泊,都活灵活现。每个人物都是采用顺序手法,从出生、学佛、悟道、教化、圆寂一一叙说,而且语言的通俗化不够,时杂佛语,影响了小说的传播。

九、《三教开迷归正演义》

《三教开迷归正演义》共二十卷，一百回，"九华潘镜若编次""兰隅朱之藩评订"。潘镜若，号九华山士，生活于嘉靖至万历时期，三十六岁中武举，曾任职无锡。朱之藩，字元介，号兰隅，上元（今南京）人，万历乙未（1595）状元，历官吏部右侍郎，协理詹事府兼翰林侍读学士。

《三教开迷归正演义》是为三一教及其教主林兆恩立传的。林兆恩实有其人，字懋勋，号龙江，子谷子，别号三教先生，福建莆田人。小说讲述了林兆恩破除迷魂，使地狱为之一空的故事。迷魂假托狐狸精所设，其实本质是封建社会中种种丑恶现象的幻化，风情迷、银子迷、做官迷、卑污迷、好名迷、争竞迷、雅说迷、愚昧迷、阿谀迷、忌妒迷、怜爱迷等等都是人们司空见惯的弊病，从这个角度看，小说的讽刺性是非常明显的。林兆恩之所以要开迷，就是希望人们走出种种迷魂阵，净化自己的灵魂，成为一个心地纯洁的人。

十、《牛郎织女传》

《牛郎织女传》，四卷，"儒林太仪朱名世编，书林仙源余成章梓"。余成章是余象斗的堂侄，朱名世生平不详。

这部小说用宗教目光演绎民间传说。它把牛郎说成是金童转世，因为他为玉帝借温凉杯时，在圣母处遇见了织女，被贬人间受苦，投生在洛阳县牛员外家为次子，即金郎。在父母双双过世后，受到嫂嫂马氏的残酷虐待，分家之时，金牛星托生的金家老牛暗嘱牛郎只要老牛和衣食。后来，太白金星下凡，点化了牛郎，他便留书其兄，和金牛一起回到天上。在天河边又与织女重逢。这时的织女也受罚在河东织锦。玉帝让金童和织女完婚，但他们婚后却贪于声色，疏于朝觐，惹得玉帝再次贬谪，分居于天河两岸。后来，因太白金星说情，玉帝才允许他们每年七月七日鹊桥一会。

牛、女二星在《诗·小雅·大东》中并没有同人事联系起来，到了汉末，《古诗十九首·迢迢牵牛星》已经成为一个凄婉动人的爱情故事了。在民间传说中，牛郎本是人间质朴老实的孤儿，织女是一个有怜悯之心的圣母式的勤劳美丽的仙女，人神之间的爱情过程，表现了劳动人民对幸福生活的憧憬，而天帝和王母则是从中作梗的罪魁祸首。

朱名世的《牛郎织女传》，将动人健康的民间传说披上宗教的外衣，并且把主要责任都推到牛郎织女身上,倒是玉帝挺通情达理。这反映了作者世界观的局限,也透视出明代礼教严厉,对人的统治加深的社会状况,具有一定的认识价值。

十一、《天妃济世出身传》

《天妃济世出身传》的全名是《新刻宣封护国天妃林娘娘出身济世正传》,共三卷三十二则,"南洲散人吴还初编",吴还初生平不详,熊龙峰刊刻。

此书有云,汉明帝时,猴精逃脱天网,作乱人间,又帮助番王入侵汉朝,国家处于危急之中。托身于福建莆田县林长者家的北天妙极星君的女儿玄真,帮助她的兄长林二郎与敌人搏斗,收龟精于鄱阳,擒猴精于大同,逼令番王进贡称臣,被明帝封为"护国庇民天妃林氏娘娘"。后来,天妃又在扬子江收伏了蛇精和鳅精,在东洋降伏了鳄精,林氏一家都升天成仙。

天妃的故事在北宋末年流传民间,是个海神的形象。小说却把故事的背景放在汉明帝时期,并且加入了民族矛盾的内容,这本来是很有意义的事情。但是,作者没有突出现实社会的斗争,把降妖伏魔放到了主体地位,无疑减弱了作品的思想价值。

十二、《唐钟馗全传》

《唐钟馗全传》,又名《钟馗降妖传》《唐书钟馗斩妖传》,共四卷,三十五回,"书林安正堂补正,后街刘双松梓行",安正堂不知何许人也。

钟馗捉鬼的故事,唐人史肇《逸史》中早有记述。此后《梦溪笔谈》《补谈》等书也有记载。《唐钟馗全传》说,钟馗是海州人钟惠在华山求来的儿子,钟惠五十大寿时,张学士宪深爱钟馗才华,将女儿秀英相许。玉帝见钟馗品行端正,命令天使赐给他神笔宝剑,上可以奏天庭,下可以斩妖魔。然而钟馗首次应试,榜上无名,因为羞见家人,独自到终南山寺院中苦读。未婚妻张秀英忧闷而死。二次应试,钟馗蟾宫折桂,然而唐王因其相貌丑陋,黜而不用,导致钟馗触阶而亡,灵魂飞上天庭。玉帝封他为"掌理阴阳降妖都元帅",钟馗便屡屡显圣人间,并为唐明皇捉鬼治病,明皇遂命吴道子绘钟馗捉鬼图,封为"护国佑民降妖大元帅"。

《唐钟馗全传》发展了民间钟馗故事的情节,使钟馗的故事在更加广泛的社会中流布,并且突出了它反对科举的思想,批判了封建社会重外表不重人才的丑恶现实，对千百万落第士子寄托了深切同情。不过，钟馗的反抗性很不彻底，成神之后为唐明皇捉鬼除病，也表现了作者思想的局限。

第四章 明清婚恋家庭小说创作研究

婚恋家庭小说也称世情小说,是通过恋爱婚姻、家庭生活来描写人情世态,不仅可以与历史演义、英雄传奇、神怪奇幻、公案侠义等类小说明显地区分开来,而且也与同样描写人情世态的社会讽喻小说区别开来,因为社会讽喻小说是以社会官场为描写中心,而婚恋家庭小说则是以婚姻家庭为主要题材。

第一节 婚恋家庭小说概述

中国古代小说中早有写婚恋家庭的传统,在魏晋小说中,虽然主体是"记怪异",但也有不少故事"渐近于人性",表现恋爱婚姻的理想,如《吴王小女》《韩凭夫妇》《庞阿》《河间男女》等。到了基本上以"记人事"为主的唐传奇里,以恋爱婚姻为题材的小说代表了唐传奇的最高成就,《莺莺传》《霍小玉传》《李娃传》等是其杰出的代表。这些小说具有婚恋家庭小说的基本特征。它们对市民形象的塑造,对家庭生活的描写与铺叙,以至某些人物形象如《计押番金鳗产祸》中的计庆奴对潘金莲形象的影响,则是应该予以充分重视的。另外,明代初年兴起的长篇小说,尤其是英雄传奇小说,在人物形象塑造、长篇小说的结构、市民阶层心态和生活的描摹等方面,为婚恋家庭小说的创作提供了丰富的经验,如《水浒传》中潘金莲、潘巧云的故事,就具有婚恋家庭小说的意味。明清婚恋家庭小说正是在唐传奇,尤其是宋元话本的基础上,吸收了历史演义、英雄传奇和神怪奇幻等小说的创作经验而发展起来的。

明清婚恋家庭小说的繁荣发展,有着深刻的政治经济和思想文化原因。中国古代小说的第一次大繁荣是宋元话本的出现,继之而来的明代初年,出现了《三国演义》和《水浒传》两部辉煌巨著,似乎标志着中国古代小说的又一次高潮。但《三国演义》与《水浒传》是经过民间长期积累而完成的,它们的基本轮廓在元代已经具备了,实际上它们是宋元小说繁荣的产物。因此,确切地说,中国古代小说的第一个高潮是宋元时代。商品经济的活跃,市民阶层的壮大,在思想文化领域有着明显的反映,兴起了一股人本启蒙思潮。以李贽、三袁、冯梦龙为代表的思想家、文学家怀疑程朱理学,要求尊重人的个性,肯定人情和人欲的合理性;要求在戏曲、小说和诗文里反对复古,反对模拟抄袭,要求表现"童心","独抒性灵",歌颂真情;以描摹人情工拙作为文学批评的标准,这就推动了婚恋家庭小说创作的繁荣。①

小说具体表现在三个方面:一是肯定人情,张扬人本,改变了小说家为圣贤作传的思想,而把婚姻家庭、人性人情作为描写的主要内容;二是由于肯定人的"私利",《金瓶梅》等小说就直接描写因私利世风而加深的人与人之间复杂的家庭关系和社会关系;三是肯定人的情欲,引起了小说家道德观的变化。②

第二节　婚恋家庭小说的开山之作:《金瓶梅》

《金瓶梅》是明代世情小说的代表作品。《金瓶梅》是中国第一部长篇世情小说,同时也是第一部文人独创型小说。所谓文人独创型是与累积型相对而言的,如果总结一下累积型小说的特征,可知其主要人物都是经过几个朝代演化累积而成的,其主要情节都有世代相传的因素,其中所包含的思想内容及审美意识都比较复杂等。③尽管目前依然有人根据《金瓶梅》早期版本中"词话"这种说书体例的遗留,从而认为它仍是累积型小说,但如果拿上述累积型小说的主要特征来衡量,却明确地显示出其非累积型特征。④由一个文人按照自我的生活体验、思想观念、审美理想及艺术设想而独立创造小说作品,这在以前的长篇小说中是并不存在的,可以说《金瓶梅》的出现,开创了中国古代小说创作的一种新型类别。

一、小说成书年代质疑

关于《金瓶梅》的作者和成书年代,近年来学术界歧见甚多,而对版

① 齐裕焜,吴小如.中国古代小说演变史 [M].第 2 版.兰州:敦煌文艺出版社,1999:365.
② 齐裕焜.中国古代小说演变史 [M].北京:人民文学出版社,2015:336.
③ 张燕瑾.中国古代小说专题 [M].北京:高等教育出版社,2002:120.
④ 张燕瑾.中国古代小说专题 [M].第 2 版.北京:高等教育出版社,2008:135.

本的看法却比较简单,意见较为一致。

要确定《金瓶梅》的成书年代,首先要解决一个问题,即《金瓶梅》究竟是民间创作与文人创作相结合的产物,还是文人的独立创作? 这个问题,学术界争论很多。早在六十多年前,冯沅君在《古剧说汇》中就举出十几处例证,说明这部书最早是有"词"有"话"的民间创作,"至少也是这种体例的遗迹"。五十年代有人提出《金瓶梅》是一部"世代积累的长篇小说"的观点。这种观点近来影响很大,不少文章和著作对此作了深入的论证。但我们仍坚持《金瓶梅》是个人创作的观点,其成书年代大约在明万历初年至万历二十年间。明人沈德符在《万历野获编》中说是"嘉靖间大名士"所作,而本书早期版本上的欣欣子序则称作者为"兰陵笑笑生"。可知在万历时本书的作者是谁就成了一本糊涂账,后来人们也主要是围绕"大名士"与"兰陵"来追踪索源。由于"兰陵"在古代所指有山东峄县与江苏武进两地,所以清代学者就在明代嘉靖、万历两朝峄县、武进的有名文人中寻找,先后提出了李渔、王世贞、赵南星、卢楠、薛应旗、李贽等。在现代学术史上,又先后提出过徐渭、李开先、汤显祖、冯惟敏、沈德符、贾三近、屠隆、刘守、冯梦龙、谢榛、李先芳、王稚登等人,可以说将当时的有名文人几乎全找遍了。其中影响较大的说法有王世贞、李开先、屠隆、贾三近与冯梦龙等,但如果没有更为直接的材料印证,要想确定本书的作者是不大有可能的。

与作者问题相联系,关于本书的成书时间目前也存在嘉靖与万历两朝的争议。据现有材料来看,最早提到本书的是袁宏道,他在万历二十四年致董其昌的信中说:《金瓶梅》从何得来? 伏枕略观,云霞满纸,胜于枚生《七发》多矣。后段在何处? 抄竟当于何处倒换? 幸一的示。"可见当时该书尚处于传抄阶段,则其成书时间必在万历二十四年之前。

二、世俗题材与警世意识

作为中国第一部文人独创的长篇世情小说,《金瓶梅》在内容上最突出的两点是题材的从理想世界转向写实世界与创作倾向上的从歌颂转向暴露。

在《金瓶梅》之前,尽管小说中也曾写过许多像曹操、高俅之类的反面角色,但基本上是作为陪衬出现的,作者所着力刻画的还是像刘备、孔明、宋江、武松等正面英雄形象,他们的价值在于道德的崇高、意志的坚定与勇力的超人,从而被作为美的对象而歌颂。本书却不同,其主要人物都是丑的角色,作者所留意的也都是社会黑暗的一面。作为本书第一重要角色的西门庆，便是个产生于晚明商业发达、政治腐败环境中，集奸商、贪官、恶棍为一身的形象。他在作品中出现时本是生药铺的老板，但通过勾结官府、坑蒙拐骗等手段，聚集起越来越多的钱财；然后又靠金钱行贿官府，攀附权贵，谋得刑所副千户的官职。于是他更官商一体，左右逢源，在地方上称霸一方，淫人妻女，贪赃枉法，杀人害命，欺压善良，甚至清河县的几家皇亲国戚都得让他几分，连招宣府的遗孀林太太也被他奸占。他之所以敢于如此胆大妄为，无恶不作，是因为朝廷中有蔡太师这样的靠山，地方上有府台巡按庇护，左右又有地痞流氓等狐群狗党协助。因此，通过西门庆这个人物，牵动了整个明末社会，诸如腐败的官僚体制、混乱的讼狱制度、畸形的商业活动以及复杂的市井生活，从而揭示了在金钱冲击下社会的黑暗与腐烂。从这一角度看，说本书是明代社会的一面镜子是并不过分的。[①]

　　另外，通过这一形象，还寄托着作者对人性层面的思考。西门庆一生对金钱、权势与女色有着贪婪的欲望，尤其是对女色，简直达到了病态的地步。他家中本已有继妻吴月娘与李娇儿、孙雪娥二妾，却与潘金莲勾搭成奸，又娶了寡妇孟玉楼。刚刚娶进潘金莲，便又去妓院梳笼李娇儿的亲侄女李桂姐，连基本人伦也不顾及。不久又勾搭上结义兄弟花子虚的妻子李瓶儿，气死了花子虚，全无朋友之念。他已有妻妾 6 人，却仍不满足，还霸占着春梅等十几个丫鬟仆人。据张竹坡统计，书中被他淫过的女子共有 20 人之多。更有甚者，为了满足其酒色淫欲，他还贪恋男色，奸淫书童。以致最后纵欲过度，油枯灯尽，在 39 岁便一命呜呼。通过西门庆，又联结着一群贪淫堕落的女子，其中潘金莲、李瓶儿与庞春梅是其主要代表，她们与西门庆通奸都是自觉自愿甚至是欢天喜地的，没有丝毫的羞耻感与道德约束。[②]潘金莲被作者写成了邪恶的典型，她出身于裁缝之家，九岁被卖到王招宣府中，后又被卖给张大户，被这个 60 多岁的老色鬼占有。后因家主婆吵闹，又被许配给丑陋的武大郎为妻。但在那样一个畸形的社会里，她无法通过正常的途径来改变自己不幸的命运，而是靠与西门庆私通与毒死丈夫来报复命运的捉弄。在进了西门庆家之后，她用满足西门庆的兽欲来求得宠爱，用打击其他女子来巩固地位，于是，她害死官哥儿，气死李瓶儿，逼死宋惠莲，彻底堕落成一个自私狠毒、嫉妒淫纵的恶女人，从而也不可避免地得到了悲惨的结局。这种人性的堕落来源于晚明社会风气的败坏，而面对如此的局面作者陷入了矛盾的境地。一方

---

① 孙宏哲.中国古代小说的发展历程透析 [M].北京：中国书籍出版社，2014：155.

② 张燕瑾.中国古代小说专题 [M].北京：高等教育出版社，2002：124.

面他痛心于人性扭曲与性欲泛滥所导致的生命危机,并想借书中人物的不幸告诫世人,欲壑难填,贪欲无尽,如果没有理性与道德的约束,欲望便会像脱缰的野马而狂奔,最后必然堕入罪恶的深渊。所以他才会将整个小说装入一个因果报应的大框架中。但另一方面,身处污秽环境中的作者不免也受到一些影响,这使他在描写性场面的时候往往陷入不能自拔的境地,从而在一定程度上采取了欣赏的态度。全书中露骨的性描写尽管只有两万余字,而且对于人物的刻画也有重要作用,但毕竟是佛头着粪,使本书背上了淫书的恶名。①

但从总体上说,《金瓶梅》依然有深刻的思想意蕴与巨大的认识作用,通过它人们不仅能够形象地认识晚明社会,而且对复杂的人性问题也能引起深入的思考。

三、文人独创型小说的特征

《金瓶梅》将人物塑造上升为创作的主要目的,尽管本书写的全是丑的、俗的角色,但却丑得真实,俗的可信,是立体动态的活人。比如李瓶儿本是花子虚的妻子,由于丈夫在外嫖妓,她"气了一身病痛",无奈只好求西门庆劝花子虚回家。不料这西门庆乘虚而入勾引李瓶儿,使这个正处于精神空虚痛苦的女人,也就轻而易举地上了西门庆的圈套并一发而不可收拾。当花子虚为财产纠纷吃官司时,她一面求西门庆打点使其少受些苦,一面又与西门庆打得火热,并将花家财产转移到西门庆家,可谓对丈夫的同情与背叛丈夫的奸情在其身上同时具备。等到花子虚被气死后,西门庆又未能及时娶其进门,她又被蒋竹山的花言巧语所打动而嫁给了他,但蒋是个猥琐无能之人,于是她便渐生厌恶,最后将其赶出家门了事。②经过几番折腾后,她认定西门庆才是自己理想的主儿,便死心塌地地要嫁给他。此时的李瓶儿,显得痴情而幼稚,善良而软弱,只知一味满足西门庆的兽欲。在这个充满残酷争斗的市侩家庭中,她只能成为被人欺辱的对象,面对潘金莲这个出身市井、有着丰富经验而又狠毒泼辣的女人,等待她的只有灭亡的命运。李瓶儿复杂个性的核心是其痴情,当她不满意花子虚与蒋竹山时,便不顾一切地去追求西门庆,表现得相当凶狠泼辣;当她得到西门庆时,便表现得温柔软弱,百依百顺。她临死前,曾梦见前夫花子虚带着官哥儿来找她,说明她内心深处始终存在着愧疚与负

---

①　张燕瑾.中国古代小说专题[M].北京:高等教育出版社,2002:124-125.

②　张燕瑾.中国古代小说专题[M].北京:高等教育出版社,2002:126.

罪感；但她又对西门庆一片痴情，牵肠挂肚，叮嘱西门庆简单操办自己的后事，为的是他今后还要过日子。这个温柔善良而又因情欲堕落的女人，一生都被痴情所左右，在死亡时又被痴情所折磨，所以张竹坡便称她是个"痴人"。此外，作者写西门庆，既指出其凶狠自私的一面，又写其豪爽大方的一面；写潘金莲，既突出其泼辣刁蛮的一面，又不忘显示其可悲可怜的一面。这种既复杂又真实的人物，在《水浒传》中已初露端倪，到《金瓶梅》中已成群出现。

《金瓶梅》在艺术上所体现的是它的网状结构。张竹坡将这种网状式的写法称之为"趁窝和泥"，他在《金瓶梅》第十九回总评中说：

> 上文自十四回至此，总是瓶儿文字内穿插他人，如敬济等，皆是趁窝和泥，此回乃是正经写瓶儿归西门氏也。乃先于卷首将花园等项题明盖完，此犹瓶儿传内事，却接叙金莲、敬济一事，妙绝。金瓶文字其穿插处篇篇如是。（见《皋鹤堂本金瓶梅》）①

所谓"趁窝和泥"，就是主干情节中穿插他人他事。比如评语中所言从第十四回到十九回这段文字，主干情节是关于西门庆与李瓶儿的描写，大致可分为偷情、停娶与续娶三个段落。在这一主要情节的纵向推进中，又穿插进许多其他人物事件。在偷情段落中，插入了李瓶儿为潘金莲拜寿与吴月娘为李瓶儿过生日等情节；在停娶段落中，则插入了杨戬被参、陈洪充军、陈敬济带西门大姐来家避祸、西门庆派来旺去东京行贿等情节，同时又插入李瓶儿病危、问医与招赘蒋竹山的情节。在续娶段落中，则又插入了潘金莲与陈敬济打情骂俏等情节。这种在"正经"文字中插入他人他事，实际上就是以纵向推进的主要情节为基本框架，而借人物关系朝横向展开，不断穿插进与主要情节相关而又相对独立的他人他事，从而形成一种纵横交错的网状格局。这种"趁窝和泥"手法的作用之一是能够拖住时间，放慢叙事节奏，同时使情节尽量向空间展开，形成一种立体的感觉，有利于将生活的纵向流程与横向剖面同时呈现在读者面前，从而极大拓展了小说艺术的空间。后来的《红楼梦》正是采用的这种叙述方式与结构形态，正说明了《金瓶梅》的开拓之功。

《金瓶梅》在艺术上所体现的文人独创型特征之三，是在叙事形态上从讲述型到呈现型的转变。《金瓶梅》处于从累积型到独创型的转折时期，所以它在形式上还保留着不少讲述型的痕迹，比如"词话"的名称、"看官听说""有诗为证"的套语、引用别人的大量诗词小曲、对情节的诠释与议

---

① 张燕瑾．中国古代小说专题[M]．北京：高等教育出版社，2002：127．

论等等,都与以前的小说非常接近。① 但是如果抛开这些附加成分而观察其情节叙述与场面描写,就会发现叙述者正在淡化其主观色彩,试对比下面两段介绍西门庆的文字:

> 原来是阳谷县一个破落户财主,就县前开着个生药铺,从小也是一个奸诈的人,使得些好拳棒;近来暴发迹,专在县里管些公事,与人放刁把滥,说事过钱,排陷官吏,因此满县人都饶让他些个。(《水浒传》第二十四回)

> 原来是清河县一个破落户财主,就县门前开着个生药铺。从小也是个好浮浪子弟,使得些好拳棒,又会赌博、双陆、象棋,拆牌道字,无不通晓。近来发迹有钱,与人把览说事过钱,交通官吏。因此满县人都惧怕他。(皐鹤堂本《金瓶梅》第二回)

前者在人物刚出场时已为他定下"奸诈"的品行,并指出其"排陷官吏"的劣迹。后者将"奸诈的人"改为"浮浪户子弟",将"放刁把滥,说事过钱,排陷官吏"改为"说事过钱,交通官吏"。尽管所改文字不多,但明显地将叙述者主观上的贬意淡化,从而更接近于客观性的叙述。当然,叙述者并非没有自己的倾向性,而是采取了戏剧化手法,化评论为描写,改叙述为场面。如第五十四回应伯爵在与西门庆等人饮酒时,即席讲了两个笑话:

> 一秀才上京,泊船在扬子江,到晚叫艄公:"泊别处罢,这里有贼。"艄公道:"怎见得有贼?"秀才道:"兀那碑上写的,不是'江心贼'?"艄公笑道:"莫不是'江心赋',怎便识差了?"秀才道:"赋便赋,有些贼形。"

> 孔夫子西狩得麟不能够见,在家里日夜啼哭。弟子恐怕哭坏了,弄个钻牛,满身挂了铜钱哄他。那孔子一见,便识破道:"这分明是有钱的牛,却怎的做得麟?"

《金瓶梅》在艺术上所体现的文人独创型的重要特征之四,是小说语言更向世俗生活的贴近。《三国演义》的语言是半文半白的,《水浒传》与《西游记》已经是纯粹的白话,但基本上还是书面化的说话体。《金瓶梅》由于从理想转向写实,其市井的题材与人物也就必然要求语言的市井化,即"市井之常谈,闺房之琐语"(欣欣子《金瓶梅序》)。如第六十回李瓶儿的儿子官哥死了,潘金莲甚是幸灾乐祸:

> 每日抖擞精神,百般称快,指着丫头骂道:"贼淫妇!我只说你日头正晌午,却怎的今日也有错了的时节?你斑

---

① 张燕瑾.中国古代小说专题[M].北京:高等教育出版社,2002:128.

鸠跌了弹——也嘴答谷了！春凳折了靠背——没得倚了！王婆子卖了磨——推不得了！老鸨死了粉头——没指望了！却怎得也和我一般？"

一连串的比喻和歇后语，不仅将其狠毒的个性与得意的神态逼真描绘如画，而且也是地道的"一篇市井的文字"。这样的语言优点是活泼丰富，但有时也表现出粗俗琐细的不足，这说明它还需进一步提炼，才能达到像《红楼梦》那样既生动流畅又含蓄丰富的地步。其实在《金瓶梅》的不少地方已显示出丰富深刻而富于弹性的语言特色，达到了像张竹坡所说的那样："只是家常口语，说来偏妙。"（《金瓶梅》第二十八回评语）。如第十六回西门庆与潘金莲商量要把李瓶儿娶进来：

西门庆道："……他要和你一处住，与你做个姐妹，恐怕你不肯。"妇人道："我也不多着个影儿在这里，巴不的来才好。我这里也空落落的，得他来与老娘作伴儿。自古船多不碍港，车多不碍路。我不肯招他，当初那个怎么招我来！撺奴甚么分儿也怎的？倒只怕人心不似奴心，你还问声大姐姐去。"

从表面看潘金莲所言全是通情达理的贤惠话，尤其是将李瓶儿自己当初进门的情况相比，可以说非常真实，容不得西门庆不相信她的诚意。但她又是个嫉妒心最强的女人，决不会心甘情愿让李瓶儿进门，只不过她知道要拦是拦不住的，于是只好言不由衷地表示同意。可最后一句"倒只怕人心不似奴心，你还问声大姐姐去"，将她的心机与阴险表露无遗，因为她知道吴月娘也反对李瓶儿进门，如今正可用她来达到自己的目的；即使达不到阻拦李瓶儿的目的，也可使西门庆与吴月娘之间产生矛盾，而自己便可从中得利。因此在语言表层之下其实隐藏着非常丰富的内涵，必须联系当时的环境情势方可品出其中滋味。张竹坡认为作者能够写出这样的语言在于他把握住了"情理"，也就是人物自身的性格逻辑以及和其他人物之间的各种复杂关系，所谓"于一个人心中，讨出一个人的情理，则一个人的传得矣。虽前后夹杂众人的话，而此一人开口，是此一人的情理"。[①]

---

① 石昌渝.中国小说源流论[M].北京：生活·读书·新知三联书店，2015：367.

第三节 婚恋家庭小说的巅峰之作:《红楼梦》

《红楼梦》是中国古代小说史上成就极高的小说,共 120 回,前 80 回系曹雪芹所著,后 40 回系程伟元、高鹗所续。程伟元、高鹗根据原著的暗示,追踪前 80 回的情节,完成了贾宝玉、林黛玉、薛宝钗的恋爱婚姻悲剧,安排了其他一系列人物的命运结局,使《红楼梦》成为一部完整的书,从而推动了《红楼梦》在社会的传播,扩大了《红楼梦》的影响。可是,后 40 回写了宝玉中举和家业复兴,违背曹雪芹的原旨;在人物描写和情节构思方面有一些歪曲和庸俗的笔墨,和曹雪芹的原著有很大距离。

《红楼梦》写了一个恋爱不能自由、婚姻不能自主的悲剧,即贾宝玉和林黛玉、薛宝钗的恋爱、婚姻悲剧。青年男女之间的恋爱与婚姻是一种古老的题材,《红楼梦》的伟大在于,它以如实的描写,写出了造成这一悲剧的深刻的社会根源,写出了悲剧主人公的思想性格与悲剧之间的内在联系。作品以这一悲剧的发生、发展作为全书的中心事件,但作品又并不局限于这一悲剧本身的描写,而是开拓出去,写出广阔的社会环境,写出那个崩溃中的贵族社会。贾宝玉和林黛玉对自由爱情的热烈执着的追求、贾宝玉主张平等待人、尊重个性、各人按自己意志生活的思想,反映了那个时代对个性解放和人权平等的要求,闪烁着初步的民主主义精神。①

一、生命体验与悲剧创造

在封建社会的历史长河中,盛与衰总是同时存在而又彼此包含的,由衰而盛,盛极衰来,是一种螺旋式的发展。

荒淫,是这个贵族世家衰败的原因之一。老太爷贾敬死了,贾珍、贾蓉父子闻讯赶来,似乎不胜哀痛。可一听到尤氏姐妹来了,两个“孝子贤孙”便“喜得笑容满面”,竟不管热孝在身,死缠着她们说下流话,做出种种无赖面孔。当丫鬟看不过出来阻止时,贾蓉竟厚颜无耻地当着众人说:“从古至今,连汉朝和唐朝,人还说‘脏唐臭汉’,何况咱们这宗人家?谁家没风流事?”荒淫,在这个贵族世家被视为平常之事。然而,荒淫不仅仅给贾府带来生活腐败、道德沦丧,由它引起的人事纠纷、甚至恶毒的残杀,更是不断地动摇着这座封建大厦。

---

① 张国风.中国古代的小说 [M].北京:商务印书馆,1991:116-118.

第四十回"变生不测凤姐泼醋"，一件秽行搅乱了水陆纷陈、笙歌盈耳的生日盛会，终于逼出了人命；第四十六回"尴尬人难免尴尬事"，引起了一系列的连锁反应；第六十五回"贾二舍偷娶尤二姨"，其后果是王熙凤大闹宁国府，尤二姐被逼自杀。在这个贵族世家那重帘绣幕的背后，堆积着淫乱和罪恶，充塞着令人窒息的霉烂。

虽然作者借秦可卿之魂给这个"赫赫扬扬"的百年望族敲了"树倒猢狲散"的警钟，虽然凤姐、探春等个别家庭成员已经感到了危机，并开始设想了"省俭之计"，然而谁也无法挽狂澜于既倒，谁也无法挽回这个贵族之家"金银散尽"、一败涂地的悲剧结局。在内外交困之际，只得"眼看他起朱楼，眼看他宴宾客，眼看他楼"一代不如一代"，更是这个贵族之家的致命伤。

腐朽的已无可救药，那么，新生的命运又如何呢？唯一较有灵性的贾宝玉，是"行为偏僻性乖张"，然而，时代和社会并未为他提供进一步发展的轨道，甚至根本不允许这种叛逆者的存在，包括他所追求的一切。这突出表现在宝黛的爱情悲剧中。开始，宝玉并非把全部的热情倾注于黛玉，他对宝钗也有好感，时常"见了姐姐就把妹妹忘了"。那么，是什么决定了宝玉在爱情上的取舍呢？是共同的思想基础和心心相印的感情基础，使宝玉选择了体弱多病、孤标傲世的黛玉而舍弃了有才有德、美丽温柔的宝钗。然而，这种以个人情爱为基础的婚姻必然会与封建家长权衡利害的婚姻产生矛盾，贾家所追求的，是在四大家族范围内裙带相连、亲上加亲，或者进一步高攀权贵、加固靠山，而无财无"德"、孑然一身的黛玉自然不符合贾家家长的择媳标准。这种矛盾必然导致叛逆者爱情的悲剧结局。退一步说，即使宝黛爱情能够取得封建家长的俯允而如愿结合，也仍然是一个悲剧。因为在那个时代，不仅找不到一块能够容纳自由恋爱、婚姻自主的乐园，也难以找到一块能够容纳这对叛逆者的生活理想和思想品格的净土。

历代文学家一味歌颂这种善良、忍辱负重的传统美德，却很少看到"中国人从来没有争得人的价格"① 这种文化意识造成的悲剧。曹雪芹的过人之处就在于他看到了，并把它写出来，从而引起人们深思，促使人们反省。

迎春很善良，但也太懦弱了。"虎狼屯于阶陛，尚谈因果"，其不被噬者几希。乳母为了赌钱，把她的一些簪环衣服借去当了，而且把她珍贵的

---

① 鲁迅《坟·灯下漫笔》，《鲁迅全集》第一卷[M]，人民文学出版社，1981：212.

累金凤也偷去。当聚赌事被发觉邢夫人来责怪她时,她表现的是懦弱怕事。迎春低着头弄衣带,半晌答道:"我说他两次,他不听,也没法。况因他是妈妈,只有他说我的,没有我说他的。当乳母的媳妇为她婆婆偷累金凤事与房里丫头绣橘、司棋争吵时,"迎春劝止不住,自拿了一本《太上感应篇》来看",恰巧宝钗、黛玉、探春等约着来安慰她,并请来平儿想为她清理左右。可当平儿问她的意见时,她却说:问我,我也没什么法子。他们的不是,自作自受,我也不能讨情,我也不去苛责就是了。至于私自拿去的东西,送来我收下;不送来,我也不要……你们若说我好性儿,没个决断,竟有好主意可以八面周全,不使太太们生气,任凭你们处治,我总不知道。①

就是这种逆来顺受的性格,使她下嫁中山狼孙绍祖,一年后就被折磨死了。固然孙绍祖是个"无情兽",但像迎春这样懦弱无能的人,生活在封建社会复杂的家庭组织里面,本来就不免要发生不幸。所以迎春的悲剧是必然的,即使嫁给别人,在那样的时代里,仍旧会发生不幸,环境的影响只是使其悲惨性有深浅之别而已。因此可以说,迎春之不幸,多由于性格。

当然,我们必须看到,性格是作为"社会关系的总和"的人在处世态度上的一种特殊表现形式,并非单纯是人的自然形式的个性显现。因此,性格的形成,除了天生的成分和文化意识的浸染外,还深深地打着家庭出身的烙印。迎春的逆来顺受、黛玉的孤标自矜、宝钗的自我压抑,都是与她们各自出身有关系。迎春出生在一个浪荡落魄的贵族老爷家里,耳闻目睹着没落家庭的丑恶行径,使她对生活失去了信心,于是"得过且过,无可无不可"便成了她主要的性格特征;黛玉出身于一个已衰微的封建家庭,且父亲又是科甲出身,因此,在她身上看到的更多的是不得志的封建知识分子的禀性;而宝钗出生在一个豪富的官商家庭,这种商人与贵族结合的家庭,既有注重实利的市侩习气,又有崇奉礼教、维护封建统治的倾向,这自然使宝钗禀赋着与黛玉完全不同的性格特质。由此看来,性格悲剧也有着深刻的社会内涵。

于是,具有灵性的贾宝玉便担荷着许多痛苦。其中除了家庭破败与个性压抑之痛苦外,在与黛玉的爱情上,那不断的试探、反复的折磨,那"我也为的是我的心。你难道就知道你的心,不知道我的心不成"的呼唤,不正展现出人性深处那爱的幸福是如何通过爱的痛苦而获得;在日常生活中,"爱博而心劳",那一份博爱,那一份同情心,会使他生出多少痛苦。

---

① 　陈惠琴,张俊.红楼梦[M].沈阳:春风文艺出版社,1999:42-43.

二、题材更新与叙事艺术的变化

《红楼梦》来自作家"半世亲睹亲闻"的几个女子的"离合悲欢"及其家族的"兴衰际遇"。从写神鬼怪异到写英雄传奇最后到写普通人的日常生活，这是中外文学史上一个共同规律。虽然今天看来是必然的发展，但在小说发展史上，每一次转折都不是那么容易的。在中国，从《三国演义》《水浒传》《西游记》等历史英雄传奇式的小说，并没有一下子转到《红楼梦》，其间还经历了《金瓶梅》等小说这许多座桥梁，到了曹雪芹，小说才真正在自己的旗帜上写上了"文学就是人学"这几个大字。①

首先，没有一点因袭模仿的痕迹，既不是借助于任何历史故事，也不以任何民间创作为基础，而是直接取材于现实的社会生活，尤其写的是"半世亲睹亲闻"的人物，是他自己"历尽离合悲欢炎凉世态的一段故事"，是"字字看来皆是血""一把辛酸泪"，渗透着作者个人的血泪感情的。唯见之真才知之深，这就是此书何以能突破旧小说传统的主要原因。

其次，《红楼梦》对于现实生活的描绘，经过了严格的艺术提炼，因此，它与《金瓶梅》的自然主义恰同泾渭：它写了日常生活的"家务事""儿女情"，可是他却能汰尽浊臭、庸俗的杂质，而充分显示出隐藏在生活中的优美的诗意；它写了普通人的生活和命运、欢乐和痛苦，也写了普通人的高贵品格和理想追求，它在对社会丑恶现象作淋漓尽致的揭露的同时也深刻地揭示了历史的规律和生活的真理。

在《红楼梦》中，作者出于审美、避讳诸般考虑，主要采用的还是中国传统白话小说中说书人的口吻："看官，你道此书从何而起……"与此同时，作者又穿插第一人称叙事，直接向读者阐述自己切身的创作动机。可以说，这是作者自我体验的完成和总结，自我经历的追忆和感念。于是，他就成了他所创造的艺术世界中一个真切的、活生生的人物。

其次是观察角度的灵活变化。观察角度是对故事中"虚构世界"的展示角度。一般来说，作者在开始叙述之前，总要先设定观察角度。观察角度设定后，对具体的叙述便有制约作用，形象地说，就是"看到什么"影响着"说些什么"。从观察者和"虚构的世界"的关系看，观察角度主要有两种：一是隔离观察，观察者与"虚构世界"保持一定的距离；二是楔入观察，观察者置身于"虚构世界"之中。在叙事文学作品中，观察角度

---

① 陈慧琴.追忆红楼 曹雪芹的生命体验与艺术创造[M].北京：京华出版社，2010：126.

变化越灵活,叙述就越显得真实生动、丰富多彩。《红楼梦》第二回"冷子兴演说荣国府",作者采用的是隔离观察的角度,让贾雨村和冷子兴作为隔离观察者,对贾府繁盛的过去和萧索的如今进行有距离的观察和叙述。然而作者深感对贾府这个庞然大物展开叙述确实不易,于是在第六回中云:"却说荣府中合算起来,从上至下,也有三百余口人,一天也有一二十件事,竟如乱麻一般,没个头绪可作纲领。"为了展示贾府这个现实世界内部的真实面貌,作者信手拈来刘姥姥,让她充当楔入观察者。待到这个楔入观察者在贾府中走过一遭,把周围环境和各色人等都打量过一遍,完成了作者赋予她的任务,观察角度又恢复为隔离观察。由隔离观察切换成楔入观察,是由大的、全面的观察进入具体的、局部的观察;由楔入观察切换成隔离观察则是由具体的、局部的观察进入大的、全面的观察。《红楼梦》通过多次切换观察角度,贾府由盛到衰的真实面貌也得以从叙述中全面而细致地展示出来。

再次是叙事结构的纵横交错。由于中国古典小说与历史著作、说话艺术的密切关系,由于中国人崇拜传奇英雄、追求有始有终的心理因素,所以小说的故事、情节往往是沿着一条线索纵向发展,且注重传奇性,忽视真实性。虽《儒林外史》有所突破,能够较为真实地表现出生活的横断面,但"实同短制"的特点使得作品的结构毕竟有些地方缺乏有机的联系。而《红楼梦》则以贾府的兴衰为圆心,以宝黛爱情为经线、女儿悲剧为纬线,织成了一个储藏非常丰富的网状结构,从上层贵族的灯红酒绿到普通人物的悲欢离合,从市民社会到农村景况,从官场风云到日常琐事,纵横交错,繁而不散,从而把生活的多面性、整体性以及它的内在联系性真实而又自然地表现出来。

三、结构艺术与描写技巧

《红楼梦》写的是一个贵族家庭的生活琐事,但却不像《金瓶梅》为了还原生活原生态而事无巨细,不加选择,缺乏提炼。《红楼梦》的艺术追求,恰如第四十二回作者借宝钗论画所说:你若照样儿往纸上一画,是必不能讨好的。这要看纸的地步远近,该多该少,分主分宾,该深的要深,该裁该减的要裁要减,该露的要露。即对生活琐事要有所选择和提炼,从而在生活真实基础上达到艺术的真实。正是遵循这一艺术创作原则,《红楼梦》所写之事就像生活本身一样丰富复杂、自然和谐,却又不露斧凿痕迹,达到了生活真实与艺术真实的高度融合。①

《红楼梦》所写之事，既有场面壮观、波及上下的大事，也有至微至细、无关紧要的小事。大事中，有的是以场面和气势取胜，如可卿之死、元妃省亲；有的是以冲突集中见长，如宝玉挨打、抄检大观园等。其写大事，往往前有伏线后有余波，顺理成章，起伏有致，前因后果，脉络分明。脂砚斋第十四回批语所云"惯能忙中写闲，曲笔错综"亦可移用此处，它道出了《红楼梦》化解情节、重在呈现的叙事妙处写大事，不避细琐以显其真实，而写大事力避细琐。开卷以两个浩大场面，写贾府鲜花着锦、烈火烹油的贵族气派：一为秦可卿的出殡，一为贾元春的归省，生死荣华并陈，构成悖谬性的双峰并峙。同时又以宝玉视角点染这两个场面：秦可卿的死讯，令这位痴情公子急火攻心而吐血，但元妃晋封贤德贵妃，宝玉竟置若罔闻。对于贾母等如何谢恩，如何回家，亲友如何来庆贺，宁、荣两府近日如何热闹，众人如何得意，独他一个皆视有如无，毫不介意。②

行文一连五个"如何"，省却多少细琐之事。甲戌本第十六回夹批云："大奇至妙之。……故只借宝玉一人如此一写，省却多少闲文，却有无限烟波。"而宝玉之性格于这生死荣枯的对比中鲜明凸现出来。更令人深思的是，这两个场合的主角都是宁、荣二府败落的警告者。秦可卿以"树倒猢狲散"梦警凤姐，贾元春于第八十六回也托梦劝诫贾母："荣华易尽，须要退步抽身。"生死荣华并峙、宝玉的独特视角、主角的两度梦警，行文分三个层面将这两个大场面的内在文化含量，释放得非常充分了。《红楼梦》写日常生活琐事，更是异彩纷呈。人物的一段对话、一颦一笑，两块手帕、三首小诗，三两人的生日小聚，四五人的观花赏月，无不写得含蓄隽永，清幽别致。如写生日，宝钗、凤姐、宝玉、贾母四人的生日（见第二十二、四十三、六十三、七十一回），不仅"各有妙文，各有妙景"，而"起用宝钗，盛用阿凤，终用贾母"（均为脂砚斋评语），又恰恰标示出贾府由盛至衰的不同阶段。③

《红楼梦》的艺术成就还突出地表现在人物塑造上。全书共写了四百多个人物，其中有很多是具有鲜明个性、呼之欲出的典型人物。

如写黛玉，既写其孤高自傲、敏感真纯，也写其尖酸刻薄、多病多疑，而这两者又极为和谐地统一于她一人身上。宝钗的贤淑大方、美丽端庄与她的冷酷无情、处世圆滑并不矛盾。凤姐的干练与狠毒成了不可分割的两个方面。贾宝玉既是贵族阶级的叛逆者又是贵族生活的依赖者，合

---

① 张燕瑾．中国古代小说专题 [M]．北京：高等教育出版社，2002：200．
② 张燕瑾．中国古代小说专题 [M]．北京：高等教育出版社，2002：202-203．
③ 张燕瑾．中国古代小说专题 [M]．第 2 版．北京：高等教育出版社，2008：199．

二而一。即使是晴雯、袭人、鸳鸯、司棋等次要人物,也都很难用"好"与"坏"来做简单化的概括。

《红楼梦》还善于通过侧面烘托与正面渲染相结合来凸现人物性格。如第三回写王熙凤出场,先从黛玉视角写:一语未了,只听后院中有笑语声,说:"我来迟了,没得迎接远客!"黛玉思忖道:"这些人皆个个敛声气如此,这来者是谁,这样放诞无礼?"[①]

未见其人,先闻其声,别人"敛声屏气",独此人"放诞无礼",其在贾府中之特殊地位,非同寻常。接着转入正面描写其穿着打扮与众不同,并借贾母戏称其为"凤辣子",言其泼辣的同时,又暗示出其在贾母心目中的地位。继而写她的动作与语言。

通过对比描写展示人物个性,是《红楼梦》人物描写的又一重要特色。它不仅比得自然,比出了差异,而且比出了韵味。有人物姓名谐音的启人玄思的对比,如甄士隐(真事隐)和贾雨村(假语存)、贾家和甄家。有姓名与性格的隐喻性对比,如元春、迎春、探春、惜春,既呼应三春时序,又与"原应叹息"谐音。而且"元"为长为始,状其华贵;"迎"为接为受,隐其懦弱;"探"为求为取,显其果断;"惜"为吝为哀,形其孤寂。还有连环性对比,如探春既有与其姊妹的对比,又以女强人特点构成与凤姐的对比;而凤姐又以家庭中的位置,与李纨、秦可卿组成妯娌婶侄的对比,与平儿、尤二姐组成妻妾主婢的对比,与贾琏组成妻强夫弱的对比,等等。[②]

对比原则的延伸,施于不同社会层次和人物品位时,又构成形影对应的对比。金陵十二钗有正册、副册、又副册的幻设,实际上就是写各种人物类型在另一个品位层次的影子,以及影子的影子。宝钗的影子是袭人,黛玉的影子是晴雯,已为众所共认,于是又构成钗黛对比之外的宝钗与袭人、黛玉与晴雯、袭人与晴雯的三组对比,袭人与晴雯在精神气质上与钗、黛都有互相对应的地方,但钗、黛作为大家闺秀需要拿腔作态的事情,作为奴才的袭人和晴雯则以礼不责庶人的方式直接而充分地表现。[③]晴雯心高命薄,慧舌尖利,近于黛玉,但病补孔雀装、撕扇子千金买笑、与酒后的宝玉同浴,不仅是黛玉不能,即便是同为奴婢的袭人也不能如此放肆。[④]袭人有宝钗式的温柔和顺、体贴周到和顺世阿俗,但她特殊的作用是除了制约同房丫头的胡闹之外,还满足宝玉的情欲,在宝玉出走之后,

---

① 李希凡,李萌."都知爱慕此生才"——王熙凤论[J].红楼梦学刊,2011(4):1-29.

② 张燕瑾.中国古代小说专题[M].北京:高等教育出版社,2002:203.

③ 张燕瑾.中国古代小说专题[M].北京:高等教育出版社,2002:204.

④ 杨义.杨义文存第6卷中国古典小说史论[M].北京:人民出版社,1998:485.

又配给优伶而"嫁鸡随鸡，嫁狗随狗"了，这则是宝钗不能做到的，而其与宝钗命运的歧异，也反映了贞节观念在不同社会阶层之悬殊。引镜窥影、变幻参差的种种对比，使《红楼梦》的人物描写五彩斑斓、绚丽多姿。[①] 通过人物环境的描写以展示人物的风姿神韵，在《红楼梦》中也多处运用。如大观园中各人居室的描绘，便充分显示了人物的气质、个性。探春爽朗豪放，有须眉之风，故其秋爽斋里，大理石案上"笔如树林""宝砚数方"，墙上是"大"幅字画，案上是"大"鼎，架上是"大"盘，盘里是数十个"大"佛手。黛玉孤高傲世，故其潇湘馆"几竿竹子隐着一道曲栏，比别处更觉幽静"，"只见凤尾森森，龙吟细细"，"一进院门，只见满地下竹影参差，苔痕淡淡"。其他如怡红院、栊翠庵、蘅芜院等环境描写，也都分别与宝玉、妙玉、宝钗性格相一致。

《红楼梦》还十分注重人物心理空间的描写。作者往往以写意式的点染，通过一句话，一个动作，写出人物丰富复杂的心理过程。如第三十回，宝、黛拌嘴后，宝玉登门赔情，对黛玉说"你死了，我做和尚"，这话引起黛玉极大震动：

> 黛玉直瞪瞪的瞅了他半天，气的一声儿也说不出来。见宝玉憋的脸上紫胀，便咬着牙用指头狠命的在他额颅上戳了一下，哼了一声，咬牙说道："你这——"刚说了两个字，便又叹了一口气，仍拿起手帕子来擦眼泪。

宝玉曲折的爱情表达，是黛玉希望听到却又一时承受不起的，这种矛盾心情通过黛玉的几个动作，一句"你这"充分地体现出来。其他如第三十二回黛玉听到宝玉背地里引她为知己的议论时，第三十四回宝玉送黛玉两块旧手帕时，作品都真切而细致地描写了黛玉的内心活动，写得十分感人。[②]

《红楼梦》还是一部精妙绝伦的语言艺术精品。它不仅成功地继承了我国古代优秀文学作品的语言成就，又大量地吸收和提炼了民间口语、俗语，形成其既典雅又通俗的语言风格。作品中无论叙述语言、写景语言，还是人物对话的角色语言，都具有"追魂摄魄"之魅力。如宝玉挨打、宝钗扑蝶、黛玉葬花、晴雯补裘等场面描写，均极为鲜明地体现了这些特色。

① 张燕瑾. 中国古代小说专题 [M]. 北京：高等教育出版社，2002：204.
② 黄香山，陈荣岚. 中国古代文学简史 [M]. 厦门：厦门大学出版社，2003：242.

四、写实艺术与性格描写的进步

小说题材这一重大更新,除了给小说叙事艺术带来相应的变化,更突出地表现在描写真实的人方面。

第一,作者写出了人物性格的独特性,即性格的外部对照。曹雪芹描写人物性格独特性的另一方法,就是能在差距很小的性格之间写出性格的独特性。因为在现实生活中,很多人性格诸因素的发展是比较均衡的,并没有哪个特征居于突出的地位。同是具有温柔和气这一性格侧面的少女,紫鹃的温柔和气,在淡淡中给人以亲切,而袭人的温柔和气则是一种令人腻烦的奴才习性。另外,同是豪爽,尤三姐与史湘云不同,一个是豪爽中见刚烈,一个是豪爽中见妩媚;同是孤标傲世,林黛玉与妙玉不同,一个"洁来还洁去",一个"云空未必空"。就像自然界没有任何两片相同的树叶一样,《红楼梦》中也没有任何两个性格完全相同的人物。[①]

第二,作者写出了人物性格的丰富性,即表层性格的二重组合。托尔斯泰曾用河水的宽窄、急缓、清浊、冷暖变化多态来比喻人的性格,认为"人也是这样。每一个人身上都有一切人性的胚胎,有的时候表现这一些人性,有的时候表现那一些人性。他常常变得完全不像他自己,同时却又始终是他自己"。

那么,要写真实的人,那他就不是魔,也不是神,不是纯粹的坏蛋,也不是超绝的英雄,而是具备人性中两种相反的东西,即人性的优点与人性的缺点。曹雪芹在《红楼梦》中"美丑并举""美丑泯绝"的描写,是中国古代文学描写人物性格内部的美丑对照和组合的伟大开端。

"美丑并举",有如凤姐。她一方面是当权的奶奶、治家的干才,似乎是支撑这个钟鼎之家的一根梁柱;另一方面又是舞弊的班头、营私的里手,又实在是从内部蚀空贾府的一只大蛀虫。野鹤曾在《读红楼梦劄记》中发过这样的感想:"吾读《红楼梦》第一爱看凤姐儿。人畏其险,我赏其辣,人畏其荡,我赏其骚。读之开拓无限心胸,增长无数阅历。"这就是真实的人物性格唤起读者的审美效应。

"美丑泯绝",有如宝黛。宝玉在"痴""呆"可笑中表现了他的可爱;黛玉在尖酸刻薄中表现了她的一往情深。正是"正邪二气"美丑两极互相渗透以致达到"美丑泯绝"的性格自然境界。虽然说不出其美丑之界限,却能感受到其真实的生命。

---

① 黄香山,陈荣岚.中国古代文学简史[M].厦门:厦门大学出版社,2003:240.

第三,作者写出了人物性格的复杂性,即心灵深处的矛盾冲突。1930年麦仲华在《小说丛话》中曾引西洋小说理论来批评中国小说:"英国大文豪佐治宾哈威云:'小说之程度愈高,则写内面之事情愈多,写外面之生活愈少,故观其书中两者分量之比例,而书之价值可得而定矣。'可谓知言,持此以料拣中国小说,则惟《红楼梦》得其一二耳,余皆不足语于是也。"虽然我们的批评不能硬套西洋理论,但由此可以看出,内在描写对小说创作,尤其是写实小说创作的重要作用。而《红楼梦》恰恰在内在描写方面比中国古代其他小说要深刻得多。

第四节 《玉娇梨》等其他婚恋家庭小说

明代末年到清代顺治、康熙年间,在《金瓶梅》的影响下,以青年男女婚姻恋爱为主题的小说大量涌现,据孙楷第《中国通俗小说书目》统计多达五十种,一时形成了一个流派,我们把这时期这一流派的小说称之为"明末清初才子佳人小说"。明末清初才子佳人小说大都是以青年男女追求爱情和婚姻自主为内容的,这个内容明显地与封建婚姻相悖,它向传统的封建势力进行了挑战。这类小说大都情致缠绵,描写细腻,手法新颖,文笔清丽,在小说史上产生了积极的影响,为以后伟大的著作如《红楼梦》提供了好些可借鉴的东西,成了连结《金瓶梅》与《红楼梦》的桥梁。但是,明末清初才子佳人小说无论在思想内容还是在艺术形式上又都存在着一些缺点:内容大同小异,不外是"落难公子中状元","私订终身后花园"的老套套、有的还有直露的淫秽描写;人物大都是才子加佳人"始或乖违,终多如愈",最后大团圆结束,人物个性化程度不高。到了乾隆年间,曹雪芹在《红楼梦》借石头的话对流行的才子佳人小说提出了批评:

> 至若才子佳人等书,则又千部共出一套,且其中终不能不涉于淫滥,以致满纸潘安、子建、西子、文君,不过作者要写出自己的那两首情诗艳赋来,故假拟出二人姓名,又必旁出一小人其间拨乱,亦如剧中之小丑然,且媛婢开口即者也之乎,非文即理。

曹雪芹的批评是中肯的,他以犀利的目光审察了当代小说的弊病,并接受了才子佳人小说的教训,选择了自己的创作道路。

明末清初才子佳人小说的代表作为《玉娇梨》《平山冷燕》和《好逑传》。清代中后期,才子佳人小说失去了活动力,逐渐向狭邪小说的方向发展。

一、《玉娇梨》

《玉娇梨》又名《双美奇缘》署为"黄秋散人"编次。二十回,描写书生苏友白和两位小姐白红玉、卢梦梨的爱情婚姻故事。白红玉原是太常正卿白玄之女,奸佞御史杨廷昭见白红玉善诗多才,便欲娶为儿媳,白玄不肯,杨廷昭便以推荐白玄出使番邦为名,陷害白玄。白玄把女儿委托给吴翰林,毅然出行。吴翰林将白红玉改名吴娇,闲居金陵。在灵谷寺见书生苏友白题诗,爱才心切,欲将吴娇嫁给苏生。苏误认为是另一人则不就。吴翰林大怒,写信给宗师,黜退了苏的前途。白玄出使归来,也告病回金陵,为给女儿择婿,请才子和诗。另一书生张珪如把苏友白的诗调换了,幸亏白红玉发觉,在使女的帮助下,指使苏友白进京去求吴翰林做媒。不料却又被另一书生苏友德冒名求媒,来白府骗婚,这也被白红玉识破。苏友白在进京途中被劫,卖字谋生。小姐卢梦梨识其才,改扮男装与苏相会,以为妹择夫之名,暗订婚约,资助苏友白进京赶考。苏中进士,选为杭州推官,此时的抚台大人是杨廷昭,他要招苏友白为婚苏友白坚决推辞,直至挂冠而去。苏改称柳生,又与白玄相遇,白爱其才,欲招为婿。白红玉、卢梦梨二人因心中有苏生,而坚决不嫁柳生。后来,苏友白改授翰林,误会消除,终娶白、卢二人为妻。夫妻三人称三才子。[①]

这部书给以后的才子佳人小说以很大影响,其中的考试择婿、假斯文行骗出丑、大团圆等关目情节往往出现在其他才子佳人小说中,从而呈现出老一套、公式化的倾向。

二、《醒世姻缘传》

《醒世姻缘传》也像其他婚恋家庭小说一样,假托往事,针对现实。它以明英宗正统年间至宪宗成化年间(1436—1487)为背景,实际上是反映17世纪中叶以后的现实生活。它叙述一个两世恶姻缘的故事,反映了封建社会反常的夫妻关系以及由此产生的家庭纠纷。作品前面廿二回为前世姻缘,写山东武城县的官僚地主子弟晁源,凭借父亲的权势,娶戏子珍哥为妾,纵妾虐妻,致使嫡妻计氏自缢而死。他还过着骄奢淫逸的生活,在一次围猎取乐的时候,射死了一只仙狐,这就造成冤孽相报的前因。第廿二回以后则为今世姻缘。晁源因奸被杀,托生在绣江县明水镇地主狄

---

① 鲁迅.新编中国古代小说史[M].北京:人民文学出版社,1990:390.

宗羽家为子，名为狄希陈；仙狐托生在薛家，名为薛素姐，与狄希陈结为夫妻。计氏托生为童寄姐，为狄希陈之妾。[①]

珍哥托生为童寄姐的婢女珍珠，这样狄希陈一家就成了前世冤仇相聚的地方，相互报冤。珍珠被寄姐逼死，而狄希陈备受素姐寄姐的虐待。后来经高僧指点，狄希陈虔诚持诵《金刚经》一万卷，才"福至祸消，冤除根解"。

作品开头讲人生三件乐事，而基础是夫妻关系。"第一要紧再添一个贤德妻房，可才成就那三件乐事。"作者遵从儒家"夫妇乃人伦之始"的古训，宣扬丈夫乃"女人的天"，要求建立夫权家庭的道德规范。作者通过这个冤冤相报的恶姻缘，揭露反常的夫妻关系和道德的沦丧，希望恢复儒家理想的西周的淳朴风尚，以此来达到"醒世"的目的，这就是作者化名"西周生"的寓意，也是作者的创作意图。

作品存在着严重的宿命论思想，作者认为世上的恶姻缘都是"大仇大怨，势不能报，今世皆配为夫妻"。这种生死轮回、因果报应的佛家思想与维护封建婚姻家庭制度的儒家理想结合在一起，通过因果报应以"醒世"，这是作者思想的局限。但是和古代许多作家一样，作者忠于现实生活的创作态度突破了他的主观创作意图。当我们揭掉笼罩着的宿命论面纱，就可以看到作者为我们描绘的封建社会的真实图景，具有较高的认识价值和审美价值。

作者严厉抨击了当时的官吏选拔制度。晁思孝本是农村秀才，岁贡之后，进京会试，靠老师的提拔，竟当了华亭县知县。又通过胡旦、梁生牵线，用二千两银子贿通大宦官王振，谋到了通州知州的肥缺。狄希陈连普通文章都读不通，考秀才时请人代作答卷，考上秀才后又用钱纳监，买了个官。这样的制度，当然不能选拔人才，只能培养奴才。可是这些才智低下的人物当了官之后，虽然对治国安邦一窍不通，但对于当官的秘诀却十分机灵，一学就会。他们当官的诀窍是"一身的精神命脉，第一用在几家乡宦身上，其次又用在上司身上，待那秀才百姓，即如有宿世冤仇的一般"。他们用钱买了官，就从百姓身上加倍地榨取回来。晁思孝当华亭知县"不到十日内，家人有了数十名，银子有了数千两"。狄希陈在处置纳粟监生一案中，暗中得了两千两银子，一次外快就抵偿他援例干官一半的本钱。

作品充分揭露了讼狱制度的腐败。所谓打官司，实际上就是谁的贿赂多谁就赢。"天大的官司倒将来，使那磨大的银子罢将去。"即使下了

---

① 齐裕焜.中国古代小说演变史[M].北京：人民文学出版社，2015：355.

监狱,有了钱也可以把监狱变成天堂。珍哥入狱之后,晁源买通典史,给她盖了单独的院落,派丫鬟仆妇服侍,大摆生日宴席,真是"图圄中起盖福堂,死囚牢大开寿宴"。后来监狱中书办张凤瑞放火烧了牢房,用烧死的囚妇尸身顶替,把珍哥偷偷带走,做自己的小老婆。监狱中的黑暗与腐败,真是达到登峰造极的地步。

中国古代小说,很少反映农村生活,婚恋家庭小说多数也只是反映市井社会的人情世态。而《醒世姻缘传》的可贵之处在于,它把当时农村的凋敝和破产如实地描写出来;把农村社会的风俗人情,生动地表现出来,为我们提供了一幅17世纪中叶以后中国农村的风习画。在作品里,它为我们描写了农村灾荒的惨景。"小米先卖一两二钱一……后来长到二两……后更长至六两七两……糠都卖到了二钱一斗。树皮草根都给掘得一些不剩。""莫说那老媪病媪,那丈夫弃了就跑;就是少妇娇娃,丈夫也只得顾他不着。小男碎女,丢弃了满路都是。起初不过把那死了的尸骸割了去吃,后来以强凌弱,以众暴寡,明目张胆地把那活人杀吃,起初也只互相吃那异姓,后来骨肉灭亲,即父子兄弟,夫妇亲戚,得空杀了就吃。"作者还写了几个人吃人的典型故事。可以毫不夸张地说,恐怕中国古代小说中还没有一部作品如此真实地描写农村荒年的悲惨图景。

作品多方面地描写了农村人的生存状态,如家族亲友之间争夺财产;欺负孤儿寡母,谋占遗产;地主对佃户妻子的蹂躏;农村尼姑道婆的诈骗行为;农村苛重的租税;农村买卖私盐的活动等,把当时农村光怪陆离的生活情景详赡而突兀地表现出来。同时,作者对当时的风俗习惯也有生动而细致的描绘:婚丧嫁娶,礼仪往来,进香迎神,货物交易,乃至衣、食、住、行以及物价等,都有翔实的记载和描写,提供了传统史书所忽略的可贵资料,提供了一幅相当精确的山东县城和农村的社会风俗画。

作者对农村知识分子的心态和命运有着深切的观察和体验。作品里写少数农村知识分子或有钱或有势,靠贿赂钻营走上了仕途,成为压迫人民的官吏,像晁思孝、狄希陈那样,更多的知识分子则苦闷、彷徨,潦倒一生。作品写出知识分子的苦闷与彷徨,他们的生活之路极其狭窄,开个书铺吧,没有本钱,而且亲友都以借书为名,实则骗取,甚至官府也都要来勒索,只好白送;开个布铺、当铺吧,且不说没有这么雄厚的资本,"即使有了本钱,赚来的利息还不够与官府赔垫";去拾大粪吧,不仅官府离家里田很远,运不回去,而且还要纳税,花本钱;卖棺材吧,"看了惨人",是"害人不利市的买卖";结交官府,做做贺序、祭文之类,又"先要与衙役猫鼠同眠,你我兄弟",丧失了人格,而且还要花钱请酒应酬,打通关节。所以,"千回万转,总然只有一个教书,这便是秀才治生之本"。但是教书"又有许多苦恼，受着许多闲气，而且贫困终生"，像程乐宇那样的先生，受尽学生的戏弄侮辱，真是"教这样的书的人比那忘八还是不如"！试想，作者自己没有一番甘苦，怎能把农村穷秀才们的生活和灵魂作如此深刻的剖析和描述！

作者对在金钱冲击下，世风浇薄、道德沦丧痛心疾首。他以反常的夫妇关系为中心，描写了许多忤逆父母，侮辱师长，兄弟相残，出卖朋友，争夺遗产，敲诈勒索，以至铺张浪费、"暴殄天物"等社会上"不道德"的小故事，表现出作者对古代淳朴民风的憧憬，表现了作者的道德理想。

《醒世姻缘传》一方面对生活的描绘极为精细，人物的音容笑貌，心灵的幽微隐秘，风俗习惯的细腻详赡都多姿多彩地展现开来。银匠童七拿太监陈公公的本钱开银铺，因为给陈太监打的首饰掺铜过多，银器变色，露出破绽，被陈太监送到东厂治罪，追赔本钱。童七的妻子童奶奶聪明机变，为了救丈夫到陈太监家花言巧语，逢迎谄媚，使陈太监不但没有治童七的罪，还免赔三百两银子。她又揣摩了陈太监的心理，买了佛手柑和橄榄去进献，花钱不多，又买到陈太监的欢心，把原先的六百两剩铜发还给她。童奶奶为了救丈夫，维持一家的生计，在卑媚的笑语中包含着辛酸的眼泪。这一段描写把童奶奶心灵的痛苦、险恶的社会环境、性格的果断机敏、富有情趣的生动语言以及当时社会的生活习俗都完美地结合在一起，塑造出这个市民妇女的丰满形象，描绘了当时市民生活的五光十色的画卷。作者描写笔法的细致达到了古代小说很高的水平。但是，当作品描写吴推官、狄希陈怕老婆的故事时，又另换一副笔墨。吴推官考察属下官员，叫怕老婆的站在东边，不怕老婆的站在西边。四五十个官员中，只有两个不怕老婆。一个是教官，八十七岁，断弦二十年，鳏居未续；一个是仓官，路远不曾带家眷。吴推官说："据此看将起来，世上但是男子，没有不惧内的人。阳消阴长的世道，君子怕小人，活人怕死鬼，丈夫怎得不怕老婆？"作者用夸大、漫画化的手法，达到"骂世"的目的。当然，作者在某些描写中，也有夸张过分，失去分寸给人不真实感的地方，这个缺点在晚清的社会讽喻小说中又发展得更加严重了。

《醒世姻缘传》和其他婚恋家庭小说一样，通过家庭写社会；通过家庭成员与社会的广泛接触，把家庭和社会联系在一起，织成生活之网。所不同的是通过两个冤冤相报的家庭，把社会生活多方面地反映出来。同时，它还写了好几个相对独立的故事，用以表现作者的道德观念。这些故事与家庭生活联系是不紧密的，比较牵强，有的人物"事与其俱起，亦与其俱迄"，游离于作品的主线之外。这种结构方法，虽然能运用自如地安排各类人物和故事，达到比较广泛地反映生活的目的，但整部小说结构显得芜杂松散,反映了作者结构作品的能力比较薄弱。这种结构的方法对晚清的社会讽喻小说也有影响。

不过,《醒世姻缘传》的语言艺术是很有特色的。作品或用民间常见的物象设喻,或用人们熟知的文学形象比附,或直接用村言俗语和歇后语俏皮话,使作品无论人物语言还是叙述语言都生动活泼,充满了生活气息和民间智慧,如"鸡屁股栓线——扯淡""八十岁妈妈嫁人家,图生图长"等。鲁迅在《门外文谈》中说过:"方言土语里,很有些意味深长的话。"确实的,底层民众有其特殊的语言交流方式和表情达意的特点,在不动声色中透出的幽默与诙谐,往往比高头讲章更生动有趣。孙楷第也在《戏曲小说书录题解》中云:"斯编虽以俚语演述,而要其实,上可抗踪《水浒》,下可媲美《红楼》。"对这位生活底子厚实且很有语言天赋的作家来说,这是很高但也是很恰如其分的评价。

三、《好逑传》

《好逑传》十八回,又名《侠义风月传》。原题"名教中人编次""游外方客批评"。作者真实姓名不详。今有好德堂刻本,卷首有序,署"宣化里维风老人题于好德",又有凌云阁刊本、独处轩藏版本。[1]

作品叙述明朝北直隶大名府秀才铁中玉和佳人水冰心的爱情婚姻故事。铁中玉是御史铁英之子,英俊潇洒,仗义行侠。铁英因弹劾权贵而蒙冤入狱,昭雪后升任都察院掌堂。兵部侍郎水居一因荐边将失察而削职戍边,水居一弟水运为谋兄家产,遂逼迫侄女水冰心嫁过学士之子过其祖。冰心美貌聪敏,才识不让须眉,智勇双全。她设计脱身,将水运之丑女香姑代嫁过其祖。过其祖婚后察觉,多次乘机抢水冰心未遂,继而诱劫冰心,又得铁中玉途中闻声相救。冰心为此对中玉钦敬不已,当鲍县令设计投毒谋害中玉而得病时,她将中玉迎至家中医治,精心护理。中玉病愈,才子佳人心心相印,同居一室,互通情愫,但谨守礼防,五夜无犯。此后过家又多次图谋冰心,冰心死活不允。过其祖怒而进谗,诬陷水居一,铁中玉挺身而出,以死相保。后水居一遇赦升任尚书,并当面向中玉议婚冰心。然中玉、冰心因于礼有碍,婉言谢绝。铁中玉中进士被选为翰林,水冰心亦随父进京,中玉、冰心结秦晋之好,但尚未合卺。过学士怀恨在心,唆使万御史劾奏铁中玉、水冰心先奸后娶,有伤名教。奉旨复查,皇后验明冰

---

① 鲁迅.新编中国古代小说史[M].北京:人民文学出版社,1990:391.

心确是处女,真相大白。二人"方欢欢喜喜,真结花烛"①。

书名《好逑传》,取《诗经·国风·关雎》"窈窕淑女,君子好逑"之意,虽以宣扬封建礼教为旨归,但对封建官场黑暗腐败有较深刻的揭露和批判,歌颂才子佳人仗义勇为,扶危济困,不畏权贵,正直刚毅,贞洁自持等传统美德,具有一定的进步意义。

《好逑传》中铁中玉、水冰心是解人之难,伸人之冤,扶危济困,见义勇为。②作品中铁中玉一出场,就遇到大央侯抢民女案。他看不惯权奸欺世霸道,强抢强要的恶行,不愿百姓遭受欺凌,蒙受冤屈,不畏大央侯"功高北阙""威镇南天"之权势,不顾"钦赐养闲堂"之禁地,不怕"官民人等不得至此窥探"的"特告",手执大铁锤,打破养闲堂的大门,只身"闯入虎穴",制服不可一世的大央侯,救出"贫儒柔弱","死在旦夕"的韩愿一家三口,成了了韦公子与韩女的美好姻缘,同时,使骄横霸道的大央侯受到了应有的惩罚。水冰心也是一个有胆有识、侠肝义胆的女子。她与铁公子是在共同抗击以过公子为首的邪恶势力的患难中相识,在仗义行侠的拼搏中心心相印的。当她得知自己的救命恩人铁中玉被和尚下毒药危在旦夕时,不避男女授受不亲之嫌,将铁公子接到家中,亲自熬药喂水,精心护理,恪守礼防,贞洁自持,五夜无犯。即使在患难相处的日子里,既无传诗递柬,互赠信物之举,也没有花前月下眉目传情、暗送秋波的忸怩作态。他们最后结为夫妻,"满城臣民,皆轰传二人是义夫侠妇",被皇上誉为"义侠好逑"。③

在《好逑传》中,作者首先切入的便是止直善良与奸佞邪恶的斗争描写,大央侯沙利仗势作歹,强抢民女,破坏贫民女子的婚姻,御史铁英因此案被参劾下狱,铁中玉仗义行侠,只身闯虎穴救出贫女及父母。铁中玉的所作所为,纯粹是路见不平,拔刀相助的豪侠气概,绝无半点个人功利和儿女私情。作品通过这一情节,形象地揭示了当时官场的龌龊和政治的昏暗、官民之间的尖锐冲突,从而表现了作者对现实的批判。从整体上看,作品围绕铁中玉、水冰心的相识、相爱、结合这一主体情节,把忠奸斗争贯穿始终,对过隆栋、仇大监、大央侯沙利等为代表的昏官丑行进行了大胆的暴露和较为深刻的批判;对以水居一、铁中玉为代表的忠良之士的正直无私、豪侠仗义的壮举进行了热情的歌颂。相比于传统的才子佳人小

---

① 陈松柏.中国古代小说史 [M].长沙:湖南科学技术出版社,2004:344.
② 曹亦冰.《好逑传》非才子佳人小说论 [J].明清小说研究,1997(3):190-197.
③ 吴学霆.一个具有双重性格的人——宋惠莲形象小论 [J].明清小说研究,1997(3):132-144.

说,《好逑传》的确是独具匠心,与众不同。

全书有一半左右的篇幅是写人物的对话,这在同期的同类作品中也是少见的。增强了作品的客观性、真实性。有助于形象地再现人物的内心世界,突出人物的个性特征。生动的对话,也有利于揭示作品的主旨,表达作者的情感倾向。

《好逑传》在国外特有名,远过于其在中国,十八世纪中叶来华的英国学人就在广东发现此书译文的手抄本。现在它已有三十几种译本。往往被一些欧洲人当作了学习中文的教科书。

四、《平山冷燕》

《平山冷燕》未署名。全书二十回,描写两对青年男女——燕白颔和山黛、平如衡和冷绛雪的恋爱婚姻故事。书名取每人一字而成。主要情节是山黛、冷绛雪均为受皇帝嘉奖的才女,名声大震。洛阳才子平如衡,松江才子燕白颔相约去考校,被才女挫败。不过,冷见过平的诗,山见过燕的诗,相互倾慕,情思缠绵。后来燕状元及第,平探花及第,御赐联姻,于是两对夫妻"才美相宜、彼此相敬"。鲁迅在《中国小说史略》中有较详细的介绍,并评道:"二书(指《玉娇梨》和《平山冷燕》)大旨,皆显扬女子,颂其异能,又颇薄制艺而尚词华,重俊髦而嗤俗士,然所谓才者,惟在能诗,所举佳篇,复多鄙倍,如乡曲学究之为;又凡求偶必经考试,成婚待于诏旨,则当时科举思想之所牢笼,倘作者无不羁之才,固不能冲决而高骞矣。"书中对那些"金马名卿""玉堂学士"以及不学无术的假斯文予以尽情嘲讽,颇见精神。

第五章　明清社会讽喻小说创作研究

从鸦片战争到甲午战争是近代小说发展的第一阶段,小说的主要类型是狭邪小说和侠义公案小说。从甲午战争到五四运动是近代小说的第二阶段。在这一阶段中,资产阶级改良派和资产阶级革命派相继兴起,他们都重视利用小说进行宣传,揭露当时社会政治的腐败,或宣扬改良,或宣传革命,使得小说的创作有了较大的发展。

讽刺主要不是指文学题材内容,而是一种思想比较深刻、表现手法相对复杂的艺术形态。所以,一个民族讽刺艺术的产生和发展是其艺术智慧发展水平的标志。文学发展史上摄人魂魄的灿烂光芒,往往是由优秀的讽刺文学作品放射出来的,如从诗经中的《硕鼠》等讽刺诗到魏晋南北朝讽刺作品以及《世说新语》等,再到元代的讽刺喜剧以及明清的《西游记》《西游补》《儒林外史》等,充分显示了中国文学的艺术智慧和批判力量。如果文学丧失了批判精神也就丧失了文学理想,如果讽刺文学丧失了艺术智慧也就丧失了文学品格。因此可以说,讽刺文学是一个国家、民族自信心和艺术智慧的重要体现。基于这个认识,在当今开掘和传播中国文化的努力中,研究和阐释中国古典小说讽刺艺术的价值和意义是不言而喻的。[①]

第一节　社会讽喻小说概述

在中国小说史上,自鲁迅先生把《儒林外史》列为讽刺小说之后,人们一直沿用此说。对中国古代文学的讽刺艺术,中国古代文人略有涉及,研究的形式主要是序跋、记等文体,研究的内容比较零星、分散,研究的深度用今天的眼光看有很大的开掘空间。

二十世纪初以来,现代中西学者对中国古代讽刺文学特别是讽刺小

---

① 齐裕焜.中国古代小说演变史[M].北京:人民文学出版社,2015:445.

说作了较深的研究。其中最具代表性的是鲁迅在《中国小说史略》辟有"清代讽刺小说"一篇,对中国古代讽刺小说作了专门的研究评说。鲁迅的研究对后来学者的相关研究影响很大。二十世纪下半叶以来,中西学者对中国古代讽刺小说的研究取得不少成果,通观迄今对中国古代讽刺小说的研究,主要有以下成就:一是对中国古代讽刺小说的代表作家代表作品作了非常深入的研究,为研究中国古代讽刺美学提供了丰富的学术资源;二是对与讽刺小说的相关概念进行了一定的辨析,为讽刺文学理论的形成和发展作出了贡献;三是对中国古代讽刺小说的发展演变进行了一定的梳理,为后世讽刺文学的创作和欣赏提供了帮助。

目前来看,从作品的角度说明讽刺小说的类别很难界定,从推动人类进步的角度而言讽刺艺术具有其特定的意义,讽刺艺术也具有多样性。

在此基础上,我们认为应打破讽刺作为小说类型的限制,把讽刺作为小说的一种艺术表现形式,即通过责难邪恶、揭露愚行以改正恶行或革新社会为目的的批评的艺术。西方学者从社会学的角度出发,认为讽刺源于批评的本能,它在本质上是一种社会性的艺术,是一种只有贬抑、没有赞美的艺术批评。鉴于此,我们把此前中国古代小说史上的"讽刺小说"更名为"社会讽喻小说"。同是描写现实、反映世态的作品,社会讽喻小说却不同于婚恋家庭小说,如果说婚恋家庭小说主要是以写实的笔法,通过对婚姻家庭与社会世态的描写去反映现实的话,那么,社会讽喻小说则是以讽刺的形式,包括写实、夸张、象征、怪诞等手法,通过对社会世态与被否定形象的描写去揭露时弊、批评社会。①

讽刺是一种艺术表现形式,同时也是社会历史中客观的喜剧性矛盾冲突的一种特殊形态。我国封建社会时期,虽然在"温柔敦厚"的文学传统的影响下,讽刺艺术发展的步伐是缓慢的,闪现的光芒是微弱的,但还是以各种形式活跃在文坛上。可以说,只要社会存在着具有讽刺意味的现实,那么,讽刺艺术就不会衰亡。②

明清,是我国讽刺文学发展到最高水平的时代。元明之际,邓牧的《伯牙琴》中的一些篇章,宋濂的《燕书》、刘基的《郁离子》中的讽刺散文,都是有感而作,嘲讽中暗寓着人生哲理,斥责里蕴含着热泪。此后,又有方孝孺的《越巫》《吴士》、马中锡的《中山狼传》以及归有光等一大批作品,使古代讽刺散文蔚为大观。在小说,《西游记》《西游补》乃至《金瓶梅》等长篇小说,其中不乏对世态人情的讥讽;短篇小说如《聊斋志异》,更有不少嘲讽科举、指摘时弊的篇章。在戏剧,像《桃花扇》等名著也有极浓

---

① 齐裕焜.中国古代小说演变史[M].北京:人民文学出版社,2015:447.
② 齐裕焜.中国古代小说演变史[M].兰州:敦煌文艺出版社,2008:362.

的讽刺色彩。从先秦机智诙谐、怨而不怒的讽刺，到汉魏的辛辣精辟、嬉笑怒骂，再到唐代的锋芒毕露，直至明清那深情忧愤的笔调，都为社会讽喻小说的产生提供了丰富、宝贵的经验。然而，只有艺术经验，也不一定能产生真正的社会讽喻小说。既然讽刺不仅仅是一种艺术手法，同时也是社会历史中客观的喜剧矛盾冲突的一种特殊形态，因此，我们还要到社会存在中去探求社会讽喻小说产生的根本原因。早在明中叶，繁荣的商品经济和新的生产方式给死气沉沉的社会生活带来了生气与希望。可是，在明清易代之际却遭到清王朝的阻扼。这种阻扼的结果，一方面使本已失去其存在合理性的封建制度又顽固地回光返照，使社会倒退到一个腐朽、沉寂的年代；另一方面，使新的生产方式的发展先天失调，它那生气勃勃、带合理性的进步的一面暂时隐退了，而其唯利是图、唯钱是亲的丑恶的一面就相对凸现出来，散发着污染社会风俗的铜臭味。这些政治、经济的变化，首先在意识形态领域里引起巨大的反响，顾炎武、王夫之、黄宗羲、颜元等一大批进步思想家，他们对腐朽的封建社会进行了相当深刻的批判，由此而汇聚成一股壮阔的民主启蒙思潮。这股思潮又影响着当时具有民主思想的进步作家和一些出身士大夫阶层的、愤世嫉俗的文人。于是，他们厌恶、不安，他们诅咒、批判；于是，义愤之情达到极致时的一种逆向表现形式——讽刺，便在小说艺术成熟的明清时代找到了表现的广阔天地；于是，在源远流长的讽刺艺术传统的哺育下，在明清，尤其是清代那具有讽刺意味的现实土壤中，社会讽喻小说便应运而生。

　　至于社会讽喻小说的作品，经常提到的有鲁迅先生认为"足称讽刺之书"的《儒林外史》。除《儒林外史》之外，还有几部稍次于《儒林外史》的中篇小说，也可以归入社会讽喻小说之列，如清张南庄撰的《何典》十回，清乾嘉时落魄道人撰的《常言道》十六回。另外，李汝珍的《镜花缘》中也用了虚虚实实、真真假假的独特笔法，批评了现实社会的一些丑恶现象，因此，也把它列入社会讽喻小说。①

　　鲁迅说："讽刺的生命是真实"，这里的"真实"，是指艺术真实。因此，社会讽喻小说的创作在强调写实的同时，并不排斥运用夸张变形、象征以至怪诞的手法。恰如其分地运用这些艺术手法，同样可以增加作品的艺术魅力，有时还可以起到强化艺术真实的作用。根据几部社会讽喻小说不同的创作特色，我们把它分为三类：第一，魔幻化的社会讽喻小说，包括《斩鬼传》《平鬼传》《何典》等。第二，写实性的社会讽喻小说，如《儒林外史》。第三，讽喻式的社会讽喻小说，如《镜花缘》。

---

① 齐裕焜.中国古代小说演变史[M].北京：人民文学出版社，2015：449-450.

第二节　对知识分子命运的探索:《儒林外史》

吴敬梓的《儒林外史》是中国古代最优秀的长篇讽刺小说。《儒林外史》的《闲斋老人评》中云:"古人所谓画鬼怪易,画人物难,世间惟最平实而为万目所共见者为最难得其神似也。"作为写实性社会讽喻小说的典范之作,《儒林外史》继承了我国讽刺文学中的写实创作精神,在"最平实而为万目所共见者"中选取典型事件人物予以真实的描绘,使我国的写实讽刺文学迈进了新的阶段。①

一、《儒林外史》的思想内容

《儒林外史》是一部以辛辣的笔触对社会现状和儒士命运进行批判揭露的讽刺小说。"十载寒窗无人问,一举成名天下知",这是形容中国科举时代读书人生涯最常用的一句话。《儒林外史》所描写的正是在这个时代悲剧中沉浮的读书人。作者吴敬梓以委婉讽刺的手法写出当时社会背景下真实的人性。

吴敬梓(1701—1754),字敏轩,一字文木,号粒民,移家南京后自号秦淮寓客,晚号文木老人,安徽全椒人。吴敬梓出身于一个世代书香门第,祖上多显达。为全椒望族,"明季以来,累世科甲,族姓子弟声势之盛,俨然王谢"(金和《儒林外史序》)。然至其父辈时,家道已渐衰蔽。吴敬梓经历了家族由盛至衰的变化过程。②

《儒林外史》塑造了一系列不同类型的知识分子形象,特别是一部分在科举制下灵魂扭曲的知识分子形象。他们迷恋功名富贵,醉心科举考试,丢失了人的本性,演出了一幕幕丧心败德的丑行。但是,《儒林外史》并没有仅把批判的矛头停留在这些畸形、丑陋的知识分子身上,而是深入挖掘造成这种病态现象的社会根源,从而彻底批判了八股取士的科举制度。③

---

① 齐裕焜.中国古代小说演变史[M].北京:人民文学出版社,2015:459.
② 张燕瑾.中国古代小说专题[M].第2版.北京:高等教育出版社,2008:174.
③ 顾柏承.中国古代小说漫话[M].北京:中国少年儿童出版社,1998:89.

（一）抨击科举制度

小说先在楔子里标举出一位不为功名利禄所诱的特立独行之士王冕，作为不受科举制度牢笼束缚的正面榜样，随之展示了两个被科举制度塑捏得既可怜又可笑的人物——周进和范进来作对比，以揭露科举制度对知识分子心灵的严重毒害。

年过六旬却连个秀才也未考中的周进，其遭遇颇具典型意义。长期的科举失意带给他的是来自社会各个方面的歧视乃至侮辱。周进靠在村塾里教书为生，受尽了年轻秀才梅玖的奚落和举人王惠的蔑视。应该居于他的学生辈的梅玖，在为他接光的宴席上奚落他未中秀才："你众位是不知道我们学校规矩，老友是从来不同小友序齿的。"就像做妾的即使头发白了，也不能称"太太"而只能称"新娘"一样，周进虽胡子花白，未中秀才也只得当"小友"。从而"把周先生脸上羞的红一块白一块"。新科举人王惠更是盛气凌人，大模大样地饮酒吃肉，"也不让周进"，却让只用老菜叶进饭的周进昏头昏脑地打扫他"撒了一地的鸡骨头、鸭翅膀、鱼刺、瓜子壳"。这种种的人格屈辱，涉及经济、身份和道德各个方面，所以当周进随姐夫金有余到省城贡院，"见两块号板，摆得齐齐整整，不觉眼睛里一阵酸酸的，长叹一声，一头撞在号板上，直僵僵不省人事"[①]。待众人将他救醒后：周进看着号板，又是一头撞将去，这回不死了，放声大哭起来。众人劝着不住。金有余道："你看这不是疯了么？好好到贡院来耍，你家又不死了人，为甚么这样嚎啕痛哭是的？"周进也不听见，只管伏着嚎啕哭个不住。一号哭过，又哭到二号、三号，满地打滚，哭了又哭，哭得众人心里都凄惨起来。金有余见不是事，同行主人一左一右架着他的膀子。他哪里肯起来，哭了一阵，又一阵，直哭到口里吐出鲜血来。

几十年屈辱的科举经历，在周进内心积聚了大量的能量，一旦遇上某个机缘，便井喷似地爆发出来。作者抓住周进这个被扭曲的灵魂大爆发的时机，集中加以叙写，在文中连用 10 个"哭"字宣泄得淋漓尽致。一个被科举制度压扁而仍如醉如痴地追求功名富贵的迂腐儒生的形象，便站立起来了。这是八股取士制度下一代士人用生命来申诉冤抑的，小说在辛辣的讽刺背后灌注了作者对一代文人厄运的深挚的悲悯和同情。

与周进相差无几，范进也是一个深受科举制度毒害的封建社会知识分子的典型，不同的是范进在考试中举之后"疯了"。范进已是 54 岁了，"花白胡须"，20 岁应考，考过 20 余次还只是个童生。不独要承受来自社

---

① 张燕瑾. 中国古代小说专题 [M]. 北京：高等教育出版社，2002：174.

会上的种种侮辱和贬抑,就连自己的岳丈、"上不得台盘"的胡屠户也从未把他放在眼里:"你不看见城里张府上那些老爷,都是万贯家私,一个个方面大耳?像你这尖嘴猴腮,也该撒泡尿自己照照!不三不四,就想天鹅屁吃!"以至颇为懊悔自己"把个女儿嫁与你这现世宝穷鬼"。这种种的人生屈辱,都是由于自己没能真的吃上那"天鹅屁"。这次在周进的手里,才算做了秀才,后又中了举人。范进和周进一样,几十年来落榜的痛苦经验,使他在看到中举喜报时,一下失去了心理平衡:"范进不看便罢,看了一遍,又念了遍,自己把两手拍了一下,笑了一声道:'噫!好了!我中了!'说着,往后一跤跌倒,牙关咬紧,不省人事。"醒来后,"他爬将起来,又拍著手大笑道:'噫!好!我中了!'笑着,不由分说,就往门外飞跑,把报录人和邻居都吓了一跳"。

行文用四个"一"字,将范进由不信到相信到高兴,乃至由喜而疯的心态描摹得何其逼真。而"噫!好了!我中了!"这六个字中,展示的不仅是"中了"的极度喜悦,还有几十年科场磨难的精神创伤。最后在他岳父胡屠户的一记耳光之下,他才神志清醒,回到现实中来。

作者通过周进撞号板来揭示对功名感到绝望的知识分子的内心世界,通过范进中举后的疯狂失态来揭示出乎意外地爬了上去的知识分子的精神面貌,从而从纵深的角度展开了对科举制度的批判。

《儒林外史》不仅刻画了封建社会知识分子被扭曲的灵魂,而且还揭露造成这种现象的社会环境。还通过他们得意名场后的种种辉煌展示了一代士人醉心举业的心理内驱力。

周进中进士以后,任国子监司业后,曾经奚落过他的梅玖赶紧冒认自己是他的学生,还教把周进写的旧对联当作珍贵的手迹裱糊保存;他当年在村寨中写的对联也成了"周大老爷的亲笔",必须恭恭敬敬地揭下来裱好;这个当年受人鄙视的穷老夫子也被人用金字写了长生牌位供奉了起来。[①]

范进也是如此。在范进中举之前,胡屠户因范进只是个秀才而指手画脚地教训他;等范进中举后,立即变得卑躬屈膝起来,前不久才被他骂得狗血喷头的"尖嘴猴腮"的女婿,现在成了"贤婿老爷"了。即使"一向有失亲近"的乡绅张静斋也成了"世谊同好"。中举前,范进考举人回来,家里人已是饿了三天了;一旦中举,便有"许多人来奉承他:有送田产的,有人送店房,还有那些破落户,两口子来投身为仆图荫庇的。到两三个月,范进家奴仆、丫鬟都有了,钱、米是不消说了"。当过知县的乡绅

---

① 顾柏承.中国古代小说漫话[M].北京:中国少年儿童出版社,1998:91.

张静斋急忙来拜见，马上送了五十两银子和一所"三进三间"的住宅，并叙上了"年谊"，世态炎凉在这里被作家刻画得淋漓尽致。

有了功名，就有了富贵。科举便是猎取功名富贵的唯一手段。因此周进、范进们竭智尽虑地摹仿八股时文，除此以外，什么也不懂，什么也不需要懂。范进中举后，当上了主考官，但他竟然不知道苏东坡是哪一朝人。这里，作者在揭露、批判和嘲讽周进、范进之流时，把批判的矛头始终对准了腐朽没落的科举制度。①

社会位置的变化，把人的辈分、脸孔和价值尺码都改变了。正是这种社会地位变换的巨大反差，不仅使我们得以理解周进以花白头颅去撞号板哭号板、范进腆着黄瘦的老脸为中举而狂呼乱窜的荒唐行为，也使我们得以明了一代士人为何孜孜于举业虽死而不悔的心理动机，而于这一反差背后以科举得中与否衡人的炎凉世态，展露的又何尝不是八股举业对民间心理的恶性熏染？②

这种恶性熏染不仅及于寒士文人及民间心理，它甚至渗透进社会的各个角落乃至闺阁绣房。前代文人"苏小妹三难新郎"的诗词雅致在《儒林外史》的科举世界中演变成了"鲁小姐制义难新郎"的新风流佳话。鲁编修之女鲁小姐把东坡诗话、《千家诗》之类在其父眼中是"野狐禅"的玩意儿让给侍女，日暇教她们读几句诗以为笑话，自己却把一部部八股文章摆在梳妆台和刺绣床上，逐日蝇头细批，记熟了三千余篇。因此当她与蓬先夫成婚"才子佳人，一双两好"之日，她用来为难新郎的不是苏小妹式的诗谜和对句，而是八股制艺，从而导致新郎说小姐"俗气"，小姐怨新郎"岂不误我终身？"这篇其时文坛的新风流佳话，令人触目惊心地窥见八股文化如何无孔不入地渗入家庭、闺门、夫妻、母子之间，把人从社会到家庭的里里外外的生活趣味、包括才子佳人的精神人格通通异化了，以至连人间最富有温柔情感的地方也变得冰冷和僵硬。更为可怕的是，八股取士制度的恶性熏染导致了士人精神人格的堕落。匡超人本是一憨厚朴实的农家子弟，只因马二先生"人生在世上""总以文章举业为主"的一番劝说，从此逐渐热衷举业。知县李本瑛的抬举，斗方名士的引导，使他逐渐成了一个靠行骗而成名、抛弃结发之妻而获富贵的衣冠禽兽。小说通过这一人物逐渐堕落的过程的描写，揭示了导致一代士人精神人格走向堕落的总根源在于八股举业背后的功名富贵。

① 顾柏承 . 中国古代小说漫话 [M]. 北京：中国少年儿童出版社，1998：91.
② 张燕瑾 . 中国古代小说专题 [M]. 第 2 版 . 北京：高等教育出版社，2008：179.

（二）评价封建知识分子的美丑善恶

在抨击科举制度的同时，作家也对封建知识分子进行了美丑善恶的评价。吴敬梓衡量人的道德标准是对功名富贵的态度。在小说中，作者刻画了围绕着功名富贵这一轴心旋转的儒林群像，对知识分子中的丑类进行了无情的嘲笑和鞭挞，同时在另外一些人身上寄托了自己对生活的理想，特别是对一些市井社会中奇人的歌颂，表现了作家思想中的民主主义倾向。

《儒林外史》主要描写了四类封建知识分子。

第一类是为了功名富贵不惜卑躬屈膝忍气吞声者。如周进、范进之流，在没有发迹之前穷困潦倒，受尽侮辱而不敢反抗，显得可卑又可怜。他们是科举制度的狂热崇拜者，又是它的牺牲品。他们中有的经过长期的折磨，最终爬了上去；有的却抱着功名富贵的梦想，却始终沉沦于社会下层。如马二先生，他逢人便讲"举业"的重要性，却始终没有中举，靠选编《三科程墨持运》等中试八股文选集混日子，害己又害人。作者对他们是又批判又寄予同情的，同时也对他们的狂热给予了辛辣的嘲讽。①

第二类是倚仗着取得的功名而骄人傲人者。通过一批科场得意者"倚仗功名富贵"而"骄人傲人"以及他们精神世界的荒芜的描写，从更为深广的意义上批判了八股取士制度。

汤奉、王惠、张静斋、严贡生们都是曾在科场中"发过的"，然而，他们居官则为贪财虐民之徒，在野则为鱼肉百姓之辈。范进的房师广东高要县知县汤奉，"一岁之中，钱粮耗羡，花、布、牛、驴、渔、船、田、房税不下万金"，但为了"升迁就在指日"，竟借细故将一回教老师父活活枷死，连上司都觉得"你汤老爷也忒孟浪了些！"南昌府太守王惠莅任之日，首先关心的是："地方人情，可还有甚么出产？词讼里，可也略有些甚么通融？"故其衙门里，整日都是"戳子声、算盘声、板子声"，尤其是那"板子声"，"这些衙役、百姓，一个个被他打得魂飞魄散。合城的人无一个不知道太爷的厉害，睡梦里也是怕的"。居官者如此，致仕闲居乡里者也贪狠不减当年。退仕的乡绅张静斋是本乡有名的恶棍。严贡生强圈别人的猪，未借人钱却逼要利息，讹诈船家，霸占胞弟产业，更是个十足的劣绅。②

这些科场得意者的精神世界却是极为荒芜的。举人出身的张静斋竟然信口雌黄地争论着本朝开国元勋刘基在洪武三年开科取士时考了第三

---

① 顾柏承.中国古代小说漫话[M].北京：中国少年儿童出版社，1998：92.
② 张燕瑾.中国古代小说专题[M].北京：高等教育出版社，2002：176-177.

名还是第五名，胡诌出他由于受贿而贬为青田知县赐死的天方夜谭，而据《明史·选举制》，明朝八股取士制度"盖太祖与刘基所定"。八股举人不知道八股取士制度从何而来，甚而对这一制度的祖师爷作人格上的贬损，这颇具反讽意味。中了举人、钦点山东学道的范进居然弄不清明代四川学差"不见苏轼来考，想是临场规避"的常识性笑话，反而神色庄重地说："苏轼既文章不好，查不着也罢了。"在秀才岁考中取了一等第一、贡入太学的匡超人，吹嘘自己名扬四海，连北方五省读书人都礼拜"先儒匡子之神位"，被当场揭破不懂得"先儒乃已经去世之儒者"。应是饱学的清贵高翰林连周文王、周公之事都不清楚，被当场揭穿后，自我辩解说："小弟专经是《毛诗》，不是《周易》，所以不曾考核得清。"仿佛《周易》讲的是文王、周公的史实。八股取士带来的士人精神世界的荒芜，遍及经学、史学以及包括苏轼这类诗文大家在内的诗文之学。①

精神世界的荒芜与浅薄，使士人人格扭曲而偏向了对物质世界功名富贵的艳羡，而对功名富贵的追逐也就必然导致士人居官为贪枭，致仕为饿狼的残酷现实。

第三类是假名士、假山人，这类人都是科举场上的失意者，由于种种原因，做官已无望，于是就装出一副清高的样子，好像是对功名富贵深恶痛绝，以风流名士自居，聚集在一起饮酒赋诗，互相吹捧，以互抬身价。这些假名士也有三种不同的情况。

第一种是有钱人，仗着祖先遗下的家产，挥金如土，沽名钓誉，自命为风流儒雅，实则浅薄愚妄，自欺欺人地过着无聊的寄生生活。如娄三、娄四公子，杜慎卿等人。杜慎卿是个世家子弟，号称"江南数一数二的才子"，也是个名士，实际上却是个才学空疏、言行不一的伪君子。他自称最厌人"开口就是纱帽"，自己又积极参加府里的考试；一面称"和妇人隔着三间屋就闻见他的臭气"，一面又让媒婆四处奔走为他讨妾；他约名士在莫愁湖上聚会，名义上是要评选优秀"旦角"，实则是"好细细看她们袅娜形容"，并以此作为哗众取宠的风流韵事。这些人虽也是知识分子，却摆脱不了固有的纨绔气息。②

第二种是没钱人，他们靠趋奉达官贵人维持生计，虽然头顶一顶秀才的方巾，却无真才实学，有的简直就是一些附庸风雅的无赖和骗子。如被娄三、娄四公子奉为上宾的杨执中、权勿用等。杨执中是个贡生，却百无能耐，替人管账亏空了七百多两银子，被关入大牢。他抄了一个元朝人的

---

① 张燕瑾.中国古代小说专题[M].第2版.北京：高等教育出版社，2008：177.
② 顾柏承.中国古代小说漫话[M].北京：中国少年儿童出版社，1998：93.

半首诗,却署上自己的名字,并因此受到娄氏兄弟的称赞,用七百两银子把他赎了出来。他向娄氏兄弟推荐"有经天纬地之才"的权勿用,却是个骗子。这些人实际上已成了社会的蠹虫。

第三种人是在追逐名利的社会风气影响下,迷失了自己的本性,已经腐化变质的人。如匡超人,本是穷苦农家出身,为人朴实,孝敬父母。考取秀才后,开始与假名士交往,思想开始发生变化。后来,竟代人写状纸诈骗钱财,代人应考充当枪手,甚至撒谎吹牛,完全堕落成一个不知羞耻的无赖。①

第四类是作者热情歌颂的正面人物。在这类人身上,寄托了作者的生活理想。《儒林外史》不仅以其犀利之笔,揭露讽刺了种种儒林群丑,还以满腔热情与赤诚,描写了一批"辞却功名富贵"的理想人物,表达了作者的理想。如杜少卿、庄绍光、虞育德、迟衡山以及篇末的市井四奇人。

作为作者本人在小说中投影的杜少卿,"品行文章是当今第一人",且轻财好士,鄙视功名富贵,从而被代表八股文化价值体系的高翰林指责为"杜家第一个败类",并在书桌上贴着"不可学天长杜仪"字条以为子侄戒。这些与作者本人生活中的遭遇颇多相通之处,而杜少卿乘醉携娘子之手笑游清凉山以及其反对纳妾、妙解《诗经》的通达,则又有六朝名士的风流了。因此,杜少卿不只是作者的夫子自况,其中还隐寓有作者以之作为艳羡功名富贵之假名士的反照和对六朝风流的追慕。②

对六朝风流的追慕,只能促人皈依山水、陶情冶性,要拯挽衰颓世风,还需具积极入世之儒者心态。因而,庄绍光、虞育德、迟衡山等不仅讲究文行出处轻视举业,而且"要约些朋友,各捐几何,盖一所泰伯祠,春秋两仲用古礼古乐致祭,借此大家习学礼乐,成就出些人才,也可助一助政教"。以礼乐抗衡八股,以习学礼乐之真儒抗衡沉湎八股之伪儒,这就使得作者之人格理想系真儒名贤和六朝风流之混合,追求一种道德和才华互补兼济的人生境界。

然而,杜少卿的风流雅趣不仅不为世人理解,且由陈木南之流演化成向妓女谈论科场和名士风流了,而"虞博士那一辈子也有老了的,也有死了的,也有四散去了的,也有闭门不问世事的",对理想的追求到头来仍是空幻,使作者不得不将眼光投向那置身儒者以外的市井细民。以琴棋诗画自娱的季退年、王太、盖宽、荆元这市井四奇人,不贪财、不慕势,自食其力,成为作者笔下之理想人格象征。然而,理想不在儒林反在市井这一叙

---

① 顾柏承.中国古代小说漫话[M].北京:中国少年儿童出版社,1998:94.
② 张燕瑾.中国古代小说专题[M].北京:高等教育出版社,2002:179.

事设计之中，流露的正是作者对整个儒林的无奈和绝望心情。"江左烟霞，淮南耆旧，写入残编总断肠！从今后，伴药炉经传，自礼空王"。作者于书末的词中，真切地透露了这种理想幻灭的悲哀。①

吴敬梓在批判科举制度的腐朽与黑暗时是十分有力的，但当他试图为改造这个社会找寻一条出路时，却显得非常苍白无力。因此当他在后半部分刻画代表自己生活理想的诸多人物时，便失去了他在前半部分的生花妙笔。当然，这一时代的局限并不妨碍吴敬梓的伟大，吴敬梓将永远与他的《儒林外史》一起铭刻在世界文学的长廊之中。

二、《儒林外史》的讽刺风格及手法

《儒林外史》最主要的艺术成就在于它的卓越的讽刺艺术，它是我国第一部长篇讽刺小说，也是我国最优秀的长篇讽刺小说之一。作者通过对否定人物的讽刺，或者对好人身上诟病的揶揄，入木三分地揭露了八股科举制度的种种弊端，控诉了推行八股举业的封建制度的罪恶，用讽刺艺术特有的笑声埋葬那个行将就木的社会。②

鲁迅先生指出，《儒林外史》的出现，"于是说部中乃始有足称的讽刺之书"。鲁迅先生对《儒林外史》讽刺艺术的肯定，是基于他对讽刺的正确理解的。他曾说过："非写实决不能成为所谓'讽刺'；非写实的讽刺，即使能有这样的东西，也不过是造谣和诬蔑而已。"

《儒林外史》所讽刺的人和事，都是当时社会生活中实际存在的人和事，只不过是由作者进行了艺术的概括和集中，所以，它符合"真实是讽刺的生命"这一根本的原则。

鲁迅先生还说过："非倾向于对社会的讽刺，即堕入传统的'说笑话'和'讨便宜'。"而《儒林外史》的讽刺正是针对讽刺对象所代表的社会群体，对他们的言行所反映的社会现象，作"秉持公心，指摘时弊"的讽刺，因而其讽刺具有客观的真实性和社会的整体性。这些讽刺的本质特征和作者巧妙的讽刺手法和谐地统一起来，就形成了《儒林外史》独特的讽刺艺术的风格，把中国古代的讽刺艺术推向了新的高度。

（一）《儒林外史》的讽刺艺术风格

《儒林外史》的讽刺艺术风格最突出的有两点。

---

① 张燕瑾.中国古代小说专题 [M].北京：高等教育出版社，2002：180.
② 顾柏承.中国古代小说漫话 [M].北京：中国少年儿童出版社，1998：95.

第一,是把喜剧性和真实性结合起来。例如第十七回的"斗方名士"的一段对话,真实地反映出名士心态,他们在名和利不能兼得的两难选择中争来争去,表现出他们的精神空虚,生活无聊。而当假设中的人物和他们自身处境结合在一起时,他们又替人物假设出一个作为名士的理想结局。那就是自己考不中进士,由儿子去考中进士;或者虽不中进士,以诗传名,"行遍天下"。这种"精神胜利法"式的自我安慰和陶醉又很有令人可笑的一面。马二先生头脑迂腐,醉心科举,闹出了很多笑话,但作者又写出了他善良、乐于助人的品质,"秉持公心",既反映出人物的喜剧性格,又客观、真实地表现出其性格的其他方面。

第二,把讽刺对象的喜剧性与悲剧性结合起来,使人物荒唐可笑的行为反映出深刻的社会悲剧的本质意义。如周进的撞号板,哭得死去活来;如范进因中举而发疯;如王玉辉劝女儿以死殉夫,甚至大呼"死的好!死的好!"都在荒诞可笑的喜剧效果中,提出了令人生悲的社会问题。读者在人物喜剧性格的背后,可以看出科举制度对文人心灵毒害的深刻程度,可以看到理学和礼教是怎样地泯灭人性。

(二)《儒林外史》的具体讽刺手法

《儒林外史》的具体讽刺手法有:

第一,作者吴敬梓很少在作品中进行主观性的描写和议论,而是让人物通过自身的言语行动,把丑恶怪诞的嘴脸显露在读者面前,作者"无一贬词,而情伪毕露"(鲁迅语)。

比如第六回写严贡生带着儿子、媳妇回高要县,租了两只船,租银十二两,立了契,到高要县之后付银。当船即将驶到高要的时候,严贡生突然发了病,连忙"将钥匙开了箱子,取出一方云片糕米,约有十多片,一片一片剌着,吃了几片,将肚子揉着,放了两个大屁,登时好了"。还剩下几片,搁在船板上被掌舵的船工吃了,"严贡生只作看不见"。后来,船靠了岸,严贡生叫人搬了行李走路,船家来讨租银,这时候,"严贡生转身走进舱来,眼张失落的,四面看了一遭,向四斗子道:'我的药往哪里去了?'四斗子道:'何曾有甚药?'严贡生道:'方才我吃的不是药?分明放在船板上的!'"在他的逼问下,舵工承认是他把那几片云片糕吃了。严贡生于是大发雷霆,说那不是云片糕,是"费了几百两银子合了这一料药",那几片就"值几十两银子",说着要把舵工送官。结果船家、水手争着说好话,求情,严贡生不但不给船钱,反而怒气冲冲走了。在这里作家只是如实地描写了事件的过程,而严贡生的丑恶的灵魂已暴露无疑。[1]

又如范进中举后和张静斋一起到汤知县家"打秋风"的一段描写。先写酒席上摆着银镶杯箸,"范进退前缩后的不举杯箸",再写"换了一个瓷杯,一双象箸来,范进又不肯举","随即换了一双白颜色竹子的来,方才罢了"。正当知县担心范进在母亲丧事期间"如此尽礼,倘或不用荤酒,却是不曾备办"时,范进就在燕窝碗里拣了一个大虾元子送在嘴里。这些描写突出了范进"遵制""守礼"的虚伪,他只是遵了丧礼的形式,却不顾居丧期间"不用荤酒"的内容。作者客观地描写人物前后行为的矛盾,取得了讽刺效果。

类似这样的白描是《儒林外史》最主要的描写方法,它不必将人随意丑化,只要将常见的、平日谁都不以为奇的事物如实描写出来,就自然而然具有讽刺意味,将丑恶灵魂暴露于光天化日之下。

第二,在人物自我吹嘘的过程中,把前后两种行为对照,点出"漏洞",让人物当场出丑,自我否定。然后揭穿其无知、浅薄或荒谬之点。法国大喜剧家莫里哀曾经说过:"规劝大多数人,没有比描画他们的过失更见效的了。恶习变成人人的笑柄,对恶习就是重大的致命的打击。"

比如吴敬梓在刻画严贡生的恶棍形象时,就是抓住他言与行之间的矛盾,让他自己打自己的嘴巴。严贡生在范进和张静斋面前吹嘘自己为人率直,"在乡里之间,从不晓得占人寸丝半粟的便宜"。正说话的时候,他家的小厮走了进来,对他说:"早上关的那口猪,那人来讨了,在家里吵哩。"严贡生道:"他要猪,拿钱来!"小厮道:"他说猪是他的。"在这里,作者显然把严贡生在乡里的一系列罪行略过了,而只选取霸占猪仔一件事,作为概括的描写,并且让他当众出丑,现世现报,真是用了诛心之笔,一掌一掴血,一鞭一条痕。[2]这段文字,用严贡生强夺他人之猪的行为否定了他不占人便宜的言论,由小厮点出"漏洞",就有了辛辣的嘲讽意味。

又如匡超人从京师回杭州"取结"(意指取证明身份的文件),碰到昔日在一起的斗方名土,便讲述自己在京师当内迁教习,教的学生都是荫袭的三品以上的大人,一个个都得向他"磕头";朝廷现任的中堂大人有病,"满朝问安的官都不见",唯独请他进去,且要他"坐在床沿上"攀谈。后来匡超人到船上,又同牛布衣聚谈,说自己是文章选家,仅五六年时间,选的"考卷、墨卷、房书、行书、名家的稿子,还有《四书讲书》《仁经讲书》《古文选本》家里有个账,一共是九十五本。"每一本"书店定要卖掉一万部",

---

① 顾柏承.中国古代小说漫话 [M].北京:中国少年儿童出版社,1998:96.
② 顾柏承.中国古代小说漫话 [M].北京:中国少年儿童出版社,1998:98.

有的"已经翻刻过三副板",连"外国都有的"等,极言自己文名远扬、地位显赫,真到了登峰造极的地步。就在读者信以为真的当口,吴敬梓又让他说了这样的话:"此五省读书的人,家家隆重的是小弟,都在书案上,香火蜡烛,供着先儒匡子之神位。"这真是叫人喷饭之笔,原来文名显赫的匡超人竟连"先儒"是指"去世之儒者"的意思都没搞明白,而当牛布衣提出异议时,匡超人"红着脸"还要狡辩:"不然,所谓先儒者,乃先生之谓也。"一个无知愚妄、欺世盗名的文学的形象一下子站立在我们的面前。[①]一个连"先儒"含义尚搞不清楚的人,竟然被读书人当神道般供奉,这种谎言暴露出匡超人的不学无术和欺世盗名的性格特征,而谎言中的漏洞一经点破,人物的本来面目就暴露无遗了。

第三,通过情节的发展,让讽刺对象弄巧成拙,处于狼狈的境地。

比如牛浦郎拿了牛布衣的诗稿,冒充牛布衣,以名士身份与官僚交往。而后,牛布衣的妻子寻找丈夫,发现他假冒,咬定他害死了牛布衣,并把他扭送见官。

又如娄三、娄四公子为博得礼贤下士的好名声,结果使假名士权勿用骗奸尼姑的恶行败露,被官差从娄府捉走。他们优礼相加的"侠客"张铁匠用猪头骗走了他们的五百两银子。随着情节的渐次发展,那些被讽刺对象无法意料的结局,使他们十分扫兴和狼狈,有着喜剧性的讽刺效果。

第四,通过对人物的形象描写,使讽刺意味自然流露。

如马二先生游西湖的几段描写:望着湖沿上接连着几个酒店,挂着透肥的羊肉,柜台上盘子里盛着滚热的蹄子、海参、糟鸭、鲜鱼,锅里煮着馄饨,蒸笼上蒸着极大的馒头,马二先生没有钱买了吃,喉咙里咽唾沫,只得走进一个面店,十六个钱吃了一碗面。肚里不饱,又走到间壁一个茶室吃了一碗茶,买了两个钱处片嚼嚼,到觉得有些滋味。这里通过马二先生的行动和心理描写,活画出一副穷酸狼狈的人物模样。后面写他见了许多游湖观景的女客,"低着头走了过去,不曾仰视"。他在一个茶室里面的表现,更透露出迂腐可笑的性格特点:楼上供的是仁宗皇帝的御书,马二先生吓了一跳,慌忙整一整头巾,理一理宝蓝直裰,在靴筒内拿出一把扇子来当了笏板,恭恭敬敬,朝着楼上扬尘舞蹈,拜了五拜。醉心科举的马二先生对皇帝的顶礼膜拜有其性格的必然。但用扇子当笏板,扬尘舞拜的动作显得格外的滑稽,戏剧性的人物动作也就产生了令人捧腹大笑的讽刺效果。

第五,在真实的基础上,进行合理的夸张,增强讽刺效果,并暴露出讽

---

① 顾柏承.中国古代小说漫话[M].北京:中国少年儿童出版社,1998:99-100.

刺对象的本质特征。作家吴敬梓在小说中也经常使用一些夸张手法。

比如胡屠户，在范进因中举发疯清醒过来之后，跟在范进身后，"见女婿衣裳后襟滚皱了许多，一路低着头替他扯了几十回"。身为岳丈的胡屠户在女婿后面大献殷勤，"一路低着头"，"扯了几十回"，作者这么一夸张，就把趋炎附势的胡屠户的形象凸现了出来。

再如严监生这个拥有十多万银子的土财主，在临死前迟迟不肯断气，家中人不知内中情由，只有小妾见他用手指着灯盏，才明白他是见灯盏中烧着两根灯芯，嫌费灯油才不肯合眼。"还把手从被单里拿出来，伸着两个指头。"一直等到小妾掐灭一根灯芯后，严监生才"点了点头，把手垂下，登时就没了气"。这里夸张又不失实，创造出了一个吝啬汉的典型。当然，严监生这种人，生活中当然不一定会有，显然小说在这里作了大胆的夸张。但是，按照严监生的悭吝性格，这件事又是可信的，合乎情理的。《儒林外史》写严监生的主要篇幅不是写他的吝啬，相反写了他一连串诸如打隔壁官司、家里死人、自己生病等需要大笔大笔花钱的细节，写出了他胆小如鼠、唯"钱"是命的性格特征。但是，仅此安上"两个指头"惜财的细节，也会使人觉得突如其来，或者感到生硬的。吴敬梓的高明在于写人物的不幸和破财的同时，穿插了严监生"家里度日，猪肉也舍不得买一片，每当小儿子要吃时，在熟切店内买四个钱的哄他"，以及他自己"心口疼痛"也"舍不得银子吃人参"等几个吝财的细节，从而为"两个指头"的细节作好了铺垫。

其他，诸如周进撞号板、范进中举发疯、范母的喜极而死等精彩描写，也是在真实基础上的合理夸张。它们或刻画人物性格，或表现社会风尚，都有着强烈的讽刺效果和批判精神。

艺术离不开夸张，在合理基础上的夸张，更能暴露问题的本质，犹如人脸上的疮疤，用放大镜一照，突出其丑处，就更丑了。作家吴敬梓的成功在于把夸张成分糅合于细节的真实之中，使读者毫不怀疑所见到的是真实。

此外，《儒林外史》还能针对不同人物作不同程度不同方式的讽刺，很准确地掌握着讽刺的分寸。对王惠、汤知县、严贡生这些贪官恶绅，毫不留情地予以揭露，表现出讽刺的辛辣和尖锐。对马二先生则是既有同情又有讽刺，一方面写出他性格中诚笃善良的一面，另一方面又写出他的迂腐、庸俗，体现出一种善意的嘲讽。而对范进的讽刺，则是随着情节的进展，人物社会地位和行为的变化，逐渐加重讽刺的力度。在范进中举前，作者对人物的同情多于讽刺，范进中举后品行变得恶劣，作者就对他进行了辛辣的讽刺。从这些例证，可以看出作者的讽刺虽然是加之于具体的讽刺对象,但是注重于讽刺对象的社会性,通过讽刺揭露社会的本质,体现了现实主义的讽刺艺术的特征。

吴敬梓的讽刺手法是多种多样的。有时候他还让偶然性的巧合闯进情节,破坏原有的协调,引起突发性的笑声。如蘧公孙富室招亲的喜宴上让老鼠跌入燕窝汤里,又让厨役的靴子飞到宴席上。有时候他又通过设置误会,造成阴差阳错的滑稽场面,如让牛布衣的妻子千里寻夫,拽上了冒名顶替的牛浦郎。有时则用"以其人之道还治其人之身"的手法,构成以邪克邪的喜剧情景,如牛玉圃与牛浦郎的相互利用、互相攻讦。有时又用故意重曲的手法,在荒诞的褶缝里带出笑料,如权勿用荤菜不是荤、蔬菜才算荤的高论,等等。如此众多的手法,在书中交替使用,曲尽其妙,真令人叹为观止。

当然,如果仅仅把《儒林外史》看作一部讽刺性的喜剧是远远不够的,这会掩盖作品的光芒,也违背了作者的初衷。事实是,在笑的背后始终奔涌着悲和泪的潜流。我们读《儒林外史》所感受到的笑,在很多情况下不是厌恶情绪得到发泄的痛快,而是若有所失的沉重和压抑,笑声中有辛酸,滑稽中有哀愁和痛苦,是含泪的喜剧。吴敬梓在作品中要抨击的是使"一代文人有厄"的八股科举制度,正是这个制度,使封建知识分子的命运成了悲喜剧。噙着眼泪写笑,以笑的形式写泪,呈现悲喜因素的交织和相互渗透,这正是《儒林外史》讽刺艺术最重要的特点。①

三、《儒林外史》的艺术成就

《儒林外史》的艺术结构也是颇有独特性的。全书没有贯穿始终的主要人物和中心事件,而是由许多分散的人物和相对独立的故事构成,鲁迅先生评论它的结构特点时指出:"惟全书无主干,仅驱使各种人物,行列而来,事与其来俱起,亦与其去俱迄,虽云长篇,颇同短制。"但《儒林外史》又绝不是散乱的人物和故事的杂凑,而是按照全书的统一主题,有机地组合在一起的。串联全书的是一个明确的主题思想,正如闲斋老人在《儒林外史序》中指出的"其书以功名富贵为一篇之骨",由对功名富贵的态度,写出不同类型的人物,又能突出人物的不同性格,因此人物决不呆板雷同。在人物故事的衔接上,作者也注意表现或"起"或"迄"的自然过渡。比如在上一回中的主要人物到下一回则退居次要地位,新的人物

---

① 顾柏承.中国古代小说漫话[M].北京:中国少年儿童出版社,1998:100-101.

故事的引发并不突兀。涉及在较多回目中出现的人物，作者也注意了前后的照应，使人物性格具有一致性。

这种结构形式固然受到《水浒传》的影响，但它写每一个人物的故事都比较短小，不像《水浒传》那样较长的传记体，而是选择一些精彩的片断，集中表现人物性格和社会生活的本质。这种结构的优势在于自由灵活地展示广阔的社会生活，达到表现反对科举这一主题的目的。缺点是比较松散，不能集中力量刻画主要人物性格。总起来说，《儒林外史》的结构表面上是松散的，但人物故事的内在逻辑又是严密的，很适合全面反映社会生活内容的需要。此后晚清的谴责小说也根据它们反映复杂的特定的社会内容的需要，学习和借鉴了《儒林外史》的艺术结构。

书中卷首词"百代兴亡朝复暮，江风吹倒前朝树"及卷末词"共百年易过，底须愁闷"之语，都透露出作者之创作意图是要对八股取士的科举制度进行百年反思。因此，作者于第一回通过元末王冕徜徉于山明水秀的自由境界的描写，借以敷陈大义和隐括全书，指出八股取士"这个法却定的不好！将来读书人既有此一条荣身之路，把那文行出处，都看得轻了"。继之以五十三回的篇幅，描写了从明朝成化末年（1487）到嘉靖末年（1566）这八十年间的四代儒林士人。

第一代是生活在八股取士制度成形化的成化末年的周进、范进，以及年岁略小的严贡生、严监生等人，这多是八股取士制度的热衷者，而居官则贪，居乡则虐，表现了八股制度下士人灵魂的卑鄙与龌龊。

第二代是活动于正德末年和嘉靖前期的娄二公子、制艺选家马纯上以及比他们年轻的匡超人、牛蒲郎，这些人或借名士头衔招摇撞骗，或歪解孔子以阐明文统，宣告了八股举业道德的破产和文统的崩溃。

第三代是生活在嘉靖后期的杜少卿、杜慎卿以及比他们略大的虞育德、庄绍光和略小的余特、余持兄弟，这是这几代士人中最有声有色的一代，他们或抒发名士风流，或追求礼乐理想，但最终又大都因抗衡不了世俗的恶浊而别井离乡了，表现了作者拯救士林幻想的破灭。①

第四代是生活在嘉靖末年的陈木南和比他略大的汤由、汤实，他们则多是混迹青楼之辈，借向妓女谈论科场来装点名士风流。小说最后以市井四奇人作结，以隐喻礼失之于衣冠而不得不求之于草野的象征意蕴。开头、结尾一起一结的生活横切面的象征意蕴，中间纵向时间推移的波诡云谲，以体现作者百年反思的总体构思。这充分说明作者是有其清晰的

---

① 张燕瑾.中国古代小说专题[M].第2版.北京：高等教育出版社，2008：175.

文理脉络的,而不是如胡适所指斥的"《儒林外史》的坏处在于体裁结构太不紧严,全篇是杂凑起来的"(《五十年来中国之文学》)。

《儒林外史》的语言明净、精练,准确生动,且富于机趣。

其写人,常以三言两语之白描,而使人物穷形尽相。如第二回写夏总甲:正说着,外边走进一个人来,两只红眼边,一副锅铁脸,几根黄胡子,歪戴着瓦楞帽,身上青布衣服,就如油篓一般,手里拿着一根赶驴的鞭子,走进门来和众人拱一拱手,一屁股就坐在上席。

寥数语,人物之状貌、穿着及自高自大之村豪做派,跃然纸上。其叙事,也于明净精练中透出隽妙的机趣。如第四十七回写丘河县风俗:五河的风俗,说起那人有品行,他就歪着嘴笑;说起前几十年的世家大族,他就鼻子里笑;说那个人会做诗赋古文,他就眉毛都会笑。问五河县有甚么山川风景,是有个彭乡绅;问五河县有甚么出产希奇之物,是有个彭乡绅;问五河县那个有品望,是奉承彭乡绅;问那个有德行,是奉承彭乡绅;问那个有才情,是专会奉承彭乡绅。

运用排比句式,在重复中推进,语气如行云流水。先是一"说"一"笑",对奉承暴发户而不讲文化品行的五河风俗,勾勒出其傲慢嘴脸;继之以一"问"一"答",在答和问的荒谬错位中,嘲讽了对暴发户变傲为谀的媚态。用语平易却富蕴机趣,堪称妙文。[①]

《儒林外史》在思想和艺术上的巨大成就,不仅使其卓立于中国古代讽刺小说之顶峰,且对后世文学产生了巨大而深远的影响。清末民初以《官场现形记》为代表的谴责小说,无论在结构安排、主题设计还是行文用语上,都有模仿《儒林外史》的痕迹。即便新文化运动的伟大旗手鲁迅,在其直刺封建帷幕的杂文、小说中,我们也不难看到《儒林外史》的影响。

《儒林外史》以其卓越的艺术成就赢得了世界人民的盛誉。英国大百科全书写道:"吴敬梓撰写的反映他所处时代现实生活的小说《儒林外史》,是一部杰出的讽刺文学作品。这部小说以封建社会的一个浪荡公子为中心,把许多故事贯穿起来,不论对故事情节和人物性格的描绘,都远远超过了前人。"法国大百科全书说:《儒林外史》是一部最优秀的讽刺小说。作者吴敬梓具有深厚的文学修养,他通过小说尖锐地讽刺了由于官吏的偏化而造成的极端腐败的社会,这个社会充满了虚伪和出卖灵魂的人物。"美国大百科全书指出:"《儒林外史》由一个个精彩的讽刺故事组成,它对后来的中国讽刺文学产生了极大的影响。"日本大百科全书认为:"《儒林外史》的结构仿效《水浒传》,是采取许多故事相连接的形

---

① 张燕瑾.中国古代小说专题[M].北京:高等教育出版社,2002:184.

式,这种形式直接影响了后来的以暴露社会现实为主题的小说。它的登场人物大半是读书人、名士、官吏、诗人、学者,也包括市井细民和不平常的英雄。许多人物都有鲜明的个性。它的文笔看似平淡而满含讽刺,在一连串如波浪起伏的故事里,从各个侧面反映出十八世纪初期的中国社会风貌。"

《儒林外史》的外文翻译始于二十世纪初期。迄今为止已有英、法、德、俄、越、日等文种之译本。今天,吴敬梓的《儒林外史》正受到世界人民越来越多的关注和喜爱,东西方学术界对吴敬梓及其创作的《儒林外史》的研究也越来越深入。①吴敬梓给了《儒林外史》以不朽的生命,《儒林外史》给了吴敬梓以不朽的生命。人民将永远记住吴敬梓及其不朽的长篇小说《儒林外史》。

第三节 《官场现形记》等四大谴责小说

到二十世纪初年,涌现出了大量的谴责小说。这类小说的特点是"揭发伏藏,显其弊恶,而于时政,严加纠弹,或更扩充,并及风俗。虽命意在于匡世,似与讽刺小说同伦,而辞气浮露,笔无藏锋,甚且过甚其辞,以合时人嗜好,则其度量技术之相去亦远矣"。晚清四大谴责小说是在旧的社会制度行将瓦解,传统文化、传统观念受到新情况挑战的条件下出现的,直接以社会上的种种弊端构成情节矛盾,用嬉笑怒骂、冷嘲热讽的语言表示出对这类丑恶现象的憎恶。

一、《官场现形记》

《官场现形记》是晚清小说家李伯元所著的一部专门暴露官场黑暗的力作。作者李伯元(1867—1906),字宝嘉,别号南亭亭长,晚清著名小说家,江苏常州人。他不满于清政府的腐朽无能,但在政治上保守,不仅敌视资产阶级革命派,甚至认为康梁的变法也是"过激"行为。李宝嘉一生著述甚丰,先后写成《庚子国变弹词》《官场现形记》《文明小史》《中国现在记》《活地狱》《李莲英》《海上繁华梦》《南亭笔记》《醒世缘弹词》等著作。其构思之敏、写作之快是极为少见的。他所写的《官场现形记》

① 顾柏承.中国古代小说漫话[M].北京:中国少年儿童出版社,1998:101.

是晚清谴责小说的代表作。[①]

《官场现形记》是清末谴责小说的代表作之一。它由许多相对独立的短篇联系而成,在结构上与《儒林外史》有类似之处,全书六十回,以谴责晚清的官场黑暗为主题,塑造了清末官场的百丑图。作为清末最早最有影响的谴责小说,其作品中没有一个中心人物和一个中心事件,而是由许多相对独立的短篇连缀而成的。作品旨在揭露和谴责晚清社会的政治黑暗和吏治的腐败。

书中描写了形形色色的封建官吏,这些人有文官也有武将,职位、品级各不相同,但是,他们都有一个共同的信念,即"千里为官只为财"。为了钱,他们贩卖人口、克扣军饷、滥杀无辜、鱼肉百姓,为达目的不择手段;为了钱,他们不顾礼义廉耻,将人性抛诸脑后,"金钱至上"在他们的身上表现得淋漓尽致。为了保住冒骗来的官职,冒得官逼着17岁的亲生女儿给上司做妾,任人糟蹋。瞿耐庵的老婆为了让丈夫升官发财,竟恬不知耻地拜湍制台十几岁的小姐做"干娘"。浙江署理抚台付理堂,旧衣破帽在身,表面廉洁奉公,实则受贿卖缺,当了一次副钦差,就赚了几十万两银子。江西何藩台,绰号荷包,其弟三荷包,荷包是用来装钱的,而这些荷包如同无底一般,永远是装不满的。何藩台趁暂时代理布政使的机会,加紧出卖官缺,委托其弟三荷包四处兜揽生意。九江知府出缺,首县想要代理,三荷包讨价三千两银子,何藩台定要五千两,兄弟二人一言不合,竟至厮打起来。后来,由其舅、叔出面调解,才言归于好。胡统领"剿匪",更是《官场现形记》中描写统治阶级残害百姓最深刻的篇章。原本没有劫匪的严州,只因城里出了两桩盗案,胡统领就虚张声势,率领大队人马前来搜掠抢劫,将村庄洗劫一空,并与地方官勾结,逼迫百姓送万民伞,然后奏凯班师,赚得个"破格保奏"。[②]这些官员除搞权钱交易之外,还显示出他们的敛钱有道。北京军机处大学士华中堂,出本钱开了个古董铺,把卖礼品和收礼品搞成了"连锁式"的经营。他同黄大姑等人勾结,让求官的贾大少爷花重价买古董孝敬送礼。贾大少爷用二千两银子买了一对鼻烟壶送给华中堂,华中堂手下人传出话来再要一对。贾大少爷原以为古董铺中已无此货,想不到店铺中还有与原来一模一样的一对,只是价值由二千两涨到了八千两,贾大少爷只好买了再送。官僚与帮闲巧设骗局,诈骗钱财于此可见一斑。除此之外,小说还着力描写了这些欺压百姓的官吏在洋人面前奴颜婢膝、妥协投降的丑态等。官僚对人民是欺压良善,对

① 舒静庐.中国古典文学名著欣赏[M].合肥:安徽文艺出版社,2013:65.
② 徐潜,马克,崔博华.中国古代小说变迁[M].长春:吉林文史出版社,2014:166.

洋人却是畏之如虎，充分暴露出晚清外交的腐败，屈从于帝国主义势力的洋奴嘴脸。外国教官把都司龙占元头上打了一个大窟窿，龙占元的上司羊统领反而斥责他惹洋人生气，给他记三次大过。所以，阿英先生称《官场现形记》是"一篇讨伐当时官场的檄文"。

《官场现形记》的艺术特色主要是广泛使用讽刺和夸张的手法，通过集中化、典型化的方法，暴露丑恶现象，描写人物和事件。《官场现形记》对晚清的官吏做了比较全面的揭露，表现了作者对现实的批判精神和反对帝国主义侵略的爱国主义意识，同时开拓了中国近代小说的现实主义之风。作者善于描写场面，善于运用夸张的手法，通过人物自己的语言和行动去揭露丑恶的灵魂，这些都是比较成功的。但是，作者错误地认为只要把坏官变好官，天下就太平了。而他写这部书的目的，也是想让官吏读后"知过必改"。这种不触动封建制度的改良，显然是行不通的。显然，作者是站在统治阶级的立场上著书立说的。①

《官场现形记》艺术上的缺陷是冗长、拖沓，没有中心人物和中心事件，若断若续地把大量官场丑象一个一个地连缀起来。有时难免雷同，夸张也有过度之嫌。由于头绪繁杂，缺乏故事的完整性和人物形象的典型性，所以给人的印象不够深刻。这既是李伯元小说的不足，也是晚清谴责小说的通病。此外，小说在思想上也有改良主义倾向，说明它有一定的历史局限性。

二、《二十年目睹之怪现状》

《二十年目睹之怪现状》是一部著名的揭露封建专制制度末期政治和社会黑暗的小说。作者吴趼人（1866—1910），名沃尧，号趼人，广东南海人，祖居佛山，故别署我佛山人。出身于小官僚家庭，约十七岁时去上海，在江南军械局任职，后以办报为业。他是当时创作最多的一个作家，写有小说三十余种，《痛史》《九命奇冤》《劫余灰》也是他创作的长篇小说。《二十年目睹之怪现状》是吴趼人的代表作。作者把一切黑暗和丑恶的现象统称为"怪现状"，表明他已经很难理解这个世界。但这"怪现状"也并不奇怪，它是当时社会的必然产物。

《二十年目睹之怪现状》1903 年至 1905 年连载于《新小说》，共发表四十五回。1906 年至 1910 年陆续出版八册，共一百零八回。小说带有

---

① 金开诚，王莹.清末四大谴责小说[M].长春：吉林出版集团有限责任公司，2011：12.

自叙传的性质,通过九死一生(实际上是作者的影子)在二十年中见闻到的社会怪现状,描绘出从1884年中法战争到二十世纪初中国社会的诸多方面。小说涉及内容广泛,有官场、商场、洋场,兼及医卜星相、三教九流。

小说重点在官场。作者笔下的文臣武将都是下流无耻的家伙。有作贼的知县,盗银的臬台,让妻子给制台"按摩"的候补道台等。作者借小说人物之口对官场哲学的总结是:"至于官,是拿钱捐来的,钱多官就大点,钱少官就小点……至于说做官的规矩,那不过是叩头、请安……至于骨子里头,第一个秘诀是要巴结,只要人家巴结不到的,你巴结得到;人家做不出的,你做得出。"① 而巴结就要记着"不怕难为情"这五字秘诀。小说中着墨最多的官僚典型候补道台苟才就是最能身体力行这些官场哲学的人物。苟才为了升官发财,给守寡的儿媳磕三个响头,哀求儿媳去给总督当五姨太太。清朝制度,除朝见皇帝和元旦祭祖,没有行如此大礼的。于此可见,苟才为了官职无耻到何等程度。苟才逼儿媳答应嫁给总督后,马上改口称儿媳为"宪太太",自己只敢在儿媳面前垂手站立说话。原任总督调走后新任总督给苟才下了"行止龌龊,无耻之尤"八字考评语。

在商场中,同样龌龊无耻。富商诈骗,并与官府勾结。北京钱铺掌柜恽洞仙,给周中堂当差,官员提升保荐,均可由他经手办妥。洋场才子也是些不学无术的骗子。买办唐玉生胸无点墨,却故作风雅,结交名士,抬高自己名声。开了缺的知县李玉轩大耍"狂士"派头,买书不付钱,被人揪住辫子要打时,露出一副流氓嘴脸,大叫"我怕你了,我是个王八蛋,我是个王八蛋!"与整个行将崩溃的社会同时派生出来的各种腐败的社会现象,如赌局妓院的遍布十里洋场,也是作者暴露、谴责的对象,从中不难嗅出社会的腐朽恶臭。

小说对清朝统治者卖国行为也有所揭露和抨击。一个外国人私自向地痞低价买了一块公地建房,堵了邻近二三十家的出路。众人联名上告,官府派员查办,结果却是让众人把房子一齐卖给外国人。中法战争时,中国的一条兵船看到烟雾,疑是法国战舰,自己将船沉没,事后谎报被敌击沉。这些描述在一定程度上表现出对帝国主义的侵略和清朝屈辱卖国的愤恨之情。

综上,《二十年目睹之怪现状》所反映的生活内容十分广泛,总括起来有以下几方面:其一,描写官场贪财受贿、营私舞弊的"怪现状"。大大小小的文武官僚,无人不贪,无人不贿,毫无廉耻,不择手段。其二,封建

---

① 《中小学生百科辞典》编委会.中小学生百科辞典 名人·名著·名句[M].北京:团结出版社,1996:188.

官僚虚伪无耻的"怪现状"。"九死一生"的伯父身为官宦,对待子侄不是斥责就是教训,他乘经手"九死一生"父亲丧事的机会吞没了弟弟的家产,置孤侄寡嫂于不顾,自己却去养女人,生私生子。其三,官僚畏敌如虎、卖国投降的"怪现状"。其四,商场的"怪现状"。

另外,遍地是赌局和妓院的十里洋场,所谓诗人才子、斗方名士以及赌棍、买办、讼师、道士、江湖庸医、人口贩子等社会寄生虫,也是书中暴露的"怪现状"。

《二十年目睹之怪现状》描写了众多人物,其中反面人物居多,也写到一些正面人物,以寄托自己的理想。正面人物有吴继之、"九死一生"的堂姊等,他们既是"怪现状"的批判者,也是作者理想的体现者。"九死一生"是作者理想人格的集中体现。他不嫖妓,不吸鸦片,以经商自傲,蔑视科举,蔑视一切假名士和滥文人。作者极力把他描写成一个有侠义心肠、正人君子作风的人物。"九死一生"的堂姊是作者最推崇的青年女子形象。①

《二十年目睹之怪现状》全篇以"我"为叙述线索,把目睹之现状连成一个整体,较之《官场现形记》的结构显得集中。其在艺术方面有以下特色:其一,它以"九死一生"这个人物的所遇、所见、所闻为主干,连缀众多小故事而成,结构严谨。其二,作者善于创造富有戏剧性的场面,把谴责对象置于极其可笑的境地。其三,语言生动,描写人物叙述故事绘影绘神,使人如临其境,如见其人。②但它与《官场现形记》一样,仍是多个短篇故事的结集,题材庞杂,缺少剪裁,也没有典型人物的塑造。大量运用讽刺手法,但缺少深度,只是浮光掠影地摹写丑恶现象。这些正如鲁迅所说:"惜描写失之张皇,时或伤于溢恶,言违真实,则感人之力顿微,终不过连篇'话柄',仅足供闲散者谈笑之资而已。"不过不可否认的是,这本书是谴责小说中的杰出代表。

三、《老残游记》

《老残游记》是一部游记体小说,在清末谴责小说中是一部有影响力的作品。作者刘鹗(1857—1909),字铁云,别号老残,清末著名作家,江苏丹徒(今江苏镇江)人。他出身官僚家庭,少年发愤读书,以求经世报

①　郭杰，秋芙，焦文彬，李继凯.中国文学史话　近代卷 [M].长春:吉林人民出版社，1998:390.
②　郭杰，秋芙，焦文彬，李继凯.中国文学史话　近代卷 [M].长春:吉林人民出版社，1998:390.

国。年轻时做过医生和商人。随着年纪的增长和屡试不中,加上对现实社会的不满,他对通过科举博取功名已失去兴趣,转而研究数学、医学、水利等,他还是甲骨文的最早收集者。先后在河南巡抚吴大澂、山东巡抚张曜处做幕宾,因治河有功,官至知府。八国联军入京时,他曾从俄军处贱价购买太仓粮转卖给居民,被充军新疆,次年病死在那里。《老残游记》是他的代表作。

晚清时期,中国社会已是千疮百孔,穷途末路。清朝统治阶级到嘉庆、道光时期已经完全腐化败坏。1840 年,外国侵略者用鸦片和坚船利炮强行攻破我国国门,中国社会出现了数千年未有的危机,整个社会处于腐朽动荡的时期,军民因吸食鸦片而无力作战,白银大量流入外国。此时的王朝统治已摇摇欲坠。虽然百姓生活已水深火热,但与此形成巨大反差的却是当时皇宫“一日之餐,费至十余万”,而“三年清知府,十万雪花银”则是官场的真实写照。当时卖官鬻爵司空见惯,贪污贿赂成风。政府的统治已经连维持基本秩序的能力也没有了,中国已处于内忧外患的夹击之中,整个社会已是风雨飘摇,动荡不安。作为晚清四大谴责小说之一的《老残游记》正是在这种社会背景下创作出来的。[①]

《老残游记》,二十回。1903 年开始在《绣像小说》半月刊连载,至十三回时因故中断。后又重新发表于天津《日日新闻》。1906 年出版初编二十回单行本,1935 年出版二编前六回单行本。

小说写江湖游医老残在游历途中的所见所闻和所为,反映晚清社会的现实,表达作者对残败局势的悲哀和绝望,又想挽救这种局面的心情。这同作者站在封建统治阶级洋务派的立场上,向清廷提出“扶衰振敝”的主张是一致的。小说的第一回中,把当时的中国比作一只在洪波巨浪中颠簸的破旧大船。船主和掌舵管帆的人“并未曾错”,只是他们过惯了太平日子,遇见风浪就毛了手脚。这是对清廷最高统治者的偏袒与维护。船上的水手代表中下层官吏,他们掠夺乘客的干粮,剥取乘客衣服。还有惯于演说的“英雄”则是比喻革命派。这些人高谈阔论,以此敛钱。他们给自己找到安全之处,却鼓动他人流血。好心的老残把一只罗盘送到船上,可是水手和演说的英雄称老残为“洋鬼子”差来的汉奸,把他赶走了。这又表现出作者对革命派的憎恶,对洋务派失败的悲哀。

小说的主要内容是塑造了玉贤和刚强两个酷吏形象,以他们的暴政暴露现实政治的黑暗,这也是小说最有意义的部分。晚清政局动荡,封建王朝灭亡在即,统治者势必要依靠“清官”镇压人民的反抗斗争,以维护

---

① 舒静庐.中国古典文学名著欣赏[M].合肥:安徽文艺出版社,2013:56.

自己的统治。刘鹗却比较深刻地揭露他们的罪恶，并生发出独到的见解：赃官可恨，人人知之，清官尤可恨，人多不知。盖赃官自知有病，不敢公然为非；清官则自以为不要钱，何所不可？刚愎自用，小则杀人，大则误国，吾人亲目所见，不知凡几矣。作品中的曹州知府玉贤，为博得"路不拾遗"的政声，对无辜人民残酷屠杀。上任不到一年，就用站笼站死两千多人。①刚弼被人称作"瘟刚"，自恃不要钱，便滥用酷刑，无所顾忌。目的依然是制造"能吏"名声，不顾百姓死活，只图向上邀功。

鲁迅评《老残游记》"摘发所谓清官之可恨，或尤甚于赃官，言人所未尝言"，概括出这部作品的独到之处。作品通过摇串铃的江湖医生老残在山东行医时的所见所闻，披露了当时官场的丑闻。作者从批判现实入手，揭露清政府的丑行，试图劝谕朝廷，整肃政风，救民于水火，以挽救垂死的封建主义制度。这种努力在当时的历史条件下显然是徒劳的。整部小说在揭露"清官"的丑恶本质时，不蹈袭前人文风而尝试创新之处，是《老残游记》的最大特色。

小说在揭露酷吏的同时对人民的苦难也有所描写，如黄河决口后人民流离失所，甚至卖身为妓等，表现了对人民的同情。《老残游记》的另一大特色是真实，小说客观地反映了晚清时期的真实生活场景。但是《老残游记》在思想内容上也存在着问题，如称太平天国为"粤匪"，且多方攻击；咒骂义和团是"疫鼠""害马""装妖作怪，蛊惑乡愚""几乎送了国家的性命"；诬蔑资产阶级革命党是"乱党"，是只管自己敛钱，叫别人流血的"英雄"。②

《老残游记》继承了中国古典小说的优秀艺术传统，又有所创造。语言清新简练，富有表现力。写景叙事生动细腻，如王小玉美妙的歌声、桃花山的月夜、黄河冰岸上雪月交辉的景致，尤其是大明湖、千佛山明媚如画的景色，都写得很有吸引力，作品中还出现了大段的心理描写，这在以往的小说中是最少见的。总体来说，《老残游记》的艺术成就在晚清小说里是比较突出的，不愧为中国近代史上著名的谴责小说之一。

四、《孽海花》

《孽海花》是晚清四大谴责小说之一，由金天羽、曾朴合著。《孽海花》初印本原署"爱自由者发起，东亚病夫编述"。"东亚病夫"即曾朴笔名，"爱

① 游国恩，王起.中国文学史 4[M].北京：人民文学出版社，1964：365.
② 袁野，许霖，徐林英，等.古代文学多功能手册[M].南京：江苏教育出版社，1991：257.

自由者"是他的好友金天羽。小说最初是由金天羽先写出了四五回,后来才由曾朴一边修改一边续写的。原计划六十回,未完成。[①] 从 1905 年发表前十回,断断续续,直到 1928 年才出版了十五卷的三十回修改本。

金天羽(1874—1947),初名懋基,又名天翮,字松岑,号鹤望,别署有麒麟、爱自由者、金一等,诗人、小说家,吴江(今属江苏苏州)人。金天羽出身富家,自幼即重视经世之学,肄业于江阴南菁书院,早年著《长江赋》《西北舆地图表》等,颇负时誉。20 世纪 20 年代,在上海与章太炎、邹容、蔡元培、吴稚晖等交往甚密,参加革命团体爱国学社,在《江苏》上发表长篇小说《孽海花》第一、二两回,表现出民主革命倾向。[②]

曾朴(1872—1935),初字太朴,改字孟朴,又字小木、籀斋,号铭珊,笔名东亚病夫,小说家、出版家,江苏常熟人。曾朴交游广阔,阅历丰富,对当时社会各阶层的人物有过直接的观察与认识,并对中国的传统学问和各种文体都比较熟悉,有深厚的文学素养,这使得《孽海花》一书在选材、结构、语言方面都独具特色。

与其他小说的不同之处是,《孽海花》书中人物多有影射和实指。如金雯青即同治七年的状元洪钧,傅彩云即妓女赛金花,原名赵彩云。作者以金雯青和傅彩云的经历为线索,记叙了公元 1865—1895 年约三十年间"文化的推移"和"政治的变动",对当时京城内外官僚名士、封建文人的琐闻轶事也尽量吸纳,它揭露了晚清封建统治的腐朽,反对列强蚕食中国,同情孙中山的革命主张,表现了一定的进步倾向。

和其他谴责小说相比,《孽海花》的不同之处在于对帝国主义的入侵提出了直截了当的抗议。作品指责英、俄、法、德是"世界魔王",把中国"看得眼红了,都想鲸吞蚕食"。这反映了作者对帝国主义有一定的认识。小说从第二回到第二十七回,以大量的篇幅揭露和批判了封建统治阶级。它的笔锋甚至直指最高封建统治者,形象地勾勒出宫廷内部尔虞我诈的丑恶内幕,暴露了晚清统治的腐朽。小说在揭露的同时还表达了作者的思想见解。作品里还出现了史坚如等革命党人的形象,第二十九回里写:"眉宇轩爽精神活泼的伟大人物孙中山,轰轰烈烈革命军之勇少年史坚如,沉着坚毅老谋深算革命军之军事家杨云衢",并说"有如许英雄崛起,中国何愁不雄飞廿世纪"。虽然有些概念化,但表明了他对革命的同情和

① 　郭维森,吴枝培.中国文学史话[M].南京:南京大学出版社,1990:431.
② 　朱海明.典籍苏州海明藏本　书影苏州二辑[M].苏州:苏州大学出版社,2014:192.

向往，这在当时是十分大胆的。^①

小说还重点描写了当时上层社会的风尚。作者笔下的官僚名士表面上高雅斯文，实际上灵魂肮脏、生活腐朽。他们在内忧外患的情况下，或者考据版本，鉴赏古玩；或饮酒狎妓，流连声色；或争权夺利，勾心斗角，丝毫不以国事为念。小说的男主角就是他们的典型代表。他状元出身，又充任外交使节，表面上道貌岸然，实则虚伪丑恶，腐朽无能。他在母亲热丧中纳妓为妾。在出洋的轮船上他还调戏俄国虚无党员夏丽雅，后在夏丽雅严词指责和手枪威胁下，又狼狈不堪。他用重价购买一张错误的中俄疆界地图，献给总理衙门，结果在谈判时错划八百里土地给俄罗斯。曾朴在批判社会上层人物时，还指出了科举制度的陈腐本质，认为这是君主用来使"一般国民，有头无魂，有血无气"，以便"维持他们专制政体的工具"。

《孽海花》还以同情和赞赏的态度，描写了维新派和革命派的活动。小说中的戴胜佛（即谭嗣同）被描写成一个豪迈机警的人物。广东青年会开会，孙汶（即孙文）出席，他是一个眉宇爽朗神情活泼的伟大人物。作者歌颂了不少革命志士，赞扬建立民主共和国的主张。对革命派的歌颂，对清廷最高统治者的揭露和批判，正是《孽海花》成就高于其他谴责小说的地方。另外，小说中写了一些洋务派，如庄仑樵（即张佩纶）、威毅伯（即李鸿章）等人，在对外谈判上只知一味议和。以慈禧太后为首的顽固派则更加腐朽，耿义（即刚义）托太监连公公（即李莲英）献给慈禧三万新铸的银元，就被委任为军机大臣。

对于《孽海花》的写作艺术，鲁迅早有评论，说它"结构工巧，文采斐然"。从结构方面看，全书有贯串的中心人物，故事也前后联系，主题思想也比较统一，比流行的《儒林外史》式的结构提高了一步。如作者所说："譬如穿珠，《儒林外史》等是直穿的，拿着一根线，穿一颗算一颗，一直穿到底，是一根珠链；我是蟠曲回旋着穿的，时放时收，东西交错，不离中心，是一朵珠花。"这一中心就是女主人公赛金花。小说的语言也很清新，对话叙事都较生动。所以，鲁迅的评论是中肯的。在人物刻画方面能从不同角度、用各种手法来描写人物、刻画性格。如把傅彩云放在她生活的环境中，着意写她的美丽、聪明但感情不专一，又习惯于浪荡生活，真实地反映了这个名妓的精神面貌。^②小说也有较为明显的艺术缺陷，比如作者的爱憎态度仍不够鲜明，有时趣味不高，情节也有草率和粗略等不足之处。

---

① 朱海明.典籍苏州海明藏本 书影苏州二辑 [M].苏州：苏州大学出版社，
2014：193.

② 金启华.中国文学史 [M].南昌：江西教育出版社，1989：449.

第四节 《镜花缘》等其他社会讽喻小说

严格地说,清代小说中真正可以称为讽喻小说的作品,只有《儒林外史》。不过,在其他章回小说中,也有一些作品对现实社会进行了不同方式的冷嘲热讽,具有讽喻小说的主要特点。由于这些作品难于归类,所以我们姑且笼统地称之为讽喻小说。

在清初至中叶,出现了一些情节荒诞离奇、有明显象征寓言意味的作品,如《斩鬼传》《妆钿铲传》《平鬼传》《常言道》《海游记》《何典》《飞跎全传》等。张俊《清代小说史》称它们是"荒诞寓意类"神怪小说。其中比较有代表性的是《何典》和《常言道》。①

一、《何典》

《何典》十回,作者张南庄,生活于乾隆和嘉庆年间(1736—1821),具体生卒年不详。他是上海人,喜欢书法和藏书,在当时有一定名望。他的著作很多,但流传下来的只有这部小说。

《何典》以下界阴山脚下鬼谷三家村暴发财主活鬼之子活死人的经历为中心线索,描写了形形色色的鬼类生活。它写活鬼被众鬼陷害至死,儿子活死人寄居在形容鬼家,遭到醋八姐的嫉妒,受不了折磨而逃走。遇到蟹壳里仙人和鬼谷先生,学成了文武全才。又遇美女臭花娘,情意缠绵。后来,众鬼叛乱,阎王让活死人当了大元帅。活死人战无不胜,最后与臭花娘拜堂成亲。

这部小说构思巧妙,行文泼辣诙谐,可以说嬉笑怒骂皆成文章。刘半农评论说:"综观全书,无一句不是荒荒唐唐乱说鬼,却又无一句不是痛痛切切说人情世故。这种作品,可以比做图画中的漫画;它尽管是把某一人的眼耳鼻舌四肢百体的分寸比例全都变换了,将人形变做了鬼形,看的人仍可一望而知,这是谁,这是某,断断不会弄错。"

可以说,《何典》是中国荒诞小说中的佳品,鲜明地体现了这类小说荒唐怪诞、寓意喻事的特点,有强烈的讽刺意味。作品运用了大量吴语、方言、成语及俚语,又化用了它们的转义、借义和谐音,信手拈来,涉笔成

---

① 周思源,沈治钧.中国古代小说简史[M].北京:北京语言文化大学出版社,2001:340.

趣,所以被鲁迅列为中国八种幽默作品之一。

不过,《何典》也有其不足之处,即过分追求滑稽效果,不免油滑;里面有许多脏话,格调不高。①

二、《常言道》

《常言道》四卷十六回,作者落魄道人,真实姓名不详。现存最早刊本是嘉庆十九年(1814)刻本,书前有嘉庆九年(1804)西土痴人序,可知此书大概创作于嘉庆初年。

这部小说第一回可以看作楔子,专论金钱。小说第一回论述全书主旨,洋洋洒洒近三千字,在中国小说中是很罕见的。故事从第二回开始,写秀才时伯济外出游学,随身携带传家宝金银子钱,到海边丢失了,误入小人国。国中有一财主名钱士命,本有金银母钱,因拾得子钱,更为暴富。小人国中得知子母钱的消息,开始争夺,闹得混乱不堪。

《常言道》以时伯济的经历和金银子母钱的得失为线索,串连起各种扭曲变形的人物和荒唐怪诞的情节,主要展示小人国中的小人们追逐金钱的丑态,具有明显的讽喻现实人情世态的意味。

作者认为,金钱已在人情世故中占据至尊至贵的地位,成为"古往今来第一等神物"。世人挖空心思攫取它,使人愈来愈自私无情,寡廉鲜耻,金钱严重地腐蚀了人的心灵。作者希望,大家"把贫富两字看得淡些,宁为君子,勿作小人"。书中描写了各类钱迷心窍的小人,他们有的贪得无厌,有的趋炎附势,有的刁钻狡诈,有的装腔作势,有的凶蛮残忍,有的卑鄙猥琐,丑态百出。作者在嬉笑怒骂中,发泄了愤激的骂世情绪;在荒诞的形式里,蕴藏着真切的生活体验。

《常言道》的讽刺艺术别具一格。作者将现实中的人和事加以扭曲夸张,突出了人物的主要特征。小说以画鬼的方法写人,凭借荒诞情节和寓言式人物展开故事,显得诙谐风趣。把讽刺对象置于尴尬可笑的境地,处处表现出人物的滑稽之处,使小人嘴脸无处遁形,艺术效果颇为强烈。利用谐音凑趣是荒诞小说的共同特点,《常言道》表现得尤其充分,寓意明确,风格泼辣直露。这种以抽象概念图解形象的方式,虽有辞气浮露的毛病,却也不失为别具一格的讽刺手法。小说语言诙谐辛辣,笔致淋漓畅快。适当运用方言俚语,使荒诞的气氛中平添了一股浓郁的生活气息,不愧为

---

① 周思源,沈治钧.中国古代小说简史[M].北京:北京语言文化大学出版社,2001:341.

雅谐善谑的妙文。①

三、《镜花缘》

《镜花缘》北京大学藏原刊初印本,作者李汝珍(约1763—1830),字松石,直隶大兴(今属北京市)人。他是个秀才,长期住江苏海州,1810年曾在河南做县丞。他博学多才,医药、星相都懂,特别有研究的是音韵学。晚年穷愁潦倒,死于海州。著作除《镜花缘》外,还有《李氏音鉴》六卷和棋谱《受子谱》二卷等。② 由于他鄙视八股文,所以一生也没有什么功名,《镜花缘》则为他带来了一定声誉。

《镜花缘》是一部带有浓厚神话色彩和浪漫幻想色彩的中国古典长篇小说,这部小说开始创作于李汝珍三十五岁时(约1797),至嘉庆二十年(1815)完稿,历时近二十年。作者以其神幻诙谐的创作手法,奇妙地勾画出了一幅绚丽的文艺画卷。

《镜花缘》共一百回,小说写唐小山是秀才唐敖之女,原是花神百花仙子,因听命于女皇武则天而使百花开放于隆冬季节,遭到上天谴责,被贬下凡尘。唐敖科举考试不利,心灰意冷,便随妻兄林之洋和舵工多九公去海外贸易,经历了五十多个海外国度。唐小山到海外寻父,得知自己前身是花神。遵父命回国参加武则天开设的女子考试。之后,花神托生的一百名女子都被录取,她们饮酒赋诗,论学说艺,弹琴游戏,显示出非凡的才技。

《镜花缘》前半部分写唐敖等人游历海外五十余国,实际是以反讽的方式反映清代社会的人情世故,尽管情节人物荒诞离奇,却与《儒林外史》有异曲同工之妙。所以,郑振铎《清朝的小说》称赞它是一部"讽刺性很强的小说"。如写两面国人,个个都有两副嘴脸,正面文雅和善,反面则"藏着一张恶脸,鼠眼鹰鼻,满面横肉","血盆口一张,伸出一条长舌,喷出一口毒气,霎时阴风惨惨,黑雾漫漫"。这副尊容,无疑是嘲讽社会上那些两面三刀、嘴甜心苦的两面派伪君子的。再如写淑士国人人斯文,说话满口"之乎者也",使人"不觉浑身发麻,暗暗笑个不了"。白民国气派十足的教书先生,竟然把《孟子》的"幼吾幼以及人之幼"念成"切吾切以反人之切"。这些描写,尖锐讽刺了知识分子的酸腐习气,暴露出醉心于八股的士人们浅薄无知而又妄自尊大的可笑面目。又如写黑齿国的两位满腹才

---

① 周思源,沈治钧.中国古代小说简史[M].北京:北京语言文化大学出版社,
2001:342.
② 杨子坚.新编中国古代小说史[M].南京:南京大学出版社,1990:441.

学的女子居然名落孙山，许多人在放榜前"忽哭忽笑"，疯疯癫癫，也曲折地暴露了当时科举制度的弊病。另如写无肠国人刻薄吝啬，豕喙国人撒谎成性，犬封国人吃喝成风，靖人国人刁钻诡诈，跂踵国人僵化刻板等，都是对现实社会里某一类人的揶揄嘲讽。

《镜花缘》不仅仅是对社会现实进行了讽刺批判，同时也表达了一些美好理想，体现出作者的某些进步思想。如写女儿国中"女尊男卑"，男子反而要受缠足之苦，便是在批评缠足陋习的同时，提出了男女平等的伦理主张。再如写君子国中礼让成风，买卖双方竟是卖方求低而买方求高，也是在讽刺现实中贪财好利的人情世故的同时，表达了向往风俗淳朴的理想社会的美好愿望。特别是后半部，集中表现女子的才德之美，与现实社会里那些庸碌古板的八股之士形成了鲜明对比，表现出作者的妇女观也是相当进步的。①

《镜花缘》所描写的海外国度，大多见于《山海经》《博物志》等早期文言小说，但原来的描写十分简略。李汝珍善于想象生发，进行别出心裁的加工创造，具有比较浓厚的生活气息，形象鲜明，情节风趣，具有一定艺术感染力。作品语言幽默诙谐，活泼生动，也值得称道。它的主要缺陷是，作者把小说当成了炫耀才学的工具，后半部完全忽视了作品的可读性。作者连篇累牍地描写才女们各逞学问技艺，内容重复，索然无味，大大影响了《镜花缘》的总体艺术成就。

总之，清代的讽刺小说是比较有特点的，思想内容一般都没有陈腐的气息，批判黑暗现实的锋芒也相当尖锐。然而，大部分作品的讽刺比较直露，情节结构上也各有一些缺陷，所以，都不可能与《儒林外史》相提并论。晚清谴责小说受《儒林外史》及其他讽刺小说的影响很大。这从另一个角度说明，讽刺小说是清代章回小说中比较重要的流派，为中国小说的繁荣和进步，做出了不可忽视的贡献。

---

① 周思源，沈治钧.中国古代小说简史[M].北京：北京语言文化大学出版社，2001：344.

第六章　明清公案侠义小说创作研究

在长篇章回小说中,公案侠义小说占有重要地位。如果在流派意义上说,公案侠义小说出现较晚,一般是在清道光、咸丰之后这类作品大量出现,形态、模式已经形成,其代表作《三侠五义》在说书场上抢尽风头之后,才引起注意。鲁迅作《中国小说史略》,为之归纳,称为公案侠义,遂为后人沿用。

第一节　公案侠义小说概述

一、公案侠义小说的产生

公案小说相当于现代的侦探小说,主要描写案件侦破的曲折过程,歌颂能官的聪明才智与清明公正。早在《史记》的循吏和酷吏列传中就孕育了公案小说的种子。魏晋南北朝小说如《搜神记》里的"东海孝妇",就生动地勾勒了于公的清官形象。记述狱讼事件的书,在五代时就出现了,如和凝父子的《疑狱集》及其续作、宋郑克的《折狱龟鉴》和桂万荣的《棠阴比事》等。宋代《名公书判清明集》将案件分门别类的编纂方法,对后世的公案小说有明显影响。不过,赋予公案以文学性质,使公案故事真正成为一种小说类型应该始于宋代。《醉翁谈录》里属于公案类的话本有十六种,现在只有《三现身》存在《警世通言》中,就是《三现身包龙图断案》,故事写开封府押司孙文救了一个冻倒在大雪里的人,这人后来竟和孙文妻子私通,并将孙文害死,干脆娶走了孙妻。孙文的鬼魂三次出现,最后包公破案。另外尚存的其他公案话本还有《错斩崔宁》《简帖和尚》《错认尸》等。和现代侦探小说不同的是,这些公案小说还没有把破案过程作为描写重点,所以主人公往往是作案者而不是破案者,重点写的是作案过程,后来东窗事发,官吏只是根据明显的证据进行简单的判决。这一点和清代的施公、包公作品也是不同的。另外所写案件一般都是民事案件，不外奸淫、偷盗、谋财害命之类，也有个别写官府草菅人命造成冤案。

元代公案小说不多，但公案戏对后来的公案小说影响很大。元代公案戏流传下来的有二十多种，著名的如《窦娥冤》《鲁斋郎》《蝴蝶梦》等。就内容上说，公案戏加强了对社会的批判力量。宋代公案话本虽然也谴责官吏的无能，但经常在案情里加入一些偶然性因素，比如《错斩崔宁》《错下书》《错认尸》等，都集中在一个"错"字。像《错斩崔宁》中的冤案，作者认为是因为"人情万端""世路崎岖"，所以得出"口舌从来是祸基"的结论，把冤案的根源归结为"戏言"而不是吏治的问题，这显然是表面化的。虽然我们不能说这是作者在有意减轻官府的罪责，但在客观上确实削弱了批判的力度。而元代的公案戏中不少人物都是权豪势要，或皇亲国戚，或花花太岁，或地痞恶霸，他们在社会上为非作歹，横行不法，给人民带来灾难。公案戏重在揭示造成冤案的必然性，这样就增强了对封建制度批判的力度。在批判黑暗吏治的同时，公案戏还塑造了一批清廉公正的清官形象，比如包公形象。他们的主要性格特点是刚正不阿，铁面无私，能公正执法；另外一点是充满智慧。清官形象虽然也是来自生活，但更主要的是表达了作者和读者的共同愿望，是理想主义的产物。①

明代中叶以后是公案小说发达时期，产生了《包龙图判百家公案》《龙图公案》等一系列作品。这些作品的主题大部分由揭露黑暗政治转向歌颂清官的明察和清廉。清官斗争的对象多是奸夫淫妇、强盗窃贼、流氓地痞乃至狐妖怪兽，较少让他们直接面对黑暗政治，只有《包公案》《海公案》还能表现主人公的斗争精神。到了清代中叶以后，公案小说与侠义小说合流，产生了《三侠五义》《施公案》《彭公案》等作品。到了民国以后，公案小说逐渐消亡在公案小说中，清官形象有一个从理想到神化的演变过程。在宋元话本优秀元杂剧、《明成化说唱词话》的部分作品以及《包公案》部分故事中，清官是人民愿望的化身，是人民美好理想的体现。其主要表现是：（1）包公斗争的对象，他的对立面不是市井小民，也不是一般的窃贼强盗、奸夫淫妇，而是"权豪势要"，即大贵族、大官僚、大恶霸；（2）这些作品中受害者不是消极等待、乞怜，而是奋起反抗；（3）包公断案手段主要不是靠神灵启示，而是靠智慧，靠调查研究，靠人民支持；（4）清官身上寄寓了人民群众的美学理想，他们有着不畏权势、清正廉洁、勤俭朴素等美好品格，是理想化的。在元杂剧和公案小说中还存在另一种清官，即神化的清官。他们斗争的对象不是"权豪势要"，而是窃贼强盗、奸夫淫妇，他们提出的不是大贵族、大官僚、大恶霸压迫人民的问题，而是

①　宁宗一．中国小说学通论［M］．合肥：安徽教育出版社，1995：523．

偷窃奸淫这些社会伦理道德问题。其实这些社会丑恶现象也是封建统治腐败的产物,如果把当时的社会问题仅仅归结为盗贼横行、淫妇邪恶,显然回避了社会的主要矛盾,而且在这些描写中又打上了很深的封建道德的烙印。另外,清官断案既不靠智慧,也不靠调查,而是靠神灵显身、神佛托梦、鬼魂诉冤等,所有案件审理几乎全靠鬼神,使这些作品失去了现实的色彩,清官形象因此也逐步偶像化、公式化,成为神化的清官。①

前面所说的两种清官形象,大体上都是民间的产物,没有直接介入朝廷的重大斗争。到了明代,清官形象又发生了重大变化,即从民间的清官转化为积极参与朝廷忠奸斗争的忠臣形象。标志着这个转变的是《明成化说唱词话》中的《仁宗认母传》和《百家公案》《龙图公案》中仁宗认母故事。这时清官所断的已不是民间的冤案,而是皇帝家族内部争夺王位的大案,清官成为与朝廷奸臣斗争的忠臣。清代《三侠五义》沿着这条线索发展,他们斗争的对象已不是奸夫淫妇、窃贼强盗,也不仅仅是横行不法的"权贵势要",而是"常怀不轨之心""反迹甚明"的奸臣或帝戚,这些上层贵族人物不但欺压百姓而且觊觎皇权,阴谋叛乱。清官从折狱断案型变为除奸平叛型了。

到了《施公案》出现,清官形象又进一步演化为镇压人民的刽子手。他们要断的已不是民间冤案,而是人民造反的钦案;要镇压的已不是谋反的叛臣,而是于六、于七这样的农民起义领袖。清官从除奸平叛型又变为灭盗平叛型。在优秀的公案作品里,清官斗争的对象是"权豪势要",重点是反恶霸,是代表人民向统治阶级中的官僚恶霸作斗争;神化的清官,重点是反盗贼、流氓,作品虽然没有抓住社会的主要矛盾,但所揭露的仍是封建统治下的腐败丑恶现象;忠臣型清官,重点是反奸臣,清官忠臣色彩大大加强。清官从统治阶级外部转向统治阶级内部,从代表人民向统治阶级中特权人物作斗争转为统治阶级内部的斗争,即清官为审理皇家的冤案、平定统治阶级内部的叛乱、为巩固皇权而斗争。但是,清官还是站在正义的一边向邪恶势力作斗争,它的斗争对象是统治阶级内部的奸臣,而不是农民起义。《施公案》等作品重点是反对农民起义,它使斗争从统治阶级内部又转向外部,即清官为平定农民起义而斗争。这样,清官就完全成了统治阶级的奴才和鹰犬。清官断案的故事就丧失了它的积极意义,公案小说也随之而湮没。

侠义小说与公案小说是密切联系但又自成体系的,它们按分久必合、合久必分的轨道发展。

---

① 齐裕焜.中国古代小说演变史[M]北京:人民文学出版社,2015:489.

　　所谓侠义小说，是以豪侠仗义行侠为题材，主要歌颂重义尚武、扶困济危的侠客。《史记》中《刺客列传》《游侠列传》可视为侠义小说的滥觞。在汉魏六朝的小说中，《吴越春秋》中的《越女试剑》，《搜神记》中的《三王墓》（即《干将莫邪》）、《李寄斩蛇》，《世说新语》中的《周处》等已展现武侠小说的雏形。

　　到了中晚唐出现了比较成熟的侠义小说，如《虬髯客传》《红线》《昆仑奴》《聂隐娘》等，他们是貌不惊人而实际并不平凡的江湖异人，在危难关头挺身而出，凭借其神奇本领匡扶正义、惩治邪恶，事成之后则飘然远逝，其间流荡着一种在拯救他人、拯救社会中超越生命、超越功利的精神气质。宋元话本中"朴刀杆棒"和部分公案类作品也是侠义小说，如《宋四公大闹禁魂张》《杨温拦路虎传》等。从唐代到宋元，豪侠有两类：一类属于个人仗义行侠的，他们主要是凭靠自己的武术和技艺，或拳法剑术，或飞檐走壁，去完成惊险的救困解危的英雄行动，在戏曲舞台上属于"短打"一派，后代的侠义小说主要继承了这一类；另一类则先是个人行侠，后加入集体，表现出豪侠的群体性，如《水浒传》《杨家将》等，发展为英雄传奇小说，他们已不单是个人行侠，而是集体反抗；不单单是靠个人的飞檐走壁或拳术刀法，而是运筹帷幄行军布阵、设伏打援、战场拼杀，展开千军万马的武装斗争，豪侠也变成了武将，在戏曲舞台上属于"长靠"一派，脱离了侠义小说的范畴。

　　明代侠义小说并不发达，比较典型的侠义小说是在清代中叶以后出现的，《绿牡丹》可以说是长篇侠义小说的先声，《三侠五义》《施公案》《彭公案》则是侠义与公案结合的产物。这以后，《圣朝鼎盛万年青》《七剑十三侠》等又逐步从公案侠义的合流中分流出来，成为独立的武侠小说。

　　在宋元明之前，侠义小说的豪侠主要是代表了人民的愿望，它们或与豪强恶霸作对，救助贫弱百姓；或向官府朝廷挑战，炫耀自己的武术本领。他们大多属于下层人民，或飘忽不定，或隐姓埋名，并没有成为统治阶级的附庸。当然，这种个人反抗、个人复仇、个人英雄主义有它的思想局限性，但它毕竟是被压迫的人民在封建重压下反抗意识的表现，在无望中寄托的幻想。到了《三侠五义》，公案与侠义结合，侠客成了清官的助手。他们在忠与奸的斗争中，站在忠臣的一边与奸臣作斗争，为皇帝讨伐篡权反叛的奸臣贼子，还没有直接与农民起义作对。而《施公案》《彭公案》《永庆升平》中的侠客，则在清官的统率下，灭盗平叛，成为镇压农民起义的帮凶与鹰犬。侠客从代表人民的愿望向封建秩序挑战，转变成统治阶级的忠臣义士向乱臣贼子作斗争，再转变为统治阶级的刽子手去镇压人民，这样，侠客的光彩尽失。《圣朝鼎盛万年青》《七剑十三侠》等则又展开了教派门户之争,主要是个人恩怨、教派争斗,又杂以神怪妖法,这种单纯的侠客个人复仇,没有很大的社会意义。

公案小说与侠义小说,在中国小说史上是独立发展的两个流派,但到清代中叶以后,公案和侠义小说出现了合流的趋势。尔后又分为两支,公案小说逐渐衰歇,而侠义小说在清代末年大为兴盛,发展为武侠小说。到了二十世纪的二十至四十年代又掀起高潮,不肖生、赵焕章、顾明道、李寿民(还珠楼主人)、白羽等人的武侠小说风行一时;五六十年代,港台的新派武侠小说蔚为大观,金庸、梁羽生、古龙三大家影响颇大,虽已与清代武侠小说面貌不同,但也还留有古代武侠小说的痕迹。

那么,公案和侠义小说为何会出现合流的趋势呢?这里有深刻的社会原因和小说自身发展的原因。

首先,适应了统治阶级挽救危机的需要。嘉庆时期紧接着康熙、乾隆的"盛世",是清代历史由盛转衰的时期。这时,一方面,统治阶级大量搜刮财富,兼并土地,过着奢侈腐化的生活;另一方面,人民不堪忍受压迫,反抗运动在经过康、乾时期的沉寂之后,又蓬勃兴起了。嘉庆元年,张正谟、姚之富等人领导的白莲教起义,揭开了清代后期农民大革命的序幕;嘉庆十八年,李文成、林靖领导的天理教起义,以及天地会、八卦教、闻香教的起义在嘉庆年间绵延不断。

到了道光、咸丰年间,更爆发了太平天国起义,从此,清王朝走上了灭亡之路。在声势浩大的农民起义面前,统治者采取了镇压招抚并用的政策。这时,八旗兵已损失了当年入关时的战斗力,成为一支腐败的军队。因此,他们只有招抚农民起义中的反叛分子和各地的地主武装,利用它们来作为镇压农民起义的骨干力量。公案侠义小说的大量出现正是统治阶级这种政治需要在文化上的反映。

其次,这种现象的出现是人民特别是市民中落后思想的产物。受清代统治者严厉统治和怀柔腐蚀的影响,这时人民群众中滋长着一种情绪:一方面,看到政治的日益腐败,对清官的幻想逐渐破灭,把希望寄托在"除暴安良"的侠客身上;另一方面,农民起义中的反叛分子和地主武装集团在镇压人民革命中"立功",封官受赏,得到特殊的"恩典"。封建统治者大力宣扬这些封建爪牙的富贵尊荣,引起市井游民的羡慕。正如鲁迅一针见血指出的:"时去明亡已久远,说书之地又为北京,其先又屡平内乱,游民辄以从军得功名,归耀其乡里,亦甚动野人之歆羡,故凡侠义小说中之英雄,在民间每极粗豪,大有绿林结习,而终必为一大僚隶卒,供使令奔走以为宠荣,此盖非心悦诚服,乐为臣仆之时不办也。"

再次,有小说自身发展的原因。一方面,万历到明末的公案小说,实际都是短篇小说集，内容大同小异，而且文牍案例体的固定模式大大限制了它的发展，在兴盛一时之后，逐渐失去它的吸引力；另一方面，明末清初兴起的才子佳人小说，到了乾隆年间，逐步加入侠义的内容，向才子佳人、侠义、神怪小说融合的方向发展。公案小说、神怪小说、才子佳人小说都令人厌倦了。"值世间方饱于妖异之说，脂粉之谈"时，这种"以粗豪脱略见长"的公案侠义小说就应运而生。

二、公案侠义小说的特点

清代，随着各类小说的进一步发展，有的趋于高峰而后衰落，有的在题材和内容方面不断拓展，并与其他类型的小说渐渐融合，因而出现了许多创作流派，诞生了新的小说类型，如公案侠义小说，即是公案小说与侠义小说合流的产物。它既是中国古代尤其是清代中后期小说的一个重要创作流派，又是本时期长篇通俗小说的一个新品种。公案侠义小说有广义与狭义之分。广义的包括了公案小说和侠义小说；狭义的公案侠义小说则是指公案小说与侠义小说合流的作品。本节以介绍狭义的作品为主，兼及广义的公案侠义小说。

公案小说主要是冤狱诉讼、清官推理判案与平反冤假错案。"以清官断案折狱为主，歌颂刚正不阿、清明廉洁、执法如山、为民伸冤的清官"为主题。它通过错综复杂、形形色色案件的勘察、审理，不仅歌颂了封建官吏秉公执法、廉洁圣明、刚正不阿的美好品格，而且也暴露了昏庸官僚贪赃枉法、草菅人命、徇私舞弊的丑恶行径；既表现了清官的明察公断、正直无私，也反映了他们受蒙蔽而误断造成冤狱等种种情况。如《龙图公案》《海刚峰先生居官公案传》等，都是较有名的作品。清代公案小说，尤其是长篇公案小说，是在继承明代公案小说优秀传统的基础上，将其与侠义小说有机融合，产生了公案侠义小说。其代表作如《三侠五义》《施公案》《彭公案》《小五义》等，还有不少续作。公案侠义小说与单纯的公案小说不同，其区别表现在以下三个方面。

一是在内容上更加丰富、复杂。公案侠义小说在公案之外，又融入了大量侠义的内容，出现了侠客义士的形象。鲁迅先生在《中国小说的历史的变迁》中说："这等小说，大概是叙侠义之士除盗平叛事情，而中间每以名臣大官，总领一切。"它除了歌颂清官、颂圣的内容，还表现"剪恶除奸、匡扶社稷"，宣扬"尽忠"思想，提倡"奴才"哲学，鼓吹变节行为。许多侠客义士，虽出生入死，最终却投靠官府，成为绿林的叛徒。因而这类作品就其思想内容和主旨而言是既有精华，也不乏糟粕。

二是在人物刻画方面以侠客为主人公。侠义公案小说中的主人公大多是一些豪侠义士,传统公案小说中的清官则退居为次要地位。如《三侠五义》,就是书名也不再以家喻户晓的"包公"冠名,而以侠客取而代之。《三侠五义》的前半部分虽然写了近 20 个案例,但其中大量充斥着豪侠义士除暴安良、济困扶危的描写;后半部分更着力描写侠客豪杰的义举,而不是写清官的审案、断案、伸冤、昭雪,因此,包公的形象苍白无力,远不如侠客描写得那样生动感人。其他像《施公案》《彭公案》等,也都与此相仿。这是公案小说的式微与不幸。①

三是篇幅容量的扩展,小说的章回化。如前所述,元明时期及其此前的公案小说大都是文言短篇故事,其作品的容量有限,即使是明末清初的公案小说,在形式上也大多是短篇小说,某些中篇、长篇也不过是短篇的连缀罢了。而到清代晚期,由于侠义与公案的合流,则普遍运用白话章回体的样式来写公案侠义小说,甚至出现了长篇巨作。如《施公案》,最早的刊本是嘉庆二十五年(1820)厦门文德堂藏本,当时仅有八卷九十七回,刊行后被不少的作家一续再续,到光绪二十九年(1903)已有十续,总计五百二十八回,洋洋一百二十万字。标志着公案侠义小说文体的独立。

三、公案侠义小说的类型

(一)侠义类

侠义类作品,以豪侠英雄为主要描写对象,着重写其侠义行为,夹杂着儿女情事的描写,判案、断狱之事相对较少。其主要作品有《天豹图》《争春园》《大汉三合明珠宝剑全传》《云钟雁三闹太平庄全传》《七侠十三剑》《儿女英雄传》等十余种。这类作品思想内容比较平庸,但情节生动,引人入胜,很能迎合市民阶层的需求。

(二)公案类

清代比较典型的公案小说较多,其中最负盛名的首推《聊斋志异》中的某些短篇故事。就长篇来看,主要的作品有《于公案奇闻》《警富新书》《案中奇缘》《李公案奇闻》等多种。这类小说秉承宋元以来公案小说的传统,以写清官严明断案、秉公执法的故事为主,旨在歌颂清官的美德。其情节曲折,复杂多变,波澜起伏。

---

① 　陈松柏.中国古代小说史[M].长沙:湖南科学技术出版社,2004:336.

（三）侠义公案类

这类小说将清官断案和侠客义士除恶灭霸、救危扶困的故事熔于一炉，其情节线索繁杂，篇幅较长。其主要作品有《施公案》《三侠五义》《彭公案》《武则天四大奇案》（又名《狄公案》《狄梁公全传》）等几种。在艺术技巧方面，具有浓厚的评话色彩。

第二节 《龙图公案》等公案侠义小说的创作

公案小说起源于宋代，宋元话本中的《错斩崔宁》之类就是当时公案小说的代表。到了明代后期，公案小说大量出现，《海刚峰先生居官公案传》《龙图公案》就是比较著名的两部。

《海刚峰先生居官公案传》又称《海公案》，李春芳编次，现存最早刻本为万历丙午（1606）年刊本。七十一回，叙述明朝淳安县知县海瑞断狱的故事。它是由一些公案故事组成，每则故事分为事由、诉状、判词三部分，类似公牍文书。

《龙图公案》，作者不详，最早刻本为清初刻本，写的是宋朝龙图阁直学士、开封府知府包拯断案的故事，全书也是由若干公案故事组成。这两部书赞美海瑞和包拯，把他们描绘成断狱如神、刚直不阿、爱民如子的清官。在他们身上寄托了黎民百姓铲除邪恶、伸张正义的希望，有些案例颇有认识价值，这些是书的积极意义。宣扬封建道德伦理，则是书的消极意义。

《龙图公案》是明代公案小说的代表之作，之所以这样说，主要有两个方面的含义，其一是该书大多篇章系选录自先前刊行的各公案小说集，可视为明代公案小说的精选；其二是该书在明代各公案小说集中刊印次数最多，影响也最大。《龙图公案》的编著者不详，有的学者认为可能就是该书的评点者"听五斋"，他是一位下层文人，因穷困潦倒而对社会颇多不满，时发激愤之言。

《龙图公案》一书虽系集众篇而为一书，但各篇皆以包公为核心人物，所写案情多是民间刑事或民事案件，主要为私情、奸情、继立析产、谋财害命等，着重反映了社会阴暗的一面，揭示了社会存在的诸种弊端和问题，体现了一般民众的思想意识和审美情趣，全书可以看作是一幅明代社会的民俗风情画。书中所写审案，有些是依靠包公个人的智慧和机巧，但也有不少是靠神鬼显灵托梦等超自然手段取得解决,对此不能粗暴地斥之为封建迷信,也不能将其简单地作为判断小说艺术水准的主要标准,因为鬼神的出现固然有迷信的成分在,但在更多的时候,它是一种寄托理想、抒情言志的艺术表现手段。

《龙图公案》对后世的公案小说创作影响较大,像《施公案》《三侠五义》等小说都直接受其影响,其审案、断案部分有不少是依据该书改编加工而来;其以一个人物贯穿全书的形式已初具长篇小说的雏形,《施公案》《三侠五义》等小说正是在此基础上采用连缀式结构,发展成为长篇巨制的。

到了清代,公案小说有了新的发展,而且迅速掀起了新的创作潮流,那就是公案小说和侠义小说的合流。在这以前,公案小说和侠义小说各自独立发展,唐传奇中那些描写豪侠的作品,如《虬髯客传》之类是侠义小说的前身,宋元说话中的"朴刀""杆棒"类也属于侠义小说。清代中叶以后,侠义的内容向言情和公案两方面渗透:言情和侠义合流,形成了新的武侠小说的创作潮流,《儿女英雄传》便是其首创之作;侠义和公案合流,形成了公案小说的新的创作热潮,《施公案》则代表着新潮的开始。现择其要者简介如下。

一、《施公案》

《施公案》原名《施案奇闻》,又名《百断奇观》,作者不详。现存道光四年(1824)刊本,并有嘉庆三年(1798)的序文,估计此书成书于乾嘉之际。全书九十七回,主要描写清康熙年间清官施世纶访案断狱的故事。断狱之外,又有遇险,书中还穿插了一些绿林侠士的活动。

《施公案》主要描写清康熙年间江都知县施世纶,在侠士黄天霸为首的一班义士的辅佐下审案平冤战胜邪恶的故事。小说中塑造的施公是一位清明如镜、持廉如水、料事如神、除暴安良、执法如山、伸张正义的青天大老爷。小说出刊后,经过多年的众口流传又被艺人们编成各种说唱、戏曲,搬上舞台,施公、黄天霸、窦尔敦等主要人物成为富有传奇色彩而又家喻户晓的艺术形象。《施公案》因此成为清代十大公案侠义小说中流传最广的一部通俗白话小说。

施世纶,历史上实有其人,《清史稿》说他"聪明果决,催抑豪猾,禁戢胥吏,所至有惠政"。小说进一步把他塑造成"清似水、明似镜,断事如神"的贤臣和"除暴安良"的能吏。书中歌颂的另一人物是镖师黄天霸,他本是一个绿林好汉,为了替朋友报仇,行刺被擒。在施世纶的感召下,他改名施忠，一意为官府效力，成了施的保镖和帮手。

（一）情节精要

《施公案》叙述了近百个侠客义士帮助清官破案的故事，就其案件类型来说，主要有四类。

1. 谋杀案

占全书总案件的 40%。杀人起因主要是两个：

一是图财害命。如桃柳村店主李龙池，见财起意，把伙计灌醉勒死，拖往河内，磨盘坠尸。再如以赶车催牲口为生的车乔，送一位姓陈的客人回家，见他衣服银钱，偶起贪心，行至汇都附近荒地，见四下无人，把陈姓客人用刀扎死，抛尸水坑。

二是奸杀案。如一枝桃谢虎，他不仅是个盗贼，还是个淫贼，一夜两处作案，先到周荣家，奸杀了他的女儿，盗走房中的金银细软，墙上画一枝桃花为标志；后又到蒋旺家，奸杀了他的妻子，临了墙上亦画上一枝桃花。

2. 有关财产案件

小说主要叙述了四种案情：

一是盗窃案。如崔寡妇家的茄子失盗案、刘二于土地庙的香炉内窃银案、富义告富仁不顾手足之情昧心盗银案等。

二是讹诈案。女瞎子王兰芝讹诈表兄洪德两吊钱案、老奴董成替主母兑金被金铺主陈魁欺心讹赖案、钱铺店主刘永瞒昧朱有信九两八钱银两而又反告朱有信讹诈案等。

三是勒索案。如雄县知县蒋绍文和新中驿守府卢珍俱告上差勒银两案、河间府知府杜彬告贝勒勒索案等。

四是霸占田产案。如顺天府昌平州举人甘忠元告河内潜龙霸占其良田数顷案、河间府任丘县陈忠告牛腿炮霸占其二顷田地案、徐州府曾本厚告屠念祖霸占其坟地六亩案等。

3. 盗宝案

全书约有五件：一是乐陵县的淫贼飞来燕、张桂兰，盗施公胸前的御赐金牌。二是赛云飞、张桂兰盗施公金牌，目的是为了结识黄天霸。三是淮安府摩天岭寨主余成龙以调虎离山之计盗走了施公的黄金印，因为"闻得施公左右能人甚多"，目的是要显示本领。四是连环套的窦尔敦盗仁寿宫御用宝马，目的是要害黄三泰一家性命，报当年擂台上三次被黄三泰打败、名望扫地之仇。五是飞云子盗宫内御用琥珀夜光杯。

4.劫施公、劫粮饷案

小说写施公三次被劫持：一是恶虎庄二庄主濮天雕、三庄主武天虬为被正法的12个寨主报仇，劫持了途经此庄奉旨进京的施公。二是薛家庄薛氏兄弟，为给被施公正法的一枝桃谢虎报仇，劫持了施公。三是施公任漕运总督三年期满，奉旨回京，途经山东沂州府时，被朝舞山上的强人曹勇、朱世雄等人劫持。

抢劫粮饷主要有两起：一是施公奉旨前往山东放赈救灾，大芽山的强人于六、于七率众抢夺救灾的粮米，并用飞爪抓伤了护赈的义士贺天保。二是施公遵照部文收齐各府、州、县应解粮米及给价银两催船装运，被德州殷家堡劫持。

（二）鉴赏与评析

《施公案》在创作上体现出这样几个特点。

（1）突出个人英雄主义，宣扬清官救世。

在封建社会，法律全在人治，贪官污吏和各种恶势力欺压百姓，普通人根本没法保障自己的合法权益，只能寄希望于清官为自己伸张正义。小说的主人公施世纶，在历史上确有其人，他是清朝著名的靖海侯施琅的次子施世纶的化身。

施世纶，字文贤，晋江衡口人，居官时廉洁勤政，为民做主，清名远播，被康熙皇帝表彰为"天下第一清官"。在没有民主的封建专制时代，这已经是当官的最高境界了。所以老百姓特别期盼出现像施公这样的清官来救世济民，施公的艺术形象因而深入人心。

（2）突出忠义思想，维护封建利益。

小说中的主要人物之一黄天霸，出身绿林，打家劫舍，在行刺施公时被擒，后改邪归正，改名施忠，充当官家的护院和走卒，甚至不惜与昔日的江湖兄弟反目成仇，逼死结义兄嫂来邀功请赏。塑造这一人物意在使安暴济民的侠客和忠君护国的义士结合起来，使之变成忠于封建统治的奴才和帮凶，从而维护封建统治者的利益。

（3）反映当时社会的真实生活。

清中叶之后，政府腐败，思想僵化，经济呈下滑之势，各种社会矛盾日益暴露，民间起义造反、反清斗争接连不断。以清官施世纶为主角的小说《施公案》，就是在这一社会背景下创作出来的。小说中所反映和暴露出的种种矛盾和问题其实就是当时社会现实的一种折射和缩影。

《施公案》的内容还有许多怪力乱神、荒诞不经的描写。但由于书中宣扬惩恶扬善的思想，迎合了市井民众的心理，加上小说语言通俗，类似口语白话，情节设计善于铺排，具有鲜明的民间通俗文学的特点，在当时及对后世都产生了很大影响。

《施公案》在艺术上颇有可取之处，它以公案勾连串套，前案未水落石出，后案又波横山见，数小案悬结于一大案，一大案枝分数小案，这种结构，"系包袱""勾肠子"，很吸引读者。除此，它在语言方面也很有口头文学的特点。

《施公案》在公案小说中影响较大。仿作的作品层出不穷，如《续施公案》《彭公案》《李公案》《刘公案》《张公案》等。这些书大抵千篇一律，谈不上文学价值。《施公案》对近代戏曲也有很大影响，戏曲中有一批"罗帽戏""短打戏"的剧目，都出自此书。在《京剧剧目初探》里多达二十八出，著名的如《恶虎村》《落马湖》《盗御马》《连环套》等。

二、《彭公案》

《彭公案》是一部长篇白话章回体小说，成书时间大约在清光绪十八年（1892 年）左右，共 23 卷，100 回，后又有《续彭公案》80 回，《再续彭公案》81 回，及《三续彭公案》80 回，是继《施公案》《三侠五义》之后又一部公案侠义小说。

《彭公案》的作者为贪梦道人，原名杨挹殿。关于他的详情历史上鲜有记载，只知道他擅长写诗，生卒年不详。

关于小说主人公彭朋的故事，在民间早有流传，大都出于附会，并非事实。其实《彭公案》的故事是以历史人物彭鹏、朋春为原型演变而成的。原型之一彭鹏（1635—1704），字奋斯，又字古愚，号九峰，福建莆田人，出生于明崇祯八年（1635 年），顺治十七年（1660 年）考中举人，康熙二十三年（1684 年）任三河知县，后擢升粤、桂巡抚，康熙四十三年（1704 年），彭鹏病逝于广东巡抚任上，年 68 岁，葬于华亭云峰村。对于彭鹏的病逝，康熙深表惋惜，大赞其"勤劳"，御赐祭葬，并准入祀广东名宦祠。坐落在福建省莆田市荔城区金桥巷的彭鹏故居至今还悬挂着"帝眷忠清"的牌匾。

另一原型朋春，清初满洲正红旗人，顺治九年（1652 年）袭封，康熙十五年（1676 年）为副都统。《彭公案》是彭鹏征西夏故事与朋春西征故事的结合。

（一）情节精要

本书大小公案故事约30个，主要有4类案情。

1. 谋反案

全书先后共写了4桩谋反案：

一是第60回至第65回写河南宋家堡堡主外号"赛沈万三活财神"的宋仕奎，有家丁2000人、庄兵2500人，又在各处招纳英雄，打算起兵举事。此事被侠士"小方朔"欧阳德访知，"小四霸天"贺天保、濮天雕、武天虹、黄天霸和刘芳、高源、余华、高通海、吕胜等侠士陆续假意应募而到宋家堡。就在他们认为起事时机成熟、布置攻城略地的计划时，被官兵一网打尽。彭朋先审后判。宋仕奎被凌迟，全家皆斩于市。

二是大同总兵傅国恩招兵买马，聚草囤粮，抢了火药局、军装库。康熙旨意下来，派彭朋查办大同府事务。彭朋在侠士欧阳德、徐胜、武杰、高源、张耀宗等人的大力帮助下，历经35回才攻破画春园，捉住傅国恩。

三是佟家坞的大财主佟金柱自立为"开天中正王"，请人和教主白练祖在家中设立了招贤馆，成立了天地会八卦教，还请来了天文教主张宏富、地理教主袁智干，立了三教堂，收了500名徒弟，分散到天下各处劝教。彭公派马玉龙改名诈降，当上了"天下都招讨兵马大元帅"。马玉龙在天文教主张宏富的暗中支持下，剿灭了以佟氏为首的叛乱者。

四是贺兰山金斗寨的"金枪大王"白起戈屡次起兵犯境，时常过界抢掠。康熙皇帝见此折本大怒，派大学士彭朋查办此案，钦赐尚方宝剑一口，准其先斩后奏。这桩反叛案案情复杂，办案的难度大，充分显示出清官与侠士结合的能量。终于，在60余位老少侠士的参战下，制服了西夏反王，使他们愿意年年来朝，岁岁称臣。

2. 盗宝案

共有9桩。九龙玉杯被盗案，珍珠手串被盗案，金蝉行宫盗玉马案，飞云僧智盗手串案，彭公的黄马褂、花翎被盗案，大内失盗九头狮子印案，马玉龙的大花翎、黄马褂失盗案，康熙皇帝赏给彭公的碧玉银龙佩被盗案，庆阳府的印信失盗案。

3. 因色威逼、奸杀案

这类案件在此书中约占50%。案情主要有3种：

一是势棍恶霸抢掳奸杀案。如第7回至第12回写外号"左青龙"的刘黑虎奸杀案。又如第41回至第43回，写"恶太岁"张耀联抢掳良家妇女案。

二是淫僧淫尼奸杀案。如福承寺的和尚法缘，外号"金眼头陀"，与"玉面如来"法空，以看病舍药为名行采花之实。因此丢失妇女案一桩接着一桩。又如鸡鸣驿天仙娘娘庙的九花娘是个女淫贼，使用五彩迷魂帕迷惑男人。无论什么样的男人，过了一个月就被她杀掉，她先后杀死了20多人。

三是通奸谋杀案。如第12回至第14回写香河县村民姚广智与李氏通奸，分别杀死自己的妻子与丈夫，然后抛尸水井内。

4. 霸夺财产案

这类案件在小说中虽然不多，但也有3种案情：

一是势棍"左青龙"除了抢男霸女外，还霸占庄民刘四的田地50亩等。

二是弟谋兄财产案。如第17回写赵文亮在父亲死后乘管理家务之机，霸占了包括其兄财产在内的全部财产。

三是恶霸韩登强夺周天瑞的会仙亭酒饭铺。

（二）鉴赏与评析

《彭公案》主要分为4个部分，即彭朋出任三河知县事、升任河南巡抚事、奉旨查办图谋叛乱的大同总兵傅国恩、领命平息西夏王犯境之事。其中，第一部分是本书的精华，点出了彭朋"为国尽忠，为民除害"的宗旨，这也是《彭公案》颂扬的基本思想。

清王朝后期，政治上腐败，社会矛盾日益尖锐，统治阶级迫切需要惩人心，治乱世，整肃纲纪，因而大力宣扬封建的纲常名教，加强文化专制，带有侠义情节的公案小说因此应运而生。这类小说符合封建纲常，由清官统率侠客，既在一定程度上符合民众的心愿，又颇适应弘扬圣德的需要。《彭公案》正是这类小说的典型代表。在《彭公案》中，彭朋及一班江湖英雄一方面"忠君"，另一方面"为民"，尤其是彭朋及众英雄屡屡除暴安良，一心为民，既不与统治阶级的纲常相冲突，又符合处于被统治地位的广大百姓的需要。所以《彭公案》虽有《水浒传》中那样的英雄侠士，但在精神上已经蜕变，其人文蕴含大体在于回归世俗，表现了鲜明的取悦封建法权、封建伦理的倾向。

《施公案》与《彭公案》是从"院曲盲词"中来的，是说书体小说，因此有民间说唱文学的特色。

从清官破案方面说，它以"公案"勾连串套，形成特殊结构，前案未破，后案又起；数小案悬结于一大案，一大案分枝为诸小案。比起明代的公案小说，有了很大进步。但清官逐渐偶像化、公式化，成为傀儡，失去了它的光彩。而侠客形象却有血有肉，鲜明生动，黄三太、黄天霸、杨香武等人都给读者留下了深刻的印象。

说书体小说，最大的优点是"情节拿人"，故事的曲折惊险，使它吸引了许多读者。虽然，编书的人文学修养很差，正像鲁迅所说"几不成文"，但曲折生动的情节，却是较好的毛坯，为戏曲和曲艺艺术家的加工创造奠定了良好的基础。

《施公案》《彭公案》出现在花部戏曲鼎盛的时期，据小说改编的戏曲，如《恶虎村》、《连环套》、《九龙杯》、"八大拿"等戏目在艺术上达到炉火纯青的地步。

三、《三侠五义》

《三侠五义》又名《忠烈侠义传》，一百二十回，无名氏编撰。初版于清光绪五年（1879），系北京聚珍堂活字本。卷首有问竹主人、退思主人、人迷道人序。关于本书的成书过程与作者，历来的论者看法不一。有人认为，《三侠五义》的创作者是著名的说书艺人石玉昆，但又经过了文墨之士的加工润色。具体来说，石玉昆创作了有说有唱的评书《龙图公案》，并长期说唱；无名氏听而笔录，但略去了唱词，只录说文，便成为一百二十回的小说《龙图耳录》；又经问竹主人"翻旧出新，添长补短，删去邪说之事，改出正大之文"，更名为《忠烈侠义传》，又名《三侠五义》；复由人迷道人"重新校阅，另录成编"，再经退思主人之手，于1879年"付刻于聚珍堂"；1889年，俞樾认为本书第一回狸猫换太子"殊涉不经"，乃"援据史传，订正俗说"，另撰第一回，并认为书中已有南侠、北侠、双侠（丁兆兰、丁兆蕙）四人，再加上小侠艾虎、黑妖狐智化、小诸葛沈仲元共七人，因而将其更名为《七侠五义》，从此，与《三侠五义》并传。这两种版本与《龙图耳录》相比，回目、内容、情节均无变化，只是在语言上进行了增删润饰，使小说文学色彩更浓了。①

（一）情节精要

小说的前半部分主要描写包拯断案和众位侠客协助包公除暴安良的故事，后半部分描写七侠和五鼠间的纠葛，以及他们共同剿除谋反的襄阳

---

① 　陈松柏.中国古代小说史［M］.长沙：湖南科学技术出版社，2004：339.

王赵珏党羽的故事。这部小说的故事主要来自民间，作者又是民间艺人，因此它比较广泛地揭露了社会的黑暗，如皇亲国戚践踏蹂躏百姓，恶霸土豪为害地方，强抢民女，以及地主的残酷剥削，奸人的图财害命。作品塑造了包公廉洁公正、断案如神的清官形象，寄托了人民群众希望为官者能为民作主，主持社会公道的良好愿望。这些思想内容都有一定的积极意义。特别是书中写了包公不畏权贵，在陈州处斩了克扣粮款、霸占民女的当朝太师之子庞昱，体现出的反权奸思想，反映民众要求公正平等的思想，故事的结局具有大快人心的艺术效果。

书中的侠义之士，原有三侠，其实是南侠展昭、北侠欧阳春、双侠丁兆兰和丁兆蕙，已有四人，俞樾对小说修订后，认为书中还有小侠艾虎、黑妖狐智化、小诸葛沈仲元，共七人，遂将书改为《七侠五义》。

五义为五鼠：钻天鼠卢方、彻地鼠韩彰、穿山鼠徐庆、翻江鼠蒋平、锦毛鼠白玉堂。五鼠和三侠的纠葛，本质上是两派侠义之士对封建朝廷和社会秩序采取的不同态度造成的。南侠展昭是钦封的四品护卫，被皇帝称为看家护院的"御猫"，而锦毛鼠白玉堂则蔑视封建的统治秩序，他敢于私闯皇宫和相府，甚而杀人题诗，盗走三宝，把展昭困在通天窟内，加以冷嘲热讽，在他身上体验了人民群众的反抗精神。书中的"五鼠闹东京"是对以下犯上者的歌颂。后来五鼠都投靠朝廷，白玉堂也被封为四品护卫，则表现出作者的忠君观念和希望侠客拱卫清官以维持正常统治秩序的愿望。

《三侠五义》全书把忠与奸、善与恶、正与邪作为故事的基本冲突，展现了上至皇室宫廷、下至穷乡僻壤的种种社会矛盾。里面有贪官污吏的结党营私、诬陷忠良、铸造冤狱；也有土豪恶霸的荼毒百姓、鱼肉乡里；更有皇亲国戚的广结党羽、图谋叛变。他们的倒行逆施、胡作非为，激起了民愤，也为清官与侠义之士提供了施展自己抱负的阵地。清官与侠义之士相互支持，洞幽烛微、翦除奸恶、扶危济困、行侠仗义、为民除害，表现了作者所代表的人民群众的殷切希望与崇高理想。全书情节曲折离奇，语言风趣流畅，人物性格鲜明，形象丰满完整。正因为这样，它一直受到群众的喜爱。

（二）鉴赏与评析

《三侠五义》作为中国武侠小说鼻祖，其主要价值在于：

一是暴露了封建社会上自宫廷皇室，下至穷乡僻壤的种种矛盾和冲突，歌颂了清官忠君爱民、刚正不阿的品格，赞美了义士侠客除暴安良、扶困济弱的义举。

作品以忠奸、善恶、正邪作为故事的基本框架，集中笔墨表现了当时社会的种种矛盾冲突。贪官污吏结党营私，诬陷忠良，铸就冤案；土豪恶霸横行乡里，鱼肉百姓；皇亲国戚广结党羽，图谋不轨。这些无疑为清官、侠士提供了广阔的用武之地。书中的清官包拯，关心群众的疾苦，体察民情，嫉恶如仇，有恶必除，有冤必伸。无论是土豪恶霸，或者是皇亲国戚，只要是为非作歹，图谋不轨，一律严惩不贷。他是一个封建时代最为完美的清官，比之于其他作品中的包公形象，本书略胜一筹，显得较为丰满，也少了些神秘色彩。令人遗憾的是，作品磨损了他犯颜抗上、不屈不挠的斗争精神。全书最为精彩、最有价值的是对豪侠义士的描写。书中所塑造的一批忠烈义侠的形象，他们共同信奉的人生宗旨是"天下人管天下事""遇有不平之事，便与人分忧解难"，除暴安良，浑身侠肝，勇往直前，死而无憾；救危扶困，一身义气，义无反顾。诚如鲁迅先生所说："揄扬勇侠，赞美粗豪，然又不必背于忠义。"

总之，作品中的清官与侠义代表着社会公道与正义，既是作者的向往，也是彼时人民群众的祈盼。仅就此而言，作品具有积极的思想意义。然而，作品一味地颂扬清官政治和侠义精神，大肆宣扬忠义思想，并在一定程度上有意削弱清官名臣与豪侠义士反抗昏君的斗争精神，反映了作者的思想局限。[①]

二是塑造了一批侠士和小人物的形象，体现了"为市井细民写心"的特点。

因为作品保留了民间文学的特色，对下层人群予以特别关注，描写了一批市井细民的形象。如第五回，为惨遭杀害的刘世昌伸冤雪恨的张别古；第二十三回中资助范仲禹赴京赶考的刘老者；第三十回，包公从金龙寺脱险后巧遇的卖豆腐的孟老汉；第三十回至第三十四回中所写颜查散的小仆雨墨；第五十八回收养孤儿幼童邓九如的张老儿，等等，他们虽然是贩夫走卒、引车卖浆者流，但个个都有耿直、善良、乐善好施、助人为乐的热情之心，可爱可敬。虽然着墨不多，其音容笑貌、内心情感却描写得生动形象，性格鲜明。还有嫌贫爱富的柳洪，图财害命的赵大，势利小人李平山等，寥寥几笔，神形毕现，惟妙惟肖。

三是具有独特而严谨的艺术结构。

《三侠五义》是部长篇巨制，情节复杂，全书由相对独立的大大小小的故事交叉组成，若干个小故事构成一个相对完整的大情节，每一个故事

---

① 陈松柏.中国古代小说史 [M].长沙：湖南科学技术出版社，2004：340.

或每一个情节都能做到环环相扣，错落有致，使作品"一波未平，一波又起，波澜起伏，决不雷同"，既"头绪纷繁"，又"井然有序，编排严谨，转折自如，脉络贯通"。

四是继承和发展了评话的艺术传统，语言粗犷诙谐，简洁明快，叙事写人，逼真传神。

《三侠五义》是在民间唱本《龙图公案》的基础上增饰加工而成的长篇通俗小说，保留了民间文学通俗简洁、平易畅达的特点，人物对话生动活泼。俞樾赞誉说："事迹新奇，笔意酣恣，描写既细入毫芒，点染又曲中筋节；正如柳麻子说《武松打店》，初到店内无人，蓦地一吼，店中空缸空甓皆瓮瓮有声：闲中著色，精神百倍。如此笔墨，方许作平话小说；如此平话小说，方算得天地间另是一种笔墨。"小说之所以获得广泛的传播，续作连绵不绝，无疑与其艺术魅力及其影响有着密切的关系。

《三侠五义》自然也有一些不足，虽然它剔除了此类小说长期存在的封建迷信、神怪鬼仙的描写内容，由于作者思想的复杂性和时代的局限性，大力宣扬忠君思想，竭力美化仁宗皇帝，鼓吹"天下至重者莫若君父"，因而一切都从维护封建政权出发，无疑是忠君思想和皇权意识的表现。

由于《三侠五义》的广泛影响，一批仿效、续补之作接踵而至，进而使公案侠义小说的创作达到了高潮。如《小五义》《续小五义》《英雄大八义》《七剑十三侠》《刘公案》《彭公案》等，多达几十种。这些仿效、续补的公案侠义小说大都是千篇一律，粗制滥造，没有达到《三侠五义》的艺术境界。

《小五义》从颜查散奉旨上任，得知襄阳王谋反开始，写众侠客为朝廷除害，竞相去探襄阳王所布铜网阵的故事。这时，白玉堂因探铜网阵已经牺牲，老一辈义侠大都衰老，而他们的子侄继承了他们的事业。卢方之子卢珍，韩彰义子韩天锦，徐庆儿子徐良，白玉堂侄子白芸生，欧阳春义子艾虎，合称"小五义"。他们在投奔颜查散途中，一路铲除地方豪强，扶弱济贫，最后集中武昌，同老一辈义侠一起，准备共破铜网阵。

《续小五义》叙众英雄共破铜网阵，又会同官军围攻王府，襄阳王由暗道逃遁，后至宁夏国。诸破铜网阵之人，皆得封赏。一日，大内更衣殿天子冠袍带履被盗，留下印记粉漏的白菊花。于是众侠客又去捕捉白菊花晏飞。南阳府东方亮助襄阳王谋反，设机关密布之"藏珍楼"，将天子冠袍带履及至宝"鱼肠剑"藏于楼中。众侠巧破机关，活捉东方亮。一波未平，一波又起，东方亮妹东方玉清武艺出众，为救其兄，夜闯开封府，刺杀包拯不成，又盗走包公相印，逃往朝天岭。众侠客得君山寨主钟雄水军相助，攻陷朝天岭。正在高兴之际，忽报陷空岛为白菊花晏飞攻破，卢方身负重伤。群雄又赶赴陷空岛,杀死晏飞。此时,襄阳王发宁夏国兵攻潼关,群雄又急赴潼关,生擒襄阳王,"从此国家安定,军民乐业"。①《小五义》和《续小五义》延续了《三侠五义》的优点,情节曲折惊险,能吸引人,虽头绪纷纭,但主干清晰,枝叶扶疏。

第三节　由公案侠义小说演化而来的武侠小说

武侠小说是指以凭借武技、仗义行侠的英雄为主要表现对象的小说。它不同于公案侠义小说,因为此类书中基本没有清官断案或清官率领侠客破案,而是单纯的侠客"尚义行侠"。它是在清代嘉庆、道光年间兴起,一直延续到清末。其中一部分是由公案侠义小说分化而来,由清官侠义型向武侠型转化。另一部分则由才子佳人小说演化而来。乾隆以后的才子佳人小说已与侠义、神怪小说融合,有的已演变为儿女英雄小说,有的则进一步淡化才子佳人的爱情婚姻故事,突出"尚义行侠"的内容,演变为武侠小说。

清代武侠小说有两种类型,一是写实型,一是幻想型,后者把武术与道家术士的修炼之术结合,增加了武侠小说的神奇性。

下面分别介绍一些比较著名的武侠小说。

一、《争春园》与《绿牡丹》

《争春园》又名《剑侠奇中奇》,四十八回,不署撰人,卷首有序,署"已卯暮春修禊,寄生氏题于塔影楼之西榭"。柳存仁根据英国博物院所藏《五美缘》书序的题署,断此已卯为嘉庆二十四年(1819)。

书叙汉平帝时,洛阳郝鸾行侠好义。遇仙人赠以龙泉、攒鹿、诛虎三口宝剑,嘱其自留龙泉,另二剑可分赠英雄。郝鸾在开封西门外争春园遇宰相米中立之子米斌仪,仗势抢夺太常少卿凤竹之女栖霞。郝鸾在义士鲍刚协助下,救助栖霞及其未婚夫孙佩。后孙佩被诬入狱,栖霞卖入青楼。郝鸾与鲍刚、马俊结义,将宝剑分赠二人。郝鸾等英雄几经周折,救出孙佩、栖霞,二人结为夫妇。郝鸾结义兄弟柳绪入京,适公主抛绣球招亲,投中柳绪。奸相米中立逼走柳绪,以他人冒名顶替。后阴谋败露,米中立伏法。郝鸾等三人皆寿至九十余,白日飞升。

① 齐裕焜.中国古代小说演变史[M].北京:人民文学出版社,2015:508-509.

另有《大汉三合明珠宝剑全传》，四十二回，不题撰人。孙楷第云"似本《争春园》"。书中人物多与《争春园》有关，但情节却有不同，存同治十三年（1874）刊本。

《绿牡丹》，又名《宏碧缘》《四望亭全传》《龙潭鲍骆奇书》，六十四回，作者不详。存道光辛卯十一年（1831）刊本。

小说以唐代武则天时期为背景，以江湖侠女花碧莲与将门之子骆宏勋的婚姻为线索。叙述骆宏勋与定兴县富户任正千为结义兄弟。任正千娶妓女贺氏为妻。一日，江湖豪侠花振芳为择婿带女儿花碧莲以卖艺为名，闯荡江湖，来到定兴。花碧莲看上骆宏勋，花振芳向骆求亲，骆不允。花花公子王伦调戏花碧莲，为骆、任所劝。贺世赖为妹子牵线，贺氏与王伦勾搭成奸。王伦、贺氏逼走骆宏勋，诬任正千为盗。其后，"旱地响马"花振芳和"江河水寇"鲍自安等豪侠协助骆宏勋、任正千剪除武周佞臣及其党羽爪牙，严惩了王伦、贺氏、贺世赖，除掉四杰村地霸朱家"四虎"，几经周折，骆宏勋与花碧莲结为美满姻缘，众豪杰在狄仁杰、薛刚率领下，逼武则天退位，中宗登极，众豪杰俱得封赏。

《绿牡丹》在思想、艺术上都比《争春园》高出一筹。《绿牡丹》可能是从才子佳人小说演化而来，因此仍保留了骆宏勋、花碧莲婚恋这个框架，书名也叫《宏碧缘》，但其主要方面则是比较纯粹的侠义小说。

小说里的骆宏勋和他的仆人余谦、任正千、花振芳和女儿花碧莲，鲍自安与女儿鲍金花、女婿濮天雕等，都是"解祸分忧，思难持危"的义侠或绿林好汉。作品反复强调他们斗争的正义性，不是强盗而是豪侠。"花、鲍二人皆当世之英雄，非江湖之真强盗也；所劫者，皆奸佞；所敬者，咸系忠良。每恨无道之秋，不能吐志，常为之吁嗟长叹。"这些侠客具有浓厚的民间色彩，他们是为了反对奸佞、恶霸而斗争。他们不像《三侠五义》中的侠客那样，侠气少，官气多；也不像《施公案》《彭公案》里的侠客沦为官家的鹰犬。小说歌颂豪杰侠士对黑暗社会的冲击与搏斗，贯穿着"为友尽义，为民解危"的主题思想。

作品富有民间文学的气息。在紧张惊险的故事中塑造人物，却能做到人物形象鲜明，甚至相似的人物也有不同的个性色彩。"旱地响马"花振芳仗义耿直，"江河水寇"鲍自安机智爽朗；余谦赤胆忠心，而粗中有细；任正千粗豪质朴，而近于鲁莽；同属侠女，花碧莲深挚而细致，鲍金花骄矜而急躁。小说不是简单地叙述故事，而能注意心理描写。三十五回花振芳设计劫走骆宏勋之母，假传死讯，逼骆宏勋回家。骆宏勋、余谦赶到灵前祭奠时，知道内情的濮天雕拜也不是，不拜也不是，进退两难；骆宏勋、余谦见他犹豫不定，心中大怒。骆宏勋过于哀伤而不觉察；余谦粗中有细,窥破个中秘密。在这一件事中,骆、余、濮三人心理活动描写细致曲折,趣味横生。

小说在结构上,采用复线交叉进行,情节曲折有致,事件此起彼伏,而转换自然,保持着说书体小说的特点。小说语言也保持民间文学的风格,质朴明快,粗犷动人。

《绿牡丹》对《儿女英雄传》《三侠五义》等后代小说有明显的影响,是长篇侠义小说的先声,它的故事也被改编为戏曲作品和平话,活跃在舞台上,盛演不衰。

二、《儿女英雄传》

《儿女英雄传》是清朝八旗子弟文康所著长篇小说。文康,生卒年月不详,大约道光初年至光绪初年在世,姓费莫氏,字铁仙,一字悔庵,别号燕北闲人,清朝小说家。他是大学士勒保的孙子,曾任过理藩院郎中、徽州知府,后被任命为驻藏大臣,因病未能赴任。他出身显贵,早年家世盛极一时,晚年诸子不肖,家道中落,以至于家中物品变卖殆尽。有感于世运变迁、人情反复,文康以警教式的理想化的笔触,撰写了长篇白话小说《儿女英雄传》。

《儿女英雄传》现存最早刻本为清光绪四年(1878年)北京聚珍堂活字本,此后翻刻甚多。也有续书出现,如《续儿女英雄传》32回,光绪二十四年(1898年)北京宏文书局印本。

(一)情节精要

小说的中心人物是侠女十三妹。十三妹真名何玉凤,其父是中军副将何杞。何杞被大将军纪献唐所害,何玉凤奉母到青云山避难,并准备日后替父报仇,于是化名十三妹,浪迹江湖市井,待机而动。清官安学海因为官耿直,被上司陷害,其子安骥携大量银子去援救,路宿悦来店,经过能仁寺,遇到图财害名的脚夫、和尚,处于困厄境地,被偶然经过的十三妹所救。同时在能仁寺遇难的村女张金凤,也被十三妹救出。安骥和张金凤两人,经十三妹做媒,结为患难夫妻。十三妹继续寻机以报父仇。安骥之父安学海遇救后,不愿在朝为官,归途中遇何玉凤,告知她,纪献唐已被诛杀。何玉凤在大仇得报后,就要出家为尼,被众人劝阻,最后也嫁给安骥,二女共事一夫,和睦相处。而安骥探花及第,"位极人臣"。

文康的经历有同曹雪芹近似的一面,但他的创作主张和创作实践与曹雪芹是截然不同的。从《儿女英雄传》的序言和缘起看,他歪曲《红楼梦》"谈空谈色,半是宣淫"。他眼中的儿女英雄的标准是对君、父的忠孝之情。"有了英雄至性,才成就得儿女心肠;有了儿女真情,才做得出英雄事业。"因而他为书中的"儿女英雄"安排了荣华富贵的"全福家庭",把他们都写成忠孝节义的化身。从这个意义上看,作者的理想是十分庸俗的。

(二)鉴赏与评析

《儿女英雄传》又名《金玉缘》《日下新书》,是一部熔侠义与言情于一炉的长篇小说。作者饱含真情地塑造了一位自己心目中的完人——安学海的形象:老练干达,忠厚待人,且清廉自束,性格中有着可爱之处;一言一行均以忠孝节义为准绳,俨然一副封建礼教卫道士的模样。

书中还成功地塑造了侠女十三妹何玉凤这个人物。十三妹救困扶危,疾恶如仇,轻财重义,智勇双全,是我国古代小说中侠女形象的典型,倘若和其他名著中的典型人物相比较,也毫不逊色。遗憾的是,这种以一己之力济世的英雄形象本身就不免有空想色彩,所以小说后半部分又把她写成在安学海的熏陶濡染之下成为一个循规蹈矩的贵妇人,这体现了作者的局限性。

作者生活在清嘉庆至同治年间,当时清廷日趋腐败,已处于内外交困的境地,帝国主义列强的入侵激发了太平天国运动,民族矛盾和阶级矛盾日益尖锐。作者目击朝政委顿,世风日下,再加上自家的衰落,不免对现实生活滋生不满与失望的情绪。可是作为一名封建士大夫,他既看不到摆脱社会危机的道路,又看不到个人的出路,只能在幻想中寻找自己心目中的"英雄",企图通过过时的传统封建礼教来匡扶乱世,安济苍生。作者的思想倾向是与时代潮流相违背的,但反映的现实困境是真实的。作品揭露了封建官场政治的黑暗,展示了晚清时代科举、礼仪及市井生活的真实情状,一经问世,就受到了社会的广泛欢迎。

除了内容贴近现实以外,这部小说能吸引广大读者的还有其文体形式和语言上的成就。它以民间说书人的口吻叙事,绘声绘色,娓娓动听,且故事性强,为普通老百姓所喜闻乐见。我国古典长篇小说深受民间说唱文学的影响,但像《儿女英雄传》那样既可供案头阅读,也可作说书人的唱本,实属少见。

书中的语言为地道的北京话,且为了展现满族生活的需要,又融入不少满族的日常用语,不但生动地再现了当时的生活习俗和风貌,而且有着浓郁的地方色彩和民族色彩。

三、《圣朝鼎盛万年青》

《圣朝鼎盛万年青》，八集七十六回，不著撰人。前二集十三回，刊行于光绪十九年（1893），"始作者为广东人"。以后有人陆续续作，最后竟续至八集七十六回，其刊行时间或已在清末民初。

此书有两条线索，一条是乾隆将朝政交给刘墉、陈宏谋，为了"查察奸佞、寻访贤良"，自己化名高天赐到江南微服私访；另一条线索是围绕胡惠乾、方世玉的故事，展开峨眉、武当和泉州少林寺的武林门派斗争。五十七回以后，两条线索合一，乾隆下令剿除胡惠乾等，峨眉山白眉道人、武当山八臂哪吒冯道德以及尼姑五枚大师等会聚泉州，击毙至善禅师和他的徒弟方世玉、胡惠乾等，攻破泉州少林寺。

乾隆下江南这条线索，一方面，将乾隆神化，把他说成是真命天子，土地神、太白金星等一路护驾，白蛇、黑虎精等俱来朝拜讨封。另一方面，把乾隆侠客化，他到处除暴安良，铲除奸佞，甚至不顾国法，未经官府审判随意就将恶霸奸臣杀死；动不动就打上公堂，将知府、知县揪出毒打；更可笑的是他还坐上聚义厅，与绿林好汉一起抵抗官军。对乾隆的描写是继承了《飞龙传》等小说的传统，既把皇帝平民化、侠客化，又在他的头上设置神灵的光圈，将其神圣化。乾隆下江南这条线索，一方面，反映了当时社会黑暗，如海边关提督叶绍红父子横行不法，鱼肉百姓；新科翰林区仁山仗势欺人，用假银两买张桂芳的鸡蛋，还将张桂芳诬陷下狱，将其妻卖入妓院，逼使张妻跳河自杀，等等。正像乾隆所说："朕今来此游玩，逢奸必削，遇寇则除，不知革了多少贪官污吏，可见食禄者多，忠心为国者少，然则，世态如此，亦无可如何。"这说明在所谓"盛世"的乾隆时代，也是贪官恶吏横行，诬害冤狱遍地。另一方面，反映了百姓对清官幻想的破灭，寄希望于侠客，现在连对侠客的希望也破灭了，竟幻想皇帝变成侠客，不但有武功盖世，可以打抱不平，而且有至高无上的权力，可以任意制裁奸佞恶霸，而不受任何限制与干涉。乾隆下江南，一路上遇见高进忠、周日青等所谓"忠良"，赏以高官，遇到豪侠，以至绿林好汉，也荐到京城，委以武职，这也是平民百姓对功名的羡慕，对荣升封赏的幻想。

武林门派这一线索写出至善禅师、胡惠乾、方世玉等人的复杂性格。胡惠乾父亲开小杂货店，被机房的人欺侮而死。胡惠乾决心为父报仇，是值得同情的。但是，当他拜泉州少林寺至善禅师为师，学成一身武艺之后，却倚仗武功，欺侮机房的机工，达到蛮不讲理的地步，竟成了地方一霸，最终走向反面。这是告诫武林人士切不可借武功欺压百姓。方世玉秉性刚强，富有正义感，少年时代就惩治恶棍雷老虎，后来又救助被打得遍体鳞伤的胡惠乾。作者也热情肯定和赞扬他，但后来因为陷入门派之争而不能自拔，终于被过去十分喜爱并帮助过他的五枚大师所杀。至善禅师也是好人，爱护徒弟，解人危难，做过不少好事，但对徒弟过分溺爱，到了不分青红皂白，一味袒护包庇的地步，最终也落得悲惨下场。人物性格没有简单化、绝对化，描写比较成功。

书中所写的武林门派之争，武当、峨眉、少林三大派之间的争斗，内功外功、梅花桩、八卦掌、点穴法，出少林寺要打一百多个木人等，都为后代武侠小说所承袭。

第七章 明清话本小说创作研究

　　我国最早的白话短篇小说宋元话本,到了明代又进入了一个新的阶段。元明以来,说话技艺进一步发展,话本日增,到了明代中叶以后,话本由于文人的加工创作和书商的大量印行,使这种文学样式发生了变化,它逐渐脱离了讲唱文学的形式,而成为作家的书写文学。当时的文人,开始只是加工话本,以后逐渐发展到模拟话本而进行创造。这种由文人创作,专供案头阅读的作品,有别于宋元话本,被鲁迅称之为"拟话本"。

　　话本在宋元至明代初期,都是以单篇的形式流传的。明代中叶以后陆续出现了合刻的集子,其中有话本,也有拟话本。如嘉靖年间钱塘人洪梗辑印的《清平山堂话本》原以单篇印行、辑印时代存在争议的《京本通俗小说》;万历年间熊龙峰刊印的《小说四种》,天启年间冯梦龙搜集整理的《三言》,崇祯年间凌濛初编写的《二拍》;以后还出现了天然痴叟著的《石点头》、东鲁古狂生编辑的《醉醒石》、周楫编写的《西湖二集》,等等。其中以冯梦龙的《三言》和凌濛初的《二拍》最为著名。

第一节 白话短篇小说的辉煌篇章:"三言""二拍"

　　"三言"是指冯梦龙编辑的三部话本小说集:《喻世明言》《警世通言》和《醒世恒言》。其中搜集保存了宋元明三个朝代几乎所有的优秀话本小说,是明末之前白话短篇小说的一次伟大总结。"二拍"是指凌濛初创作的两部话本小说集:《拍案惊奇》和《二刻拍案惊奇》。它们是第一次由文人独立创作的话本小说集,开辟了白话短篇小说创作的新纪元。"三言"和"二拍"历来并称为话本小说最优秀的代表,体现出中国通俗小说典雅化的进一步深入。这些作品深受读者喜爱。尤其是那些脍炙人口的名篇,被改编成各种艺术形式,流传非常广泛。它们的艺术成就表明,中国小说家不仅善于创作文言短篇小说,也善于用通俗流畅的白话写作短篇小说;不仅擅长撰写上百回近百万言的白话长篇小说,而且擅长创作两万字以内的白话短篇小说，艺术才能是多方面的。习惯于阅读"四大奇书"的读者，在"三言""二拍"中可以发现一片新的文学天地，体会到丰富的艺术感受。

一、"三言"的作者及思想内容

冯梦龙（1574—1646）字犹龙，号墨憨斋主人等，江苏长州（今苏州）人。曾多次参加科举考试，但始终只是个诸生，只好靠教书及编写各种书籍为生。五十七岁时才补了一名贡生，当了学官。六十一岁时做了福建寿宁知县，三年后退职。明朝灭亡时，他参加过抗清活动。清朝建立后仅两年，他就在极度悲愤的情绪中去世了。冯梦龙尽管在仕途上很不得志，却颇有文名，与他交往的人中有不少是当时文坛上的知名人物。他的才能是多方面的，有经学著作《春秋衡库》等多种，史学著作《寿宁县志》《绅志略》等，编辑有文言小说集《智囊》《情史》等，也有一些单篇的诗文。他最大的兴趣，是在通俗文学的整理及创作方面，写过戏曲《双雄记》《万事足》等，编过词曲集《挂枝儿》《山歌》《太霞新奏》等，增补过章回小说《平妖传》《新列国志》等，并曾怂恿书商刊刻《金瓶梅》。据不完全统计，目前所知署冯梦龙及其化名的著作不下八十种，可见他工作多么勤奋。在他编写的所有著作中，成就最高、影响最大的就是"三言"。

冯梦龙还是位著名的小说理论家，他的理论基础是"情真"。他很钦佩心学左派代表人物李卓吾，"情真"就是从李卓吾的"童心"说引申来的。他认为文学作品必须反映人的真情实感，反对礼法，反对复古，主张"独抒己见，信口而言"。正因为他有这样的思想，才会特别喜爱民间的各种通俗文学样式，对通俗小说倍加推崇。所谓明代"四大奇书"的说法，就是他提出来的。在小说创作上，他坚持主张通俗化，认为只有通俗，才能"谐于里耳"，即受广大读者喜爱，才能收到"可喜可愕，可悲可涕，可歌可舞"的艺术效果，从而起到道德教化目的，"虽日诵《孝经》《论语》，其感人未必如是之捷且深也"也就是说，成功的通俗小说，比《孝经》《论语》这样的儒家经典对读者有更快更深的教育效果。①

"三言"并不是同时出版的。大约天启元年（1620）前后，天许斋出版了一部名叫《全像古今小说》的话本集，扉页上有题识说："本斋购得古今名人演义一百二十种，先以三之一为初刻云。"它的目录前面，也题写着

---

① 周思源，沈治钧．中国古代小说简史 [M]．北京：北京语言文化大学出版社，2001：213-214．

"古今小说一刻"。这说明"初刻"或"一刻"后面必将有"二刻"和"三刻"陆续出版,它们的总名是《古今小说》。但是,当《全像古今小说》再版时,书名却变成了《喻世名言》。天启四年(1624)出版二刻,名《警世通言》;天启七年(1627)出版三刻,名《醒世恒言》。每部四十卷四十篇,共有话本小说一百二十篇。至此,"三言"全部出齐,而且将总名《古今小说》改成了各有道德教化意味的三个不同书名。这样一来,《古今小说》这个书名对于后来的读者,也就无异于《喻世名言》的另一个名称了。其实,《古今小说》应当视为"三言"的总称。明代金闾叶敬池刊本《醒世恒言》,内封右上仍然题写着《全像古今小说》,就是最好的证明。"三言"的刻本较多,其中最早而且最完整的版本是:《喻世名言》明天许斋刊本,《警世通言》明兼善堂刊本,《醒世恒言》明叶敬池刊本。原刻本都收藏在日本,二十世纪初才传回中国。这是中日文化交流史上的一段佳话。

"三言"的思想内容主要包括三个方面。

(1)揭露社会的黑暗,反映统治阶级与广大人民群众的矛盾,表现清官与贪官的斗争,暴露宗教虚伪荒淫的内幕。

这一类作品约占五分之一的比重。《隋炀帝逸游召谴》揭露了封建帝王荒淫豪奢的生活,《金海陵纵欲亡身》描写了一个追求动物式的性欲满足的封建皇帝的糜烂生活,《木绵庵郑虎臣报冤》中的贾似道,凭着他受宠的堂姐的关系,位极人臣,残害忠良,蒙蔽皇帝,襄阳、樊城被蒙古兵围困三年,竟然不报告天子,坏事做绝,最终被郑虎臣在木绵庵中用大槌击毙。《汪信之一死救全家》中的汪信之本来是封建王朝的忠实捍卫者,靠冶铁暴发,成为地方首富,占有广厦千间,役使渔民数百,最后却被构陷缉捕,不得不落草为王,骚扰州郡,无可奈何之下,一死了之。《李玉英狱中讼冤》《张廷秀逃生救父》《卢太学诗酒傲王侯》《一文钱小隙造奇冤》等,都从不同方面揭露了封建统治者卖官鬻爵、杀民领功、贪污腐化、草菅人命、愚弄百姓、践踏律法的滔天罪行。其中《沈小霞相会出师表》是最有代表性的一篇。

正直而有正义感的锦衣卫沈炼,因为不满于严嵩、严世藩父子把持朝政,颐指气使,以其人之道还治其人之身,被严氏父子贬谪到关外保安州受苦,沈炼却向百姓揭露严氏父子的罪行,教民射严嵩等奸人之靶,严氏父子派心腹杨顺任宣大总督,继续迫害沈炼,捏造通敌罪名把沈炼全家收监,监杀沈炼及其次子,发配三子及炼妻。又到绍兴老家迫害其长子沈小霞。沈小霞在被押解京师的过程中,得到其妾闻氏和冯主事的援助,巧妙地摆脱了押解污吏张千、李万,躲过了一场劫杀。十年之后,在严氏父子倒台之后才重见光明,并且因《出师表》收葬了其父沈炼的骨殖。

这篇小说写的是明朝当代的现实政治斗争，严嵩、严世藩父子把持朝政，炙手可热，并且拉帮结派，同路楷、杨顺等从上到下结成了一张严密的统治网，对持不同政见的异己人士，必欲置之死地而后快，不惜牺牲民族和国家利益，来打击政敌。他们畏敌如鼠，假意追杀却暗中通敌，大作交易，对人民则残酷压迫、杀民冒功，手段的狡猾、残忍令人发指。然而有沈炼这样的敢于斗争、不畏牺牲的有正义感的官员，有闻氏这样临危不惧、勇斗权奸的女性，有冯主事这样挺身而出、保护忠良的清官，有广大反对奸臣当道的人民，正义的力量最终取得了胜利。沈炼、沈襄的遭遇，撕下了高层官僚忠君保国、仁义公正的面纱，暴露了他们唯我独尊、排斥异己的处世哲学。而忠贞爽直的传统美德再也不是立身之本，在政治舞台上常常是惹祸之胎。因此，与魔鬼打交道，必须采用非常之谋。另外，闻氏作为小妾，临危不惧，机敏镇定，与丈夫患难与共的精神，感人至深。

（2）反映恋爱、婚姻和家庭生活，表现市民的婚恋观，呼唤下层妇女女权的觉醒。

在《宿香亭张浩遇莺莺》中，因为张浩的软弱，被迫答应了父亲娶孙姓女子。但莺莺却状告法庭，运用法律的武器，得到了官府的支持，挽救了即将毁灭的爱情。"花下相逢，已有终身之约，中道而止，竟乘偕老之心。在人情既出至诚，论律文亦有所禁，宜从前约，可断后婚。"这一段判词，肯定了自由恋爱的地位，否决了父母之命的传统。在《崔待诏生死冤家》中，璩秀秀与崔宁生则同衾，死则同穴，统治阶级的婚姻制度和观念受到了最强烈的挑战和批判，下层市民对爱情权利的争取表现得淋漓尽致。《宋小官团圆破毡笠》则愤怒控诉了嫌贫爱富的婚姻观念，对父母干涉子女爱情表示了极大的反抗。刘宜春绝不听从父母之命，另择富人子弟，而是恪守着与小商人宋小官的诺言，终于结为鸳俦，并且过上了富裕生活，体现了重人品、重感情的婚恋观念。

《卖油郎独占花魁》《蒋兴哥重会珍珠衫》《金玉奴棒打薄情郎》《杜十娘怒沉百宝箱》是"三言"婚恋题材中影响广泛而深远的名篇。花中魁首莘瑶琴不羡荣华富贵、宦门子弟，在从良时偏偏选中了卖油郎秦重，是因为她认为只有秦重才是真正的有情人，男女双方人格的平等成为爱情中起决定作用的因素，经济方面的条件则退居到次要地位。蒋兴哥最终原谅了王三巧失身于陈商的原则性过错，破镜重圆，表现了市民贞操观念的转变，蒋兴哥又娶陈商之妻平氏为妻，以王三巧为妾，体现了市民对贞操要求的尺度，正所谓"殃祥果报无虚谬，咫尺青天莫远求"。莫稽在走投无路时入赘团头之家，在金玉奴的精神和物质的双重支持下终于高中皇榜，于是有了换妻的念头，竟然将玉奴推入河中，但是最终在洞房花烛之夜,让金玉奴出尽心中怨气之后,又重修旧好,表现了市民爱情观念中向富贵荣华倾斜的一面,为了社会政治地位的提升牺牲了对丈夫人品的限制。杜十娘拥有无价之宝,在物质上即使不依赖李甲也可以逍遥此生,然而她却选择了投江自尽,它表明封建等级制度和封建礼教,仍然是下层女性争取人权不可逾越的障碍,当事人的社会身份和社会地位在爱情和婚姻中仍然有决定性的作用,杜十娘纯情式的爱情观并不适用于纨绔子弟,她不想让金钱在爱情的天平上产生太大的作用,但是她却被李甲不假思索地出卖了,留给读者的就只有杜十娘"宁为玉碎不愿瓦全"的刚烈性格,以及对人格的执着追求,显示出爱情悲剧的巨大思想意义。

另外,《钱秀才错占凤凰俦》《小夫人金钱赠年少》《吴衙内邻舟赴约》《月明和尚度柳翠》,也都从不同角度表现了明代普通人的婚恋观念。他们大胆地肯定情欲,推崇物欲满足,甚至追求畸形的消费观念,这固然使禁欲主义遭到了唾弃,但另一方面也说明明代人太注重实际,胸欠大志,使自己的生活变得平淡甚至平庸起来。这同上层统治者不负责任的为政方略和生活态度有直接关系,当人民发现,在庄严神圣的政治包装中,统治阶级实质上是在醉生梦死地享受人生时,老百姓便不想再让别人欺骗和利用,理想的坍塌便主动消解了生活的政治内涵,变得平淡甚至平庸起来。

（3）反映经商生活,表现纯真的友谊。

市民由于社会地位的鄙微,经济收入的低下,活得不容易是一种基本的生存感受。因此,就其社交主流而言,是渴望支持和友谊。《施润泽滩阙遇友》中描写吴江的商品生产状况说:"镇上居民稠广,土俗淳朴,俱以蚕桑为业。男女勤谨,络绎机杼之声通宵彻夜。那市上两岸,抽丝牙行约有千百余……四方商贾来收买的,蜂攒蚁集,挨挤不开,路途无伫足之隙。"施复出于一个小商人对经营资本的高度依赖和重视,把捡到的六两银子归还给失主朱恩。为此,二人结下深厚友谊,在此后的经商活动中,两人互相支持,互相帮助,终于成为朋友和亲家,商业也得到了很大发展。相反《桂员外穷途忏悔》中的桂富五,忘恩负义,对不起曾经在危难之中周济他三百两银子的施济,作者便让他一家投为狗胎,以报前生之德。《李汗公穷邸遇侠客》中的房德,对有救命之恩的李勉,恩将仇报,并雇用杀手企图杀死李勉,结果被杀手问斩。《俞伯牙摔琴谢知音》颂扬了高山流水式的友谊,表现了知己难觅、人生得一知己足矣的感慨。《羊角哀舍命全交》《范巨卿鸡黍死生交》《吴保安弃家赎友》《张孝基陈留认舅》等作品,无论是取材于历史,还是取材于现实,都把友谊看得高于一切,追求言行一致、一诺千金的交友原则,士为知己者死,成为交友的基本纲领。

另外，"三言"中还有一些公案题材和佛道题材的作品，表现了市民对官府的期待，反映了寺观生活的某些侧面。也有不少宣扬封建伦理和迷信思想的作品，例如《大树坡义虎送亲》《小水湾天狐贻书》等。

二、"二拍"的作者及思想内容

凌濛初(1580—1644)，字玄房，号初成等，湖州乌程(今浙江吴兴)人。他的祖先世代为官，父亲凌迪知、叔父凌稚隆喜欢刻印书籍，所以，凌氏家族是当时著名的书刻世家。凌家又与当时同样著名的书刻世家乌程闵氏世代通婚，其家庭有浓厚的商业气息。凌濛初天资聪明，但屡次参加科举考试都不成功，情绪十分愤激。五十岁以后才出仕为官，曾任徐州通判。明朝灭亡那一年(1644)，李自成的一支农民起义军包围了他任职的房村。凌濛初困守城楼，结果呕血而死。他的著作很多，有《诗经人物考》《后汉书纂评》《鸡讲斋诗文》《南音三籁》等。他最主要的成就在通俗文学方面，编写过戏曲《北红拂》《颠倒姻缘》《宋公明闹元宵》等，曾得到汤显祖等人的高度评价。但他影响最大的作品，还是话本小说集"二拍"。他是第一个摹拟话本而写成短篇小说集的人，艺术见识不凡。

《拍案惊奇》成书于天启七年(1627)，共四十篇，次年由尚友堂书坊刊行。《二刻拍案惊奇》也是四十篇，刊行于崇祯五年(1632)。现存比较完整的"二拍"是日本内阁文库本，初刻完整，二刻共三十九卷，其中的第二十三卷与《拍案惊奇》重复，第四十卷亡佚，补了一篇《宋公明闹元宵》的杂剧，所以，"二拍"现存小说只有七十八篇。凌濛初在《拍案惊奇序》中谈到了自己创作拟话本的初衷。其中有三点值得引起我们的注意。第一，争市场，正人心。因为当时"承平日久，民佚志淫"，许多不负责任的作者"广摭诬造，非荒诞不足信，则裹秽不忍闻，得罪名教，种业来生，莫此为甚"，所以，凌濛初才创作拍案惊奇来抵消那些充满荒诞和色情描写作品的影响，以便同冯梦龙的《喻世名言》等一样，破陋习，存雅道。第二，追求"奇"的艺术效果。"其事之真与饰，名之实与赝，各参半。文不足征，意殊有属，凡耳目前怪怪奇奇，当以无所不有。"所选题材，大多取材于明代世相，远离牛鬼蛇神，因为"耳目之内，日用起居，其为谲诡幻怪，非可以常理测者固多也"。这就使得其作品更加贴近现实生活，贴近读者，具有更重要的文献价值。第三，鲜明的独创性。即空观主人毫不隐讳地说当时"宋元旧种，亦被搜括殆尽""一二遗者，皆其沟中之断芜，略不足陈"。而"肆中人见其行世颇捷，意余当别有秘本，图出而衡之"。

因此，凌濛初"取古今来杂碎事，可新听睹，佐诙谐者，演而畅之"。

这就是说，与"三言"相比，"二拍"最大的特点之一，是作家独立撰写的成分要大得多，它或者没有资料可借，或者资料非常简略，作者不是"编辑"，而是"创作"，正如孙楷第所说："借一事而构设意象，往往在原书中不过数十字，记叙旧闻，了无意趣。在小说中则清淡娓娓，文逾数千，抒情写意，如在耳目。化神奇于臭腐，易阴惨为阳舒，其功力亦实等于创作。"

（1）"二拍"的积极思想内容有以下五个方面。

揭露官府的反动面目，抨击理学的虚伪本质。

《进香客莽看金刚经，出狱僧巧完法会分》中的常州太守为了得到洞庭某寺中的镇寺之宝——白香山手书的《金刚经》，暗嘱强盗揭发寺中僧人窝藏赃物，借此将主持收监，逼得主持不得不保性命而舍墨宝，官府的强盗嘴脸暴露无遗。

《王渔翁舍镜崇三宝，白水僧盗物丧双生》中的提点刑狱使者浑耀，同样是打死主持，夺得宝镜。

《硬勘案大儒争闲气，甘受刑侠女著芳名》，把批判的矛头直接对准儒学大师朱熹，为了报复瞧不起自己的唐仲友，凭借手中的职权，大搞逼供信，让台州名妓严蕊告发她与台州太守唐仲友有奸情，以此陷害政敌。

《伪汉裔夺姜山中，假将军还姝江上》中的官府，与江湖大盗柯陈互相勾结，狼狈为奸，使得民不堪命，官匪一家的题旨昭然若揭。

正如《程元玉店肆代偿钱，十一娘云冈纵谭侠》中的韦十一娘所说："世间有做守令官，虐使小民，贪其贿又害其命的；世间有做上司官，张大威权，专好谄奉，反害正直的；世间有做将帅，只剥军饷，不勤武事，败坏封疆的；世间有做宰相，树置心腹，专害异己，使贤奸倒置的；世间有做试官，私通关节，贿赂徇私，黑白混淆，使不才侥幸，才士屈抑的。"这一段话可以说是对封建官员丑恶本质的高度概括。

（2）大量反映经商活动，张扬好货好利，揭露欺诈拐骗。

"三言"中得意于商场的商人，常常以金榜题名为归宿，反映了编撰者轻视商人的官本位思想。"二拍"中对商人的地位有了更进步的看法。

《叠居奇程客得助，三救厄海神显灵》中说，徽州的风俗，以商贾为第一等生业，科举反在次着，无论宗族朋友，还是家属妻妾，皆以获利多寡来衡量归来的商人。商人获利归来之时，犹如读书人中了科举一般。程宰得到海神援助，不仅财运亨通，而且艳遇有缘，靠的是"人弃我堪取，奇赢自可居"的经商原则。

《转运汉遇巧洞庭红，波斯胡指破龟龙壳》的文若虚，本是个穷困潦倒的落魄书生，凭别人凑的一两银子，带洞庭红到海外贸易，竟获利八百余两白银。又在半途中捡得龟壳带回，售价五万两，一夜之间，店铺相连，富甲一方。读书人的发财梦想在贸易中得到实现，商人的社会地位在致富中得到提升，与皓首穷经的腐儒可谓天壤之别。

与经商致富不同的是欺诈拐骗和行凶打劫，有的人看到别人发家赚钱，妒火中烧，便采用非法手段直奔财富。《李公佐巧解梦中言，谢小娥智擒船上盗》中的申兰、申春兄弟就是依靠在江湖打劫而暴富的，《丹客半黍九还，富翁千金一笑》中的丹客是一个披着宗教外衣的江湖骗子。作者对这一类非法致富的骗子进行了彻底揭露，给他们安排了自食其果、终受报应的可悲下场。

（3）描写婚姻恋爱生活，表现了较为进步的婚恋观念。

这一类作品在"二拍"中所占的比重相当大，约有百分之四十，在相当多的作品中，体现了作者比较进步的婚恋观。

《同窗友认假作真，女秀才移花接木》中的闻俊卿自幼女扮男装，习成文武全才。在婚姻问题上自作主张，最终与同窗好友杜子中结为良缘，并同另一位同窗魏撰之长期保持密切的朋友关系，还帮助他找到了如意妻室。自由恋爱、婚姻自主、男女平等的意识表现得相当充分。

《通闺闼坚心灯火，闹图圄捷报旗铃》中的罗惜惜与张幼谦同日诞生，自幼在书馆中情深意笃，后来私订终身。后来，幼谦常常随在外地任幕僚的父亲随任读书，罗惜惜的父亲便把惜惜许配给城中辛姓巨富之家。但惜惜与幼谦仍然暗中来往，藕断丝连。最终被罗家当场捉奸，送到官府。收监期间，捷报传来，县宰、州守都秉承湖北帅使的指示大力成全，使有情人终成眷属。作品的字里行间都流露出对自由恋爱的赞颂，对封建礼教的蔑视。

《张溜儿巧布迷魂阵，陆惠娘立决到头缘》中的陆惠娘是一个机智而颇有主见的女性。她的丈夫张溜儿以陆惠娘为诱饵，哄骗聘金，谎称陆惠娘是新寡的表妹。陆惠娘不愿意同这样的禽兽之辈共同生活，便将计就计，与意中人沈灿若连夜逃脱，结为终生伴侣。在这里，从一而终、三从四德之类的封建礼教变得一文不值，而割断恶缘，自择良配成了符合道义的事情，作者的女性观、婚恋观是相当进步的。

另外，作者在《赵司户千里遗音，苏小娟一诗正果》中，歌颂赵盼奴和赵不敏生死不渝的爱情，在《李将军错认舅，刘氏女诡从夫》中肯定刘翠翠和金定的真诚相爱，在《满少卿饥附饱飏，焦文姬生仇死报》《酒下酒赵尼媪迷花，机中机贾秀才报怨》等作品中对所谓名节，都进行了相当深刻的批判。

（4）揭露寺观中的丑行，对僧道的不法行为痛加揭露。

《酒下酒赵尼媪迷花，机中机贾秀才报怨》中观音庵里的赵尼姑，以求子为诱饵,醉翻贾秀才的妻子巫氏,让流氓卜良轻薄,从中赚取钱财。《西山观设箓度亡魂,开封府备棺追活命》中的道士黄妙修,借为吴氏超度丈夫亡灵的机会,大肆偷情,并以表舅的身份与吴氏长期保持联系。在这一类作品中,寺观僧道清静无为、远离红尘的传统观念被彻底抛弃,显露出来的是他们奸淫良善,败坏社会风气的丑恶嘴脸,让人们看清了这些披着宗教外衣的和尚、道士、尼姑、道姑中,其实并不乏宜淫诲盗之徒。

（5）歌颂侠义之士,伸张正义之举。

《神偷寄兴一枝梅,侠盗惯行三昧戏》就塑造了一个义偷嫩龙的形象,他手段高强,侠肝义胆,不伤害平民百姓,专拣那些官宦富豪家下手,做了不少偷富济贫的好事。"嫩龙事迹从头看,岂必穿穴是小人。"作者打破了传统的一概以盗贼为恶人的观念,看到了义偷的正义之举,政治嗅觉的灵敏度非常高。这类作品虽然数量不多,却可以从中透视出作者的政治态度。

三、中国通俗小说典雅化的深入

中国通俗小说的典雅化,开始于元末明初。第一阶段完成于明中叶,其成果就是以《三国演义》《水浒传》《西游记》为代表的章回小说。明代后期,第一部由文人独立创作而成的章回小说《金瓶梅》问世,表明通俗小说的典雅化过程继续深入,迈进了新的发展阶段。"三言"代表着文人大规模搜集整理话本小说的最高成就,"二拍"则是文人摹拟话本形式进行独立创作话本小说集的开始,同样也是通俗小说典雅化继续深入的突出表现。

"三言"总称《古今小说》,"古"是指宋元旧作,约占三分之一;"今"则指明代作品,特别是冯梦龙所生活的时代流传于世的作品。对这些话本,冯梦龙都进行了较大幅度的加工整理,使之更加合乎典雅化的要求。

首先,冯梦龙为这些作品确立了明确的主题思想。

冯梦龙整理"三言",是有道德教化目的的,这从三个书名上就可以看出来。他说:"明者,取其可以导愚也;通者,取其可以适俗也;恒则习之而不厌,传之而可久。"也就是说,他希望这些作品在使读者愉悦的同时,能明白些事理,如同从醉梦中惊醒一样,并使这种清醒的道德人格恒久不变。这样,"三言"也就可以"为六经国史之辅",即成为儒家经典及正史的有益补充。出于这种考虑,他大大强化了作品中的忠孝节义等思想观念,也根据他的"情真"理论,肯定了人性的本能要求。不管这些主题思想是保守的还是激进的,他都力图使之明确,不再像宋元旧作那样往往只把注意力集中在故事情节上。"三言"的结构模式是，开始提出一个明显的有道德教化意味的主题，正文则用故事情节和艺术形象加以说明，最后再对这一主题进行归纳总结。美国学者韩南指出："其结构原则根本上是以某个道德观念为基础，故事中叙述者的说教安排出戏剧性的反讽。"这样做的结果，文学表现力固然增强了，但原作中朴素的作风和一些市民意识却减弱了，失去了不少俗趣。这是通俗小说典雅化付出的必然代价。

其次，冯梦龙对话本小说体制进行了规范。

第一，修改作品的题目。冯梦龙参照章回小说回目的样式，将相邻两篇的篇名编成了对偶的回目。《喻世明言》第三卷《新桥市韩五卖春情》对第四卷《闲云庵阮三偿冤债》；《警世通言》第十六卷原名《志诚张主管》，冯梦龙改成《小夫人金钱赠年少》，以便与第十五卷《金令史美婢酬秀童》相对；《醒世恒言》第三卷《卖油郎独占花魁》对第四卷《灌园叟晚逢仙女》，十分工整典雅。这样，在形式上使话本小说增添了一些美感，当然也失去了一些生动活泼的俗趣。

第二，删除说话艺人的术语。宋元话本中保留着说话人的一些口头禅，像《刎颈鸳鸯会》中的"权做个笑耍头回"、《简贴和尚》中的"话本说彻，且作散场"等。这些术语，适用于现场说唱，可以起到与听众交流的作用。作为书面读物，它们就完全多余了，删去是应该的。典雅化的主要目的，是使通俗小说从口头样式向书面读物转化，删除说话术语是一个突出的表现。

第三，冯梦龙强调"人话"的作用，为一些缺少"人话"的话本增补了短小的故事。如《清平山堂话本》中的《五戒禅师私红莲记》没有"人话"，《喻世明言》中的《明悟禅师赶五戒》则加上了三生相会的故事。这样处理，使"人话"增强了说明主题的作用，给人一种结构完整的感觉。话本到冯梦龙手里，作为书面读物，形式上确实大大完善了。

其三，冯梦龙对话本小说的语言文字进行了修改润饰。

这包括诗词的删改，字句的修饰及细节描写的增加。对于错字、误字、俗字及费解的词语和不通的句子，冯梦龙都做了修饰，使语言更加规范典雅了。这种改笔无处不在，例子不胜枚举，是使话本艺术水平得以提高的重要原因之一。

宋元话本，原是有说有唱的，所以里面保留着很多诗词韵语。如果适当，可以增添话本的韵味，太多则喧宾夺主，不符合散文的文体要求。特别是，有些诗词在情节中明显不合适，是说话艺人炫耀知识和卖弄口才的东西，在书面读物中成为不和谐的部分。对此，冯梦龙都进行了删改。他强化了篇首诗和篇尾诗阐明主题的作用，正文中穿插的诗词也尽量典雅，起码不能让它们与情节主题发生矛盾。这无疑使话本小说更合乎书面阅读的要求了。最有意义的，是冯梦龙针对原作中描写不充分的地方，增补了大量情节，特别是强化了细节描写和心理刻画。比如《明悟禅师赶五戒》对《五戒禅师私红莲记》增补改写之多，几乎相当于重新撰写。原本从佛印出家到做大相国寺主持，只有四十个字的简单叙述，冯梦龙则增加到一千一百多字，使情节更为细致合理了。很显然，冯梦龙把自己的文学描写才能充分施展在加工整理"三言"的工作中去了。这是"三言"取得出色艺术成就的根本保证。

其四，冯梦龙完全改写了原有的作品。

如《喻世明言》第十二卷《众名姬春风吊柳七》，原名《柳耆卿诗酒玩江楼记》。原作写宋代著名词人柳永凭借权势玩弄妓女周月仙，十分有损于柳永形象，也不符合历史上柳永的真正事迹。出于对柳永的敬仰，冯梦龙彻底改写了这篇话本：迫害妓女的另有其人，柳永则抑强扶弱，帮助妓女与有情人结为夫妻。这便完全改变了作品的主题，也改掉了原作"鄙俚浅薄"的毛病。再如《喻世明言》第四十卷《沈小霞相会出师表》，原是文言小说，名《负情侬传》。冯梦龙以通俗流畅的白话对它进行了改写，增大了篇幅，强化了心理描写，使一篇普通的文言小说变成了著名的优秀话本。这类改写，显示了冯梦龙卓越的艺术才能。[①]

其五，冯梦龙开始摹拟话本进行独立创作。对旧作的整理加工，也刺激了他的创作热情，偶尔他也撇开一切依托，完全创作属于自己的作品。在"三言"中，现在能够肯定是冯梦龙创作的话本仅一篇，即《警世通言》第十八卷《老门生三世报恩》。以常情推断，应当不止于这一篇，但现在难以确指。在冯梦龙之前，或许也有文人摹拟话本进行创作，可惜不知其名。所以，尽管"三言"中仅有一篇冯梦龙的作品，但它可以说明，冯梦龙是目前所知进行摹拟话本独立创作的第一个文人作家。如此看来，凌濛初继他而起，独立创作出话本小说集，就是顺理成章的了。

凌濛初是第一个独立创作话本小说集的文人，可是，"二拍"从内容到形式都比"三言"多了些俗趣。这种情形，与《金瓶梅》有惊人的相似之处。或许，这是由创作心理所决定的。文人作家明知他们所借助的形式原是民间的东西，所以反而比施耐庵、罗贯中、吴承恩、冯梦龙等加工整理者更强调作品的通俗意味。兰陵笑笑生追求"奇书"效应，凌濛初追求"拍案惊奇"效果，于是形成了对典雅化趋势的反拨。然而，只要文人开

---

① 周思源，沈治钧. 中国古代小说简史 [M]. 北京：北京语言文化大学出版社，2001：220.

始独立创作,通俗小说的典雅化就必定要深入,从而在清中叶使这个艺术目标得以完全实现。

四、"古今小说"的艺术宝库

冯梦龙自负地总称为《古今小说》的"三言",囊括了宋代、元代及明代的优秀白话短篇小说,共一百二十篇,确实堪称是一座蕴藏丰富的话本宝库。这些作品的题材内容十分广泛,用"多姿多彩"来形容是一点儿也不过分的。

"三言"中有大约三分之二(八十篇左右)的作品是明代话本,它们的思想艺术成就也是不可低估的。

《三言二拍》是明末商品经济大潮冲击文化市场的产物。它们的作者都明确承认小说创作的商业性,所以小说本身充满了浓厚的小市民审美情趣。但作者的创作态度又是严肃的,作者都明确表示要通过小说的"言"来教育人,维护社会安定。虽然我们能明显从小说中看到作者道德观中含有不少封建伦理色彩,但他们这种以济世为己任的创作态度则是难能可贵的。

《三言二拍》作为我国古代短篇小说,在我国小说发展史上具有重要的地位。它前承宋元话本的传统,兼采传奇之长,后启《石点头》《西湖二集》《醉醒石》《艳镜》《觉世雅言》等白话小说,代表了明末话本创作的最高成就。

《三言二拍》中的小说寓意深刻,主题集中。作者用现实主义的创作风格再现社会生活,为读者展示了一幅明末市井众生的风景画,带动了文学上关注国计民生、要求经世致用的实学思潮的兴起。小说基本取材于民间传说和宋元话本,一方面表达了作者对生活的理想追求,肯定了人情、人欲的合理性,充满了对普通人命运的关注和同情,体现了新兴市民对美好生活的愿望。另一方面《三言二拍》改变了重农抑商的传统意识,肯定了经商致富的行为,塑造了一批善良质朴而又精明能干的商人形象。作者还强调文学的教化作用,明确表示要通过小说的"言"来济世教民,整饬世风。美中不足的是小说中大谈忠孝节义,因果报应。

《三言二拍》的故事情节曲折,构思巧妙。小说中很多故事情节设计得波澜迭起,令人读来欲罢不能。如《蒋兴哥重会珍珠衫》,以珍珠衫为线索贯穿全文,叙述蒋兴哥、三巧和陈大郎之间复杂的感情纠葛。小说一波三折,而又严饬工整,在细节描写和人物心理的刻画上都有独到之处。①

《三言二拍》的语言具有大众化、通俗化的特点，但又经过提炼加工，不少语言极富感染力和表现力，质朴自然又颇得传神写照之妙。如写杜十娘临死之前，挑灯梳洗，"脂香粉泽，用意修饰，花钿绣袄，极其华艳，香风拂拂，光彩照人"，作者抓住这些异乎寻常的举动和现象，十分传神地写出了十娘当时的死志已定，而且是准备以"用意修饰"来表明自己"一片无瑕玉"竟被无情摧毁。《三言二拍》更多的语言看似是不加雕饰的大白话，但其实十分个性化的，极具造像功能。

《三言二拍》对后世有着深远的影响。其中不少篇目被改编为戏曲、曲艺搬上荧屏，长期活跃在人民的文化生活中。同时《三言二拍》也是最早被介绍到国外的中国文学名著之一，在世界文坛上被誉为与欧洲薄伽丘的《十日谈》相并称的通俗文学经典之作，并被翻译成多国文字，广为流传，不愧为宋元明短篇小说的精华。

第二节　《石点头》等其他明代话本小说

在"三言""二拍"的影响下，明末清初白话短篇小说的创作出现了繁盛的局面，一时作者纷起，专集频出。这种局面一直持续到清中叶才渐趋衰歇。下面我们就对明末白话短篇小说的基本情况作一些简单的介绍。

一、《石点头》

《石点头》，共十四卷，"天然痴叟著，墨憨主人评"，明末叶敬池刊行。石点头出自佛经典故。据说"竺道生入虎丘山，聚石为徒，讲《涅槃经》，群石皆为点头"。也就是说，作者相信自己的作品可以导愚化顽，让读者领悟社会和人生的真谛。

十四篇小说，除《唐玄宗恩赐旷衣缘》写的是宫闱私事外，其他都是社会世相的再现，涉及面甚广。作品的特点在于：目的虽在宣扬封建伦理道德，多有封建道德说教，连题目中都标明"认子""寻妻""求父""孝妇""烈女"等，但内容却很富有社会现实性，注重对社会弊端的揭露，对人生世相的描绘。如《王立本天涯求父》是个孝子寻亲故事，目的在宣扬"人当以孝道为根本""过活还是小节，天伦乃是大节"，但借王瑜因"地近

① 舒静庐.中国古典文学名著欣赏[M].合肥：安徽文艺出版社，2013：35.

帝京，差役繁重"，被迫离乡背井，逃难远方的描写，揭露了当时社会赋税徭役的苛重，官府"征比"的残酷，盘剥勒索的情弊，揭露了"催征牌票雪片交加，差人个个如狼似虎，莫说鸡犬不留，那怕你卖男鬻女"的严重性，更反映出"四海之大，幅员之广，不知可有不困于役的所在"的普遍性。《郭挺之榜前认子》宣扬女子贞节，无后为大，却也反映出赋税苛重，逼得穷苦人家卖儿卖女的惨象。《侯官县烈女歼仇》赞扬妇女节烈，却也揭露了当时社会恶人嚣张，勾通官匪、诬害平民的黑暗现实。另外，《贪婪汉六院卖风流》揭露官吏贪酷，税监扰民，《感恩鬼三古传题旨》揭露科场卖关节舞弊，《王孺人离合团鱼梦》揭露拐卖妇女，都反映出社会的黑暗，世风的败坏。

《石点头》反映出作者浪仙思想的矛盾性，这形成了《石点头》的又一个特点。写官员，他指斥"若一味横着肠子，嚼骨吸髓，果然不可"，但又认为作官清廉，"又觉得太苦"。他的见解是："也不禁人贪，只是取之有道，莫要丧了廉耻；也不禁人酷，只要打之有方，莫要伤了天理。"即是说，为官可"贪"可"酷"，只是不要过分，"丧了廉耻""伤了天理"。《贪婪汉六院卖风流》正是揭露"丧了廉耻""伤了天理"的"吾剥皮"。这与以前话本小说歌颂清官，抨击贪官的调子不大相同。写爱情，在《莽书生强图鸳侣》中，他既批评卓文君的私奔，又写私奔的莫可和斯紫英有真情。而写莫可的真情，却又以死赖"强图"斥之，更以斯员外不认亲生女贬之，但这一切却又掩盖不了对莫可与斯紫英爱情婚姻的生动描写。在《王孺人离合团鱼梦》中，写王从事妻乔氏被拐骗，对恶棍以死相拼，刺瞎其眼，后被卖为县官妾，也不忘前夫。王从事思念妻子，不肯再娶，后终得团聚。但他既写王从事不嫌妻子被卖"失节"，把他们"夫妻重合"当"美谈"；又写乔氏终以自己曾"失节"为耻，遗言死后"不得与你父亲合葬"。更引人注意的是《暴风奴情愆死盖》，瞿妻方氏寡居难熬，与好女色的孙三私通，还主动勾上女儿凤奴，三人长久鬼混。后被瞿家告到官府，判决分离。凤奴嫁了张监生为妾，但守节不从，最后孙三、凤奴为情而死，尸体烧化后，两尸胸前一块不毁，互现对方影像。作者一方面告诫人"是男莫邪淫，是女莫坏身"，一方面又对孙三、凤奴怀有同情，作品结尾的浪漫描写，真可算是感天动地的坚挚爱情使然，但却又是淫乱聚麀所致。小说既写乱伦，又言爱情，既写私通，又言守节，让人迷惑不解。还有《潘文子契合鸳鸯冢》，表面上批判好男风，但又似在歌颂同情恋者的深情，所谓"可知烈女无他技，输却双雄合墓中"。

从《石点头》全书看，作者是一个比较正统的封建知识分子，其中作品都反映的是社会民俗，特别是农村生活的苦难，对一些挣扎在社会底层的小人物充满同情,甚至以女乞丐为主人公。全书的气氛比较凝重,一些始离终合的大团圆作品也多写磨难的痛苦,少见重聚的欢乐,反映出当时的芸芸众生所遭受的生理和心理的折磨。只有《唐玄宗恩赐矿衣缘》这篇历史故事有喜剧色彩,格调较为轻松。作者又好说教,常常是忍不住长篇说教,而且态度很是诚恳庄重,还并不像凌濛初那样说教也有,但又似乎并非特别认真,所以常是游离于作品之外,是外加上去的,而作品的情调却往往较开放,如他对妇女失节就几乎并不当回事写。而《石点头》则很认真。如《王孺人离合团鱼梦》这个妇女被拐卖的故事,就是从《拍案惊奇》卷二十七《顾阿秀喜舍擅那物》中头回故事演化而成,但席浪仙对妇女"失节"的态度就比凌濛初严厉得多。这篇作品的头回故事写宁王夺卖饼人妻,却批评其妻"冶容诲淫,合该有此变故",似乎长得美也成了过错,简直是迂阔冷冰。不过,席浪仙毕竟生活在社会黑暗混乱的明末,他所注重的封建伦理道德虽仍占统治地位,但越来越显露出虚假空疏,维系不了人心。他又受到晚明思想解放浪潮的影响,新旧思想交替的复杂性、个性解放和靡烂纵欲夹裹等都影响到他,使他产生思想矛盾,反映到作品中就会出现上面说到的那些矛盾描写。而且,即使他很重视"孝",认为"人生百行,以孝为先"(卷十一),但写孝子寻父,仍写出弃母不养是不孝:对含辛茹苦抚养长大的母亲"还未曾孝养一日,反想去寻不识面的父亲""只怕情理上也说不过"。他重视读书做官,科举正途,所以写郭挺之科场失利产生"要弃书不读之意"时,贤惠的妻子便以正言"再三宽慰",他最后也仍考中进士。但是,这个科举士子却又具有商人头脑,连去舅父处散心也知道顺带长途贩运赚钱,真是文士而商人,一身而二任焉,完全不是死读圣贤经典的书呆子,这也是新的时代、新的思潮中的产物。

从作品总的思想内容上说,《石点头》不及"三言"深刻丰富,也不及"二拍"具有新内容、新特色。但从艺术上说,《石点头》虽不及"三言"成就高,却还略可比肩"二拍"。作品结构严谨,情节曲折,描写细致,特别突出的是人物刻画较见功力。如吾爱陶之贪酷无耻(卷八),申屠希光之精细刚烈,方六一之阴狠奸诈(卷十二),以及郑无同的无赖(卷五),卢梦仙的执拗(卷二)等,都刻画得性格鲜明,形象栩栩如生。作者还长于描写。如《侯官县烈女歼仇》中,对方六一诬害董昌谋其妻的阴险奸计,写得细致周密,滴水不漏。对申屠氏报仇杀敌的过程,更写得细腻而有层次,从假意允婚到断剑磨剑、察看路径、安排家事、灌醉帮凶、亲手杀仇,直到斩草除根的过程都写得层次分明,丝丝入扣,而在这过程中,人物性格也鲜明了。又如《王立本天涯求父》写孝子寻亲,却忽入一段司礼监秉笔大太监寻母的小插曲,李太监为求孝名寻母亲;但见母是贫妇却又不认,而认了一个白胖的老妓女为母。这场小闹剧就写得极风趣生动，讽刺入骨，而又对王立本"天涯求父"作了有力反衬。

作者还善于进行心理描写，常常以大量人物内心独白的细致铺写取胜。如郭挺之榜前认子，写郭挺之娶青姐的内心矛盾就颇出色。他仗义救了青姐，其父要以女相报，他见青姐美丽，"非不动心"，但"恐碍了行义之心"，不肯答应。后来躲雨无意闯入青姐家，受到热情款待，"饮到半酣之际，偷着将青姐一看""更觉动情"。但又"心下想一想，恐怕只管留连；把持不住，弄出事来"，于是又告辞要走。被米家苦苦相留，因青姐态度坚决，他才答应婚事。这一段细腻的描写，把郭挺心徘徊于礼教与感情之间的矛盾心态，生动刻画出来。又如《唐玄宗恩赐纩衣缘》，通过大段的内心独白、奇异的梦境，清晰地展现了宫女热切向往平民夫妻生活的内心世界。

如果说心理描写在"三言""二拍"中已取得较高成就，《石点头》的描写并不特别突出的话，那关于肖像的描写则显出新意。过去的作品不太注重人物外貌描写，即使描写也是"羞花闭月，沉鱼落雁"等骈俪句子，陈词滥调较多。

本书的语言精细凝重，形成了独特风格。但缺乏"三言""二拍"等拟话本酣畅挥洒的气势。不过，"二拍"虽已是作家个人独立创作，但作品还受所袭题材的局限，有风格不够统一之处。

《石点头》个人风格的形成，标志着拟话本的充分文人化。作者不仅善于驾驭书面语言，也能运用俗语口语，生动表述。但缺点是书卷气略重，有时文白交杂，显得生硬。而且好引经据典掉书袋的毛病，还泛滥到作品中人物身上，使人物语言与其身份性格不相符。

二、《西湖二集》

《西湖二集》，共三十四卷，"武林济川子清源甫纂"，清源是作者的字，姓名是周楫，约成书于崇祯年间，估计此前有《西湖集》，已失传。

该书湖海居士的序中说周楫是"旷世逸才，胸怀慷慨""才情浩瀚，博物洽闻"，然而"怀才不遇，蹭蹬厄穷"，因为"司命之厄我过甚，而狐鼠之侮我无端，余是以望苍天而兴叹，抚龙泉而狂叫者也"。他创作小说的目的一是要劝诫世人，二是要抒发不平。

《西湖二集》以"西湖"名集，写的都是同杭州西湖有关的人和事，而且大都是历史题材。自然风光、历史名人、风土习俗等，都具有浓厚的西湖特色。不过，其最优胜的，是广泛地反映了明代的社会，政治的腐败，官吏的贪污作恶,民不聊生,以至于当时的风俗习惯,和一部分知识阶级,对当时的现状,抱着怎样的态度。其中最突出的是对官场的揭露。如《胡少保平倭战功》揭露了"纱帽财主的世界"里,"糊涂贪赃的官府多",官吏们都拼命贪赃搜刮;《刘伯温荐贤平浙中》抨击做官的不过是一些"害民贼";《祖统制显灵救驾》痛斥"黄榜进士"们"连猪狗也不值",只知诈害地方邻里,"夺人田产,倚势欺人";《商文毅决胜擒满四》揭露"衙门中的人都要揉曲作直,以是为非,以非为是,上瞒官府,下欺百姓,笔尖上活出活入,那钱财便就源源而来"。《愚郡守玉殿生春》写尸居高位的大官都是些目不识丁的愚盲。《巧妓佐夫成名》更写妓女也能识破那些当官的"大概都是七上八下,文理中平",甚至是"一窍不通"的家伙,看清"衣冠之中盗贼颇多,终日在钱眼里过""贪官污吏做害民贼,刻剥小民的金银,千百万两家私,却从那夹棍、拶子、竹片、枷锁终日敲打上来的"。昏聩而又贪婪的官吏,把持朝政,盘剥人民,社会当然黑暗混乱,老百姓也没有活下去的日子了。在《徐君宝节义双圆》中,作者借元末写出明末社会的动乱。而在《胡少保平倭战功》中,则直接写出明代的所谓"盗贼"都是由贪官逼反的,"所以梁山伯的那一般好汉,专一杀的是贪官污吏"。不过,周清原是很有"用世之心"的,作品中写知识分子怀才不遇,正是对强烈渴求用世不被重视的不满;在《刘伯温荐贤平浙中》后,附上《戚将军水兵篇》和《海防图式》,在《胡少保平倭战功》后,附有《紧要海防说》并《救荒良法》数种,这也是"用世之心"的表现;即使是写南京的偏安,明初的盛世,也是对明末帝王提出警告,要他们吸取教训,无忘祖业;所以才会像前面毫无必要地附录一些治军救国之法一样,常常没有必要地把朱元璋拉进来赞美一通。这都可见周清源"用世之心"的热切。

　　《西湖二集》的明显毛病亦是好说教,又好宣扬因果报应观念。正如作者自己在卷七入话中说的:"意在劝世,所以不觉说得多了些。"而且常常是多得令人厌烦。作在能看清社会黑暗,对丑恶现象充满愤恨之情,但用世劝世之心太重,所以时有大段说教。作者也有才气,文句流利,挥洒自如,但却好炫耀才学,篇中引文引诗多,除了附录一些与情节无关的材料外,男女言情,往来情诗一传就是十首(卷二十七),而写杨后聪明,文墨精通,竟一下子就录其"宫词"达三十首之多(卷七),真是连篇累牍。而描绘三月西湖,洋洋千言(卷十二),甚至连皇帝诏封功臣,也要详录诏书全文(卷十七)。

三、《型世言》

《型世言》，佚失了三百余年，1987 年在韩国汉城大学发现。1992 年11 月由我国台湾"中央研究院"中国文哲研究所影印出版后，大陆几家出版社也相继点校出版。《型世言》的发现，使研究小说史的专家获得了宝贵的资料，具有很高的学术价值。它解开了《幻影》《三刻拍案惊奇》《别本二刻拍案惊奇》的疑案，这三者的祖本都是《型世言》。也因《型世言》的面世，发现了陆人龙这位明末重要的作家。《型世言》十卷四十回，作者题署或作"钱塘陆人龙"，或作"钱塘陆君翼"，或作"钱塘君翼陆人龙"。每卷首页首行题"峥霄馆评定通俗演义型世言卷之 ×"。每回前均有翠娱阁主人写的叙、序、小序、小引题词等。每回均有"雨侯""木强人""草莽臣"等写的回末总批和眉批，间或有双行夹批。《型世言》刻印时间应与《拍案惊奇》相近，大概不早于崇祯二年（1629）。《型世言》书名与《喻世明言》等属同一类型，显然是受到冯梦龙"三言"的影响，欲以小说"树型今世"，起到匡正世风的作用。

陆人龙是明末著名选家、作家和出版家陆云龙的弟弟，字君翼，别署平原孤愤生。钱塘（今杭州）人，生平不详。除《型世言》外，还著有《辽海丹忠录》。

与荟萃古今故事的"三言""二拍"相比，《型世言》的最大特点便是完全写明代本朝故事。其中不少是时事小说，即反映当代历史事件的小说。当时兴起了一股时事小说的创作热潮，陆氏兄弟是其中最重要的作家，他们十分关心国家大事集中表现当代时事政治，用小说形式抨击朝政，揭露社会矛盾。陆云龙创作了长篇小说《魏忠贤小说斥奸书》，抨击魏忠贤阉党专权。陆人龙的《辽海丹忠录》是反映后金政权与明王朝在辽东对抗的重要作品。《型世言》中的《烈士不背君，贞女不辱父》《胡总制巧用华棣卿，王翠翘死报徐明山》《矢智终成智，盟忠自得忠》《逃阴山运智南还，破古城抒忠靖贼》等，都是以本朝时事入小说，反映了燕王朱棣夺取建文皇位、胡宗宪招抚徐海、魏忠贤阉党专政等重大事件。由于作者是所叙事件的同代甚至同时人，所以小说具有很高的认识价值和史料价值。但是另一方面，由于时间间隔较短，对事件的深刻反思和艺术锤炼都还不够，又显得比较简略粗糙。这些小说有着不同于历史演义的特点，即作者把历史重大事件与普通日常生活相联系，少了些历史的威严，而多了些世俗之趣。如《胡总制巧用华棣卿，王翠翘死报徐明山》，在表现胡宗宪招抚徐海这一重大历史事件时，小说以大部分笔墨表现普通女子王翠翘的坎坷人生和对徐海的情意。特别在《矢智终成智，盟忠自得忠》中，作者描写建文皇帝的仓皇出逃与流离辗转，就像在叙述一位普通人的苦难历程。这是一种"野史"笔法，表现了作者对人生命运的关注及超越于历史局限的人文精神。①

《型世言》中更多的是直接表现明代市井生活、风土人情的小说，犹如一本风俗册，一本揭示社会腐败黑暗但笔法粗糙的画册。

四、《欢喜冤家》

《欢喜冤家》，包括正集和续集各十二回，共二十四回，每回为一个独立的短篇。撰者不知何人，卷首有"西湖渔隐"的叙，回末有总评，间有眉批。别名《欢喜奇观》《三续今古奇观》《贪欢报》《艳镜》。题材内容受"三言""二拍""百家公案""僧尼孽海"影响较大，总体上仍然是作家的个人创作。

《欢喜冤家》作者显然受到冯梦龙的影响。此书回目奇偶整饬对仗，第五回与第六回还互相映衬。第六回《伴花楼一时痴笑耍》开场说："樽前有酒休辞醉，心上无忧慢赏花。……为何道'慢赏花'三个字？只因前一回，因赏花惹起天样大的愁烦来，这一回也有些不妙，故此说此三个字。"与《古今小说》第七、第八回的联系相似。在小说中还提到冯梦龙的戏剧《万事足》与小说《蒋兴哥重会珍珠衫》中的王三巧，并说《木知日真托妻寄子》与《蒋兴哥重会珍珠衫》的故事结构、人物结局相似。

《欢喜冤家》在题材上也受到旧作的影响。如第四回出自《廉明公案》，第七回出自《百家公案》。第十一回、续第二回、续第十回出自《僧尼孽海》。另外，第十二回美人局类似"二拍"中的《张溜儿熟布迷魂局》；续第一回似《乔兑换胡子宣淫》；续第十二回与《神偷寄兴一枝梅》题材相关。但《欢喜冤家》从总体上看还是自创之作。

《欢喜冤家》对于社会现实有着较为广泛的反映，揭露了某些权要欺人、官吏坏治、官府贪酷的黑暗现象。但此书的主要内容还是对人的色欲和残酷一面的大量描写和细致刻画。此书篇篇涉及"风月"，即使像第一回谋财害命的故事也不忘插入张二舅与小二妻的偷情；续十二回一枝梅神偷侠盗，也以女色设局。小说序中虽然也说"使慧者读之，可资谈柄，愚者读之，可涤腐肠，迟者读之，可知世情，壮者读之，可知变态"；书中也常以善恶报应"唤醒大梦"，但正如郑振铎所说："二十四篇话本中没有一

---

① 齐裕焜.明代小说史[M].杭州：浙江古籍出版社，1997：392.

篇不是讲男女风情的，而且写得很淫秽。"所以孙楷第《中国通俗小说书目》把此书列入"专演猥亵事"类。作者对猥亵之事津津乐道，刻画细致。但同时揭示出当时世风日下，人心险恶，人与人之间没有友谊与信任。财与色异化了人性，这也是明末社会不良世情在小说中的反映。①

在形式上，很少设置入话头回，而是直接叙述正话，表现出拟话本小说在体制上的演化。

五、《鼓掌绝尘》

《鼓掌绝尘》分为风、花、雪、月四集，每集十回，写一个完整的故事，实为中篇结集。前三集署"古吴金木散人编"，月集署"古吴金木散人撰"。四集评者分别署"永兴清心居士评""钱塘白拙生评""钱塘猗猗主人阅""钱塘百益居士校"。首有闭户先生于崇祯辛未（1631）元旦题辞，次有赤城临海逸叟叙，还有闭户先生风、花、雪、月各集的题辞，又有临海逸叟醉笔"佳会绝句"。叙中提到"兹吴君纂其篇"，可知作者姓吴，名字则无考。闭户先生题辞开篇就说，"方今一人当头，万民鼓掌"，颇多愤慨之气，《鼓掌绝尘》的编撰大概就源于此愤世嫉俗之心。题辞末曰："吾为鼓掌，香韵金瓶之梅；君试拂尘，昧共梁山之水。"则是书名的由来。小说有意学习《金瓶梅》和《水浒传》，虽在思想艺术上都无法与之媲美，但某些方面也继承了《金瓶梅》《水浒传》的传统。

此书风集叙述杜开先与韩玉姿的婚姻，雪集写文荆卿与李若兰的婚姻，花集讲的是"哈哈公子"娄祝行善、得宝、交友、远征、升官的一生，月集以张秀为线索，讲述了许多人物的事迹，是相对独立的短篇的缀合。全书多取材明朝现实，而且篇幅拉长，不像"三言""二拍""一型"那样一回为一篇，而是一集为一篇，显示出拟话本由短篇白话小说向中篇和长篇发展的趋势，在中国小说史上具有重要意义。但小说趣味集中于男女恋情，情节发展突兀，人物性格也没有发展的铺垫，所以人物形象比较苍白。小说还表现出作者陈腐的伦理观念，如在风集既安排了杜、韩的结合，又指责玉姿私奔而为妾，结局又让杜娶了名门小姐做正室。这样的安排使得杜追求玉姿变成了庸俗好色，因此趣味不高。

花集写"哈哈公子"娄祝行善、获宝、交友、征鞑靼与升官，中间穿插娄祝的帮闲夏方骗人和被骗的故事，表现的是闭户先生题辞中所谓"奸内奸而盗内盗，诈内诈而伪内伪"的内容。

---

① 刘人杰.中国文学史 第6卷[M].北京：中国对外翻译出版公司，1999：361.

月集反映的生活面比较广阔。小说并无一个中心故事,也无一个中心人物,只是一个人物牵引出另一个人物,大体以张秀一生为线索,但几乎一回叙一件事。直接表现现实,内容涉及朝廷昏庸,魏忠贤专政,谄臣趋奉,贪官污吏营私坏治,以及破落文人、帮闲篾片、官妓娼户、和尚道士、三教九流之人的日常家庭生活,社会交往,及至出世成仙。小说结构有点像《水浒传》,内容涵盖也颇似长篇。作者对封建统治的腐败黑暗与世道人心的丑恶卑鄙的愤慨嫉恨之情,深深地隐含在平静的小说叙事之间。

《鼓掌绝尘》中的主人公都不是什么善良美好之人,这有点像《金瓶梅》,书中的哈哈公子娄祝的前程发展一如传统小说中的武勇丈夫,但娄祝有其性格局限,"倚着有钱有势,挥金就如撒土",整天和帮闲夏方缠着,不做什么正事。对于这个公子哥儿,作者却安排他行善事,当大官。月集里的陈珍更糟,只知花街柳巷游荡,老师代考,花钱买了个秀才。但小说的倾向对他并无否定,反而充满同情。小说不以善人为主人公,与传统的善恶果报的小说观念不同。

与前面介绍的几种拟话本小说集不同,《鼓掌绝尘》多取材于现实生活,正如小说扉页"识语"所言:"种种俱属新思新创,非假借旧人口吻。"这是文人创作的一种发展。同时,《鼓掌绝尘》十回一集为一篇小说,已突破了话本小说的短篇体制,而呈现出短篇拟话本向中、长篇发展变化的趋势。此后出现了一系列这样的中、长篇小说,因此,《鼓掌绝尘》在短篇小说发展史上具有重要意义。[①]

清初仍有大批的拟话本小说创作,出现了李渔和艾衲居士这样较有名的小说家。李渔的《无声戏》《十二楼》等小说以戏剧作法入小说,在小说艺术技巧上有所建树;艾衲居士的《豆棚闲话》突破话本体制,以串珠式的框架结构布局整部小说,各篇之间各自独立,而又互相连结,对于小说技巧也是一种探索。但是,尽管很多作品都或多或少地努力突破已有的话本成就,但其总体艺术价值仍难与"三言""二拍"相比。究其原因,主要不在于艺术技巧的缺乏,而在于小说家精神的贫乏,没有激情,自然创造不出丰满深刻的艺术形象。《豆棚闲话》和《西湖佳话》流露了一些不随流俗略带叛逆倾向的精神,但又被隐逸化解为平淡。这大概与令文人消极、无望的时代有关。

---

① 刘人杰.中国文学史 第6卷[M].北京:中国对外翻译出版公司,1999:370.

第三节 《豆棚闲话》等清代话本小说

清代白话短篇小说数量较多，主要是清初和清中叶前的作品，专集有《清夜钟》《醉醒石》《豆棚闲话》《照世杯》《西湖佳话》《二刻醒世恒言》《娱目醒心编》《雨花香》《珍珠舶》《通天乐》《八洞天》《五色石》《警悟钟》《跻春台》等。下面我们就对清代话本小说的基本情况作一些简单的介绍。

一、《豆棚闲话》

《豆棚闲话》十二则，"圣水艾衲居士编"，有人说是清初范希哲，无实据，难定论。有一点可以肯定，作者生活于明末清初，对社会黑暗有深刻认识，诉诸笔端，便是鞭辟入里地揭露吏治腐败、人情冷漠、世风日下。刻画了无赖帮闲庸俗无聊、趋炎附势的丑恶面目，嘲讽了明末士大夫、文人投靠清王朝的变节行为。全书以豆棚下的闲话为线索，与西方《十日谈》的写法相近，是中国古代短篇通俗小说写作方法的创新。

对于本书创作时间，郑振铎《明清二代的平话集》该书介绍谓："观其首阳山叔阳变节（第七则）及空青石蔚了开盲（第八则）诸作，迷离惝悦，愤懑不平，当系出于明代遗民之手。"胡士莹《话本小说概论》亦言："写作时代，当在清初，可能出于明代遗民之手。"这是可信的，书中多有内证，除郑振铎先生提到的外，《渔阳道刘健儿试马》（第九则）入话中有"在下向在京师住了几年，看见锦衣卫、东厂，及京营捕盗衙门"之语，"锦衣卫、东厂"是明代特务机构，说明作者明末已成年。且书中总评称作者为"老人"（第八则），看来与第十一则讲故事的"老者"年龄相去不远，作品中的"老者"当是作者化身。那"老者""说起当初光景"来，"记得万历四十八年（1620），辽东变起；泰昌一月短祚；转了天启登基，年纪尚小，痴痴呆呆，不知一些世事"等，了如指掌，叙崇祯时事更历历如见，说明入清时年纪已不轻。《跨天虹》题"鹭林斗山学者初编，圣水艾衲老人漫订"，从"学者""老人"之称，可以看出该书作者比艾衲老人小，可能还是晚辈，书当出《豆棚闲话》后。《跨天虹》不避"玄"字讳，不会迟于康熙初年，《豆棚闲话》应更早些。当出顺治年间，正与前辈学者所言书出"明代遗民之手"语相合。

紫髯狂客在《陈斋长论地谈天》回末总评中说："艾衲道人胸藏万卷，口若悬河，下笔不休，拈义即透。凡诗集传奇，剞劂而脍炙天下者，亦无数矣。"只是俱已佚而不存。在这则总评中，紫髯狂客还介绍了本书编写情况：

> 迩当盛夏，谋所以销之者，于是《豆棚闲话》不数日而成。铄石流金，人人雨汗，道人独北窗高枕，挥笔构思。忆一闻，出一见，纵横创辟，议论生风。

可是此书是据所闻所见写成。因是亲闻亲见，所以作品反映出当时社会的面貌，对政治黑暗、吏治腐败、佛门污秽、世风凉薄的现实多有揭露。第四则写阎光斗任"浙江方伯，放手一做，扣克钱粮，一年又不知多少"。当地百姓受其害，在他死后"说到伤心处，恨不得在地下挖那做官的起来，像伍子胥把那楚平王鞭尸三百才快心满意"。第十则写告老回家的通政官，到苏州买丫头小厮，随便一张名帖，就可以把人送到县里"血比监追，打得伶伶仃仃"。第九则还揭露官盗一家，抢劫金银珠宝，"只要投在营里，依傍着将官的声势，就没人来稽查了。如今眼面前穿红着绿、乘舆跨马的，那个不是从此道中过来？"第六则揭露佛寺是恶人"逃窜之门"，普明寺和尚为了显现"坐化"之灵以骗取信徒布施，便谋杀年老僧人，连年杀死十多人。而且寺中还关了十数个妇女，奸污淫乐，"竹园内又掘出许多女人脚骨"。第五则揭露"如今世界不平，人心叵测，那聪明伶俐的人，腹内读的书更倒是机械变诈本领"。第八则揭露人心贪婪，人情险恶，"钱财到手，就想官儿；官儿到手，就想皇帝。若有一句言语隔碍，便想以暗箭蓦地中伤；若有一个势利可图，便想出妻献子求媚"。

不过，《豆棚闲话》最引人注目的，是那些"莽将二十一史掀翻""化嬉笑怒骂为文章"（《豆棚闲话序》）的"绝新绝奇"（第二则总评）之作，其中"满口诙谐，满胸愤激"（第七则总评），借史事以浇胸中块垒，隐含着强烈的遗民意识。《首阳山叔齐变节》是最典型的例子。历史上的伯夷、叔齐，是以反对武王伐纣，最后耻食周粟饿死首阳山著名的，孔子赞为"求仁得仁"，司马迁《史记》以为"列传第一"，称其为"积仁洁行"的"善人"。但本篇却掀翻历史，写叔齐变节投降，"在此鼎革之际"下山去"朝见新天子"，当"顺民"，其中明显含有讽刺揭露明末降清官僚的寓意。叔齐不仅自己下山投降，而且怂恿众兽跟他一起下山去做"顺民"。"又见路上行人，有骑骡马的，有乘小轿的，有挑行李的，意气扬扬"，"都是要往西方朝见新天子的"。这真是"满口诙谐，满胸愤激，把世上假高尚与狗彘行的，委曲波澜，层层写出"（第七则总评），从中确实让人看到明末官员纷纷变节降清的可耻嘴脸，与明清鼎革之际有人讥讽变节者诗"一队夷齐下首阳"命意相同。《范少伯水葬西施》写历史上著名美人西施并非真的是"国色天香"，而是生得"也只平常"，而且是个"老大嫁不出门的滞货，偶然成了虚名"。到越国后，"学了些吹弹歌舞，马扁的伎俩""先许身于范蠡，后又当做鹅酒送与吴王"。辅佐越王勾践复国、功成身退的著名谋臣范蠡，被写成一个阴险狠毒背叛祖国的小人。他本是"楚之三户人氏""以吴之百姓为越之臣子，代谋吴国，在越则忠，在吴则逆"。他使美人计献西施到吴国，终于亡吴，"也是侥幸成功"，并非真有大谋略。越国处危难中，他却"平日做官的时节，处处藏下些金银宝贝"，早有私蓄；越国"霸业复兴"后，他"怀着鬼胎"，怕"猜忌之主"追究，便"飘然物外，扁舟五湖游玩去了"。偕西施隐居后，又因"那许多暖昧心肠，只有西子知道"，竟起毒念，把西施骗出看月，出其不意推堕江中淹死。这一掀翻历史的荒唐无稽故事，揭示了人心的叵测。国与国之间的斗争既靠阴谋诡计，人与人之间也是如此狡诈阴毒，利用完了就要狠心谋害，充分反映出世风败坏、人心险恶，也谴责了辅佐敌国覆灭故国的叛国者。如此"掀翻"历史，在明清鼎革之际也应含有寓意，之所以"翻驳叔齐"，"唐突西施"是"明明鼓励忠义，提醒流俗"（第七则总评）。①

《豆棚闲话》好议论说教，也有宣扬善恶果报之作。《朝奉郎挥金倡霸》写好心得好报，《渔阳道刘健儿试马》写为盗遭恶报，说明"天道报应之巧，真如芥子落在针孔，毫忽不差"。《党都司死枭生首》攻击诬蔑明末农民起义，说他们是杀人放火、挖心剖腹的恶人，而且情节荒唐，堕入恶趣。《陈斋长论地谈天》简直不是在讲故事，而是在宣讲教理，辟老诋佛，张扬儒道，思想迂阔。

《豆棚闲话》艺术结构颇值得称道。全书十二篇拟话本，虽单独成篇，但又以豆棚之下讲故事的形式，将独立的各篇串接一起。而且每则故事开头都从与豆有关的知识内容写起，从春长豆藤到夏搭豆棚到秋结豆子，加强了各篇之间的联系，结构新颖别致。这是以前拟话本中所未曾出现过的，而与世界名著《一千零一夜》《十日谈》的结构形式，有异曲同工之妙。

《豆棚闲话》讲述故事，如话家常，娓娓动听，但语言还是文人气味重了点，行文也略嫌散漫。虽仍以讲故事方式写，但已脱"话本"之本色。而且，人物形象较浮浅，虽掀翻历史写出新奇人物，夸张特点表现独特形象，但终嫌不够丰满厚实。

---

① 欧阳代发.话本小说史 [M].武汉：武汉出版社，1994：402.

二、《跨天虹》

题"鹭林斗山学者初编,圣水艾衲老人漫订",写刻本,每卷卷端题"新闻跨天虹"。中国艺术研究院戏曲研究所藏残本是海内孤本,原书不知为几卷,现存三、四、五卷,卷演一故事,每卷四则,每则有回目:

卷之三

第一则　（原缺）

第二则　（缺前半）

第三则　俊郎君鬼谋合卺（末尾缺半页）

第四则　嫦女子三度完姻

卷之四

第一则　建月宫嫦娥遭劫（末尾缺半页）

第二则　施神咒弄假成真

第三则　遒士血污还本性（末尾缺半页）

第四则　樵夫遇鞫得团圆（中缺一页）

卷之五

第一则　江上渔翁居鼎甲

第二则　房中妖艳抱闹黎（末尾缺半页）。

第三则　仙境偶然联异香

第四则　盲儿宛转雪奇冤（末尾缺失）

此书现存三卷三篇小说。第三卷涉及清代官职,第三则有"陕西提学",第四则又称"陕西督学"。明设提学道,清初设督学道,"提学"又称"督学",说明《跨天虹》成书于清。但书中不避"玄"字讳,应是顺治或康熙初刊印的。

此书题"圣水艾衲老人漫订",艾衲老人即编著《豆棚闲话》之艾衲居士。但此书的水平远不能与《豆棚闲话》相比。卷三写陆友生立意要"娶个盖世无双的美女为妻",为命运作弄,虽两次逃脱,三次结婚,但仍娶的是初娶的丑女濮小川。卷四写太守小姐郭珍珠与青年樵夫金玉的神奇离合故事,卷五写柳春娘与奸夫谋杀亲夫遭报应的故事。虽然从中可见社会混乱,盗贼横行,但总体来看,反映现实生活比较浮泛,没有深刻之作。除了宣扬"可见天下的事""都是天也、命也,非人之所能为也"（卷三）,"祸福由天,一报还施一报"（卷五）的宿命论观点外,更主要在好弄神弄鬼。卷三中有"鬼媒"、神惩,卷四、卷五中更有人化虎、神摄魂,其情节荒诞到连作者本人也不能不承认"似乎太悬（玄）",而引苏轼之语说"姑妄言之,姑妄听之可也"（卷四）。由于追求离奇荒诞，弄神弄鬼，随意编造，所以艺术上也显得较粗疏稚拙，真正只能算是"学者初编"。

三、《照世杯》

题"酌元亭主人编次"，存酌元亭刊本，四卷四篇。首吴山谐野道人序，卷末有谐野道人评。序开头问酌元亭主人，但答称"余曰"，且序主要也即是此"余曰"，可见是自序，谐野道人即酌元亭主人。《照世杯》原书国内已佚，日本有传抄本、康熙间刊本。1928 年传入国内刊行，后古典文学出版社 1956 年初版，1985 年上海古籍出版社重印。

《走安南玉马换猩绒》揭露了官吏的贪酷和阴毒。胡安抚"生性贪酷，自到广西做官，不指望为百姓兴一毫利，除一毫害，每日只想剥尽地皮自肥"。他控制着边地贸易，按官例抽税，"这一主无碍的钱粮，都归在安抚"，"分明是半壁天子一般"。其子胡衙内调戏商人杜景山妻子，杜景山看见去抓他，只扯掉了顶有明珠的帽子，他却反诬杜景山是"不良之人"，抢了他的明珠。胡安抚便利用职权，公报私仇，借进贡京都为名，硬逼杜景山去安南采购"禁物"猩猩小姑绒，还假惺惺给杜景山三十两库银。表面是经商买卖，实际是阴害杜景山，"限三个月交纳，如过限拿家属比较"，暗藏杀机。胡衙内偷偷摸进安抚夫人房中丫鬟床上，丫鬟以为是贼叫喊，来人误打了衙内。夫人知道打错人后，"就拿那两个丫鬟出气，活活将他皆吊起来打死了"。明明是胡衙内到处惹祸，被触犯的人却大倒其霉，甚至丢掉性命，"半壁天子"的淫威真是可怕。

《照世杯》"照"出了社会黑暗，人情险恶，人心卑鄙。《百和坊将无作有》中的欧滁山，考了多年仍只是个童生，却冒充"名士秀才"去打秋风。他"抄窃时人的诗句，写在半金半白的扇子上，落款又是'拙作请教'，每人送一把做见面人情"，还到处厚颜无耻地自吹自擂："若论我的文章，当代要推大匠。就是本地士绅求序求传，等上轮个月才有。"又以是那里"父母官的同乡同社""一连说过几桩分上，得了七百余金"，还"一味拿出名士腔调来"，要依他说分上，断案子，"缠绕个不了"，稍不如意就发怒骂人，真是"人心险似蛇心"。《掘新坑悭鬼成财主》中，穆栖梧掘粪坑致富后，村里无赖便来寻衅闹事占便宜，连他"绝顶没品"的秀才妻舅，也伙同人设计敲诈走五百两银子。更有教人赌博的"马吊（纸牌）学馆"授课传经，引诱年轻人陷入"比衙门内不公不法的弊病还多"的赌场。

《照世杯》还反映了新的商业活动，题材有新开拓。《走安南玉马换猩绒》反映了边地对外贸易。"那广西牙行经纪，皆有论万家私，堆积货物"，本钱不小。"开市"日子,放炮呐喊,场面壮观,热闹非凡。除了内地客商去收买丹砂、苏合香、沉香等"安南的土产"外,还有奇特险难的猩猩绒贸易,从中还可看到异国风俗人情,这是以前话本小说所未曾写到的,"可补风俗考之未逮"(回末评)。那些到安南去做生意的商人们,"尽在异乡,就是至亲骨肉",互相关心,热情照顾,还互通有无,解人急难,纯朴真切的感情与前面揭露的官场专横、世情险恶大不相同。《掘新坑悭鬼成财主》虽极力突出了穆栖梧的悭吝,"半山村获粪抛盐"之类描写也夸张过分得堕入恶趣,却似乎不能认为作品刻画了"穆太公的丑态","淋漓尽致地揭露了他的丑恶灵魂"。穆栖梧虽是"悭鬼",但只是舍不得花费,并无歪心,更不曾伤害他人,倒是常常被恶人坑害。他靠掘粪坑致富,而掘粪坑还方便了人们。穆栖梧实际上是非常有经营头脑的。这个普通乡民,家境并不富裕,死了妻子,连仅有的一点"房奁囊橐",也被无赖秀才妻舅"抢得精一无二",可见其善良软弱,这从他致富后仍忍让恶人也可看出。但他善于动脑筋,能在人人见惯不留心的地方想出新主意。他见本村离城远,"没有水路通粪船","粪倒比金子还值钱",便在屋前掘了三个大坑,砌墙粉刷,装饰一新,又宣布"本宅愿贴草纸"。于是引得人人到他家粪坑拉屎,日盛一日。他早起晚睡勤苦照管,又省吃俭用持家,终于成了乡中"第一家财主"。他虽住在农村,但并不种田,而是贮粪趸卖,"每担是价银一钱"。这"悭鬼"实际上是个靠智慧和勤劳发家致富的精明商人,作者赞他是"白屋发迹的豪杰"。只是如此以粪作货经商,是前所未见的罢了。但,粪臭并非生意臭,更非人臭。[①]

不过,《照世杯》揭露官场,描绘世相,虽能洞照幽微,却不能深入,较为浅露。不仅罗列现象,挖掘不深,而且作者似乎还是故意回避冲淡。《走安南玉马换猩绒》写出了胡安抚公报私仇设谋害人的阴险,也发出了逾期严惩的威胁,特别是突出了获取猩猩小姑绒的极端艰险,矛盾尖锐化,悲剧似乎难以避免。但作者却以小孩喜欢玉马的偶然巧遇,把一场大悲剧化为轻喜剧,大大削弱了作品的揭露批判力量。而且,调戏妇女的胡衙内固然被写成淫棍,那个偶然在楼头看开市的商人妻子也受到了批评:"杜景山受这些苦恼,担这些惊险,也只是种祸在妻子,凭着楼窗,被胡衙内看见,才生出这许多风波来。""妇女再不可出闺门招是惹非,俱由于被外人窥见姿色,致启邪心,容是诲淫之端。"简直是各打五十大板了。《掘新坑悭鬼成财主》揭露人心险恶,连至亲郎舅也伙同他人坑害老实姐夫,以至引起穆文光为报父仇,在赌场刀杀主谋者,矛盾尖锐化了。但事关

① 欧阳代发.话本小说史 [M].武汉:武汉出版社,1994:409.

"人命重情"，县官竟像开玩笑似地如此断案："本县这边出一个题目，若是做得好，便宽宥你的罪名；做得不好，先革退你的童生，然后重处！"真不知能不能做文章与审断持刀杀人命案有什么关系。而这个平日并不喜欢读书，宁愿当"马吊学馆"高才生的穆文光竟突然下笔成章，"全不构思，霎时就完篇"，还让知县拍案称赞"奇才，奇才！"大概真是靠其父亲"暗地喊灵感观世音助他的文思"吧？

《照世杯》艺术上追求取材构思新奇。《走安南玉马换猩绒》写边外贸易，是过去无人涉及的新题材；《掘新坑悭鬼成财主》写贮粪趸卖，在经商致富、发迹变泰一类作品中，也是独一无二的新构思。《百和坊将无作有》揭露假名士，也是过去话本小说写得较少的；《七松园弄假成真》写才子与名妓的爱情虽是旧题材，但"古押衙"张少伯费尽心机、用心良苦以促成好事的描写却是新构思，不脱窠臼而实脱窠臼，能给人以新感受。

《照世杯》善于编织故事，常采用戏剧性的"突转""发现"手法。《七松园弄假成真》以反激法写，取得了出奇制胜的强烈艺术效果。特别是写张少伯之"激"阮江兰，实在像是真的夺其所爱，直到最后才揭开谜底，让人"发现"他用心良苦，也显出结构精巧。《百和坊将无作有》写假名士被真拐子骗，也一直不写明，委委叙来，煞有介事，直到最后才"突转"揭穿，让人"发现"是一场骗局，跌宕有致。《走安南玉马换猩绒》中杜景山被逼去安南采买"禁物"猩猩小姑绒，受尽磨难，一直以为是在采办皇帝急需的"贡品"，直到最后才"发现"是胡安抚公报私仇的阴谋。而且全篇以"玉马"为"小道具"贯穿，展开情节："玉马"初次作为胡衙内挑逗妇女的赠物，引出矛盾，杜景山为此遭阴害，被逼去安南购买猩猩小姑绒却买不到，正急得走投无路时，又是"玉马"促成了情节大转折，换来"三十丈猩猩绒"；最后，杜景山由安南国曾送"玉马"给广西安抚，联想到向妻子抛玉马的是胡衙内，才明白胡安抚是公报私仇害自己。前后情节既翻出波澜，又相互照应，形成一体。《掘新坑悭鬼成财主》人物多，情节也复杂，但作者以穆家父子为结构中心，围绕穆太公表现农村生活，写穆太公致富、悭吝、无赖打闹等故事；又由穆文光引出县城市井生活，写"马吊学馆"、设计敲诈、赌场杀人等故事，最后两者又合到一处，以父子"白屋发迹"作结，组织严密。但也存在过分追求情节，导致芜杂的弊病。《走安南玉马换猩绒》亦有追求奇异情节、提炼不精之病，如对迎活佛等的描写就支节过蔓。①

---

① 欧阳代发.话本小说史[M].武汉：武汉出版社，1994：411.

《照世杯》描写亦尚可观。写人物，胡安抚之阴毒，穆栖梧之悭吝，"假名士"欧滁山之厚颜无耻，"古押衙"张少伯之热心仗义而又有心计，都写得较为鲜明。即使是那个装聋作哑的骗子"三太爷"，也让人联想到巴尔扎克《欧也尼·葛朗台》中做生意装聋的葛朗台老头。作者描绘世态人情，也颇真切生动，而且富有讽刺意味。不仅写拐子骗人、无赖撒泼、恶棍敲诈活灵活现，即使写异国风俗人情、猩猩怪异秉性也历历如见。

《照世杯》的结构也独具特色，与一般话本小说不同。各篇除有题目外，下面还分别以七至十对偶句列出全篇故事提纲，好像章回小说一样。如第一篇题目是《七松园弄假成真》，下列七对子目：

真才子酷慕死西施　蠢佳人羞辱生潘岳
返吴门座中逢恶友　赴扬州园内遇名姝
白丁吃醋假传书　红粉怜香亲解缚
穷浪子青楼问病　狠虔婆白眼看人
寓讥讽扇上题诗　巧分离院中买妓
门斗慷他人之慨　解元赔无意之钱
功名成就费良朋无数苦心　夫妇团圆拜侠士从前豪慨

但各篇的具体写作，又并没有按提纲子目分段。这与明末清初有的拟话本一篇包括几回一样，表现出由短篇向中长篇过渡的趋向。

四、《云仙笑》

题"天花主人编次"，大连图书馆藏清初刻本封面已佚，内封正中题"云仙笑"三个大字，无序跋。目录前题"云仙啸目录"，正文卷端亦题"云仙啸"，可知此书又名《云仙啸》。春风文艺出版社 1983 年出校点本。全书称册而不称卷、回，凡五册，包括五篇拟话本小说。每册既有三字题，又有八字题：

第一册　拙书生　拙书生礼斗登高第
第二册　又团圆　裴节女完节全夫妇
第三册　平子芳　都家郎女妆奸淫妇
第四册　胜千金　一碗饭报德胜千金
第五册　厚德报　张昌伯厚德免奇冤

而且各分册正文标题与目录不尽相同。第二册正文标题作《裴节女完节全夫》，少一"妇"字；第三册正文标题是一联：《都家郎女妆奸妇　耿氏女男扮寻夫》。

对"编次"者"天花主人"，戴不凡先生直接以为即"天花藏主人"，都是徐震的别号，胡士莹《话本小说概论》疑是嘉兴张匀，俱无确据。

本书第三册写到都仁、都义参加清兵，"随征福建"，后来"叙功擢用"。南明唐王在福建被征剿事在顺治三年（1646），是为此书成书上限；其中又称吴三桂为"吴平西"，康熙十二年（1673）"三藩之乱"起，吴三桂被视为叛逆，作者绝不敢再用平西王官称，是为此书成书下限。据此，书当成于顺治三年至康熙十二年之间。

《云仙笑》内容如明末拟话本，可分为两大部分，而重点在赞扬。《又团圆》"前半当作循吏传"，"后半当作烈女传"，《胜千金》《厚德报》赞扬知恩必报；《拙书生》赞扬识时达务、守拙诚实，同时批评了恃才傲物；《平子芳》揭露奸淫致祸，天理报应，都有明显劝诫意味，而且入话中有大段议论说教。不过，全书除《胜千金》写元末事外，均写明代事，特别是以万历、天启、崇祯朝为背景，较广泛地反映了当时的社会现实。《又团圆》以"前七子"之一的王九思所写凄楚动人的《卖儿行》引入正话，反映灾荒之年官府逼得士人李季候卖妻纳钱粮的悲惨遭遇，勾勒出明末广大农村凄凉悲惨的生活画卷，表示了对人民苦难的同情。尤其深刻的是，作品中的知县还是个"怜念斯文"有"恻隐之心"的"循吏"，虽一再饶李季候的"催比"，没有打板子，但苛重的赋税仍逼得他卖妻子。这就使作品的揭露从个别官员的贪酷，深入到封建统治者钱粮制度的苛重，具有了更广泛的代表性和更尖锐的抨击性。小说虽写明末，但清初顺康年间曾出现过追比士绅钱粮的重大事件，如康熙刚继位便发生的震动全国的"辛丑（1661）奏销案"，对拖欠钱粮的士绅"绌籍者万余人，被逮者亦三千余人"。作者生当其时，假托明代故事影射现实是完全可能的。《胜千金》歌颂了农民起义，以"民以食为天"的议论作入话，引出被逼造反的起义，结束于起义军轰轰烈烈攻破县城，又一路"势如破竹"地取得最后胜利。虽然作品以"一饭之恩"为线索，过分重视对感恩报德的描写，从而影响了对更广阔的社会矛盾的揭露。但如此热情赞扬起义者济困扶危、知恩必报的优秀品质，特别是如此公开地歌颂农民起义，描绘其轰轰烈烈的斗争胜利，不仅在明末清初拟话本中，即使在整个话本小说中都是极少见的，值得重视，《拙书生》揭露了科场舞弊，夤缘泄题，出卖关节，还揭露了明代文社、学校的种种弊端。文社名曰"以文会友"，实际是宴饮嬉笑，互相轻鄙；学校拜门生，拉关系，学师把贽礼分为五等，要进学弟子献纳，等于是公开勒索。

但是，《云仙笑》的思想内容也是复杂的。《胜千金》难能可贵地歌颂了元末刘福通起义，而《平子芳》却攻击明末李自成、张献忠起义，赞扬入关清兵，说什么"吴平西要替先帝报仇，借了大清朝兵马，杀败自成，把各处掳掠的妇女,尽行弃下,大清朝诸将看见了,心上好生不忍,传令一路下来,妻女失了来相认的,即便发还"。诬蔑农民起义军烧杀掳掠,而清兵反保护妇女,完全是颠倒了黑白。如此赞扬清朝,在拟话本中也是少见的。《拙书生》贬斥才子有才无德,能跳出赞扬才子佳人的大窠臼,令人耳目一新。但说夤缘高中的愚钝无才者是"守拙""诚实",批评虽恃才傲物但揭露科场舞弊的才子,也模糊了是非界线。

艺术上,《云仙笑》一般都情节曲折,叙述简明,语言清顺,颇能吸引人。只是对人物形象的描写稍嫌粗略,但有的形象也颇具特色。《又团圆》中的裴氏虽是个家庭妇女,但能看准钱粮追比之灾难以幸免,一再提醒得意忘形的丈夫,表现出清醒和远见;为了解救家庭灾难,帮助文弱丈夫,同意出卖自己,表现出牺牲精神;而有条件地改嫁别家,能贞节自守,以辛苦地劳动赎身,表现出对爱情的忠贞;特别是她再嫁实际上是为了最后与丈夫重圆,为了让丈夫安心又不惜使他暂时误解,更表现出深谋远虑。

五、《西湖佳话》

《西湖佳话》,全名为《西湖佳话古今遗踪》,题"古吴墨浪子搜辑",刊于康熙年间,藏北京大学图书馆。首古吴墨浪子序,署"康熙岁在昭阳赤奋若孟春陬月望日"。"昭阳"是十天干中"癸"的别称,"赤奋若"是十二地支中"丑"的别称,"昭阳赤奋若"即"癸丑",为康熙十二年(1673)。

全书共十六篇小说。作品大都根据史传、杂记和民间传说写成。作者采用名人和胜迹交融的写法,既塑造了诸如莺莺、白居易、苏东坡、岳飞、苏小小、白娘子等流传甚广、又为群众喜闻乐见的人物形象,又叙述了西湖名胜古迹的来龙去脉,描绘西湖山水的美丽多姿,使读者加深对西湖的了解和向往。全书说教的意味较淡,文笔淳朴清新。

关于西湖的话本小说集,明末已有《西湖一集》《西湖二集》。前者已佚,本书所叙故事,绝少与《西湖二集》相同的。墨浪子自序云:

> 古人之美迹犹存,品题尚在,则西子之面目自若也。但有其迹而不知其迹之所从来,犹不足为西子写生。因考之史传志集,征诸老师宿儒,取其迹之最著、事之最佳者而纪之。

序说明了作者的写作意图在记叙西湖"古人之美迹"之"所从来",让人"有慕西子湖而不得亲睹者",可以以读代游。本书将西湖名胜古迹与名人事迹联系在一起写,既描绘了西湖山水的秀丽多姿,也记叙了许多为人民大众所喜闻乐见的人物。《岳坟忠迹》《三台梦迹》记在国家危难关头,反抗民族压迫、抗击外侮的民族英雄岳飞、于谦;《白堤政迹》《六桥才迹》记掘井筑堤、修整西湖以利民的白居易、苏轼；《葛岭仙迹》《南屏醉迹》《虎丘笑迹》记仙丹济人、癫狂救世、谈禅治病的"仙翁"葛洪、高僧济颠、元净（辨才），《放生善迹》记明代四大佛教大师之一的莲池；《灵隐诗迹》《孤山隐迹》记隐居西湖"联吟"的诗人骆宾王、宋之问，"子鹤妻梅"的诗人林和靖。《西泠韵迹》记钱塘名妓苏小小，《钱塘霸迹》记崛起称霸的吴越王钱镠。《三生石迹》《雷峰怪迹》是著名的圆泽三生石、白娘子雷峰塔故事。《梅屿恨迹》记冯小青嫁富公子冯子虚的悲剧，《断桥情迹》写文士高与刘秀英的生死爱情。这些作品广泛反映了杭州西湖不同时代、不同阶层人物的生活情况和精神面貌。

《西湖佳话》作者"考之史传志集，征诸老师宿儒，取其迹之最著、事之最佳者而纪之"，其中作品俱有根据，但大都经过作者的精心编撰，叙述生动，语言朴素流畅，清新可读。但全书十六篇，作者自序仅言及十四篇，连流传广远、"迹之最著"的白娘子雷峰塔故事亦未提及。大约因为《雷峰怪迹》据《警世通言》中《白娘子永镇雷峰塔》而略作删节，《断桥情迹》即《风流悟》中的《买媒说合盖为楼前羡慕 疑鬼惊途那知死后还魂》，都是已有话本小说而并非自己撰写。

六、《生绡剪》

全称《花幔楼批评写图小说生绡剪》，十九回十八篇，存清初花幔楼原活字刊本，藏大连图书馆。首有弁语，署名"谷口生漫题于花幔楼中"，"目次"下题"集芙主人批评"，"井天居士校点"。此书是编辑多人著作而成，是少见的标明著者的集体拟话本集，作者计谷口生等十五人。作品编排，既非按作者集中，亦非按内容分类，只是每个作者一篇排列，其中有两篇的，如篱隐君、瓮庵子，其第二篇作品便都排在最后。

据谷口生《弁语》，本书命名"生绡剪"，是取生绡"不丽不奇不朴，亦丽亦奇亦朴"，"且剪有声韵，尤琐琐可听"之意。其编写目的，在"有功于世"，"能使人歌舞感激，悲恨笑忿错出，而掩卷平怀，有以得其事理之正"，仍是主劝诫。各卷作者不一，水平不一，但在这点上是一致的。全书旨在劝忠孝节义、行善助人、戒贪财无义、拐骗奸淫，归结为善恶必报，总体思想上并无多少新意。但描写内容较广泛，十八个故事，涉及社会各阶层，反映了不少社会面貌、人情世态。其中多有揭露官府贪酷的。第一回入话揭露官吏把贪污得来的银子铸成大元宝，藏在装海狮的坛子里带回家去。第四回揭露"文官只爱钱，武官只爱命"，甘和当了一任知州，便有"黄白宝贝，段匹玩器，不下十万"，以至见到的人"个个伸伸舌头"，感叹"不知临清地皮,掘深几尺"。第七回揭露"做官第一要诀是黑心"。第三回则揭露侯爷爱鸟,轻视人命,"每一对鸟儿,即选一个伶俐乖觉的姬妾掌管,一有些失误,小则棍打钳锤,大则磔身杀命"。《生绡剪》中也描绘了社会世相。第七回揭露文臣武将投靠魏忠贤,摇尾乞怜,而下层人民则群起反对权阉,义愤激烈。第十七回写逆子被诱赌堕落,竟与人勾结,夜扮强盗抢劫寡母私蓄,后来还狠心到把寡母骗出,推入水中淹死。第六回中的瞎子,竟然也谋财害命,手段残酷。第十二回反映世态炎凉,贫穷则伯父伯母不认侄子,考中则态度立变,奉承巴结,真是"贫居闹市无人问,一举成名天下知"。

《生绡剪》中爱情婚姻之作,较有新意。第十六回写徐备人与张惜奴互爱其才,虽未曾谋面,但经磨难而痴情不变,终得团圆。作者说:"古往今来,都说那爱色的心,是钻皮入骨,随他五牛六马也拔不出;我却笑着说一句,还是那爱才的心钻皮入骨,真正五牛六马拔他不出。"突出了对"才"的赞赏。第十八回写韩珠娘年轻守寡,许多人来求亲,媒人"踏破了门槛来说媒",可以看出世风变化;而韩珠娘立意"不怀慕富贵",不嫁"富豪乡宦",定要嫁给有才有"韵"的穷秀才,表现出自主意识。特别是当丈夫被人谋杀后,珠娘嫁给所怀疑的对象,经五年密察,终得真情,虽与之生子,但为了报仇,不惜杀亲子以断其后,再杀贼自首,有情有智有勇,能忍敢为,被作者赞为"女侠",是《生绡剪》中性格鲜明的形象。[①]

《生绡剪》中作品多用对比写法,如第七回写大臣投阉摇尾乞怜,小民仗义奋起反对,第九回以淡泊者反衬势利者,第十二回以态度前后变化讽刺世态炎凉,都在对比中写得鲜明有力。第九回讽刺医家假名士也颇生动风趣。不过,本书旨在劝忠劝孝,多数作品都写得较板滞,而且好弄神弄鬼,写荒唐无稽之事。作为本书编者的谷口生写的第一个故事就是如此,后面十三回写死为城隍报恩,十五回写转世冤冤相报,十九回写虎、蛇报恩等都是,十七回中的杀母逆子也是雷殛的。有的写得简略粗疏,如第六回写瞎子谋财害命,手段残酷得令人震惊,但破案过程又太简单,刚审问瞎子,便连连乱招,又审其妻,更无缘无故胡乱招出其父、其舅俱为大盗,人命重案,审得如同儿戏。特别是第三回写侯爷爱鸟轻人,揭露颇尖锐有力。但以假死逃脱的巫娘侥幸存命,后来竟然要报侯爷之恩,一下子把尖锐的揭露化为喜笑调和。其实,巫娘自入侯府,家里人一直不让见一面,看护的小鸟误被人打死,即自知性命不保要寻死,侯爷轻视自己若此,复何恩之有?

---

① 欧阳代发.话本小说史[M].武汉:武汉出版社,1994:425.

第八章　明清文言小说创作研究

明代文言小说的成就虽不如白话小说,但数量却很大,而且还起着文言小说从唐宋到清代发展中的承上启下作用,因而本章主要对明清文言小说创作研究梳理。

第一节　《剪灯新话》及其他作品

明代文言小说最出名的有所谓的"二灯丛话",即瞿佑的《剪灯新话》、李昌祺的《剪灯余话》与邵景詹的《觅灯因话》。此外较有名的还有赵弼的《效颦集》、陶辅的《花影集》、宋懋登的《九籥集》等等。

一、《剪灯新话》

明代传奇第一部有影响的作品是瞿佑的《剪灯新话》。瞿佑(1341—1427)字宗吉,钱塘(今浙江杭州)人。《剪灯新话》成书于洪武十一年(1378)前后,是明代第一部传奇小说集。书中 21 篇作品内容"远不出百年,近止在数载"(瞿佑《剪灯新话序》),相当集中且真实细腻地表现了士人阶层在元末明初战乱期间的经历遭遇、价值取向、心态情绪乃至感情生活。《翠翠传》描写了一对士人夫妻因战乱而被活活拆散,后来虽相见却又不得相聚的悲惨故事;《秋香亭记》用平实手法描写了一对恋人的生离死别,这些都是当时随处可见的普通悲剧。瞿佑在《富贵发迹司志》中曾借发迹司判官之口,解释战乱发生的原因是玄妙地取决于"天地运行之数",但他在《令狐生冥梦录太虚司法传》《修文舍人传》等篇中多次批判社会的黑暗与不公,这正是导致元末农民大起义的重要原因。瞿佑还描写了战乱期间士人的心态与动向,《天台访隐录》表现了战乱中士人对桃源乐土的向往;《三山福地志》透露了他们欲求宁静乐土而不可得,最后只得听任命运摆布的心情;《华亭逢故人记》中,一些士人则将战乱看作博取功名富贵的好机会。瞿佑同情那些主人公的坎坷痛苦,但却无法给他们安排更好的命运。就艺术而言,这部作品集"文题意境,并抚唐人,而文笔殊冗弱不相副"。因为瞿佑是紧接元代近百年创作萧条期之后,尽管立志高超,却难免大病初愈似的步履疲软。

本书在艺术上虽承袭唐宋传奇,但也受有一些话本的影响,它不仅吸取了话本善于用某种物象来缩合情节的手法,如《金凤钗记》中用金凤钗贯穿全篇等,而且采用了韵散交错的叙事方式,其韵语也趋于俗白,还夹杂着一些话本套语。但就其主要特征而言,则表现在下述两个方面:一是用传奇笔法叙写怪异内容。作者往往沟通人鬼、贯穿古今,从而更有利于表现其创作意旨。如《水宫庆会录》写潮州文士余善文在人间不得志,却被南海龙王请去撰文赋诗,不仅风光无限,还获得许多宝物;《渭塘奇遇记》让一位士人与所爱的酒肆女子梦中欢爱时所留迹象,后来又在现实中成为真迹;《太虚司法传》让一位狂士夜半时分与鬼怪共处等。二是因炫耀才学而在小说中大量融入诗词。唐代传奇的富于诗意历来被人们所欣赏,但唐人却并不直接将诗篇大量写进小说,而是靠文笔的优美与意想的高妙。瞿佑则因自幼颇具诗才却身逢乱世而不得重用,便只好将其才能表现在小说之中。如《水宫庆会录》《龙堂灵会录》与《修文舍人传》等篇,均写世间寒士在龙宫冥界因词笔动人而备受礼遇,其中自然会出现大量的诗词及骈俪之文,这就把唐人传奇"文备众体"的内在诗意,转化成外在于小说情节的大量诗词穿插了。上述两种情况在稍后的《剪灯余话》中表现得更加突出,并且对明清两代的小说创作均产生了不同程度的影响,因而它们也就成为从唐宋传奇到清代文言小说发展中不可或缺的环节。

《剪灯新话》对明代文言小说创作产生了重大影响,后来一些作品集也以"剪灯"命名,形成一个系列,而《剪灯余话》是最先响应者。据说李昌祺(1376—1451)读了《剪灯新话》后,"惜其措辞美而风教少关"而著此书(张光启《剪灯余话序》),有意借创作"感发人之善心"与"惩创人之佚志"(刘敬《剪灯余话序》),这深刻地体现于故事情节的安排与处理:《连理树记》中贾蓬莱不屈于盗贼威逼,自刎于丈夫墓旁;《鸾鸾传》中,赵鸾鸾背负丈夫尸身一起投入了熊熊烈火;《琼奴传》中王琼奴在丈夫被冤家谋害后,办完丧事便"自沉于冢侧池中",那些情节设置流露出浓厚的封建正统意识。

不过,李昌祺又欲借创作"以泄其暂尔之愤懑"(刘敬《剪灯余话序》)。《长安夜行录》虽叙洛阳巫马期仁夜遇唐时鬻饼夫妇鬼魂的故事,但对现实生活中诸王的暴虐与不法却有很强的针对性与批判性;《青城舞剑录》

借叙汉初刘邦剪除韩信等开国功臣的史实影射朱元璋的杀戮功臣；《何思明游郑都录》借描写宋代"清要之官"的"招权纳赂，欺世盗名"，批评已开始趋于腐败的明初吏治。这些演述古事或谈神说鬼的故事，隐晦曲折地反映了现实人生。

明初文言小说创作题材由现实转向历史，理学说教意味逐渐加强，这在赵弼的《效颦集》中表现得尤为明显。书中三分之二以上篇幅全在演述古人古事，重点是评判古人生前所作所为，并借虚幻的神灵力量褒奖忠义之士，严惩奸佞恶徒。作者竭力贯彻劝善惩恶、宣扬因果报应的创作意图，结果情节单薄呆板而议论却特多。不过，书中《续东窗事犯传》却写得不错。此篇在明代影响甚大，或被改编为通俗小说，或被一些小说选集收录。《剪灯新话》《剪灯余话》与《效颦集》分别处于明初的始端、稍偏后的中点与末端，通过它们可以清楚看到唐传奇创作中现实主义精神影响的逐渐削弱，以及宋传奇创作中避近事而言古事的传统的影响在逐渐增强。

明初文言小说的体例相当驳杂，传奇、志怪、笔记、杂俎等无所不有，小说概念混乱已极，而夹杂大量诗词或赋、书，是导致这一特征的重要因素。《剪灯新话》首开先例，《剪灯余话》则推至极端。作品中那些诗文是明显地镶嵌进去的，并不像唐传奇那样与情节发展、人物形象塑造有机地融为一体。瞿佑、李昌祺的小说创作，使多嵌入诗文成为相当长的时期内小说创作的一种定式，而这又被人们视为一种长处而得到充分肯定。在封建时代，诗文是正统文学，小说被归诸末流，借小说显露诗才却似可另当别论。当舆论鄙薄小说之时，那些作家有意无意地借助正统文学之力，以较温和的合法形式提高小说地位。

二、《觅灯因话》

《觅灯因话》作者邵景詹的生平事迹已无可考。通过作者自撰《小引》可知该书撰于万历二十年，是受了《剪灯新话》的启发而写的，共两卷八篇。所记皆"耳闻目睹古今奇秘……非幽冥果报之事，则至道名理之谈"，通篇都是因果报应、传统礼教。但是，作者严格地把握了"怪而不欺，正而不腐"这个度，所写正面人物都还做到了生动真实，感人至深；批判的人与事，也能做到发人深思。诸如《贞烈墓记》，是在《辍耕录》所载故事的基础上加工改编的，却被赋予了全新的含义：郭秩真与旗卒情深谊重，本卫千夫长李奇因郭的美貌而起觊觎之心，陷害其丈夫。郭氏经过周密的考虑，意识到只有她先死，丈夫的冤狱才有可能解脱。为了救夫，她安排好儿女生计,与丈夫泣别后投水而死。她的死并不是出于愚昧的贞节观念,而是为爱情而牺牲,在文学史上具有崭新的意义。

写得最细致深刻的要算《桂迁梦感录》,作者意在讽世,借桂迁感梦果报的意境描写,拯救世间忘恩负义者卑劣的灵魂。仗义疏财的施济,将桂迁从潦倒困顿、几乎妻离子散的逆境中解救出来,不但为桂迁偿还了二十锭银子的债务,还将自家的十亩庄田和若干株桑枣树送他安家谋生。桂迁却将施济之父埋在桑树下的一窖银子据为己有,暗中于别处购置产业,成了大富人。施济不久病故,留下孤儿寡妻,穷困中投奔桂迁,桂迁却忘恩负义,故意怠慢,说是要有债券为凭才能还钱。桂妻忧愤成疾而死。

巨富之后的桂迁捐资五千托刘某求官,刘将这些钱为自己买了官,桂迁愤怒之极,欲刺杀刘某,因倚身街傍打盹,梦见自己变成了狗,向施济摇尾乞怜,又向施妻求食而受杖。回顾妻与二子,都已变犬。醒来方悟忘恩负义之罪,改过自新,为报施氏之恩,将女儿嫁与施子为妻。

《觅灯因话》语言艺术上的显著特点是朴素雅洁,不假雕饰,虽是文言小说,但是文不甚深,又不失于粗俗,基本上做到了雅俗共赏。

另外,明代还出现过大量汇录文言小说的专集与总集,较有名的如何良俊的《语林》,王世贞的《艳异编》与《剑侠传》,梅鼎祚的《青泥莲花记》与《才鬼记》,冯梦龙的《情史类略》与《古今谭概》等等。某些通俗类书如《国色天香》《燕居笔记》《万锦情林》《绣谷春容》等中,也选录了大量的小说。这些小说集子除了为当时人提供闲暇消遣外,也为当时与后来的戏曲小说创作提供了丰富的素材。而且像《青泥莲花记》专为出淤泥而不染的历代妓女立传,《情史类略》大量汇集男女爱情婚姻故事,都显示了明代后期思想开放的鲜明时代特征。

三、其他

正统七年(1442),国子监祭酒李时勉上书要求禁毁小说。统治者对意识形态控制的强化,使文言小说创作在随后约半个世纪里出现了空白。直到成化末年,某些笔记中才开始出现若干类似小说的记载,弘治、正德时始有些志怪小说相继问世。祝允明(1460—1526)《前闻记》里的《义虎传》是较有代表性的一篇,它表现了对为富不仁以及道德堕落世风的揭露与抨击,篇中关于"富子"的奸诈狠毒以及"廖子"夫妇劫后重逢庆幸心情的描述也十分细腻逼真。祝允明《语怪》中的《桃园女鬼》《常熟女遇鬼》等篇,也是情节完整描写较细腻的作品。陆粲的《庚巳编》是此时重要的作品集,书中相当一部分内容是志怪且格物的记载,但也有情节完整、描摹细腻的小说，如描写徐鳌与神女结合又分离的《洞箫记》。还有一些如《张御史神政记》《临江狐》，既志怪又反映了当时的社会生活，而《守银犬》则以独特的构思塑造了一个守财奴形象，准确生动地描写了当时商人的生活、心态及其经营。不过，当时志怪小说内容多是记神佛、妖精、物魅、幽冥、奇闻等事，藉以陈祸福、申劝惩、宣扬封建伦理道德与因果轮回报应的"丛残小语"，精心编撰的情节完整、人物形象较为分明的作品只有屈指可数的几篇而已。

此时明人笔记中开始出现一些描述朝野掌故、里巷传说、民风习俗以及士流言行的逸事小说，它们一般混杂于记录史实的文字，数量又较少，还有不少性质又似此似彼。那些作者的初衷是补正史之阙，其作之所以被称为逸事小说，只不过是因为载录的内容具有较生动趣味的情节而已，而在当时敢于顶着"人皆晒之"（营安《澜言长语题记》）的压力去记述琐事轶闻确还需要有点勇气。幸好，与读者长期隔绝的某些宋人笔记如《容斋笔记》，此时重又刊印行世，使那些作者得到精神上的鼓励与支持。祝允明曾写道："若有高论者罪其缪悠，而一委之以不语常之失，则洪书当先吾而废，吾何忧哉！"（祝允明《志怪录自序》陆深叙创作《金台纪闻》缘由时就以"孔子曰：多闻，择其善者而从之；多见而识之"作辩解（陆深《金台纪闻题记》；陈沂撰《蓄德录》则称："虽有不伦，而取善之意不以人废，有信以终齿者，虽细亦书正，孔子所谓有所试之矣。"《蓄德录题记》自这些人重开载录琐事轶闻的风气后，类似的著述便层出不穷。①

逸事小说由记录史实的文字脱胎而来，因此较偏重于真实性，那些作者多为一时名士，既可出入官场，又能接触里巷传闻，故而较广泛地反映了当时的世态风貌。就涉及官场的文字而言，歌功颂德者自非少数，但也不乏揭示庄严帷幕后面真相的讽刺描述，如阙名的《嵩阳杂识》、文林的《琅琊漫钞》、陆容的《菽园杂记》中都有这样的记载。逸事小说中有不少是关于里巷传闻的记述。百姓生活中时常会发生一些越出常理或令人惊讶的事件，它们在传播过程中往往会被渲染得更为离奇，情节也愈发丰满曲折，引起某些文士的注意后便被载入著述，如祝允明的《猥谈》、黄瑜《双槐岁钞》中的某些记载，那些故事劝善惩恶的意味也较浓。还另有一类是掇拾名人雅士在品行、言语、举止、性情等方面轶闻隽语的文字，其语言较精练，篇幅也其短小，如沈周的《客坐新闻》、陈沂的《蓄德录》、王镜的《寓圃杂记》等作品中，均可见这样的文字。这些描述形似《世说新语》，

---

① 傅璇琮，蒋寅，郭英德.中国古代文学通论 明代卷[M].沈阳：辽宁人民出版社，2005：156.

且又有两个明显特点,其一是记载明代名人雅士的轶闻隽语,与时代基本平行;其二是散见于各种笔记之中,与志怪、杂述、考辨、议论等文字混杂在一起。此时笑话类作品也在前人著述影响下问世,最典型的便是陆采(1497—1539)仿效托名苏轼的《艾子杂说》而写成的《艾子后语》。

弘治、正德年间,寓言小说也是文言小说创作中的重要门类。这些作品在立意、形式、情节、结构以及人物形象塑造等方面都不同程度地显示出模仿前人的痕迹,但又常加进作者对现实生活的观察与感受,对当时某种世态人情有较强的针对性。萧韶的《桑寄生传》是其中较别致的作品。此篇叙桑寄生由平民而速登高位,最后终因溺于逸乐奢荡而卒,其立意与结构与唐人《枕中记》有几分相似,篇中喜欢插入诗歌,却是《剪灯新话》之遗风,作者又特别强调沉溺女色的危害,意在批判当时渐至颓唐的世风。作品篇幅不甚长,但竟巧妙地嵌入近百个药名,显得格外别致。陆奎章的《香奁四友传》也属模仿前人的"游戏翰墨"(徐准《题香奁四友传后》)一类。"四友"指金亮、木理、房施与白华,即镜、梳、脂与粉,每物各一传。作者后又为周准、齐话、金贯与索纫,即尺、剪、针与线各立一传,分别称《四友前传》与《四友后传》。作者以拟人化手法措写以上八物,借以讽喻、批评社会上的某一类人,故又宣称:"去其所以损者,以就其所以益者,则于纪纲之首、风化之端,尚亦有功焉。"(陆奎章《香四友前传序》)马中锡的《中山狼传》融戏剧性、哲理性于一体,它以狼与东郭先生的生死存亡为背景,通过一系列变故迭出、扣人心弦的情节设置,在尖锐的矛盾冲突中,塑造了阴险残忍的中山狼与仁慈得迂腐可笑的东郭先生这两个鲜明典型的形象。很明显,作者写中山狼是为了揭露社会上那些贪婪凶残、忘恩负义之徒的本性,如此严肃的主题绝非游戏笔墨所能表现。董纪的《东游记异》对现实的批判要激烈得多,它着重描写人屈服于兽的淫威,衣冠者流纷纷向老狐吊丧的丑恶景象,借以影射当时炙手可热的以刘瑾为首的宦官集团。尤其值得注意的是,作者还塑造了一只群狐的后台——"上帝命之掌百兽焉"的"白额虎"形象,将批判矛头直指以皇帝为首的整个封建统治集团。

正德年间,陶辅"较三家(《剪灯新话》《剪灯余话》与《效颦》)得失之端,约繁补略"写成《花影集》(陶辅《花影集引》,20篇作品中多数或为夫子自道,或为史传实录,但也有出色的杰作。其中,《心坚金石传》是一曲凄婉的爱情颂歌,荒淫无耻、肆虐残暴的蒙元统治者硬将李彦直、张丽容这对情人拆散、逼死,而作品结束时,作者以奇特浪漫的构想,进一步突出男女主人公对爱情的忠贞不渝:他们的尸首被焚烧后,各自炼出色如金、坚如玉的对方雕像。

　　这篇小说后来被改编成戏曲搬上舞台，又被改写成通俗小说更广泛地传播。《刘方三义传》也同样脍炙人口，后来它被《情史》《古今情海》与《玉芝堂谈荟》等多部作品收录，《醒世恒言》卷一〇"刘小官雌雄兄弟"也是据此改编而成。该故事颇有传奇性：刘方十二三岁时女扮男装，随父扶母枢还乡，途中父死，开酒店的刘叟无后，遂认刘方为子，后又收留携父母骨灰回乡的刘奇为子。刘叟夫妇死后，刘奇、刘方勤于业，成为一乡首富。最后刘奇发现刘方是女子，两人结为夫妇。可是当写到本该发生感人高潮时，作者却生硬地搬出"不孝有三，无后为大"等儒学说教匆匆收场。"关世教、正人心、扶纲常"（张孟敬《花影集序》），这就是陶辅的创作倾向。

　　从成化到正德数十年间作品不多，但创作加速度发展态势，质量也迅速提高。此时创作或较偏重实录，希望以此补史家阙略；或视为蓄德之助，意在裨补世教；或借创作讥刺世事，寄寓感慨；或遇事可记，随笔录之。这表明多数作家尚不能正确地理解小说的性质、功用与地位，但都一致地肯定小说的存在价值。作家多为当时名士，其鼓吹与倡导使文言小说创作复苏并较快地形成一定声势。这些作家一半以上是江苏人，多数又集中在经济、文化发达的苏州地区，正表明创作复苏并非孤立现象，而是与当时当地社会生活的发展水准紧密相关。

　　在随后的嘉靖、隆庆两朝五十余年里，舆论环境逐渐宽松，印刷业进一步发展，此时前代一些重要作品终于出现了明代刻本。嘉靖十四年（1535），袁褧率先据宋本刊刻《世说新语》，嘉靖二十五年（1546）洪迈的《夷坚志》出现第一个明刻本，但已无全本传世了，嘉靖四十五年（1566）《太平广记》谈恺刻本问世（据谈恺《太平广记序》）。陆采于嘉靖初年编刊《虞初志》（据《虞初志》卷一《续齐谐记跋》），入选作品均为严格意义上的小说，而且除南朝梁吴均的《续齐谐记》外，其余悉为唐人小说，唐传奇中的精品都已收录。当唐传奇与六朝志怪都已较广泛传播时，在引起的社会反响中却可以明显看到一种双重标准。人们阅读时多偏爱唐传奇，但作家却更乐意描述志怪故事。陆采《冶城客论》93篇作品基本上都在讲述狐精鬼神与奇闻异事，仅有《鸳鸯记》略具传奇规模。杨仪《高坡异纂》共收作品50则，唯有卷下《娟娟传》为传奇体。闵文振《涉异志》的内容一如书名所示，40则故事全都言神志怪。此时的传奇小说中，陆采的《鸳鸯记》叙述秀才郑卿与施家大媳妇范氏相爱私通的经历，人物形象刻画并不鲜明，但以肯定态度描述婚外恋却颇引人注目，作者的大胆只能用当时的社会风气来解释。这表明此时传奇小说的复兴并不只是对以往创作的简单模拟，而是作家们借此反映现实生活的结果。杨仪《娟娟传》

的大部分篇幅叙述书生木元经因梦结缘，与娟娟成为恩爱夫妻的经过，结尾则是木元经新婚不到一个月，就被召去督运皇木，待他回京时娟娟已因思念成疾而死。小说情节奇幻，对新婚夫妻生离死别的描写也哀婉动人。杨仪叙述故事时具体注明各情节发生年月，其意似在强调实录性，但在客观上却让读者明了，嘉靖帝登基后大兴土木建造楼阁园囿是导致悲剧的主要原因。蔡羽的《辽阳海神传》描述了商人程宰在辽东的奇遇。他经商失利，却有缘与海神相恋，并在她指点下屡获暴利。这类故事体现了势力膨胀的商贾要求按照自己的思想观念重新造神的愿望，同时又以神话色彩装点了他们探寻经商规律的努力。作者佚名的《保孤记》也是此时较重要的作品，它叙阁臣夏言死后其遗腹子的离奇经历：出生后屡被暗算，亏得义仆忠心护卫才免遭毒手，在长大成人后终于回夏家认祖归宗，其间的曲折与"赵氏孤儿"故事有几分相似。此篇文笔朴实，但人物形象刻画、气氛渲染等方面都较逊色。作者着意于头绪梳理，且特意注明各事件发生时间，传奇性全靠经历离奇体现。这篇小说在明中叶后传奇小说创作从无到有的过程中起了路标作用，它表明有些人以实录为起点，描述现实生活中较复杂曲折的事件，而作品经敷演增饰后逐渐变成传奇小说。类似作品又有田汝成《西湖游览志余》中的《阿寄传》，它就是《醒世恒言》中《徐老仆义愤成家》的故事原型。

　　在嘉靖、隆庆朝，逸事小说创作状况基本上同于上一阶段，但世风日下的状况更严重，有些作品的批判性也就甚于以往。此时逸事小说多散载于各种文集，相比之下，何良俊（1506—1573）专叙历代士人隽语铁事的《语林》就显得十分醒目。它明显受《世说新语》影响，全书共38门，与后书不同者仅多出"言志""博识"二门；又仿刘孝标之例，援引300多种典籍笺释正文，并注明出处。何良俊也有自己的创造，每门前都有小序，说明本门记事宗旨，有些条目后还加按语或辩证，都成为《语林》不可分割的重要组成部分。《语林》所记内容起于两汉，止于宋元，共2700百余条，素材虽采自历代典籍，但经取舍、剪裁、润色并按一定次序编排之后，已形成统一风格，非杂抄众书者可比。这部作品专记古事旧闻，作者有感于"今习俗已渗漓"（《四友斋丛说》卷三四"正俗一"），所以通过大量素材的筛选与编排，寄寓了自己对现实的感慨与批评（文徵明《语林序》）。几乎同时问世的又有王稚登的《虎苑》，从历代典籍中采录有关虎的记载128条，分"德政""孝感"等14门，虽是言虎，宗旨却在劝讽世道（王稚登《虎苑序》）。

　　嘉靖中期以来，围绕一专题汇编前人有关描写的作品集相继问世。王文禄将历代应对敏捷、遇事多谋善断的故事编成《机警》，后来又编撰《龙兴慈记》，所载均为神化朱元璋夺取天下的故事。王世贞（1526—1590）收录历代剑侠小说精品33篇编成《剑侠传》，其中包括《虬髯客传》（改题为《扶余国主》）等唐传奇杰作，那些故事扑朔迷离又神秘莫测，剑客的侠肠义胆与锄暴除恶亦甚快人心，因此问世后屡被翻刻。田汝成的《西湖游览志余》集中描述有关杭州西湖的传说以及史实、风俗，记叙杭州街道桥衢沿革的《委巷丛谈》最富小说意味，而《幽怪传疑》则全为志怪传奇故事。

杨慎（1488—1559）的《丽情集》也是专题性作品集，该书"采取古之名媛故事，间加考证而成者也。以缘情而靡丽故名之"（李调元《丽情集序》）。题材虽偏于纤弱，但也颇受一部分读者欢迎。此外，顾元庆专叙元末画家倪瓒故事的《云林遗事》、黄姬水汇编历代高洁之士安于清贫事迹的《贫士传》等也都属此类。这类作品便于读者集中了解某一方面故事，它们的成批出现引起人们对以往小说的兴趣。

除专题性作品集外，本阶段中期后还出现一些题材较广泛的前人作品汇编本，其中陆楫编辑的《古今说海》较早问世。此书共142卷，分说选、说渊、说略、说纂四部，其中说渊部集中收录64篇传奇，除宋人与明人各两篇外，其余多为唐人小说的名篇。然而陆楫收录时往往裁篇别出，巧立名目，开始了明后期小说丛书编纂中"妄造书名而且乱题撰入"的风气。王世贞的《艳异编》采自古今志怪以及唐宋元明的传奇、笔记、杂说等作，四十卷本共收作品361篇，唐传奇中的精品几乎均被收录。"艳"与"异"是作者选编标准，即收录描写爱情与灵怪的作品，由于这两类内容涉及面较为宽泛，故又进而细分为17部。可是该书选录不甚注意文体和文学性，显得有些驳杂。顾元庆编纂的《顾氏文房小说》共收40部作品，大多为六朝志怪、唐宋传奇以及一些笔记小说。接着他又编纂《广四十家小说》，所收除少量前代志怪与传奇外，其余作品均带有野史、杂谈性质。此外，胡应麟（1551—1602）曾编辑《百家异苑》，自称是"戏辑诸小说"而成，目的则为"作劳经史之暇，辄一批阅，当抵掌扪虱之欢"（胡应麟《少室山房笔丛》卷三六"二西缀遗"）。此书虽因不曾刊刻传播而未对创作产生影响，但对历代小说的系统梳理，却为胡应麟后来成为重要的小说理论家打下了坚实基础。

到了万历朝，小说选集成批出现。马大壮采撷历代史籍中的怪异故事编成《天都载》，又附有考证，显示了以治学为主的编纂宗旨；虞淳熙的《孝经集灵》集中展示行孝得善报的故事，素材来自《孝经》等书；焦竑（1540—1620）编撰的《焦氏类林》将采录的各书片段分59类，时人特别推崇其"名理心宗，往往而在，指示历然"（李登《焦氏类林序》）；焦竑之子焦周也从前人史传杂书中采撷新颖之语，及闻见故事可资谈喙者编成《焦氏说桔》；施显卿的《古今奇闻类记》分天文、地理、五行、神佑、前知等16门，均取材明人笔记及方志杂传，以怪异之事居多；朱谋㙔的《异林》分42目，内容选自群籍的古今中外人世间与自然界中各种奇闻逸事，均注有出处；余懋学的《说颐》共352条，每条征引历代史传稗官中相类或相反二事，且均有作者自拟四字标题，末又附以论断，颇有点化功夫、格物致知的意味。此时又有人专编小说类选集，陈继儒从前代小说集中取材，罗列了自轩辕以下七十二神仙的故事编成《香案牍》；陈诗教从各种典籍中摘出与花有关之故事按时顺排列，编成从三皇五帝直至明代的花故事大全《花里活》；蔡善继将《太平广记》中"定数"一门及相关内容按序抄录编成《前定录》；张凤翼从前代史书与小说中采录各种传闻铁事及议论，又附以近闻编纂成《谈铬》。上述作品都处在从治经史到编小说选集的过程中，编纂者都是当时名士，又以江浙人士居多，文化发展的地域优势在这里也同样有明显的表现。

从万历朝开始，"世说"类作品渐多。慎蒙的《山栖志》取材史传与稗官野史，记六朝以来历代名士言行，内容偏重于隐逸山林、纵情诗酒一类。它未分门类，但已叙及本朝人却是一个突破。此后的曹臣《舌华录》中明人轶事隽语就占了一定比例，这部作品从《世说新语》至明的史籍、笔记中撷取清言隽语，分慧语、名语、豪语、狂语等18门编辑。郑仲夔的《清言》与此相类似，分类体例则全依《世说新语》，但编撰宗旨却偏重于"言"且崇尚纪实，书中有相当一部分着力于描摹明代世态人情，有的还写得饶有风趣。此时，有的作品开始以叙述本朝名人轶事为主，甚至专叙本朝之事，如李绍文的《明世说新语》、焦竑的《明世说》(已失传)《玉堂丛语》等。这种逐渐趋向现实的动向在杂俎、札记类作品中也有明显的表现。万历朝杂俎笔记类的作品内容都较驳杂，或讲论神鬼怪异，或叙述逸闻琐事，或评论诗文、考证典籍，寓言小品时见，议论考述铺陈，偶尔也有传奇纪事掺杂其间。总而观之，它们较强调纪实性，内容极为广泛，不少作者又常有感于世事而作。

娱乐也是一些作者的编撰动机，或自娱，"聊舒闷怀"(叶权《贤博编题记》)，"以寄岑寂逍遥之况"(朱国祯《涌幢小品序》)；或娱人，"可资抵掌"(朱孟震《汾上续谈引》)，"猥杂街谈巷语，以资杯酒谐谑之用"，令"厌常喜新者读之欣然"(李维桢《耳谈序》)。

《鸳渚志余雪窗谈异》是万历朝较早出现的传奇小说集，共含30篇作品(两篇存目无文)，所述基本未超出嘉兴府一带，极富地方色彩。该书如明初传奇小说般讲究文采，行文骈散相间，喜好用典，也常嵌入诗词文赋，有些篇章还干脆模仿《剪灯新话》；同时情节简单而又好作因果报应之谈，劝诫意味较为浓厚。这部小说集有十余篇作品后来被《国色天香》等多种流行较广的类书所收录，影响了后来传奇小说创作。稍后，又有《觅灯因话》。作者邵景詹自称受《剪灯新话》影响而创作，但其艺术表现形式却有所不同。最醒目的区别之一，是朴实地叙事，少有诗赋嵌入，作者重视情节交代的清晰与人物形象的刻画，并不有意追求文采斐然。其二是单纯的搜奇志异与驰骋文笔开始让出了主流地位，这标志着进入万历朝后，文言小说的创作风格开始发生变化。万历朝是传奇小说创作的繁盛时代，作者骤然增多，著名文士占了多数。陈继儒的《李公子传》与胡汝嘉的《韦十一娘传》都沿袭唐宋传奇格式，前者以李卓经历与心态斥责沿科举之途攀爬的进士"措大骨相"与"村鄙可笑"，后者叙奇异故事，描写了女侠出神入化的剑术与非凡经历。然而，万历朝的社会环境与思想氛围毕竟都有自己的时代特征，传奇创作也随之发生相应变化，其中最重要的是一些作者开始将目光从帝王将相、名儒名妓或神仙佛祖转至普通百姓。耿定向创作《二孝子传》就以两个普通人为传主，本意是表彰孝子的尊长与至孝，但无意中却透露了当时社会贫富的两极分化以及人情淡薄乃至骨肉相残的事实。袁宏道以家中四个仆人为《拙效传》的传主，通过日常生活中普通小事刻画其拙朴之态，笔调虽调侃，却丝毫不见居高临下的鄙薄之情。袁宏道的《醉叟传》与袁中道的《一瓢道士传》，传主甚至是连姓名都不清楚的普通人。这些作品组合成万历朝传奇创作的新动向：作家不仅已面对现实，而且还将目光渗透到社会生活细微深处。传奇创作渐成风尚时，作品数量最多与影响最大的当数宋懋澄，他的《九籥集》与《九籥别集》共收文言小说44篇，其中成就最高的是直接取材于现实生活且时代特色鲜明的篇章。《葛道人传》描述万历二十二年（1543）苏州市民反抗矿使税监的声势浩大的群众斗争，并表现出对葛成与苏州市民的同情。描写爱情、婚姻的《珠衫》与《负情侬传》也同样脍炙人口。前者以明中后期繁忙的商业活动为背景展开人物的矛盾冲突以及商人家庭生活的状况，展现了迅速发展的商品经济对传统家庭结构以及道德人伦的冲击与腐蚀；后者同样也突破了原有创作格局，篇中封建势力压迫确是酿成杜十娘悲剧的重要因素，可是关键时刻致她于死地的却是金钱。这些故事都展现了明中期后商品经济的发达所引起的人们思想观念的变化。

此时，专题性类书日益增多，较纯粹的大致有以下几类：摘编历朝剑侠故事如周诗雅的《剑侠传》与《续剑侠传》等，广采道教、佛教典籍以及前代小说而编成的洪应明的《仙佛奇踪》与有罗懋登作引的《搜神记》，笑话集如江盈科的《雪涛谐史》、许自昌的《捧腹编》与冯梦龙的《古今谭概》等，集中为妓女立传的如梅鼎祚《清泥莲花记》，以及反映病态世情的张应瑜的《杜骗新书》与托名唐寅的《僧尼孽海》等，它们也是万历朝创作兴旺发达景象的组成部分。

到了明末天启、崇祯朝，引人注目的是冯梦龙（1574—1646）编纂的《情史》与《智囊》。《情史》共收作品870余篇，除个别篇章为编者自撰外，其余均辑自历代笔记与小说。冯梦龙以"情"为编选主题，并通过对素材的分类编排以及某些故事后的批语，突出了"无情化有，私情化公，庶乡国天下，蔼然以情相与，于浇俗冀有更焉"的宗旨。冯梦龙响亮地提出"我欲立情教，教诲诸众生"的口号（《情史序》），批判矛头直指程朱理学。这些思想与李贽的"童心说"、汤显祖的"至情说"与袁宏道的"性灵说"相通，实为同一社会思潮在小说领域中的反映。《智囊》（修订后名《智囊补》）也是小说专题选集，内含明以前子史经传与野史丛谈中摘出的与"智"相关之故事近两千则，与《情史》相仿，编纂者通过分类与在故事后加批语来表明自己的观点。冯梦龙的议论多针对明末政治弊病，表现出中小地主阶级知识分子的政治思想倾向，以及对封建尊卑制度与等级观念的批判。《智囊》与《情史》体例相仿，而且都为后来的拟话本创作提供了丰富的素材。本阶段新出的小说选集还有不少，如江东伟摘录前人书中神仙鬼怪之事编成《芙蓉镜孟浪言》，支允坚用类似的手法编成《异林》，钟惺收集唐宋以来类书中笑话编成《谐丛》。又有编辑者不详的《五朝小说》，分魏晋小说、唐人百家小说、宋人百家小说、皇明百家小说四部分，每部分又分传奇、志怪、偏录、杂传等门类，共选录传奇、志怪及杂史笔记近五百种。秦淮寓客编辑的《绿窗女史》也是颇有影响之作，它收录历代有关妇女之作品，分10部45门，前9部收历代著作150种，既含大量唐宋元时传奇小说，也有明代人著述。尽管书中各篇主旨与思想各不相同，但集中围绕妇女题材编纂大型丛书，这一事实本身就表明了在明末启蒙思潮影响下，人们已经开始对妇女问题表示重视。

可是，此时文言小说创作显得较为平淡，仿佛在万历朝登上高峰后，突然失去继续攀登的动力与热情。如果综合文言小说与通俗小说两大系列作整体考察，这一现象也不难得到解释。在万历朝后期，通俗小说地位迅速上升，一些文人摆脱了传统观念束缚，同时也出于对传播面与社会影响的考虑，创作时便以通俗小说为首选对象。其实，从明万历朝到清王朝灭亡的三百年里，在小说创作内部基本上都维持着文言小说不敌通俗小说的态势，唯一的例外是清初《聊斋志异》的问世。很显然，这是明清鼎革之变时剧烈的社会动荡转化而来的强大动力所致，才会有这样的特例出现。随着通俗小说的发展，它是广大民众的文学体裁的这一优势越发强劲，而文言小说由于本身的局限，其式微则是不可避免的。①

第二节　鬼狐奇幻世界对现实人生的映射：《聊斋志异》

《聊斋志异》现存的版本主要有：（1）手稿本。1948年在辽宁西丰县发现，237篇，只是书的上半部。字迹与朱湘麟画像上的作者自题字相似，说明它是作者的手稿。（2）铸雪斋抄本。《聊斋志异》在有刻本以前，曾经以抄本的形式流传。乾隆十六年（1751）历城张希杰的铸雪斋抄本比较完整，共484四篇。据记载它是从济南朱氏的一个据原稿抄录的本子中转抄过来的，较接近原稿。（3）青柯亭刻本。这是乾隆三十一年（1766）莱阳赵起杲刊刻的本子，共441篇，通称此本是最佳本。（4）吕湛恩本。道光年间《聊斋志异》的刻本较多，大都是评注本，其中以道光五年（1825）吕湛恩评注本较有影响。（5）图咏本。光绪间，铁城广百宋斋主人爱请名手，将每篇故事都配绘插图和七言绝句一首，名为《详注聊斋志异图咏》。为其别开生面，上海同文书局据以石印发行。（6）三会本。1962年中华书局出版了张友鹤的《聊斋志异》会校、会注、会评本，共收491篇，是目前最完备的一个本子。

我国古代文言小说，无论是魏晋志怪，还是唐传奇，或是以后的文言小说，迄《聊斋志异》问世，一直缺乏与现实生活的紧密联系，只偏重于士大夫的遣兴娱情、逐异猎奇。蒲松龄的《聊斋志异》则大大增强了与现实生活的联系，表现了对现实生活的积极的干预意识和批判意识，从而使我国古代文言小说的艺术功能发生了革命性的变化。

《聊斋志异》题材广泛，内容丰富，它是当时的一部民间传说和神话的总集，又是一部清初现实社会的百科全书。490多个故事大体上可分为五类：读书人的故事——抨击了科举制度的腐败。八股取士是明清两代用以选拔人才的制度。到了清代这个制度已经日渐腐朽，弊端丛生，几乎完全丧失了它的本意。蒲松龄首先用文艺的形式进行了全面的批判，其深刻程度是前人未曾达到的。可以说，他是文艺领域里集中向封建科举制度开火的第一人，比吴敬梓还要早半个世纪。

又因为蒲松龄自己就是一个科举的受害者，在这条路上挣扎了五十

---

① 傅璇琮，蒋寅.中国古代文学通论　明代卷[M]北京：人民出版社，2010：167.

年,感受特别深切,所以他对科举弊端的揭露、鞭挞也就特别深刻、生动、酣畅淋漓。他通过谈狐说鬼,反映了读书人抑郁不得志的苦衷,辛辣地嘲讽了考官们的有眼无珠、昏聩糊涂,还无情地嘲笑了在科举的毒害下,举业迷们精神的空虚、无聊。

反映读书人的痛苦和悲愤,是聊斋故事中较为突出的主题。封建社会放在广大青年面前的阶梯是一个金字塔形的阶梯,通过读书应考爬到上层的只是极少数幸运儿,多数有才华的读书人却一辈子蹭蹬于这阶梯的各个不同的层次上,欲进无路,欲退不能。再加上考官糊涂、考弊丛生,这就出现了文章做得好的反而考不取,做得不好的却连战皆捷的情况,这种怪现象使广大读书人愤恨不平。《叶生》一篇就典型地反映了读书人的这种怨愤,揭露了科举制度扼杀人才的罪恶。主人公叶生文章词赋冠绝当时,而他却屡试不中,一辈子困于场屋,以至于抑郁而死。叶生死后,其鬼魂追随赏识他才学的丁乘鹤而去,悉心教育丁的儿子,使丁之子中了举人、进士,一雪平生不酬之憾。这个故事概括地写出了读书人一生蹉跎、含冤负屈的悲惨命运,吐出了他们胸中的不平。正如叶生所说:"借福泽为文章吐气,使天下人知半生沦落,非战之罪也。"①《司文郎》篇中宋生的命运比叶生更悲惨。宋生身材魁伟,谈吐不俗,才学高而无意于功名。他与进京赶考的王平子结识,并帮助王应考。一晃几个月过去了,王平子大有长进,满怀希望进入考场。没想到刚进场就被取消了资格,王平子自己还能控制住,宋生倒忍不住放声痛哭了。他说:"仆为造物所忌,今又累及良友。其命也夫!其命也夫!"王平子不明就理,宋生擦着眼泪回答,我早就想对你直说了,就怕你听了惊怪:我实际不是一个活人,而是漂泊游荡的鬼魂。年轻时很有才名,但在考场中却一直不得意。不幸后来死于战乱,从此我便年复一年地游荡着。近来承蒙你相知相爱,我才找到寄托,竭力帮助你,实指望我平生没有达到的愿望,能借好朋友得以实现,又谁知我们的命运竟坏到这步田地,你想,我还能无动于衷吗?宋生的故事虽然不是现实的,却宣扬了具有现实意义的东西,达到了现实主义描绘所难以达到的深度。才学超群的宋生困顿终生,死了变成鬼魂还咽不下这口怨气,想借朋友来再拼一下,而这样一个可怜的愿望也同样落空了。宋生的遭遇表达了广大读书人内心的辛酸和愤懑,向不公平的世道作了鲜血淋漓的控诉。与此同时,作者很自然地把矛头指向了糊涂试官。在作者笔下,试官们是一群昏聩糊涂、不学无术,只知徇私舞弊的家伙。《三生》

① 赵青.《聊斋志异》在题材内容上对唐传奇的继承与发展[J].淮阴师范学院学报(哲学社会科学版),2003(5):682-687.

篇中落第士子愤死千万，鬼魂在阴司聚众告状，要挖掉试官的双眼，"以为不识文之报"。《于去恶》篇中，试官竟是乐正师旷(晋国盲乐官)、司库和峤(晋朝有"钱癖"的官)，他们"黜佳士而进凡庸"。在另外一些篇章里，作者甚至揭露试官自己的文章狗屁不通，连瞎子都不如。

再有，作者还把讽刺的矛头指向读书人自己，描写读书人在科举的毒害下精神境界的空虚无聊。这是批判科举的深层主题，蒲松龄在吴敬梓、曹雪芹、鲁迅之前就接触到了这一问题，并作了具体形象的反映。《续黄粱》揭示了科举对读书人心灵的腐蚀和读书人锐意干进的丑态。主人公曾孝廉在高捷南宫之后，又听到星者预言他有宰相的福分，便得意忘形大做升官发财、胡作非为的美梦："某为宰相时，推张年丈作南抚，家中表为参、游，我家老苍头亦得小千把，于愿足矣。"后来，他在睡梦中果然作了宰相，并变成一个无恶不作的权奸。作品充分暴露出封建文人的肮脏灵魂。《王子安》是一篇以喜剧的形式反映读书人悲剧的短篇小说。士子王子安久困场屋，一日醉后，梦见自己中了进士、点了翰林，他当然高兴得了不得，又是喊又是跳，又是嚷着赏钱又是嚷着赏饭。功成名遂，富贵到手，首先便想到在本乡邻里面前炫耀一番，于是吆五喝六地招呼长班侍候，长班来迟了，开口就骂，举手就打。……醉梦醒来才知道这一切都是假的，是狐狸捉弄了他。这个故事典型地揭示了庸俗、酸腐的举业迷，热衷举业，并为之而发疯发狂的原因。

小说后面的"异史氏曰"，用散文的笔法，把穷秀才应考前后的种种情态、心理描摹得惟妙惟肖，揭示得入木三分，简直可以说是举业迷的脸谱、读书人的镜子。

爱情故事——表现了反封建礼教的精神。《聊斋志异》中描写爱情主题的作品，数量最多，也最生动感人。它们通过人与神仙鬼怪、花妖狐魅相恋的故事，反映了封建婚姻的不合理，男女青年的受摧残，以及他们打破桎梏而自由结合的愿望和行动。

《青凤》是一个人狐相恋的故事，耿生是一个勇敢狂放的豪士，他对狐女青凤的感情真挚而执着，清明扫墓，归途中无意中救了青凤，也未因"异类见憎"。青凤虽是狐魅，但美丽温柔，富有人情，爱恋耿生。最后通过耿生对青凤叔父的急难相助，两家和好，两人得偿夙愿。耿生和青凤的人狐相恋的故事中反封建的意义是很明显的。

《婴宁》中作家为我们刻画了一个敢于反抗封建礼教、藐视传统闺范的狐女形象。婴宁是一个憨态可掬的少女，她聪明、美丽、多情，针黹女红精美绝伦，而且爱花成癖。她性格中最突出的特征是憨笑。小说中她一出场，就笑声不断。她爱笑，无拘无束地笑，无法无天地笑。连结婚拜堂时她都"笑极，不能俯仰"。婴宁是中国古代小说中笑得最开心、最恣肆的姑娘，她几乎把封建时代少女不敢笑、不能笑、不愿笑的一切条条框框全打破了。那些少女只能够"向帘儿底下，听人笑语"，只能行不露趾、笑不露齿，否则就有悖纲常、有失检点、不正经，而婴宁呢？她面对陌生男子，毫无羞涩地、自由自在地笑；"笑不可遏""忍笑而立""复笑，不可仰视""大笑""笑声始纵""狂笑欲堕""笑又作，倚树不能行"。她毫不掩饰她狐女的出身，在婆婆面前也毫不掩饰自己乐观爱笑的天性，她走到哪里就把笑声带到哪里。她是人间真性情的化身，一切封建礼教的繁文缛节对她均无约束力。但是，在讲究三从四德的封建社会中，婴宁是不可能存在的。蒲松龄通过婴宁的形象，从正面讴歌了人的个性的解放，赞颂了摆脱封建礼教的束缚之后人性所具有的美。

《小翠》与婴宁一样，是个无拘无束、不守礼教闺范的狐女。她天真活泼，聪明过人，敢于游乐和嬉戏，故意作弄呆痴的丈夫；遭到公婆的斥责，也不畏惧，始终保持自己活泼的个性。她有着过人的智慧，不仅把一个痴呆的丈夫逗引得活泼可爱，而且多次打击企图陷害其公公的坏人，拯救了家庭。她的大胆、泼辣和斗争的巧妙、机智使须眉男子也为之折服。最后，她还采用蒸浴法治愈了丈夫的痴呆症。通过小翠的形象，蒲松龄不仅歌颂了中国女性在破除封建礼教束缚之后所焕发出来的才智，而且表达了对生活的理想。

以婚姻爱情为描写内容的作品，在《聊斋志异》中占有相当大的比重。如《鸦头》《青凤》《娇娜》《阿绣》《青梅》《莲香》《红玉》《婴宁》《小翠》等写的是人狐之恋；《聂小倩》《连琐》《连城》《公孙九娘》《小谢》《梅女》《宦娘》等写的是人鬼之恋；《香玉》《黄英》《葛巾》写的是人与花妖之恋；《绿蜂》写的是蜂精与人之恋；《阿纤》写的是鼠精与人之恋；《神女》《张鸿渐》《蕙芳》《翩翩》等写的是人仙之恋；等等。这里，无论是狐女还是女鬼，无论是花妖还是神怪，她们都具有社会人的思想和品格。她们出身经历不同，个性迥异，但她们有共同的特点，都是美丽、多情、诚挚，敢于背叛传统、反抗封建礼教，与恶势力作斗争，主动追求个人爱情的自由与婚姻的幸福。这是一群多姿多彩的、闪耀着人性理想光辉的女性形象。在这些作品中，蒲松龄倾注了极大的热情，刻画了花妖狐魅们的高尚情操和坚强意志，揭露了封建礼教的不合理，歌颂了青年男女为争取爱情自由、婚姻幸福而作的斗争。

《青凤》是《聊斋志异》中典型的写人狐之恋的作品。小说写狂放不羁的耿生，深夜闯入胡氏家中，并以"粉饰多词，妙绪泉涌"赢得了胡叟的好感。胡叟叫出儿子、妻子与侄女青凤相见。耿生立即为青凤的美貌所倾倒。胡叟看出了耿生的心思，化厉鬼进行恐吓，但耿生不为所动。次夜，青凤经过耿生的住所，在耿生的深情恳求下，终于克服了心理上的懦怯，勇敢地接受了耿生的爱抚和拥抱，结果被胡叟撞见，羞惧而去。胡叟责备青凤，耿生表示所有的罪过都应由他来承担，从此音讯断绝。清明时节，耿生扫墓归家，路遇二小狐为犬追逐，就抱回一只，置床上，发现正是青凤。耿生不以非类见憎，二人相亲相爱。两年后，胡叟遇横祸，又多亏耿生设法救出，从此"如家人父子，无复猜忌矣"。这个故事虽说荒唐离奇，但出现在我们面前的青凤，根本不像狐女，分明是一位多情又拘谨的少女。最初耿生"隐蹑莲钩"时，她只是"急敛足，亦无愠怒"。"急敛足"写出她的羞怯和拘谨，"无愠怒"则暗示她的有情。以后深夜相遇时，她禁不住耿生的一再恳求，半推半就中接受了耿生的感情。胡叟的突然闯入，又使她"羞惧无以自容，俯首倚床，拈带不语"。小说通过这些逼真的情态描摹，把一个想爱而不敢爱，既多情而又极其羞怯的少女，刻画得宛在眼前。

《连琐》是一篇写鬼人之恋的作品。连琐是陇西人，随父流寓，十七岁时得急病死去。二十年来，飘身旷野，孤寂无依，满怀幽恨，吟诗叹怨。有书生杨于畏明知她为鬼，还是"心向慕之"，续诗表达了她难以表达的心情。从此两人产生了交往，两人以诗、琴、棋、画相切磋，甚为相得。连琐忽然遇到一男鬼逼婚，杨生拼死相救。最后，杨生以自己鲜血滴入连琐肚脐中，连琐得以复活，两人结为夫妇。小说歌颂了建立在相互了解之上的有共同情趣的爱情，因而从侧面对"父母之命，媒妁之言"的封建包办婚姻进行了批判。

与花妖狐魅的多情痴情相对应，《聊斋志异》也为我们塑造了一系列痴情男子的形象。如《连城》中的乔生，为了心爱的女子，可以割掉自己身上的肉，可以去死。《阿宝》中的孙子楚，只因为心爱女子的一句话，便拿起斧子砍去自己的手指，表现了对所爱者的一片痴情。《葛巾》中的常大用"癖好牡丹"，只要听说哪里有好牡丹，一定千里必从。他听说"曹州牡丹甲齐鲁"，便赶去观赏，流连忘返。他的诚心感动了牡丹仙子葛巾，现身与他相恋。《黄英》中的马子才，世代好菊，至马子才"尤甚"，他的诚挚感动了菊精黄英姐弟，现身与他相聚。后来黄英并与他结为夫妇。

总之，蒲松龄在《聊斋志异》中，围绕着爱情、婚姻、家庭的主题，编织了无数对青年男女悲欢离合的故事。通过他们的不同遭遇，深刻揭示了社会关系的各个方面，反映了当时的社会现实。

《小谢》一篇里男女主人公的恋爱，则具有现代恋爱的规模。开头女鬼小谢、秋容捉弄穷书生陶望三。陶生不惧，双方在打闹中相识、和好，以师友相处。陶生因事入狱,小谢、秋容奔走相救;秋容被城隍祠的黑判抢去,也得到陶生的搭救,他们在与黑暗势力的斗争中彼此帮助,发展了爱情,结为夫妻。《聊斋志异》中的一些篇章里,女鬼、仙子、妖精都很有个性,她们违抗父母之命、媒妁之言,不顾门第、财势的差别,主动追求男子,求得幸福的结合。一旦男子变心了,还能主动脱离,另觅知音。这在封建社会几乎是不可思议的事,蒲松龄让它在狐鬼身上实现了。这是突破封建道德规范,具有民主色彩的进步。《聊斋志异》中许多相爱的男女,往往一见钟情,立刻结合,甚至钻穴、逾墙去偷情、幽会。对于这一点我们不必苛求,封建礼教不让青年男女有任何接触的机会,迫使他们不得不采取这种方法来挣脱束缚。

爱情故事中的另外一些作品,着重批判了玩弄妇女的丑恶行为。《窦氏》写晋阳地主南三复引诱农家少女窦氏,始乱而终弃的故事。南初时信誓旦旦允以媒娶,后来竟背弃盟约与大户人家结亲。窦怀孕临产,被父亲挞责,饱受磨难。南家又不承认,窦氏终于抱着婴儿僵死在南家门口。死后她变为厉鬼进行报复,使南三复几次娶亲不成,最后犯案被处死。这个故事在玩弄妇女习以为常的封建时代无疑是有振聋发聩的意义的,它代表下层妇女发出反对欺骗与玩弄的最强音。

反对封建礼教,表现青年男女对爱情的渴望和追求,本是古代小说中的一个传统的主题,但《聊斋志异》在表现这一故事的时候,却有许多突破和发展。首先,爱情故事的主人公更加中下层化。那些主人公,除了少数是名门望族的公子小姐以外,多数是中下阶层的青年男女。有供人役使的奴婢,有渔户农家的女孩,有卖身献艺的贫女,有被人践踏的妓女,有画匠、牛医、清寒读书人的女儿,等等。就男子而言,有商贾、小贩、农夫、工匠、艺人以及各种类型的读书人,如倜傥书生、清贫塾师、寒微士子、穷困秀才,等等。过去的爱情故事大都有一见倾心、诗简酬唱、偷期密约、金榜题名、奉旨完婚的老套,《聊斋志异》的爱情故事虽然也有少数与此老套相类似的,但大多数作品却突破了这个老套,悲剧的、喜剧的、正剧的各种形式都有。男、女主人公所追求的目标也多不是贵官和诰封,而是婚后的衣食丰足、家业兴旺、子孙绵延。其次,有些作品向爱情共同的思想基础方面开掘。《吕无病》《连城》《乔女》《黄英》等篇从不同角度表现了某种超越于色爱以上的恋爱观点。这些作品提出了德爱高于色爱的恋爱观。认为知心知德才是最可宝贵的爱情的胶合剂。再次,有些作品向婚后的家庭生活方面开掘,以婚后家庭生活的美满赞美爱情的美好,如《嫦娥》《翩翩》等。再次,有些作品向男女社交公开化方面进行开掘。最为典型的是《娇娜》,孔雪笠与皇甫公子交谊深厚,孔生疽时,皇甫叫其妹娇娜亲为孔治病。孔生见娇娜"娇波流慧，细柳生姿"，非常爱慕，因而"嚬呻顿忘，精神为之一爽"，娇娜动手术时，他更因贪近娇姿，"不惟不觉其苦，且恐速竣制事，偎傍不久"。而娇娜"敛羞容，揄长袖"，从容为孔生治病，手术完毕，则趋步而出。以后，孔生与皇甫的姨妹松娘结婚，娇娜则嫁与吴郎为妻。再后，当雷霆之劫降临娇娜全家时，孔生不避危难，挺身独当，以自己的生命换得了娇娜全家的安全。娇娜见孔生为她全家而死，痛苦异常，立即与松娘为之治病，"自乃撮其颐，以舌度红丸入，又接吻而呵之"，终于救活了孔生。作者就这样描写了孔生和娇娜之间的友爱，置"男女授受不亲"的清规戒律于不顾，也一反过去男女一有情就应占有的老套，试图描绘出一种高于男女情爱之上的友情。这是具有进步意义的探索，是清代男女社交向公开化方面发展的反映。①

公案故事——暴露贪官污吏、豪绅恶霸的罪恶。《聊斋志异》里有不少涉及官府的公案故事，在这些故事里，作者集中暴露了贪官污吏、豪绅恶霸的罪恶，展示当时吏治的腐败和人民的痛苦。

首先，作者把矛头指向官府衙门，指出官贪而吏虐是这些衙门腐败的标志。《梦狼》一篇最为典型。"官虎而吏狼"这本是人民群众对封建官府欺压百姓的形象化的比喻，蒲松龄抓住了这一比喻，假托梦境，真的描绘出了一个虎狼世界。主人公白翁梦中来到儿子白甲的官署，在那里"堂上堂下，坐者卧者，皆狼也。又见墀中白骨如山"，"忽一巨狼衔死人入……曰：'聊充庖厨'"。堂上的官老爷则是"牙齿巉巉"的老虎。这就是白翁之子白甲。白甲是个贪官，"蠹役满堂，纳贿关税者，中夜不绝"。他向其弟介绍"仕途之关窍"说："黜陟之权，在上台不在百姓。上台喜，便是好官；爱百姓，何术能令上台喜也？"后来他被怨恨的百姓杀死，神人为他"赎头"，但是接反了，"目能自顾其背，不复齿人数矣"。最后，作者评论道："窃叹天下之官虎而吏狼者，比比也。即官不为虎，而吏且将为狼，况有猛于虎者耶！"可见作者鞭挞、告诫的意味是很强烈的。他认识到官虎吏狼在封建社会中绝不是个别现象，而是普遍存在，他形象地告诫：当官为吏者要看看身后，别再干丧天良的事。

其次，作者还写了豪绅恶霸鱼肉乡里、巧取豪夺的罪恶。《石清虚》是一个关于顽石的小故事。顺天人邢云飞，喜爱石头，一天网得一块美石，"四面玲珑，峰峦叠秀"，"每值天欲雨，则孔孔生云，遥望如塞新絮"。这块玩石，径尺大小，名叫"石清虚"，原是道家神仙世界的供石。主人公极喜，

---

① 赵青.《聊斋志异》在题材内容上对唐传奇的继承与发展 [J]. 淮阴师范学院学报（哲学社会科学版），2003（5）:682-687.

雕紫檀为座,供之案头。可是就这么一块玩石,却三次被乡里的权豪夺去,两次受到小偷的光顾。主人公矢志如一地寻找它,守护它,直到去世。玩石不幸地碎为数十片陪伴主人公安息在土地里。作者通过邢云飞与玩石的不平常的遭遇,揭露封建社会的一个普遍现象,但凡美好的东西,社会上的豪强势力就要像苍蝇一样纷然麇集,掠夺而去,否则就给主人造成无穷的灾难。有趣的是,在这篇里,作者把豪绅恶霸与贼相间起来写,轮番光顾。这不仅说明豪绅恶霸和贼是一路货色,而且表现势豪为了夺人所好,不惜构陷无辜,草菅人命,比贼凶恶、卑劣得多。篇末作者甚至写到官吏也垂涎这块奇石,一面审贼,一面就想出寄库的花招,据为己有,揭示官吏与豪绅恶霸也是一路货色。

再次,作者写出了封建社会一整套官僚机构的黑暗和腐败。《红玉》一篇写狐女红玉与贫士冯相如恋爱的故事,但篇中的多数笔墨却集中在冯相如因飞来横祸而家破人亡的遭遇。冯相如家贫丧偶,狐女红玉逾墙相从,但不久便被鲠直的冯翁发现,把他们俩训斥了一顿,红玉只好离去。红玉安排冯相如娶得邻村艳丽的卫氏为妻。夫妻恩爱,两年后便生了个儿子。不料飞来横祸,罢官居家的宋御史看中了卫氏,抢走了卫氏,打伤了冯家父子。冯翁气恼身亡。后来,卫氏也不屈而死。冯相如抱着儿子去告状,"上至督抚,讼几遍,卒不得直","冤塞胸吭,无路可伸"。在冯相如走投无路之际,来了一位侠士,杀死了宋御史,为他报了杀父夺妻之仇。但冯相如却因此被收入狱中,只是由于县官受到侠士的警告,冯相如才被释放回家。冯相如遭此惨祸后,悲痛欲绝,忽见红玉携带被衙役丢弃在山中的儿子来到,为冯相如重整了家业。这篇小说中的权势者欺凌平民百姓却受到官府包庇的现象,真实地反映出了土豪劣绅与封建官僚的依存关系。

在《聊斋志异》中,蒲松龄的"孤愤"首先表现在对吏治的腐败、官吏的贪酷的揭露上。[①]《促织》以蟋蟀作为贯穿全文的线索,通过变形手法,反映了横征暴敛给老百姓带来的深重灾难。作者把故事的背景放在明代宣德年间。皇帝爱斗蟋蟀,每年在民间征收。成名因买不起应征的蟋蟀,受到官府的杖责,奄奄待毙。后来历尽艰辛,捕得一头,却不幸被儿子不小心弄死。儿子怕父母责怨,投井自杀。后来成名的儿子复活,而灵魂却化为一只轻捷善斗的蟋蟀,应付了官差,挽救了一家的厄运。这个故事反映的是历史的真实,历史上的宣德皇帝既爱好斗蟋蟀,也曾使得人为此倾

---

① 傅隆基.中国古典小说名著讲话[M].武汉:华中理工大学出版社,1991:161.

家荡产，家破人亡。然而，人的灵魂变成蟋蟀，以应官差，却是闻所未闻。作家通过人化为异物，深刻揭示了老百姓受苛捐杂税的侵害，在肉体和精神上所受摧残到了何等程度：人们已经走投无路，不得不化为异物，以充当寄生者的消遣工具。无名捐税，横征暴敛，在清代社会莫不如此。在《促织》中，作者以"异史氏"的名义对事件作出评论，将矛头指向了最高统治者皇帝："天子偶用一物，未必不过此已忘；而奉行者即为定例。加以官贪吏磨，民日贴妇卖儿，更无休止。故天子一步，皆关民命，不可忽也。"他认为皇帝的荒淫昏庸是造成百姓灾难的因由，从而把批判的矛头直指最高统治者。

《席方平》说的是席方平的父亲得罪了富豪羊某，羊某死后，在阴间买通官吏，将其棒打至死，死后因于阴狱。席方平为父伸冤，潜入冥府告状。可是，在阴间，从城隍到郡司乃至冥王，都接受了羊某的贿赂，不仅冤屈莫伸，反而遭受种种毒刑。最后告到二郎神处，冤案才得了结。显然，作品写的是阴世，实际上是影射人世。在这里，从狱吏、城隍到郡司、冥府最高统治的冥王，都是一丘之貉，各级官府没有任何是非曲直，有钱即有理。作品通过这桩发生在阴间的冤案，形象而深刻地描写了劳动人民在封建社会里惨遭压迫、有冤无处伸的悲惨处境，剖析了封建社会整个官僚机构的丑恶本质，揭露了封建官府的暗无天日，讴歌了席方平这位敢于斗争、百折不挠的平民英雄，充分表现了劳动人民不堪压迫、要求惩治贪官污吏的愿望和坚决斗争到底的顽强精神。另外在《梦狼》中，作家通过梦境与幻觉的形式，对官吏的贪馋狠毒作了概括性的认识；在《续黄粱》中，作家为我们刻画了一个巧取豪夺、睚眦必报、骄奢淫逸的官僚形象；等等。通过这些作品，蒲松龄暴露了政治的黑暗，吏治的腐败，揭露了社会的不公，民众的痛苦与愤懑。

《聊斋志异》就是这样闪烁着批判现实的光辉。

寓言故事——很有生活哲理。《聊斋志异》中有一部分故事，富有寓言意味，大到人生哲理，小到为人处世的具体方式，都能给人以启迪。《画皮》通过王生被魔鬼迷惑的故事，告诉人们要警惕化妆成美女的魔鬼，切勿为美丽的外表所迷惑。《劳山道士》通过王生劳山学道的遭遇，说明不肯下苦功夫勤学苦练，只想投机取巧者，结果只能碰壁。《武技》说明本领越大越应谦诚自守，锋芒毕露，骄傲自满，就要吃大亏。《大鼠》一篇很像一则寓言散文：

> 万历间，宫中有鼠，大与猫等，为害甚剧。遍求民间佳猫捕制之，辄被啖食。
> 适异国来贡狮猫，毛白如雪。抱投鼠屋，阖其扉，潜窥之。

猫蹲良久,鼠逡巡自穴中出。见猫,怒奔之。猫避登几上,鼠亦登,猫则跃下,如此往复,不啻百次。众咸谓猫怯,以为是无能为者。既而鼠跳掷渐迟,硕腹似喘,蹲地上少休。猫即疾下,爪掬顶毛,口龁首领,辗转争持,猫声呜呜,鼠声啾啾。启扉急视,则鼠首已嚼碎矣。

　　然后知猫之避,非怯也,待其惰也。彼出则归,彼归则复,用此智耳。噫! 匹夫按剑,何异鼠乎!

这则寓言生动地说明:在遇到强大的对手的时候,不应硬拼强斗,而应先避其锋芒,采取拖疲战术。敌疲我打,后发制人,是克敌制胜的重要策略。再有,就具体战术而言,应以己之长,拼彼之短,这样就能使敌迅速陷入疲惫的境地。这则故事给我们的启示是相当深刻的。

单纯述异志怪——有了解情况的作用,或有宣扬迷信的消极意义。《地震》完全是一篇纪实散文,年、月、日、时无一不与《淄川县志》所载的康熙七年六月十七日大地震相契合,但它的记述要比信史具体形象得多:

　　忽闻有声如雷,自东南来,向西北去。众骇异,不解其故。俄而几案摆簸,酒杯倾覆;屋梁椽柱,错折有声,相顾失色。久之,方知地震,各疾趋出。见楼阁房舍,仆而复起;墙倾屋塌之声,与儿啼女号,渲如鼎沸。人眩晕不能立,坐地上,随地转侧。河水倾泼丈余,鸡鸣犬吠满城中。逾一时许,始稍定。视街上,则男女裸聚,竞相告语,并忘其未衣也。后闻某处井倾仄,不可汲;某家楼台南北易向;栖霞山裂;沂水陷穴,广数亩。此真非常之奇变也。

犹如一组电影镜头,把地震发生、发展的全过程,包括地声、初震、大震、震后传闻等的种种情状,非常具体明晰地呈现在读者的面前。

除了这样一些可以让读者了解具体情况的篇章外,还有一些只是述异志怪,并无多大意义,或有宣扬迷信的消极意义。试看《快刀》一则:

　　明末,济属多盗。邑各置兵,捕得辄杀之。章丘盗尤多。有一兵佩刀甚利,杀则导窾。一日,捕盗十余名,押赴市曹。内一盗识兵,逡巡告曰:"闻君刀最快,斩首无二割。求杀我!"兵曰:"诺。其谨依我,无离也。"盗从之刑处,出刀挥之,豁然刀落。数步之外,犹圆转而大赞曰:"好快刀!"

这就是落地人头赞快刀的故事,除了有点表明"识兵"之盗的癖好深外,只是述异记怪,别无他意。而《四十千》《尸变》等,虽也述异记怪,就有宣扬迷信和因果轮回思想的消极意义了。《四十千》一则则是宣扬迷信和宿命论：新城王大司马，有主计仆，家称素封。忽梦一人奔入：

"汝欠四十千，今宜还矣。"问之，不答，径入内去。既醒，妻产男。知为凤孽，遂以四十千捆置一室，凡儿衣食病药，皆取给焉。过三四岁，视室中钱，仅存七百。适乳姥抱儿至，调笑于侧。因呼之："四十千取尽，汝宜行矣。"

言已，儿忽颜色蹙变，项折目张。再抚之，气已绝矣。乃以余资治葬具而瘗之。此可为负欠者戒也。……

消极思想是很明显的。

当然，《聊斋志异》里消极落后的东西，还远不止于这些。

有些篇章露骨地宣扬封建道德，赞美男子纳妾、一夫多妻制；有些篇章不能忘怀于科举，流露出对荣华富贵的艳羡，有些篇章敌视农民起义，鼓吹封建剥削；有些篇章则完全是迷信思想、因果报应的图解，等等。在具有积极意义主题思想的篇章里，有时还夹杂着一些消极思想。

《聊斋志异》是一部积极浪漫主义的文言短篇小说集，其艺术成就是巨大的、不朽的。鲁迅说："描写委曲，叙次井然，用传奇法，而以志怪、变幻之状，如在目前；又或易调改弦，别叙畸人异行，出于幻域，顿入人间，偶述所闻，亦多简洁，故读者耳目为之一新。"（《中国小说史略》）

造奇设幻的巧妙——《聊斋志异》的艺术成就首先就表现在造奇设幻的巧妙上。作者构想故事情节的巧妙与奇幻，简直令人拍案叫绝，不单单是曲折离奇等字眼所能概括。《聊斋志异》所写的故事有的发生在人世，有的发生在阴曹地府、狐妖世界、精魅王国。鬼怪会变成人，人也会变成鬼怪；蠢笨如驴的县官竟真是驴子变来的，骂王公大人不是人就果真让他变成犬、马、蛇。这就需要作者有丰富的想象力，描绘出一个光怪陆离的神话世界，把现实生活中并不存在的事件、情景呈现在读者面前，满足读者这方面的美感要求。

作者善于把奇幻的非现实的情境引入现实世界中来，造成一个人鬼相杂、幽明相间的特殊境界。聊斋故事里有不少是写人狐之恋、人鬼之恋、人仙之恋的，其中的人，往往是男方，生活在现实世界的，其中的狐、鬼、仙，往往是女方，来自幻化世界的。作品通过两方的相恋，把现实世界和幻化世界结合起来。许多描写，既有真实的又有虚幻的，既有实际的又有想象的，两者错杂相间，互相渗透，水乳交融。也有的篇章写主人公突然死去变成了鬼，笔触也就跟着他描写起鬼域来，而鬼域对于现实或是正面的陪衬，或是反面的对照。例如，《王十》一篇，写王十贩盐被鬼卒带入冥府，那里与现实相反，贪官奸商充苦役，良民则作监工。王十只是小贩，阎罗体察他的苦楚，授予他蒺藜骨朵，去监督河工，而河工中就有当地阔富的肆商。作品就是这样把现实和幻化结合起来,巧妙地表达了鞭挞垄断食盐的奸商的主题。

作者还善于把狐鬼人格化、狐鬼世界世俗化,从而造成亦真亦幻、扑朔迷离的奇幻世界。把狐鬼人格化,其情形正如鲁迅所说:"明末志怪群书,大抵简略,又多荒怪,诞而不情,《聊斋志异》独于详尽之外,示以平常,使花妖狐魅,多具人情,和易可亲,忘为异类,而又偶见鹘突,知复非人。"(《中国小说史略》)《小翠》里的小翠,聪明美丽,活泼天真,顽皮而善谑。她把自己的别院,变成了一个游戏场,终日和丈夫、丫头们一起嬉戏,踢布球、涂鬼面、扮王妃,玩的名目既多,花样也新奇别致,整天奔逐笑闹、弹琴跳舞,与一般调皮爱玩的女孩子一样。假如不是小说后来交代她实际是一个狐女,嬉戏中有奇谋时,我们无法断定她是一个异类。聊斋故事还善于把幻化世界世俗化。《考弊司》《席方平》等篇所描绘的冥府的种种黑暗正是世俗世界黑暗的写照。《聂小倩》里的聂小倩本是一个害人的女鬼,可她给读者的印象却是一个非常可怜、令人同情的青年女子。这是因在鬼魅世界里,聂小倩生活在最底层,她"历役贱务""实非所乐""被妖物威胁",不得不"觍颜向人"。她的迷人、害人是为了"摄血以供妖饮"。她多么像现实世界的、在黑暗势力压迫下的被侮辱、被损害者。后来,聂小倩决心摆脱老妖的束缚,向人的方向转化。而老妖也如现实世界的黑暗势力一样,决不允许被控制、被奴役者逃窜。宁生在剑侠的帮助下,战胜了老妖,才使聂小倩完全摆脱了被奴役的命运。篇中鬼魅世界的人际关系、生活逻辑与世俗一样。作品通过聂小倩的遭遇把鬼魅天地与现实人生连接起来,构成了一个极浪漫又极富现实感的奇妙的艺术世界。其实,狐鬼人格化、狐鬼世界世俗化,是一切造奇设幻的基础,没有这个基础,再古怪的海外奇谈,也不会有感动人、吸引人的力量。

作者还特别善于在故事中穿插一些别出心裁的情节和细节,取得出乎意料、意味又十分隽永的艺术效果。《白秋练》一篇是写慕生与洞庭鱼精恋爱的故事,其中的朗诵古诗相互治病的情节,奇幻而风雅,令人叹服。《嘉平公子》里的嘉平公子是一个金玉其外、败絮其中的人物,他错别字连篇竟驱走了任何符术驱赶不走的狐妓,何等绝妙而有趣。《司文郎》一篇里穿插了一则瞽僧评文的片断,其奇情幻笔,真匪夷所思。瞎眼和尚品评文章不用耳朵听,而用鼻子闻,而且评得十分准确。这次,考场上的结果竟与瞎眼和尚的估计相反,好的落榜,文章使他作呕的竟高中。和尚叹息道:"我虽然双目失明,可鼻子还有嗅觉,那帮考官们不仅两眼一抹黑,就连鼻子也不通了。"文章使他作呕的士子来找他算账,他说:我所品论的是文章的好丑,不是给你们算命,猜运气。这样吧,你们不妨把诸位考官的文章收拢来，每人烧一篇我闻闻，我从味儿中就知道谁是推荐录取你的考官。这样，又烧起考官的文章来。闻到第六篇，和尚猛然转身冲着墙壁呕吐起来，同时还放出一串响屁，引得大家哈哈大笑。和尚擦着眼泪说：这才是阁下的尊师，酸臭味儿可冲啦，开始我没提防，猛一口吸下去，鼻子受不了，肚子受不了，连膀胱都不能容纳，它就一直从肛门冲出来了。后来，事实竟如和尚所言。这段穿插把浪漫主义的奇思幻想和对现实的讽刺巧妙地结合起来，从而收到庄谐相济、妙趣天成的艺术效果。试想，不用这个方法怎么能讽刺考官、挖苦科举考试到如此辛辣，如此淋漓尽致的地步。《聊斋志异》的传奇性、怪诞性为讽刺艺术另辟了蹊径。

不仅故事情节充满了奇幻的想象，就连一些细节也充满了奇幻的想象，直令读者赞叹、叫绝。试看《席方平》中席方平遭冥王锯解之刑时的情景：

> 锯隆隆然寻至胸下，又闻一鬼云："此人大孝无辜，锯令稍偏，勿损其心。"遂觉锯锋曲折而下，其痛倍苦。

这里的鬼卒之言和锯锋曲折两个细节都是作者具有奇妙想象力的表现。冥王属下也并非漆黑一团，居然还有个有良心的鬼卒，而鬼卒的好心却又增添了席方平的痛苦，作者悬想得何等深细而具体，仿佛理所固然、事所必然的一样。这是文心，是作者根据想象去推知的非现实的情况。这两个细节很好，前者反衬了冥王的贪酷，后者突出了席方平的正直无畏。

作者的造奇设幻达到了得心应手、变幻无穷的地步。单是人狐相恋、人鬼相恋的故事就多达数十种，种种不同。讽刺科举、鞭挞贪官，也是花样翻新、千奇百怪。例如，写冥府就有好些不同，《席方平》中写的是一种冥府：冥王贪赃枉法，制造冤狱，与阳间的贪官污吏一样。《李伯言》中所写则又是一种冥府："一念之私不可容"，倘若阎罗一动偏私之念，殿上就有大火示警。同是冥府，两种面目，作者根据艺术表达的需要，信手拈来，就能涉笔成趣。所以，郭沫若在"蒲松龄纪念馆"题词云："写鬼写妖高人一等，刺贪刺虐入骨三分。"

从造奇设幻、表现丰富的想象力方面来衡量全书，聊斋故事大体可分为奇闻传说的简单记录和奇闻传说的深加工两大类，后者是聊斋故事的主要部分，也是最有艺术光彩的部分。作者通过造奇设幻的艺术加工，大大丰富了神话小说的思想内容，大大提高了神话小说反映生活、表现人生理想的艺术技巧。

塑造了许多生动可爱、性格鲜明的狐鬼形象——《聊斋志异》塑造了许多生动可爱、性格鲜明的狐鬼形象，数量之多，质量之高，在志怪、传奇、文言短篇小说集中首屈一指。这些狐妖、鬼怪,性情各异、栩栩如生,例如天真无邪的婴宁、顽皮爱笑的小翠、拘谨温顺的青凤、粗豪爽直的苗生,等等,他们活跃在各自的故事里,构成聊斋故事艺术形象的画廊。① 作者不仅能从不同环境、情境中塑造不同的人物形象,而且能从几乎是相同的处境中,塑造不同的人物形象。鸦头和瑞云同是渴望自由的妓女,但两人的性格迥不相同,前者桀骜不驯、至死靡他,后者柔弱深情、蕴藉斯文。同是痴情男子,《阿宝》中的孙子楚与《连城》中的乔生,由于身份不同,性格各异,痴情的方式就迥然不同。孙子楚是迂讷的名士,他爱阿宝,常凝神随往,以得依香泽为快;乔生是豪爽困顿的读书人,他爱连城披肝沥胆,为报连城的一笑,竟一痛而绝。

《聊斋志异》塑造人物,注意突出人物性格的主要方面,务使之鲜明、强烈。《狐谐》一篇主要是突出狐女的诙谐幽默、聪明机智,经过不同情节的反复描绘,这种性格给读者以强烈的印象。《黄英》中的黄英突出的是她豁达大度、沉稳细心、善于理家的方面。《水莽草》中的祝生和女鬼寇三娘突出的是他们心地善良、不忍心找替身而害人的方面。

《聊斋志异》塑造人物,注意把现实社会人的性格和精魅物的属性结合起来,做到两者和谐统一。《花姑子》里的花姑子是獐精,她"气息肌肤,无处不香",给情郎治病时,使情郎"觉脑麝奇香,穿鼻沁骨",这个特征与她那憨而慧、深于情的性格结合起来,构成了一个美丽可爱的得道仙女的形象。同篇的蛇妖,满身臊腥,抱情郎时,"舌舐鼻孔,彻脑如刺"这个物性与其欺诈、淫荡的性格相配合,构成了一个美女蛇、害人精的形象。《阿纤》里的古家一家是鼠精,"堂上迄无几榻",家中储粟甚丰,饮食"品味杂陈,似所宿具",招待来客"拔来报往,蹀躞甚劳"。阿纤"窈窕柔弱",出嫁后"昼夜绩织无停晷"——这些隐约暗示出老鼠的习性。②

《聊斋志异》塑造人物,还能在轻轻点染中露慧心,见微妙。在这方面,作者的手段很高明,他往往以一两个细节、一两句话,传神地写出了人物的精神面貌。《农妇》以两百字的篇幅,描写出了一个强悍、勇健、眼里揉不得沙子的农妇形象。她分娩当晚,"负重百里",毫不在意;与尼姑交好,订为姊妹,一旦知其"有秽行",即不能忍,"忿然操杖""拳石交施"。情态跃然纸上,真是以一目尽传精神。《青凤》中的男主人公耿生是一个不拘礼法的轻脱之士,他玩世不恭,佻达豪纵。青凤一家正团坐笑语,他不是叩见,而是"突入";"入门并不先致问候,而是"笑呼曰:'有不速之客

① 　郭维森,吴枝培.中国文学史话[M].南京:南京大学出版社,1990:382.
② 　杨子坚.新编中国古代小说史[M].南京:南京大学出版社,1990:259-260.

一人来！'"以后，看见青凤非常漂亮，就举止轻浮，忘乎所以，"拍案曰：'得妇如此，南面王不易也！'"青凤的叔父化为厉鬼，想把他吓走，而他一点也不在乎，反"染指研墨自涂，灼灼然相与对视"。这些细节生动地表现出了一个狂放不羁、胆识包天的青年形象。

《聊斋志异》塑造人物，善于运用衬托和对照的方法。为了凸显主人公，作者总爱同时描绘一个相映或相对的人物，让作品在彼此的衬托和对照之中，完成人物的刻画。上面提到的《青凤》篇中狂放的耿生，实际是处于陪衬地位的一个人物，他是狐女青凤的一个反衬。青凤美丽温柔，拘守于礼法，她虽然对耿生也产生了爱慕之情，但谨守闺训，不敢越出雷池一步。初次见面，耿生就停睇不转地看青凤，青凤"辄俯其首"，耿生暗地碰她的脚，她"急敛足，亦无愠怒"，以后，他俩的恋情被青凤叔父发现而对青凤"诃诟万端"，青凤只一味"嘤嘤啜泣"。耿生按捺不住大呼"罪在小生，于青凤何与？"这一喊，青凤连哭声也没有了。耿生的无所畏惧虽是人而似狐，青凤的拘谨胆怯虽是狐而似人。作品越是着意刻画耿生的狂放，就越衬托出青凤恪遵礼法的拘谨。这就从人物性格的对照中加强了读者的印象，深化了主题。《香玉》篇里的香玉和绛雪是两个起着相互对照作用的人物，一个是牡丹仙子，一个是耐冬仙子。她们美丽温柔，情同姐妹地生活在崂山下清宫。一天，胶州黄生闯入了她们的生活，一个表现为热情风流，一个表现为性冷持重，一个成为黄生的眷属，一个却始终是黄生的无邪的良友。两人在相互映照中发展故事，展开情节。

《聊斋志异》塑造人物，注意赋予人物以诗意的美感，从而给读者以强烈的印象。书中写得较好的人物，往往具有这个特点。《绿女衣》中的绿衣女是只绿蜂的精灵，她对书生于璟主动热情，一见倾心。她容貌美、体型美："绿衣长裙，婉妙无比""腰细殆不盈掬"，她能诗会曲，"妙解音律"，唱歌时"声细如蝇"，"而静听之，宛转滑烈，动耳摇心"。这些描写已经塑造出了一个具有诗意情怀的少女。后来，作品还有更为动人的一笔：绿衣女遭到了大蜘蛛的捕捉，现了绿蜂的原形，奄然将毙，被于璟救回室中，置于案头，她"停苏移时，始能行步。徐登砚池，自以身投墨汁，出伏几上走作'谢'字。频展双翼，已乃穿窗而去。自此遂绝。"——这种诗情洋溢的情境，给人以余音袅袅，回味不尽的感受。其中有被救的感激、爱恋的亲昵、惜别的痛苦和不尽的思念。这个动作非常符合绿蜂的特征，更洋溢着人情诗美。可以说，这是作品的神来之笔。蒲松龄善于捕捉、提炼人物具有诗意的形象、动作、话语。加以美化，塑造出感人的狐鬼形象。[①]

---

① 杨子坚.古代文学史简编[M].南京：南京大学出版社，2012：341.

　　"用传奇法,而以志怪"——这是鲁迅对《聊斋志异》创作方法、记叙方法的简明概括,也是我国文言短篇小说反映现实的独特的艺术方法。六朝志怪多记神鬼怪异之事,荒诞不经,现实基础薄弱,记叙也很简单。唐代传奇转而对现实生活进行真实细致的描写,故事情节曲折而完整。《聊斋志异》按其性质看,似乎属于志怪一类,但它又吸取了唐人传奇的写作方法,使志怪创作别开了生面。具体地说,《聊斋志异》所创造的文体,有两方面的特点:一是主人公虽然是花妖狐魅,有如六朝志怪,故事情节却又极尽委婉曲折之能事,比于或者胜于传奇;二是"以传纪体叙小说之事"(冯镇峦《读聊斋杂说》),传奇的主要代表作多写现实人事,为人立传,《聊斋志异》则大多写幻化之事,为狐鬼立传。所以,《聊斋志异》的写法是融合传奇、志怪和史传各体之长的艺术创造。

　　《聊斋志异》的记叙形式多采取纪传体的方法,开头:某人,某处人,性情如何;结尾交代结果;中间叙述事件。结构上常以一个中心人物为主。故事随着这个人物的活动逐步展开,并且通过他串连起其他次要人物。这样写,故事完整,人物集中,情节发展也绝少枝蔓、拖沓的情况。这是这种写法的优点。但是,从短篇小说最好是生活的一个场景、一个片断,应是人生、社会生活的横断面的要求看,这种写法又有其不足之处:有的不够集中,有的缺少变化。

　　纵观全书,也有些篇章安排得十分巧妙,可以看出,作者是进行了一番匠心经营的。例如《叶生》一篇,篇中叶生魂随知己时,作品并未交代这时叶生已死,而是说:"逾数日,门者忽通叶生至。"这样,结尾的戏才显得惊心动魄:

　　　　(叶生衣锦荣归)归见门户萧条,意甚悲恻,逡巡至庭中。妻携簸具以出,见生,掷具骇走。生凄然曰:"我今贵矣! 三四年不觌,何遽顿不相识?"妻遥谓曰:"君死已久,何复言贵! 所以久淹君枢者,以家贫子幼耳。今阿大亦已成立,将卜窀穸,勿作怪异吓生人!"生闻之,怃然惆怅。逡巡入室,见灵枢俨然,扑地而灭。

　　这是令人惊叹、发人深思的结尾。如果只是写叶生活着跟随丁乘鹤,使丁之子成名,自己也中了举,衣锦荣归,故事就平淡无味、死气沉沉。如果先交代叶生病中死去,魂灵跟随了丁乘鹤,故事也显得平铺直叙,泛不起波澜。只有这样先藏匿叶生已死一节,让读者在结尾和他的妻子一样在惊吓不已之中,领略叶生魂随知己以至于忘死的悲愤、沉痛。这是画龙点睛、深化主题的结尾。《王子安》的结尾也很巧妙,王子安醉梦醒来,发现一切都不是真的,是不是作了梦? 结尾作者不动声色地补上一笔:

　　　　然犹记长班帽落；寻至门后，得一缨帽如盏大，共疑之。自
　　　　笑曰："昔人为鬼揶揄，吾今为狐奚落矣。"

　　小说直到最后一句才突然摊开底牌——中举、点翰林不是梦，而是狐
狸的作弄。全篇也就立即蒙上了一层奇幻色彩。小说到此戛然而止，它
让读者从回味中清理情节的线索，从想象中丰富人物的性格、情态。可以
说，这是一篇严谨精炼、意味隽永的笔记小说。其他如《商三官》《宦娘》
等情节生动，结构上也很有特色。

　　《聊斋志异》写法上的另一个特点就是，篇末往往附有"异史氏曰"的
评赞。这是蒲松龄取法《史记》的"太史公曰"的模式，把它运用到笔记
小说中来。就是在故事的后面，作者还附带发一些议论、感叹，或者再记
上一点类似的事件，从而形成小说配散文的格局。

　　"三会本"所收的491篇中，计有"异史氏曰"194则，约占全书篇数
的五分之二。

　　《聊斋志异》里的"异史氏曰"，议论精辟，形式多样，行文活泼，很有
艺术魅力。上文列举的《王子安》篇里的"异史氏曰"即是很好的例证。《罗
刹海市》一篇写主人公马骥先后在罗刹国和海市龙宫的遭遇。在罗刹国，
做官以相貌为标准，面目愈丑，居官愈高，到了宰相，相貌就丑得不堪入目
了。马骥是漂亮的小伙子，在这样的国度里简直没法生活，不得不把面目
涂丑才能做官。篇末的"异史氏曰"这样写：

　　　　花面逢迎，世情如鬼。嗜痂之癖，举世一辙。"小惭小好，
　　　大惭大好。"若公然带须眉以游都市，其不骇而走者，盖几希矣。
　　　彼陵阳痴子，将抱连城玉向何处哭也？呜呼！显荣富贵，当于蜃
　　　楼海市中求之耳！

　　从中点出了小说的主题。这种辛辣的讽刺和大胆的谴责，表现出作
者对现实社会批判的思想锋芒，在当时的历史条件下是难能可贵的，这段
文章感情强烈，论述深刻，是作者内心郁积的直接倾诉，仿佛一首激越的
散文诗。

　　《金和尚》中金和尚以投机取巧发家，勾结官府，欺压农民，骄横奢侈，
可以说是一个佛门的败类。篇中用特写的手法突出了金和尚生活起居和
葬礼的奢豪，篇末"异史氏曰"云：

　　　　此一派也：两宗未有，六祖无传，可谓独辟法门者矣。抑闻
　　　之：五蕴皆空，六尘不染，是为和尚；口中说法，座上参禅，是为
　　　和祥；鞋香楚地，笠重吴天，是为和撞；鼓钲喤聒，笙管敖曹，
　　　是谓和唱；狗苟钻缘，蝇营淫赌，是为和幛。金也者，"尚"耶？
　　　"祥"耶？"撞"耶？"唱"耶？抑地狱之"幛"耶？

作者只是引述了关于和尚种种的滑稽说法,对主人公未下一句评断,而评断则是不言而喻的。全文字不满百,妙趣横生,真所谓嬉笑怒骂皆成文章。

语言古朴简雅而又具体形象、具有文言美。用文言写小说比白话困难,写得不好,就只能粗陈梗概,行文呆板、滞涩,失去了说故事的生动丰富性。《聊斋志异》则不然,它吸取了史传文学、志怪小说和唐人传奇的优点而加以发展,语言既古朴简雅,又具体形象,具有文言的丰富和优美。

因为是用文言写的,《聊斋志异》的语言首先就具有古朴简雅的特点。《王者》篇中写瞽者带领官府寻找饷银的情况只有这样几个字:"瞽曰:'东。'东之。瞽曰:'北。'北之。"极其简练地交代了寻找的过程。《红玉》篇的开头,写贫士冯相如与狐女红玉初会的情景:

> 一夜,相如坐月下,忽见东邻女从墙上来窥。视之,美。近之,微笑。招以手,不来亦不去。固请之,乃梯而过。

寥寥几笔就活画出了一幅青年男女初次会面的图景。"视之""近之""招以手""固请之"都是文言句式,把冯相如那种喜悦爱慕的心情和他一连串由浅入深的试探性动作,表现得层次清晰、明白如话。红玉的情态也表现得十分逼真:"自墙上来窥""美""微笑""不来亦不去""乃梯而过",传神地写出了她既对冯相如含情脉脉又有少女羞涩之态的情状。整段用字精炼、表达含蓄。

《聊斋志异》语言的古朴简雅,还表现在典故的运用上,据统计它所用的典故有二千余条,范围之广,涉及文、史、哲和天文地理各个方面。其中用得较多的是:《左传》152 个,《史记》151 个,《前汉书》150 个,《诗经》106 个。由于运用了大量的典故,行文就典雅闳丽,精炼含蓄,笔墨容量大。

另外,作者还注意发挥文言含义隽永、句式整齐、节奏感强、修辞手法特殊的特点,使小说的语言具有艺术魅力。《香玉》一篇男女主人公以五言绝句赠答,表达情愫。《司文郎》一篇,宋生借做八股文来嘲讽余杭生的浅薄无知。《狐谐》一篇中聪明的狐娘子借做对子、谐音、拆字等和别人开玩笑,语句精炼、意蕴深长。

其次,《聊斋志异》的语言,还有具体形象、新鲜活泼的特点。《胡四娘》里描写胡四娘在贫困时受尽了兄嫂、姐姐的歧视、嘲讽,可是她的丈夫一朝中举,情况就立即改观:

> 申贺者,捉坐者,寒暄者,喧杂满屋。耳有听,听四娘;目有视,视四娘;口有道,道四娘也。

仿佛是一幅新鲜生动的写意图,既简约概括,又活泼跳脱、不落俗套,寥寥几笔就活画出了人情浅薄、世态炎凉的画面。相反，具体地实写嫂嫂说什么，姐姐说什么，如何趋炎附势，就显得死板而一般化。

《聊斋志异》中有许多景色描写，虽是文言，但也写得绘声绘色、具体形象。这是它比志怪小说、唐人传奇更加高明的地方。《聂小倩》的开头写宁采臣寓金华郊区的情况：

> 适赴金华，至北部，解装兰若。寺中殿塔壮丽；然蓬蒿没人，似绝行踪。东西僧舍，双扉虚掩；惟南一小舍，局键如新。又顾殿东隅，修竹拱把；阶下有巨池，野藕已花。

写得具体细致，形象地描绘出了一个幽杳荒废的僧寺。语句简短整齐而富于变化，有诗画的韵味。

再次，《聊斋志异》的人物语言，很有特色，它是文言，又包含了一些生动的口语成分，创造了一种简洁生动、口吻逼真的文言对话体式。它与《三国演义》的人物语言相比较：《三国演义》以政治家的雄才大略、纵横捭阖的辩难色彩见长，而《聊斋志异》则以村俗妇女的口吻酷肖取胜。试看《阎王》中，凶悍的嫂子与李久常的一段对答：

> 李遽劝曰："嫂无复尔！今日恶苦，皆平日忌嫉所致。"嫂怒曰："小郎若个好男儿，又房中娘子贤似孟姑姑（按：指孟光），任郎君，东家眠，西家宿，不敢一作声。自当是小郎大好乾纲，到不得代哥子降伏老媪！"李微哂曰："嫂勿怒。若言其情，恐欲哭不暇矣。"曰："便曾不盗得王母筹中钱，又未与玉皇香案史一眨眼，中怀坦坦，何处可用哭者！"

对话中采用的是文言的词汇、句式。一个家庭妇女用文言吵架，还用上了典故（如孟光的故事、"东家眠、西家宿"等），在生活中是不可思议的事，但她那捻酸吃醋的口吻、强词夺理的气势和俗语、谚语一大堆的说法，活脱地表现出了一个泼妇的嘴脸。

虽是文言，却有人物独特的神韵，这是充分个性化的语言。蒲松龄是第一个将大量口语引入文言中写小说的作家。书中有大量的口语语汇，如"长舌妇""恶作剧""胭脂虎""穷措大""醋葫芦"等等。可贵的是，作者能将俚语俗词融于文言之中，形成一种精炼、生动、丰富的文学语言。如《翩翩》一篇内，翩翩和花城娘子的一段对答就十分典型：

> 一日，有少妇笑入，曰："翩翩小鬼头快活死！薛姑子好梦，几时做得？"女迎笑曰："花城娘子，贵趾久弗涉，今日西南风紧，吹送来也！小哥子抱得未？"曰："又一小婢子。"女笑曰："花娘子瓦窑哉！那弗将来？"曰："方鸣之，睡却矣。"

这里,作者用了"小鬼头""小哥子""快活死""西南风吹送来"等口语,使对话通俗生动,同时也用了《霍小玉传》里"苏姑子好梦"的典故和褚人获《坚瓠集》里"瓦窑"(即生孩子)的典故,使对话既通俗生动、口吻逼真,又含义丰富。

第三节　《阅微草堂笔记》等其他清代文言小说

除《聊斋志异》外,清代还有许多重要的文言小说作品,共同构成了文言小说创作的繁荣局面。

《阅微草堂笔记》二十四卷,是《聊斋志异》之外最有影响的文言小说集。作者纪昀(1724—1805),字晓岚,直隶(今河北)献县人。乾隆十九年(1755)进士。他是《四库全书》的总纂官,并主持撰写了《四库全书总目提要》和《四库全书简明目录》,累官至礼部尚书、协办大学士。他学问渊博,长于考证训诂,是当时官高位显的著名学者。这部小说集是纪昀晚年所作,包括《滦阳消夏录》六卷,《如是我闻》四卷,《槐西杂志》四卷,《姑妄听之》四卷,《滦阳续录》六卷,共一千多则。自乾隆五十四年(1789)至嘉庆三年(1798)陆续写成,历时十年,曾次第刊行。嘉庆五年(1800),门人盛时彦合编为《阅微草堂笔记五种》,现通称《阅微草堂笔记》。此书问世后,曾与《聊斋志异》形成双峰并峙之势,在文人学者中广泛流传,受到了很高的赞誉。

纪昀的小说观念比较保守,认为《聊斋志异》是"才子之笔,非著书者之笔",反对细致入微的描摹和曲折铺张的渲染,主张仍用魏晋南北朝粗陈梗概的笔记体裁进行小说创作。况且,纪昀官高位显,心情闲雅,固然不必像蒲松龄那样寄托"孤愤"。所以,《阅微草堂笔记》的美学风貌与《聊斋志异》有较大差别。书中题材多得自传闻,内容庞杂,既有狐鬼故事,也写人间实事,还有一些考证文字,表现了作者的渊博学问和闲情逸致。①

《阅微草堂笔记》在思想上最重要的特色是批评程朱理学。如卷一第三则写道学家的文章像"黑烟"一样笼罩着学生,讽刺道学家空谈误人。又如卷十六第十四则写道学家满口道理,却在老河工面前出尽了洋相,表现出纪昀有浓厚的经世致用思想。再如卷四第二十四则写两位道学家正

---

① 宋记远.玩·阅微 52 个你所不知道的《阅微草堂笔记》之谜 [M].南宁:广西人民出版社,2007.

面对学生一本正经地"辩性谈天,剖析理欲",忽微风吹落二人密谋霸占寡妇田产的往来信件,辛辣地嘲讽了道学家的虚伪和无耻。另如卷十二第二十四则指责道学家不通人情,动不动就以理杀人,卷二十三第二则肯定"饮食男女"的天性,卷十七第三十三则歌颂真挚的爱情等,都表现出纪昀思想上开明进步的一面。书中还有些作品抨击险恶的世态,讽刺势利的人情,也有较高的认识价值。小说叙事简练,意境淡远,长于议论,语言质朴,风格古雅,在艺术上独树一帜,颇有学者小说的气度。尽管它的文学性不及《聊斋志异》,但它古雅淡远的风致,却是《聊斋志异》所不及的。在它的影响下,后世也涌现出一些"阅微型"的文言小说,"显示出六朝志怪文笔的历史复归,促进了清中叶文言小说创作的繁荣发达"。因此,《阅微草堂笔记》在小说史上占有比较重要的地位。

康熙中叶(1692年前后),张潮选编了《虞初新志》二十卷,收录明末清初诗文作家的文言小说150多篇,其中包括李清(1602—1681)、钮琇(?—1704)等清代作家的作品20多篇。这些小说大多是传奇风格,并有鲜明的时代特点。如李清的《鬼母传》写一位妇女死后生下一个儿子,鬼魂每天出外买饼,被人发觉,开棺找到了孩子。作者生动地描写了婴儿恋母的神态,渲染了母子相依为命的景象,情感真挚。钮琇所著《觚剩》八卷,续编四卷,是清初重要的文言小说集。入选《虞初新志》九篇,影响较大。如《睐娘》写大家闺秀睐娘生当明清改朝换代的乱世,被骗嫁给了一个市井无赖,因不堪凌虐,自杀身亡。这个婚姻悲剧,是清兵攻占江南所造成的,寄寓了作者的兴亡之感。作品着力描写了睐娘在战乱中无力掌握个人命运的悲惨处境,感情真切饱满,有较强的艺术感染力。①《聊斋志异》和《觚剩》的表现都说明,唐传奇的艺术传统不仅在清前期得到了充分继承,而且有所发扬光大。

受《聊斋志异》的巨大影响,清中叶形成了一股创作传奇小说的热潮,出现了一大批摹拟《聊斋志异》的文言小说集。其中,比较重要的是《夜谭随录》《谐铎》《萤窗异草》《小豆棚》等。

《夜谭随录》十二卷,是"聊斋型"作品中成书比较早的一种。作者和邦额(1736或1747—?),字闲斋,号霁园主人。小说记述了北方地区的风俗习惯和社会生活。反映了当时的人情世态。有些作品描写鬼狐怪异故事,情节奇幻荒诞。少数篇章触及一些社会现实,寓有深意。还有些作品描写了青年男女的爱情生活,塑造了一些带有"村野"气的少女形象,

---

① 周思源, 沈治钧. 中国古代小说简史 [M]. 北京: 北京语言文化大学出版社, 2001: 317.

文笔与《聊斋志异》颇为相似。

《谐铎》十二卷,是"聊斋型"作品中成就较大的一种。作者沈起凤（1741—1794）,字桐威,江苏吴江人。除本书外,另有戏曲《报恩缘》等多种。《谐铎》主要学习的是《聊斋志异》的讽刺篇章,故事诙谐风趣,嘲讽了淡薄的世情和文士沉迷于八股科举考试的丑态。① 如《桃夭村》写桃夭村评选美女,分出等级;再考试男子,定出高下。才高者配美女,才低者配丑妇。蒋生才高,却不肯行贿,被判末等,但新婚之夜,发现新娘竟是个美女。原来,这位美女也是因不肯行贿而被判末等的。至于才情拙劣的马生,娶到的第一名女子,却是花了大钱的丑妇。作品以戏剧化的手法,辛辣地讽刺了现实社会中风行贿赂的腐败状况。作品文字优美,语言生动,有较高的艺术价值。但有些作品鼓吹忠孝节义思想,显得有些陈腐。

《萤窗异草》十二卷,是"聊斋型"作品中最有代表性的作品。作者尹庆兰（1735—1788）,字似邮,乾隆间大学士尹继善之子,满洲镶黄旗人。《萤窗异草》主要学习《聊斋志异》中美丽动人的言情篇章,着力表现了青年男女在爱情追求上的热烈大胆。如《秦吉了》写少年梁绪爱上了一个财主家的丫鬟,他饲养的小鸟秦吉了为他们传递情书。财主想娶丫鬟作妾,发现了情书,竟残暴地将丫鬟活埋了。秦吉了及时将此事告知梁绪,挖开坟墓,救出了丫鬟,有情人终于结成了夫妻。作品笔触细腻,形象饱满,达到了思想和艺术的完美统一。另如《青眉》写狐女青眉与皮匠竺十八相恋,《宜织》写柳家宝与狐女宜织相爱,都表现了爱情的巨大力量。② 加上《田凤翘》《袅烟》《银筝》《刘天锡》等,塑造了一大批美丽动人的女性形象。作品一般都有情节曲折的特点,语言典雅流利,意境迷离朦胧,风格悱恻缠绵,达到了较高的艺术水平。它的篇幅,一般比《谐铎》要长一些,更接近《聊斋志异》中同类作品的特点,对后世作品,有一定影响。

"聊斋型"作品的流行,在清中叶引起了一些作家的不满。他们欣赏魏晋志怪简练质朴的风格,力图扭转摹拟唐传奇的创作风尚,复兴笔记小说的传统。他们创作了一些摹拟魏晋志怪小说的作品,同样取得了令人瞩目的艺术成就。其中,比较著名的是《子不语》,成就最高且影响最大的是《阅微草堂笔记》。

《子不语》正集二十四卷,续集十卷,又名《新齐谐》。作者袁枚（1716—1797）,字子才,号简斋,晚号随园老人,浙江钱塘（今杭州）人。乾隆年间进士,曾任溧水、沐阳、江宁等县知县,后辞官,定居南京小仓山

① 周思源,沈治钧．中国古代小说简史 [M]．北京：北京语言文化大学出版社,2001：318.

② 胡益民．清代小说史 [M]．合肥：合肥工业大学出版社,2013：41.

下随园。不拘礼法，广交文人墨客，是当时著名的诗坛领袖，著有《小仓山房诗文集》等。《子不语》全书共有作品1025篇，多为鬼神怪异故事，内容庞杂。作者是以"戏编"的态度进行创作的，将小说当作诗文之外的余兴。这与蒲松龄借《聊斋志异》发泄"孤愤"，是两种不同的创作态度。袁枚对官场腐败，有较多了解，也比较能够洞察世情，所以，书中有不少作品暴露了官场的黑暗和世态的炎凉。如《土地受饿》写钱塘土地神操守清高，不肯贪赃枉法，所以终年没有香火，常常受饿。《阎王殿先吞铁丸》《一字千金一咳万金》《赵有谅宫刑一案》等，都属此类。又如《鬼宝塔》写邱老遇鬼，鬼忽美忽丑，邱老笑说："美则过于美，恶则过于恶，情形反复，极像目下人情世态。"随口调侃，一针见血。袁枚写诗主张抒发"性灵"，对于程朱理学颇为抵触，对于理学传声筒八股文，也比较厌恶。[①]《沙弥思老虎》《麒麟喊冤》《淫诣二罪冥责甚轻》《狐仙冒充观音三年》等，都表现了他的这些进步观念。《子不语》长于记事，很少议论，语言直率自然，朴实无华，风格幽默诙谐，可读性较强。但由于作者创作态度比较随意，所以内容不够精炼。

除传奇和志怪小说之外，清代还有一些轶事小说，如吴肃公的《明语林》，宋起凤的《稗说》，王晫的《今世说》，王士禛的《皇华纪闻》，褚人获的《坚瓠集》，李清的《女世说》，颜从乔的《僧世说》，章无功的《汉世说》等，也都有一定价值。其中王晫《今世说》记录了近人和今人的轶闻逸事，反映了请初文士的精神风貌，文笔简净，成就较高，较好地继承了《世说新语》的传统。

另外，清中叶还产生了两部文言长篇小说，即屠绅（1744—1801）的《蟫史》和陈球（生卒年不详）的《燕山外史》。前者情节荒诞，语言古涩；后者情节是才子佳人故事，语言则是骈体。两部作品的文体都十分独特，增添了文言小说的种类，在小说史上也有一定地位。

通观清代文言小说，其总体价值在文言小说史上是最高的。与同时代其他种类小说相比，虽不及章回小说，但大大超过了话本小说的思想艺术成就。在文言即将由书面语主角退为配角时，文言小说有如此出色的表现，是非常值得庆幸的。

---

① 张俊.清代小说史[M].杭州：浙江古籍出版社，1997：341.

参考文献

[1]（清）刘鹗.晚清四大谴责小说 老残游记 [M].北京：人民文学出版社,1982.

[2]（清）吴沃尧,李宝嘉等.四大谴责小说 [M].北京：北京燕山出版社,2007.

[3]《中小学生百科辞典》编委会.中小学生百科辞典 名人·名著·名句 [M].北京：团结出版社,1996.

[4]安平秋等.中华古典名读本 文言小说卷 [M].北京：京华出版社,1998.

[5]本书编委会.中国古代小说 3[M].北京：民主与建设出版社,1995.

[6]蔡东藩.明史演义 清史演义 [M].北京：北京理工大学出版社,2014.

[7]蔡国梁.明清小说探幽 [M].杭州：浙江文艺出版社,1985.

[8]蔡铁鹰,杨颖.分体中国小说史教程 [M].北京：中国文史出版社,2014.

[9]蔡铁鹰.中国古代小说的演变与形态 [M].北京：中国文史出版社,2003.

[10]陈桂声,沈董妹.中国古代小说 [M].杭州：浙江古籍出版社,2014.

[11]陈惠琴,张俊.《红楼梦》[M].沈阳：春风文艺出版社,1999.

[12]陈慧琴.追忆红楼 曹雪芹的生命体验与艺术创造 [M].北京：京华出版社,2010.

[13]陈松柏.中国古代小说史 [M].长沙：湖南科学技术出版社,2004.

[14]陈文新,汤克勤.明清小说名著导读 [M].武汉：武汉大学出版社,2008.

[15]陈文新.明清小说名著导读 [M].第 3 版.北京：商务印书馆,2018.

[16]晨曦.中国古代小说名作欣赏 [M].东营：中国石油大学出版社,2017.

[17]邓绍基.中国古典文学名著精品 明清小说精品 附历代文言小说精品 [M]. 长春：时代文艺出版社,2018.

[18]杜莹杰.中国古代小说欣赏 [M]. 北京：中国社会出版社,2006.

[19]傅隆基.中国古典小说名著讲话 [M]. 武汉：华中理工大学出版社,1991.

[20]傅璇琮,蒋寅,郭英德.中国古代文学通论 明代卷 [M]. 沈阳：辽宁人民出版社,2005.

[21]高琛.中国古代小说简史 [M]. 沈阳：辽宁教育出版社,2009.

[22]顾柏承.中国古代小说漫话 [M]. 北京：中国少年儿童出版社,1998.

[23]顾一平.文学古韵园 [M]. 北京：中国少年儿童出版社,2000.

[24]郭杰,秋芙,焦文彬,李继凯.中国文学史话 近代卷 [M]. 长春：吉林人民出版社,1998.

[25]郭杰,秋芙.图文本·中国文学史话 近代文学 [M]. 长春：吉林文史出版社,2008.

[26]郭维森,吴枝培.中国文学史话 [M]. 南京：南京大学出版社,1990.

[27]郭豫适.中国古代小说集 [M]. 上海：华东师范大学出版社,1992.

[28]何满子,李时人.明清小说鉴赏辞典 [M]. 杭州：浙江古籍出版社,1992.

[29]何满子.十大小说家 [M]. 上海：上海古籍出版社,1989.

[30]侯忠义.王汝梅.金瓶梅资料汇编 [M]. 北京：北京大学出版社,1985.

[31]胡士莹.话本小说概论 [M]. 北京：商务印书馆,2017.

[32]胡益民.清代小说史 [M]. 合肥：合肥工业大学出版社,2013.

[33]黄霖,杨红彬.明代小说 [M]. 合肥：安徽教育出版社,2001.

[34]黄霖.古代小说鉴赏辞典 下 [M]. 上海：上海辞书出版社,2004.

[35]黄香山,陈荣岚.中国古代文学简史 [M]. 厦门：厦门大学出版社,2003.

[36]纪德君.明清历史演义小说艺术论 [M]. 北京：北京师范大学出版社,2000.

[37]贾三强.明清小说研究 [M]. 西安：西北大学出版社,2008.

[38]金开诚,王滢.清末四大谴责小说 [M]. 长春：吉林出版集团有限责任公司,2011.

[39]金开诚.历史演义小说 [M]. 长春：吉林出版集团有限责任公司

吉林文史出版社,2009.

[40]金启华.中国文学史 [M].南昌：江西教育出版社,1989.

[41]金鑫荣.明清讽刺小说研究 [M].南京：凤凰出版社,2007.

[42]李桂奎,冀运鲁.聊斋志异鉴赏辞典 [M].上海：上海辞书出版社,2015.

[43]李时人.中国古代小说与文化论集 [M].北京：中华书局,2013.

[44]李源,张书珩.中国文学史 下 [M].呼和浩特：远方出版社,2005.

[45]梁晓萍.明清家族小说的文化与叙事 [M].天津：南开大学出版社,2008.

[46]林遥.中国武侠小说史话 [M].上海：上海文化出版社,2018.

[47]刘敬圻.明清小说补论 [M].哈尔滨：北方文艺出版社,2016.

[48]刘人杰.中国文学史 第6卷 [M].北京：中国对外翻译出版公司,1999.

[49]刘云春.明清小说与历史叙事 [M].成都：西南交通大学出版社,2017.

[50]鲁迅.小说旧闻钞 [M].上海：上海古籍出版社,1998.

[51]鲁迅.新编中国古代小说史 [M].北京：人民文学出版社,1990.

[52]鲁迅.《坟·灯下漫笔》,《鲁迅全集》第一卷 [M].北京：人民文学出版社,1981.

[53]罗静文.中国古代小说名著 [M].北京：首都师范大学出版社,1994.

[54]宁宗一.中国小说学通论 [M].合肥：安徽教育出版社,1995.

[55]欧阳代发.话本小说史 [M].武汉：武汉出版社,1994.

[56]裴树海.明清英雄传奇综论 [M].武汉：武汉大学出版社,1994.

[57]浦江清.中国文学史稿 明清卷 [M].北京：北京出版社,2018.

[58]齐裕焜,陈惠琴.中国讽刺小说史 [M].沈阳：辽宁人民出版社,1993.

[59]齐裕焜,吴小如.中国古代小说演变史 [M].2 版.兰州：敦煌文艺出版社,1999.

[60]齐裕焜.中国古代小说演变史 [M].北京：人民文学出版社,2015.

[61]齐裕焜.明代小说史 [M].杭州：浙江古籍出版社,1997.

[62]齐裕焜.明清小说 [M].上海：上海古籍出版社,1998.

[63]齐裕焜.中国古代小说演变史 [M].北京：人民文学出版社,2014.

[64]齐裕焜.中国古代小说演变史 [M].兰州：敦煌文艺出版社,2002.

[65]阙真等.元明清文言小说选 [M].西安：太白文艺出版社,2004.

[66]上海辞书出版社文学鉴赏辞典编纂中心.明清小说鉴赏辞典 [M].上海：上海辞书出版社,2018.

[67]石昌渝.中国小说源流论[M].北京：生活·读书·新知三联书店，2015.

[68]史青校.吴三桂演义 明清两国志[M].济南：齐鲁书社，1988.

[69]舒静庐.中国古典文学名著欣赏[M].合肥：安徽文艺出版社，2013.

[70]宋记远.玩·阅微 52个你所不知道的《阅微草堂笔记》之谜[M].南宁：广西人民出版社，2007.

[71]孙宏哲.中国古代小说的发展历程透析[M].北京：中国书籍出版社，2014.

[72]孙文婧，丛何.明清小说研究[M].长春：吉林大学出版社，2015.

[73]谭邦和.明清小说史[M].上海：上海古籍出版社，2006.1

[74]王委艳.明清话本小说专题研究[M].北京：中国文联出版社，2015.

[75]王玉超.明清科举与小说[M].北京：商务印书馆，2013.

[76]魏崇新.明清小说观止[M].西安：陕西人民教育出版社，2019.

[77]吴波.明清小说创作与接受研究[M].长沙：湖南人民出版社，2006.

[78]吴学霆.一个具有双重性格的人——宋惠莲形象小论[J].明清小说研究，1997.

[79]武建雄.中国古典小说名的现代阐释[M].青岛：中国海洋大学出版社，2018.

[80]武润婷.中国古代长篇白话小说发展研究[M].济南：山东教育出版社，2016.

[81]武润婷.中国近代小说演变史[M].济南：山东人民出版社，2000.

[82]向志柱.《稗家粹编》与中国古代小说研究[M].北京：商务印书馆，2018.

[83]肖同万，李福辰，王增林.烟草行业常用公文及报刊编辑实用手册[M].北京：光明日报出版社，1992.

[84]徐潜，马克，崔博华.中国古代小说变迁[M].长春：吉林文史出版社，2014.

[85]薛亚玲.从传统走向现代 明清小说研究[M].北京：中国农业出版社，2007.

[86]闫斐.文学知识(上册)[M].北京：北京燕山出版社，2008.

[87]杨东方.明清士人的世俗生活 以话本小说资料为中心[M].北京：中国书籍出版社，2013.

[88]杨绪容.明清小说的生成与衍化[M].上海：复旦大学出版社，2017.

[89]杨义.杨义文存第6卷 中国古典小说史论[M].北京：人民出版社，1998.

[90]杨子坚.新编中国古代小说史[M].南京：南京大学出版社，1990.

[91]杨宗红.理学视域下明末清初话本小说研究[M].广州：暨南大学出版社，2016.

[92]游国恩，王起.中国文学史4[M].北京：人民文学出版社，1964

[93]于唐.成就辉煌的明清小说[M].沈阳：辽宁古籍出版社，1995.

[94]袁野，许霖，徐林英，等.古代文学多功能手册[M].南京：江苏教育出版社，1991.

[95]曾朴.晚清四大谴责小说 孽海花[M].北京：人民文学出版社，2006.

[96]张兵.三言两拍鉴赏辞典[M].上海：上海辞书出版社，2016.

[97]张桂琴.明清文言梦幻小说研究[M].长春：吉林大学出版社，2011.

[98]张国风.中国古代的小说[M].北京：商务印书馆，1991.

[99]张国风.中国古代小说史话[M].北京：商务印书馆，1996.

[100]张俊.清代小说史[M].杭州：浙江古籍出版社，1997.

[101]张稔穰，刘富伟.中国古代小说鉴赏[M].济南：山东教育出版社，2001.

[102]张文珍，马瑞芳.中国古代通俗小说发展研究[M].济南：山东教育出版社，2016.

[103]张燕瑾.中国古代小说专题[M].北京：高等教育出版社，2002.

[104]张燕瑾.中国古代小说专题[M].2版.北京：高等教育出版社，2008.

[105]赵青.《聊斋志异》在题材内容上对唐传奇的继承与发展[J].淮阴师范学院学报(哲学社会科学版)，2003（05）：682-687.

[106]周思源，沈治钧.中国古代小说简史[M].北京：北京语言文化大学出版社，2001.

[107]朱海明.典籍苏州海明藏本 书影苏州二辑[M].苏州：苏州大学出版社，2014.

[108]朱海燕.明清易代与话本小说的变迁[M].武汉：华中科技大学出版社，2007.